지구의 형제

바나행성의 傳說

상

저자   박형규

행복한 이야기 **해피소드**
HAPPISODE™

바나행성의 傳說 상

초판 1쇄 인쇄 2017년 01월 31일
초판 1쇄 발행 2017년 01월 31일
지은이 박 형 규
펴낸이 손 형 국
펴낸곳 해피소드
출판등록 2013. 1. 16(제2013-000004호)
주소 153-786 서울시 금천구 가산디지털 1로 168,
우림라이온스밸리 B동 B113, 114호
홈페이지 www.book.co.kr
전화번호 (02)2026-5777
팩스 (02)2026-5747

ISBN 978-89-98773-14-4 04810   978-89-98773-13-7 04810(세트)

　신(神)이 있다면 어떤 존재일까? 全能한 존재일까? 그 전능한 존재
가 왜? 인간의 삶에는 그 영향력을 미치지 않고 외면하고 있을까?

　이러한 의구심은 누구나 한번쯤은 가져보았음직한 것일 것이다. 그
렇다면 지구 인류 문명보다 수 만년 앞선 과학 문명이 존재하고 있다
면 우리의 상상력으로 그들의 삶을 척량 할 수 있을까? 그들이 인류가
생각하는 신(神)은 아닐까? 끝이 없는 우주공간에 그런 존재가 없다고
확답 할 수 있을까? 이 소설은 그런 상상을 원동력으로 하여 집필되었
다. NASA에서 발표한 지구의 사촌이라는 케플러 452B 행성을 　'바
나' 라는 이름으로 붙였지만 천인은 이미 신적 존재만큼이나 육체적
정신적으로 진화된 존재라는 시각으로 읽는다면 비록 졸필이지만
SF(Science Fiction) 소설의 재미를 느낄 수 있을 것이다. 내용 중에
나오는 '구루' 란 천인의 성씨는 인도어로 선지자 또는 先覺者라는
의미임을 밝혀둔다. 인간은 비록 나약한 유기체이며 포유류의 한 종이
지만 끝없는 탐구심과 욕망을 가진 어마어마한 끈기의 생명체임을 새
삼 강조하지 않아도 알고 있으리라. 과학의 발전이 종국에는 인간능력
의 극대화로 집중 될 것이라는 예상을 하 면서 제4부 부터는 korea함
선을 이용해서 우주 의 새로운 행성들을 찾아볼까 한다.

[등장인물]

구루로아; 쌍둥이 행성의 절대자 구루로아 황제는 행성 내란으로 인해 일부 주민들 (100만명)을 이끌고 우주함선을 이용해 탈출하여 바나 행성에 불시착한다. 그러나 또다시 반기를 든 반란자들을 처리하지만 셔틀로 탈출한 전사와 마법사들은 자폭 시스템을 탈주하는데~

구루 무라카 세바스찬; 구루로아의 외동아들이며 황태자로 바나행성의 질서를 회복시키고자 노력하는 와중에 음모에 휩쓸려 사망 한다.

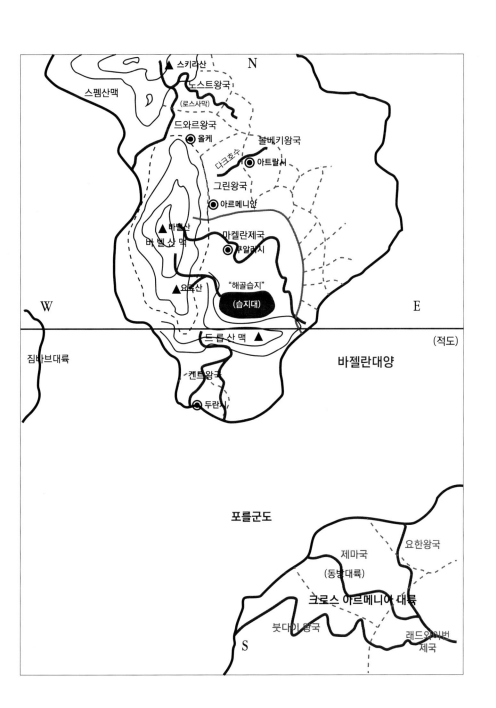

차 례

제1부

구루 무라카 세바스찬

유체이탈

　초기엔 두려움을 극복하기가 무척 어려웠다. 아니 거의 불가능했다는 것이 맞을 것이다. 정신적으로 조금의 타격을 받는 순간 현실로 돌아와 버린다.

　한번은 나무와 들꽃들이 만발한 산 능선 위를 날고 있었다. 그런데 어느 지점에서 너무나 아름답게 피어있는 장미 넝쿨이 넓게 엉겨 있어 잠시 그 위에서 지체 했는데, 나도 모르는 사이에 넝쿨 사이에 내려와 있는 상태가 된 것이다. '아~가시 장미 넝쿨엔 가시가 있는데 생각이 그기에 미치자 가시에 찔리면 아플 텐데' 라는 생각이 떠오름과 동시에 몸으로 돌아와 있는 의식을 느끼고 집중이 얼마나 중요한 것인가 가 아니라 나의 생각이 가진 터부가 얼마나 많이 나의 의식 층에 쌓여서 그것이 엄청난 장애가 됨을 깨달았다. 의심스런 마음이나 의구심 그리고 공포심 이러한 것들이 '유체이탈술'의 최대 적이다. 물론 육체에 가해지는 물리력도 마찬가지다. 예를 들어서 개미 한 마리가 기어올라서 내 몸을 물었다 하면 그 즉시 공간의 개념과 전혀 무관한 나의 의식은 몸으로 돌아와 있는 것이다. 그리고 뛰어난 집중력이 없다면 이탈 자체를 성공 시키지 못한다. 나는 40년 이라는 세월을 수많은 시험을 해봤지만 정상적인 생활 패턴 속에서는 결코 대성 할 수 없다는 것을 깨달았다. 그냥 한가지의 쾌감을 얻기 위한 놀이 정도는 훌륭하겠지만 진정으로 내가 가보고 싶은 곳을 여행하기 위해서는 반복 연습과 정신력을 고양시키는 특수방법으로 훈련을 반복해서 이런 장애요소를 극복해야지만 여행이 가능하게 되리라는 결론을 내렸다.

며칠 후 나는 70ℓ 짜리 배낭에다가 식량과 등산 도구들을 챙겨서 태백시를 향해서 출발했다. 처음엔 지리산으로 가고자 했으나 그곳은 산정에까지 차도가 나있어서 사람들이 너무 많이 찾아드는 곳이라 부적합하다 판단해 태백산으로 결정한 것이다. 태백산 역시 우리나라에선 유명한 산이라 등산객들이 많이 내왕하는 곳이긴 해도 지리산처럼 아무나 찾아오는 그런 산 이기엔 너무 높고 험하다. 프로에 근접한 등산가가 아니면 오르기 힘들 뿐만 아니라 위험한 요소들이 많은 산이기 때문이기도 하다. 프로란 자신이 좋아하는 일에 몸과 마음을 다 바치는 즉 생명까지도 걸고 집중하는 자들이기에 조용하고 또 기본 준수사항은 필수적으로 지키는 자들이다. 그래서 자연에 해악이 되는 일은 삼가 함으로써 즉 귀찮은 일이 발생할 확률이 그만큼 낮아지는 것이다. 800고지 쯤 되는 능선을 넘어서니 벌써 오후4시. 서둘러야한다. 산속의 밤은 빨리 찾아온다. 두 시간 이내에 숙영 할 장소를 찾아야 한다. 그 이후엔 말할 것도 없이 어두워지리라. 아무도 모르는 동굴이라도 발견 된다면 그보다 더 다행한 일은 없을 것이다. 물 흐르는 소리가 들리는 곳에 넓은 공간을 발견하고 텐트를 쳐놓고 계곡으로 물을 떠오려고 다가가니 조그만 폭포 옆에 정말 동굴이 보인다. 동굴이라기 보단 바위 밑에 움푹 들어간 공간이 있다는 것이 맞는 말이겠지만 비를 충분히 피할 수 있는 구조다. 구석진 안쪽을 살피니까 옹달샘도 있다. 뜻밖의 좋은 장소를 발견한 것이다. 급하게 움직여야 한다. 쳐둔 텐트를 옮기고 짐을 옮기고 나니 벌써 어두워졌다. 동굴 안을 자세히 살펴보니 누군가 살다가 나간 듯 여기저기 흩어진 털과 배설물이 보인다. 멧돼지의 집 이였을까? 멧돼지는 여름철에 새끼를 낳는다. 새끼들이 다 자라면 다시는 돌아오지 않는다. 그러나 곰은 다르다. 곰은 한번 집을 정하면 그 다음해에도 돌아온다. 겨울을 나기위해 즉 동면을 위해 돌아오는 것이다. 지금은 초가을이다. 곰은 아닐 것이다. 왜냐면 우리나라엔 아쉽게도 곰이 없다. 늑대도 멸종되어 없다. 호랑이도 155마일 철책으로 인해 없어졌다. 시베리아 호랑이가 오르내렸는데 높이 5미터가 넘는 철책으로 인해서 내려오지 못하는 것이다. 시베리아 호랑이의 수놈 한 마리의 영역이 반경 400㎢나 되는데 남한 전체에 수놈 한 마리 암놈 두 마리 정도가 살기에 적합한 영역인 것이다. 그런데 국토의 허리를 가르는 고압전류가 흐르는 철책이 쳐져있으니 넘어올 수가 없는 것이다. 시베리아 호랑이는 암놈 역시도 활동영역이 200㎢나 된다고 학계에 알려져 있다. 그리고 이놈들은 언제나 단독 생활을 하기 때문에 절대 영역 내에 침입을 용납하지 않는다. 자신의 아내라 해도 말이다. 자식도 마찬가지 단 발정기에만 잠시 만나 사랑을 나누고 그 시기가 끝나면 침입자는 누구를 막론하고 쫓겨나던지 죽는다. 그런 습성 때문에 남한에 영역을 둔 수놈도 늙어서 사라졌을 것이다. 그리고 다시 내려올 놈도 없으니 우리 땅 에서는 호랑이를 다시는 보지 못하리라. 통일이 되고 철책이 없어지지 않는 한 말이다. 각설하고 곰도 방생한 반달곰 외엔 없다. 그래서 멧돼지가 먹이사슬의 꼭대기가 되어 개체수가 엄청나게 불어서 농사꾼들을 괴롭히고 있는 처지이다. 멧돼지는 사람을 가장 두려워한다. 그러나 조심해야 할 단한가지는 새끼를 데리고 있는 멧돼지는 피해야 한다. 무지막지한 모성애는 생사를 초월하기 때문이다. 지금은 성장의 계절이라 그럴 염려는 전혀 없다. 그리고 성숙한 멧돼지는 눕는 곳이 집이다. 절대 새끼를 키운 집으로 돌아오지 않는다. 동굴 안에 텐트를 치고 식사 준비를 한다. 작지만 보기 좋은 폭포도 있다. 목욕도 가능한 정도의 웅덩이가 낙수 물에 파여서 작은 소를 이루고 있다.

동굴의 입구를 나무 기둥으로 막아서 문을 만들었다. 그리고 문에다 '출입엄금 수련 중 위험'함을 알리는 경고도 새겨놓고 잠금장치도 달았다. 사실 이 깊은 산중에 누가 찾아올까 만은 만일의 경우를 대비한 것이다. 유체이탈 중에 충격이 가해지면 실패하기 때문에 만반의 준비를 하는 것이다. 내가 하고자 하는 일은 백조자리에 있는 케플러452b 라는 행성에 가보는 일이다. 1400 광년 거리면 우주선으로 백만 년은 가야할 거리일 것이다. 그러나 영속으로는 한순간에 갈 수 있다. 생각의 속도는 무속이니까 속도 자체가 없는 것이다.

태백산에 온지도 3년이 지났다. 간혹 쌀을 사러 시내에 내려가는 일 외에는 산을 일체 벗어나지 않았다. 덫을 놓아 멧돼지를 열 마리도 넘게 잡고 계절을 따라 산나물과 버섯 그리고 갖가지의 과일을 채집해서 술도 담아 놓고 또 천종산삼도 3뿌리나 캐서 백년이 넘은 것은 보신하고 두 뿌리는 팔았다. 그래서 용돈도 꽤나 많다. 그러나 내게는 부족한 것이 하나 있는데 그건 바로 시간이다. 그놈의 우주여행이 얼마나 어려운지 새삼 느끼면서 목숨을 건 모험은 계속 된다. 틈만 나면 문을 안으로 걸어 잠그고 백조자리를 향한 여행은 계속된다.

바나 행성의 천족 수장 구루로아

(시공을 초월 한 자여! 그대는 누구인가?)

[------]

(그대는 어디서 왔는가?)

[어~ 나한테 하는 말인가? 내가 보이는 건가?]

(보이지는 않지만 느낄 수는 있지 그대는 어디서 온 자인가?)

[헉 진짜로 알잖아 오! 정말 놀라운데?]

(놀랄 것 없다. 이곳은 아무나 올 수도 없을 뿐만 아니라 나 외엔 아무도 없는 곳이지 그래서 더욱 그대의 방문을 알 수 있는 것이고)

[휴~! 그런데 어찌 내 생각을 알아내는 거요. 언어도 다를 테고? 형체도 없는데]

(언어가 아니라 심어로 전달이 되는 것이지 허허허)

머리가 유난히 커 가분수 같은 할아버지는 눈을 감고 바위 위에 앉아 있다. 그런데 말로 얘기 하는 거와 별반 다르지 않다.

(그대는 아직 나의 질문에 답하지 않았다. 그대는 누구이며 어디서 왔는가?)

[-------]

(이곳 바나 행성에는 그대 같은 능력을 가진 자는 없다.)

[바나? 이별을 그렇게 부르나 보군!]

(음! 그런가? 역시 다른 행성에서 왔군. 그것도 몸은 두고 정신만 왔다는 건데 그것이 가능한가? 아! 가지 마시게 그대에게 알아볼게 많구먼, 그래 제발 떠나지 마시게 나와 의사소통을 나누어 보세. 서로에게 유익이 될게야.)

키가 180㎝ 정도에 외소 한 체격의 노인, 체격에 비해서 머리가 유난히 커서 균형이 어긋난 가분수 노인은 완전한 은발에 눈동자의 색이 좀 옅은 푸른색이다. 그런데 이런 높은 산속에서 혼자서 뭐 하는 것일까?

역시 이 행성에 사람이 있다는 것과 그것도 지구의 백인처럼 생긴 모습이 왠지 정겹다. 지적 생명체 어쩌고저쩌고 하는 21세기 지구인들 생각이 엄청난 착각인 셈이다. 우리와 똑같은 아니 오히려 더욱 진화된 듯 한 모습이 아닌가? 아! 그렇게 찾아 헤맨 케플러 452b 행성! 지구의 사촌이라는 이 생명체로 가득한 행성을 찾느라 우주 공간을 떠돈지 6개월? 아니 그보다 더 오래 걸렸는지 모른다. 뭐 백조자리에 있는 태양과 지구를 닮은 공전주기가 385일의 행성? 이 두 가지 단서로 찾아 떠돈 나날들 그러한 정보는 지구에서 바라다 본 방향인 뿐인 것을? 수많은 행성들을 지나면서 그 지독한 공포심 그리고 그 열기(사실은 느끼지 못함)? 어둠과 보이지도 않는 죽음의 블랙홀들 물론 영체인 만큼 아무런 영향이 없다는 것은 알지만 외로움과 두려움만큼은 어쩌지 못하는 충격을 주지, 그 동안의 고통은 이루다 말로는 표현하지 못한다. '괜찮아 나는 영체야 어떠한 것도 날 어쩌지 못해' 수도 없이 반복한 자기 암시 끝에 드디어 여기에 온 것이다. 엄청나게 높은 산위에 말이다. 지금까지 육체가 살아 있다는 것이 기적 같은 사실이다. 육체가 살아있어야 영(靈)도 존재 하는 것이니까. 음식(영양분+수분)도 하나 없이 얼마의 기간이 걸릴지도 모르는 상황에서 말이다.

[저 여기 사는 분들은 다들 노인처럼 그렇게 생겼는지요? 그리고 또 그렇게 무례한가요? 상대에게 질문을 하려면 자기소개부터 하는 것이 예의 일 텐데요?]

(아하! 이런 내가 큰 실수를 했군. 미안 하이 나는 이곳 행성에서는 천족에 속한 이제는 몇 명 남지도 않은 멸종위기에 놓인 종족의 수장인 '구루 로아' 일세. 정식 이름은 '구루 스키라 아마치 리얼스치 로브 ◊ ☾ ♀ ♌ 8 ♋ ↲ ♋♋ ⚹ ♀ ⊨ 치로바 로아'인데 간단히 앞과 뒤만 해서 '구루로아'라고 부르게. 그리고 이곳 스펨 산맥의 스키라산이 우리 종족이 안착한 곳일세. 지난 천년 동안 이곳을 찾아 온 인간은 없었네. 자 이제 그대에 대해서 알고 싶다네.)

[헉 처 천년이라니요? 그러면 '구루로아'님은 천년도 넘게 이곳에서 사셨다는 말씀인가요?]

(허허 그런 셈이지 천오백년 정도 된 것 같군.)

[컥 어 어떻게 1,500년씩이나??]

(왜 그러는가? 허?)

[사람이 처 천오백년 씩이나 살 수 있나요? 이곳은?]

(사람의 수명이 천오백년은 불가능하지 저 산 아래 사는 각 종족은 100~150년 정도 살 수 있을까? 단지 우리 천족들만이 수명이 좀 길지. 그건 과학의 힘이 만든 기술 때문이지. 그것도 그렇지만 이 행성이 환경이 좋아서 나도 좀 더 오래 산 것 같다네,

부질없이 너무 오래 산거야 암.)

[그러면 여기 1년은 몇 일 인가요?]

(이 바나 행성의 공전 주기가 385일이지. 그리고 1년 동안에 다섯 번의 큰 기후 변화가 있고 이곳의 하루는 25시간 단위로 나누지 그런데 그대도 이제 정체를 밝히는 것이 도리 아닌가?)

[네 지구에서 왔습니다. 이곳에서 빛의 속도로 1,400년 정도 떨어져 있는 행성이지요. 제 이름은 '박 형규' 입니다. 지구의 나이로 65세이고요. 그곳에서는 노인이지요. 100년 정도 사는 게 수명의 한계이니까요.]

(허허 아직 어리구만. 65세면 갓 성인이 되는 나이 이구만 그래.)

[캑! 지구에선 65세면 살만큼 산 늙은이입니다. '구루로아'님!]

(아! 그런가? 또 실수를 했군. 허허 그런데 지구라는 곳엔 그대처럼 시공을 초월하는 자들이 많은가?)

[아닙니다. 제가 알기론 몇 명 정도이리라 생각 되는데 눈에 띄지 않으니 정확히는 모르죠.]

(2,570년 전에 '붓다'란 능력자가 이곳을 다녀갔고 그리고 2,000년 전 쯤에는 자네처럼 정신만 온 '지스'라는 자가 있어서 이곳에서 새로운 육체를 얻어서 한 천년을 살다가 죽었었다는 기록이 남아 있더군.)

[넷 붓다요? 캑! 그리고 지스? 그 사기꾼! 읍, 읍!]

(붓다란 자는 육체를 가지고 왔다 갔다 했다는 기록이 있다네. 그런데 사기꾼이라니 그게 무슨 뜻인가?)

[하하하 아닙니다. 지스라는 이가 여기서 새 육체로 살았었다고요?]

(그렇게 기록에 남아있더군. 우리 천족의 역사 기록에.)

[음 그렇다면 새 육체를 얻을 수 있다는 것인가요?]

(어떤가? 그대도 생각이 있다면 새로운 육체로 여기서 살 수 있는 방법이 있다네.]

[-------]

(잘 생각해보게. 그대가 원한다면 얼마든지 가능하지. 그리고 그 시공(時空)을 초월하는 방법을 내게 전수해준다면, 내가 천년을 넘게 연구하고 수련한 모든 마법을 그대에게 전수해 주겠네. 어떤가?)

[헉 마법? 마법이 있단 말입니까?]

(이곳의 천족들만 수많은 세월동안 연구하고 기록하며, 전승되어온 마법이지, 과학보다 더 위대한 과학위의 과학이 마법이지. 우리 천족들은 보다시피 육체적으로 진화의 끝에 도달해 있다네. 완벽한 육체이지, 불사의 육체는 아니지만 말일세. 수 만년을 과학의 발달과 연구로 극에 이른 육체를 재구성 할 수 있었다네. 그리고 과학의 최종단계는 마법으로 그 꽃을 승화 시킨 것이지. 육체를 좀 더 자유롭게 할 수 있는 방법으로 말이야. 이곳은 몬스터들이 많다네 덩치와 힘 그리고 스피드도 빠르고 막강한 놈들이 수두룩하다네. 그것들로부터 살아남으려면, 마법만한 것이 없지 사실 이곳의 원래 주인은 그런 몬스터 들이었지. 우리는 객이고 말이야.)

[넵 생각 좀 깊이 해보고요. '구루로아'님!]

(그래 잘 생각해보게 65세라면 지구에서 살아도 얼마 안 남은 것 아닌가? 이곳에서 새 육신을 입으면 천년이야 천년! 그 정도 시간 이면 꿈이 이루어지고도 남을 것 아닌가?)

[-------?]

(그리고 그곳 지구인들이 우리의 후손들일 수도 있어. 아마 그럴 것이야. 우리쌍둥이 행성의 역사는 수 만년이 넘었으니, 지금은 사라져 버린 역사지만 훨씬 이전부터 행성 간 여행을 떠난 자들이 많았으니까. 우주 어딘가에 후손들이 살아가고 있겠지. 휴-!)

[사실 말입니다. 구루로아님 제가 아직 '유체이탈술'이 일천하여 육체적으로나 정신적으로 조그만 충격에도 실패하는 경우가 많습니다. 그런 수준인데 그래도 괜찮으시다면 알려드리지요.]

(오호! 그래 결정하신 겐가? 하하하하! 능력의 차이는 그 개체에 따라서 달라지지. 그건 별 문제가 아니야. 사실 나도 이제 세상이 슬슬 지겨워 졌었거든. 그만 떠나버리고 싶은 마음이 많았는데, 그런데 내가 해결해야 할 과제가 남아 있어서 못 떠난 걸세. 우리 종족이 뿌린 씨를 내가 다 거두어야 한다네. 그런데 내가 너무 늙어서 영 마음이 내키질 않는 거야. 그대 '형큐'라는 자여! 정말 잘 생각했네. 내가 조금 손해 보는 듯하지만, 뭐 미련은 없어 하하하하 이쪽으로 나를 따라서 오시게.)

노인은 마치 하늘을 날라 다니는 한 마리 새처럼 훨훨 날아서 산 능선을 넘어 빠른 속도로 나아간다. 장엄한 골짜기의 사이로 구비굽이 흐르는 강줄기를 따라서 한참을 오르자. 오! 이보다 아름다운 풍경이 지구에는 있었던가? 바람이 골짜기 아래로부터 불어오자, 50M 이상 곧게 자란 나무들이 물결처럼 일렁인다. 지구의 편백나무를 닮은 침엽수림인데 엄청나게 넓어 그 끝이 보이지 않는 군락을 이루고 있다.

열대우림의 수목들이 이러할까? 순식간에 그런 숲을 지나 더 날아가자 거대한 폭포가 100M 이상의 높이에서 떨어져 내리고, 물안개 아니 물보라가 바람에 따라서 흩날리는 모습은 한 폭의 웅장한 그림처럼 아름답다. 구루로아는 순식간에 날아올라 그 웅장한 폭포의 중간지점을 뚫고 사라진다. 가까스로 그 뒤를 따라 들어가자 높은 어떤 구조물 같은 연녹색의 문이 있다. 이것이 입구 이긴 한 모양이다. 어떤 물질이기에 이렇게 물결 같은 무늬가 마치 살아 있는 듯이 음각되어 있을까? 그런데 자세히 관찰하니 살아있다. 움직이고 있다. 호수의 잔물결이 일렁이듯이 무늬가 일렁이고 있다. 구루로아가 앞으로 바짝 다가가자 물결이 시계방향으로 휘돌면서 점차 큰 원형 동공이 생겨난다. 입구가 열린 것이다. 큰 동굴 같은 모양이다. 안으로 들어서자 희미하게 보이는 빛 아래 쭉 연결되어 있는 통로? 통로라기엔 좀 이상한 동굴이 길게 이어져 있다. '구루로아'님을 따라 한참을 가다가보니 넓은 공간이 나타난다. 직경이 500M는 되어 보이는 공간의 높이는 50M 정도 되려나? 그런데 바닥이나 벽이나 천정이나 모든 것이 살아있는 물결무늬다. 촉감을 느낄 수 없으니 이럴 땐 좀 불편하지만 그 질감을 어느 정도는 알 수 있기에 휘휘 둘러보는데, 로아님이 한쪽 벽면을 손으로 만지자, 벽면의 일부와 바닥의 일부가 솟아올라 타원형의 긴 원형 테이블이 생긴다, 피아노를 닮은 다리가 없는 테이블이랄까? 그 테이블에 손을 대자 윗부분이 교묘히 말려 올라간다. 그리고 그 속에 잘생긴 젊은 남자가 잠들어 있지 않은가! 은발 머리에 뽀얀 피부의 건강미가 넘치는 사내의 얼굴, 금방이라도 눈만 뜨면 말이라도 걸어 올 듯이 생생한 얼굴이지 않은가! 알맞은 근육과 시원하게 뻗은 두 다리, 그리고 두 다리 사이에 있는 우람한 남성의 상징. 어느 것 하나 완벽하지 않는 것이 없는 육체이다.

30대 초반 정도의 백인. 그런데 자세히 보니 호흡이 없다. 뿐만 아니라 피부도 너무 창백하다. 만지면 온기도 없을 것 같다.

(언제 봐도 잘생긴 녀석이지. 우리 천족의 마지막 후예였었는데, 어린 나이에 마젤란 제국군을 징벌하고 또 무지막지하게 날뛰는 몬스터들을 처리하려고 세상에 나갔다가 오히려 당했어. 하! 벌써 600년이나 지난 얘기일세. 만신창이가 된 몸은 내가 수습을 해서 이렇게 모두 복원이 되었는데, 그러나 한번 떠나버린 영(靈)은 복귀를 하지 않는다네. 죽은 것이지. 수만 년의 과학기술로도 다시 살려내지 못했다네. 그 어떤 병과상처도 모두치료가 가능한데 이 재생기의 능력도 그게 한계야. 험)

[이것이 재생기라고요?]

(그렇다네. 우리 종족은 과학문명이 최고의 전성기를 맞았을 당시에는 우주공간을 자유롭게 넘나들었었지. 그때 최고의 의료기계를 만들었다네. 그것이 이것 재생기이지.)

[아니 그런데 어떻게 멸족 직전까지 왔나요?]

(쌍둥이 행성에서 서로의 힘을 과신한 것이지. 그리고 지금 우리가 있는 이 공간이 우주선 안일세. 함선의 내부이지. 마지막 남은 배일세. 보다시피 이 배는 특별한 합성물질로 이루어졌다네. 파손 되면 스스로 치유하는 생명체인 셈이지, '언옥타늄'이란 광석과 '신성한 나무뿌리'가 혼합된 물질이지. 손상되면 통증을 느껴서 스스로 치유 하는데, 에너지만 있다면 얼마든지 복원이 가능한 기능이지, 이 '특수복합 광식물질' 때문에 두 행성간의 전쟁이 반발한 것이야. 결국은 자멸로 끝이 난 것이지. 어마어마한 무기가 수도 없이 많았으니, 그 결과야 뻔하지. 가까스로 탈출에

는 성공했는데 기체 손상이 심해서 이 행성까지 올 수 있었던 것이 기적 같은 일이였어. 결국 이곳 스키라산에 불시착한 거야. 산허리에 박힌 것이지. 그동안 남은 모든 에너지로 복원은 되었으나 다시 우주로 날아오를 수가 없다네. 탈출할 때 보니까 두 행성은 먼지로 변해서 우주에 흩어졌다네. 살아남은 건 우리 뿐이었는데 이곳에 와서도 내분이 빈번해서~! 휴 내가 뭔 쓸데없는 얘기를 끙! 자 '형-큐!' 이 몸에 이식 할 테니 들어가게. 이식이 완료되어도 부작용은 없을 것이야. 그만큼 재생기의 능력이 뛰어나니까. 어서 들어가게.)

[헉 제가 이 몸을 사용하라고요?]

(그렇다네. 음! 험.)

[600년이나 된 시체에 어 어떻게?]

(600년간 오히려 더 완벽한 육체로 변화 되었다네. 살아 있을 때 보다 더 뛰어난 완전체 일세. 염려 말고 들어가게나. 끙.)

[---------]

(영육 이식이 완료 되면 자동으로 문이 개방 될 거야. 그때 보세.)

[------?]

나의 의식은 평온함을 느끼면서 깊은 내면으로 침잠했다. 그리고 깨어났을 때는 3일이 지난 후였으며, 놀랍게도 완벽하게 나의 육체는 '무라카'라는 껍데기를 입고 있다. 어떤 불편함도 느끼지 않고 말이다.

우주선의 규모는 실로 어마어마하다. 그 직경이 10㎞가 넘는 크기이고, 타원형으로 생긴 하나의 도시랄까? 우주공간에 떠다니는 우주전함? 아니 또 다른 하나의 만들어진 행성이랄까? 그러나 우주 공간으로 솟아오를 에너지를 잃어버린 살아있는 고철? '스펨'산맥의 중심 봉우리인 스키라산의 일부가 된 거대한 하나의 거주 공간? 우주를 오갈 때는 최고의 에너지에서 광속의 1/10에 근접한 속도를 낼 수도 있었다는데 지금은 하나의 산속에 박힌 아파트 같은 존재가 되다니, 백만 명이나 되는 천족들이 타고서 바나 행성으로 이주해 왔지만 이제 살아남은 사람은 1.5명인가? 영감과 '무.라.카'라 불렸던 영감의 아들 시체까지 해서?

　3년 후.
　"무라카야! 이제 고급마법까지 모두 습득 하였으니 열심히 수련하여 시전 속도와 정확도를 높이면 된다. 그리고 마젤란 제국의 숨겨진 무기를 항상 염두에 두고 조심하고 반드시 천족의 멸종을 막는 임무는 그 어떤 일보다 우선시해야 할 과제이니 명심하고, 나는 이제 이 껍데기를 벗어버리고 우주를 두루두루 돌아다녀볼까 해, 그 지구라는 행성에는 꼭 가보고 싶구나."
　"스승님 전 아직 미숙한 것들이 너무 많아서 앞으로 2년만 더요?"
　"싫다. 이론 전수를 다 하였으니, 나머지는 너의 능력과 그리고 노력이야,"
　"제발 스승님 전 아직 언어도 완벽하지 않다면서요. 그럼 1년만 더요."
　"에헴! 그 스승이란 말은 듣기 싫다니깐. 우린 서로 간에 거래를 한거야. 주고, 받고, 나도 널 스승이라 불러야 되겠냐?"
　"헉 그건 말이 안 되잖아요. 제가 배운 것이 훨씬 더 많은데요."

"그런 억지가 어디 있냐? 가르치고 배우는데 양과 질이 문제냐? 내게 있어선 '유체이탈'술이 창조 마법보다 더 어렵고 중요하단다. 그러니 그냥 아.버.지 라고 부르면 안 될까? 그래야 우리 천족의 대가 이어지는 것이 아니냐? 험 험 험!!"

"네-넵 아 아버지!"

"그래 그렇게 부르니 얼마나 좋으냐! 내 비록 늙었지만 그래도 뭔가를 물려줄 아들이 있으니 이젠 안심이 되는구나. 그리고 이리 와서 앉아라. 내겐 아버지의 아버지 또 아버지로부터 대대로 물려진 것이 있느니라. 이것은 천족의 율법에 의한 것이니 거부하지 말고 잘 따르도록. 마법의 '에그'라는 것인데 이걸 율법에 따라 나의 아들에게 물려줄 수 있게 되어 무한한 광영입니다. 조상님들이여! 부디 이 못난 천족의 구루로아를 다른 세상에서 보시더라도 너무 나무라지 마시기를! 입을 열지 말고 받아라."

(너에게 짐을 넘기는 꼴이지만 그래도 어떻게 하냐? 나는 이미 천수를 넘긴지 오래인 것을 이제 모든 것은 너의 몫이다. 마법의 에그(內丹)는 최고급 마법을 시전해도 마나의 부족은 나타나지 않을 정도의 마나의 보고이니 잘 활용 하도록 해라. 나의 아들이여! 그리고 부담은 갖지 말고 행복하게 잘 살아라.)

지난 3년 만에 스승님은 너무나 많이 변하셨다. 그토록 탄탄하고 건강 하시던 분이 초췌 해지고 야윈 구부정한 늙은이로 변해 버린 것이다. 스승님은 일어나셔서 나가시다가 다시 한 번 뒤를 돌아보시고는 더 이상 미련이 없다는 듯이 훌훌 떠나가신다. 이것이 부자간의 마지막 모습이었다. 마법의 '에그'를 받아 안정시키느라 정신 집중이 필요한 중요한 순간이라서 나가시는 모습도 볼 수 없다. 그렇게 무한정 주시기만 하시고 그분은 미련 없이 떠나가셨다. 어디로 가셨을까? 그건 그분 자신 외에는 아무도 모르리라.

　'무라카'는 '구루로아'의 늦둥이 독자로서 또 천족 황제의 황태자였다. 구루로아님은 쌍둥이 행성의 절대자였던 것이다. 배신자들을 모두 척결할 임무 또한 짊어진 외로운 절대자로써 마지막 가는 길은 쓸쓸한 한 노인의 뒷모습만을 남긴 채 사라져 갔다. 사랑하는 아들을 먼저 보내고 이러지도 저러지도 못하는 순간에 다행이도 지구인 능력자가 나타나 준 것이다. 뛰어난 과학의 잔재로 남겨진 재생기(R-4 의료 컴퓨터)의 덕분에 정신 이식이 가능 했으니, 육체는 아들이되 정신은 지구에서 온 정신 능력자이지만 자신의 모든 것을 물려주고 간 것이다. 원래 무라카는 마법은 익히지 않았다고 했다. 검술만 익혀서 검의 경지가 상당했다고 하지만 몸이 검술을 익혔어도 정신이 다른 사람이니 다시 익히지 않는 한 무슨 소용이랴? 나의 입장에서는 마법이라도 완벽히 익혔었더라면 하는 욕심이었지만 아마도 스승님은 육체적 한계에 도달하셔서 시간이 급박 하셨던 상태이셨으니, 급하게 유체이탈로 떠나셨으리라. 천수보다 500년이나 더 오래 살았으니 미련이 없으신 것이리라. 몸 상태를 점검 해보니 지난 3년 동안 별로 운동도 못했는데도 몸은 항상 최고의 상태로 유지 되었나 보다. 완전체라더니 성말 이해가 잘 안되는 몸이다. 이 몸은 알고 있을까? 스스로 익힌 검술의 모든 것을? 천족의 황태자였으니 분명 뛰어난 뭔가가 있었을 것이다. 차근차근 찾아보자. 특별 훈련이라도 받은 것이 있겠지. 함선 곳곳을 찾아다니다 보니 어느 듯 중앙 통제실로 들어섰다.

"어서 오십시오. 무라카 사령관님! 여기는 중앙 통제실이고 저는 R-1입니다. 함선 전체를 관리하는 컴퓨터입니다."

깜짝 놀라서 아무것도 없는 물결무늬의 벽만 멀뚱멀뚱 쳐다보고 있다가 가만히 생각해 보니 이런 큰 함선을 운행하자면 당연히 초대형 컴퓨터가 있겠지 하는 생각에 정신을 차린다. 말하는 컴퓨터라. 놀라운 과학적 산물이 아닌가? 영화에서나 보았던 일이 눈앞에 있다.

"오 그래 반갑다. 진작 여기를 찾아 올 것을 그랬네. 함선 내부 설계도가 있는가? 그걸 보고 싶은데."

"네 있습니다. 그렇지만 조금 남은 에너지로 인해서 전체 설계도는 어렵고 부분적으로는 상황 스크린에 비출 수 있습니다."

"잠깐 R-1 함선의 잔여 에너지가 어느 정도 남았는가?"

"네 현재처럼 제한 사용을 한다면 앞으로4년은 버틸 수 있습니다."

"휴우! 4년이라 충전 방법은 없는가?"

"사령관님의 고유무기에 그 내용이 기록되어 있을 겁니다."

"고유무기? 그게 뭔가?"

"네 '셔틀 폰 프린스'와 개인 화기인 '레이져-샷건'입니다."

"셔틀? 비행체 말인가?"

"네 그렇습니다. 이 행성 어딘가에 있을 겁니다."

"커-험! 그걸 꼭 찾아야 되겠군, 그러면 내가 사용했던 침실과 그리고 검술을 수련했던 공간을 표시해 주게."

"넵 잠시 만요."

희미하지만 찾아 가는 데는 이상이 없을 듯 보인다.

"R-1 앞으로 당분간 저곳에서 생활을 할 테니 그렇게 알도록."

"넵 사령관님!"

"그리고 에너지는 최대한 절약해서 사용하도록 내가 셔틀을 찾아올 때까지 얼마나 걸릴지 모르겠지만 말이야."

"넵 사령관님 최대한 절약해서 오래 버티도록 하겠습니다."

"그래 식사는 앞으로 사냥을 해서 해결 할 테니 음식 만드는 공장도 정지시켜."

"네 바로 시행 하겠습니다."

"아-참! 에너지원이 무엇인가? 함선을 우주에 띄울 수 있는 에너지 원 말이야."

"우주 공간에 산재해 있는 음이온과 어둠의 에너지입니다."

"그것을 충전은 어떻게 하느냐?"

"넵 우주선이 지상에 내려온 적이 없어서 정확히는 저 역시도 모릅니다. '에너지 에그'라는 것이 각 동력 전달 장치마다 있습니다. 그것을 우주 공간에 가져가면 충전은 자동으로 되는 것으로 알고 있습니다."

"오호 '에너지 에그'라. 그러면 그것의 부피는 어느 정도냐? 체적 말이야."

"넵 사람의 머리 크기만 합니다."

"모두 몇 개인가?"

"예비용까지 150개입니다."

"알았다 R-1 셔틀에도 너처럼 관리하는 기계가 있겠지?"

"네 폰 프린스에는 R-2가 있습니다. 그리고 사령관님 개인 휴대용 R-001도 폰 프린스 어딘가에 있을 겁니다."

"R-001?"

"팔에 착용토록 만들어진 것입니다. 기능은 저랑 같지만 용량이 적은 소형이지요."

"음 잘 알겠다. R-1 우주선을 부탁한다."

"넵 사령관님! 건투를 빕니다."

수련실에 역시 검술의 모든 것이 있었다. 일기장 형식으로 쓰여 있는 그림이 곁들어진 책이 있고 광선검도 있다. 자루만 있는 광선검, 스위치를 키면 빛의 검이 나타나는 모든 물질을 다 자르는 무적의 검이다. 빛으로 된 검 영화에서 본적이 있다. 그것과 제법 닮았다. 역시 레이-져 무기인 것이다. 그렇다면 개인화기도 레이져 무기일 것이다. 침실로 돌아와서 검법서를 모두 읽어 봤다. 도저히 불가능한 자세와 동작도 상당히 많다. 공중으로 치솟아 회전하면서 이런 건 무협지에나 나오는 것들이다. 내공이 있어야 가능한 동작들! 어? 그러고 보니 마법도 마찬가지 아닌가? 마나가 있어야 마법이 실행되잖아. 그런데 나는 지난 3년간 기초마법부터 중급 마법까지 다 해보지 않았는가? 실재로 실습하면서 배웠다. 고급마법만 이론으로 전수 받았지만 말이다. 스승님이 하라고 하시면 그대로 따라 하면 다 되었다. 그렇다면 내 몸엔 마나가 있다는 것이다. 침상에 정좌로 앉아서 운공을 해본다. 실재로 지구에서 단학을 해본 경험이 있고 또 그때도 단전에 꿈틀거리는 정도는 해본 것이다. 또한 기경팔맥과 24혈 361세맥에 관한 것은 실제 경험 해보지 못했다 뿐 이론만으로는 알고 있다. 가부좌를 하는 법 등은 요가를 다년간 해봐서 아주 자연스럽다. '차쿠라'를 느껴보진 못했어도 단학에서의 단은 느껴봤고, 회음과 미려혈 그리고 협착까지는 기를 돌려 보기도 했던 20대 때의 경험도 있다. 집중 하자마자 바로 온몸의 기가 단전으로 쏠린다. 그런데 참으로 놀랍다. 온몸이 기의 바다인가? 어마어마한 기가 단전으로 모이더니 의식의 명령에 따라 아주 순조롭게 이동한다. 20대에 경험으로는 기가 혈 하나를 이동 시키는데 한나절씩 걸렸었는데, 이건 뭐 고속도로에 달리는 자동차처럼 굉장한 속도로 파도처럼 밀려간다. 회음-미려-협착-아문 그리고 백회로, 백회도 뻥 뚫려 있어서 아니 고속도로처럼 잘 닦여 있어서 프리패스다. 바로 임맥으로 향해서 질주한다. 수구-은교-단중 그리고 기해로(丹田) 순탄하다. 너무 순조로워서 오히려 이상할 정도이다.

　대 주천을 하는데 30분도 안 걸린 것 같다. 마나로드가 막히는 곳이 한군데도 없다. 그래서 완전체라고 말씀 하신 것인가? 이미 온몸이 기의 바다인데 길을 내려는 것은 바다에 강줄기를 다시 만드는 것과 무엇이 다르랴? 그래서 다시 361세맥들을 점검도 할겸 몸 곳곳의 기혈과 세맥에 기를 돌려본다. 발가락 끝까지 또 손가락 끝까지 모두 이상무다. 사통팔달 육체인 것이다. 이제 보니 나 자신이 얼마나 무지 했는지 쓴 웃음이 나온다. 재생기라는 저 의료기기는 과연 어떤 원리로 만들어진 것인지 수 만년 앞선 문명의 과학적 산물이 얼마나 무서운 것인지 새삼 놀랍다. 그로부터 무라카는 검술 익히기에 전념 한다. 마법도 중요하지만 검술 또한 중요한 것이다. 당장 사냥을 하는데도 마법보다 검법이 훨씬 용이하다. 몸은 이미 익히고 있는데 정신이 모르고 있으니, 복습하는 셈이지만 연습을 반복 할수록 불가능한 동작들이 부드럽게 이어지고 연결되어서 자연스럽다. 그렇게 몇 개월을 검법을 반복하다보니 동작을 따로 구분해서 익히는 것보다 연결 동작으로 자연스럽게 이어보면서 하나의 형으로 만든다. 즉 초식의 형을 만들어서 연결이 잘되는 동작들끼리 연결하고, 그렇지 못한 것들은 또 따로 모아서 연결 동작들을 이어 붙이기를 하다 보니 총 128개의 동작들이 하나의 검법으로 탄생되었다. 그런데 무언가 부족하다. 경신공이 있지. 빨리 달리기 기술뿐이 아니고 검술을 펼칠 때 발이 움직이는 기법도 있잖은가? 이걸 보법이라 했던가? 몸을 가볍게 하는 기술은 경신이라 했지, 일단은 빨리 달리는 기술부터 익혀야 한다. 기를 어떤 경로로 보내야 달릴 때 속도가 빨라지는지 연구도 하고 실험도 하면서 기를 제대로 혈로 잘 보내면 100배 이상의 속도와 힘을 낼 수도 있다는 것을 체험하면서 점차 익숙해져서 짐승들을 단 몇 초 정도면 따라잡는 신기한 경험들을 하게 되었다. 그렇게 2년을 스키라 산 일대를 무대로 돌아다니며 경신술(輕身術)로 몸을 가볍게 하고 마법을 사용치 않아도 우주선 입구를 마음대로 들락날락 하는 수준이 되고 50M가 넘는 나무 꼭대기에 가볍게 뛰어 올라서 나무에서 나무로 바람같이 달리는 경지에 이르렀다. 이제는 검술을 제대로 가다듬을 시기이다. 지금 나의 검술 경지가 어느 정도일까? 그걸 모르니 문제다. 적어도 '검강(劍罡)'을 날릴 정도는 되어야지, 세상에 나아가도 위험한 경우가 없겠지, 어쩌면 '검강'을 사용할 수 있는 자들이 수두룩할 지도 모른다. 그렇다면 '강환(罡環)'을 사용하는 수준까지 익히고 내려가자. 기를 응집시켜서 자르기도 하고 폭파도 시키고 바위도 뚫어버린다고 했다. 그게 그러니까 진짜 가능할까? 가만히 생각해보니 그것도 별개 아닌 것이다. 왜냐? 마법도 마찬가지 아닌가? 파이어 볼을 날리려면 불의 원소들을 공기 중에서나 주변의 양의기를 모아서 원소를 재배치 조정하는 것이다. 단지 몸 안의 어마어마한 기를 몸 밖으로 끌어내어

서 엥? 왜 꼭 몸 안의 기만가지고 그러냐? 이 행성엔 기가 넘쳐
나는데 그렇다면 몸 안의 기는 아껴두고 주변에 널려있는 것이
기(氣)인데 모두 성질은 가지가지에 다가 저 우주에까지 충만한
데 무슨 걱정. 모두가 같은 것인데, 의식을 집중하자 손위에 기
의 파동이 느껴진다. 뭉친다. 뭉친다. 그렇지 둥글게 뭉친다. 수
박 덩어리만 하게 옳지 어디 한번 시험을 해보자. 원거리공격이
가능해진다면 그만큼 위험도가 낮아진다. 검의 달인이었을 무라
카가 당할 정도면 얼마나 강할까? 내가 다시 몸의 주인처럼 또
당할 수는 절대 없지 않은가? 어디 앞쪽의 바위를 향해서 던진
다. 그런데 가다가 없어져 버린다. 아니 푸시시 흩어져 버린다.
어라? 이런 썅! 이거 혼자서 쇼를 한다. 방법은 이게 맞을 텐데
안 된다. 며칠 동안인지 외박했다. 우주선에 돌아가지도 않고 혼
자서 중얼중얼 거리면서 꼭 미친 사람처럼 일주일간을 사냥도
않고 먹지도 마시지도 않고 방황을 하며 돌아다니다가 조그만
강을 만나서 물결이 일렁이는 것을 멍하니 바라보고 있다. 그런
데 그 순간 세찬 바람이 휭 하고 지나가자 물이 일렁이며 파도
처럼 줄기줄기 퍼져 나간다. 밀려간 잔물결이 강가의 바위에 부
딪혀서 철썩철썩 소리를 내면서 흩어진다. 그걸 바라보고 있던
무라카가 번쩍 뇌를 강타하는 생각! 마치 빗살처럼 머릿속을 관
통하는 생각하나! 물은 가만히 있다. 그냥 흐르는 그 모습 그대
로 그런데 바람이란 놈이 휭 지나가면서 수면 위를 밀어 버리니
까 물이란 놈이 둘둘 말린 김밥처럼 뒹굴뒹굴 구르면서 밀려가
서 바위를 때린다. 철썩철썩! 그기까지 스톱! ＳＴＯＰ! 잠깐 그
래 저것이다. 그래 이렇게 또 저렇게 그렇지! 바로 그거다. 기는
같은 기인데 용도와 장소 시간에 따라서 틀릴 수도 있다. 사용자

에 따라서도 다르게 적용 될 수도 있듯이 말이다. 물이 내 몸 속의 기라면 바람은 외부의 기와 같다. 그 순간 무라카는 깨달음 삼매에 빠져든다. 밤이 되고 다시 태양이 솟아오르고 다시 밤이 되어도 그 자리에 못 박힌 듯이 꼼짝도 않고 무아의 경지에 몰입되어 있다. 갑자기 몰아치는 눈보라에 서서히 깨어난다. 이미 얻을 것은 다 얻은 후이다. 옷이 다졌어있다. 배도 엄청나게 고프다. 그래도 가장 중요한 것은 깨달음으로 얻은 것을 확실히 실현시켜 보는 것이다. 체내의 기를 손바닥 위에 올려서 완전히 압축한다. 그리고 회전도 시키고, 그리고 강 건너의 바위를 향해서 던져 보낸다. 슉! 그런데 주변의 마나가 이에 동조해서 '강환'을 밀어준다. 그러자 한순간에 속도가 배가되어 탄환이 날아가듯이 바위에 꽂인다. 아차차 한 가지 잊은 게 있다. 기를 일시에 끊어 버리자 "쾅!" 요란한 굉음과 함께 그 커다란 바위가 산산 조각이 나서 우박처럼 강물위에 쏟아진다. 강물속의 고기들도 놀랐는지 물위로 튀어 오른다.

"으-하하하하핫!"

한꺼번에 두 가지를 깨달은 것이다. 몸속의 기는 같은 기이지만 외부에 산재한 기와는 그 성질이 다른 것이다. 농도가 수천 배나 압축되어 있는 것이 체내의 기다.

외부에 산재해 있는 것은 말 그대로 마나이고, 가져다 쓸 수는 있지만 그 효용성이 다른 것이다. 보조 역할은 할 수 있지만 진짜 마나 폭탄처럼 사용하려면 가공을 해야 하는 것이다. 그래서 보조용으로 사용하기에 좋다. '강환'의 속도를 증가 시킨다 던지 아니면 회전 속도를 증가시키는 역할을 하는데 알맞다. 이번엔 오른 손에 체내의 기를 발현시켜서 그 모양을 바꾸어 본다. 길고 튼튼하게 그렇지 이것이 심검 이라는 것이다. 그런데 눈에 안 보이잖아? 우와 그럼 상대방이 잘리는 줄도 모르고 당하겠군. '크크-큭' 공중에 띄웠다. 그대로 기의 줄로 통제를 해줘야 그 모양대로 날아가는 것이다. 쓱싹! 지름이 3M는 되는 굵은 나무가 아무런 저항도 소리도 없이 쓱싹 잘린다. 스르륵 미끄러지며 나무가 넘어진 것은 3초쯤 지난 후였다. 눈에도 보이지 않는 심검의 공격인 것이다. 됐다! 그렇지 아직은 좀 어설프고 힘이 많이 들지만 앞으로 계속 반복 연습을 하다 보면 자연스러워 지겠지. 아이고 배고파 밥을 언제 먹고 안 먹은 겨? 에-잉 이놈의 나쁜 습관 때문에 굶어 죽게 생겼네. 썅! 집에 가서 죽이나 먹자. 그렇게 우주선으로 돌아오자 R-1이 걱정이 되었는지 묻는다.

"저 사령관님 그동안 어디에 계셨습니까?"

"아 그게 말이야. 그냥 가만히 서 있다가 왔지. 왜?"

뒷머리를 긁적거린다. 꼭 잘못 한 것이 있는 어린아이가 자주 하는 동작이다.

"10일 간이나 가만히 서 계셨습니까? 밥도 굶고 잠도 못자고요? 그 앞에 무엇이 있었는지 몹시 궁금해지네요?"

"아하! 앞에 바람이 있었지 물도 있었고."

바람과 물이라 그것이 그렇게 무서운 것인가? 무적의 우리 사령관님이 10일간이나 꼼짝도 못할 정도로?

"아~참! R-1 너 혹시 천족의 역사를 기록해 둔 것 없나? 나 그런 것 좀 공부 해야겠는데 말이야."

"네? 사령관님 그것 전혀 기억 못 하십니까?"

"그래 죽었다가 다시 살아나서 그런지 기억이 말끔히 지워졌어."

"넵 그럼 여기 조종석에 앉으십시오. 천족의 역사 전반을 다 보여 드리겠습니다."

쌍둥이 행성에서부터 일만 오천년의 역사 기록이 한편의 영화처럼 흘러간다. 탈출직후 거대한 폭발과 함께 먼지가 되어 사라지는 두 행성! 그리고 반파된 우주선을 타고 우주 공간을 방황하는 100만 명의 주민들. 불시착 과정에서 셔틀을 타고 탈출하는 천족들. 셔틀들의 폭파! 마지막까지 살아남은 자들의 고뇌가 처참하게 보인다. 도망자들의 죽음과 집단 몬스터들과의 전투. 그리고 살아남기 위한 처절한 몸부림들! 탈출한 무리들 가운데 과연 생존자들이 있을까? 있다면 뛰어난 마법사이거나 아니면 뛰어난 전사이리라. 그들이 소유하고 있었던 무기들은 모두 파기 되었을까? 침실에 돌아와 몇 일간 푹 쉬고 난후 무라카는 침실에 또 다른 공간이 있을 수 있다는 생각에 여기저기를 손으로 쓰다듬기도 하고 이곳저곳을 살펴보는데 어느 한 곳에 손이 닿았더니 예의 그 방식대로 시계 방향으로 무늬가 회전하며 나타난 서재가 있다. 책들을 한권씩 확인해 나가는데 '신체능력 강화술'이라는 책이 있다. 내용을 읽어보니 마나 호흡법이다. 이런 책도 기록 했다면 분명 기초검술에 관한 책도 정리해 두었으리라. 역시 찾아 읽어보니 이미 일기 형식의 내용과 다른 부분이 하나도 없다. 그리고 공간 도약술 교본도 있는데 역시 기초에 지나지 않다. 무라카에게 필요한 내용은 없다. 좀 더 마법과 검술을 숙달시키는 것이 지금으로선 최선책인 것 같다. 대련 상대라도 있으면 좋으련만 자신의 실력이 어느 정도인지 도저히 알 길이 없으니, 앞으로 1년 동안은 스키라산을 돌면서 검술도 다듬고 몬스터라도 사냥을 하면서 실전 경험을 쌓기로 계획을 짠다. 행성의 몬스터들이 얼마나 강한지 이제는 실전이다. 응용능력을 발전시키려면 몬스터 사냥도 좋은 방법인 것이다. '광선검'을 옆구리에 걸고, 길고 커다란 목검을 들고서 R-1에게 우주선을 잘 관리 하라는 지시를 하고는 고행 수련을 출발했다.

마법과 검법

해발 7,000M가 넘는 고산인 스키라산은 시야가 닿는 곳 어디든 하얀 눈의 세계다. 만년설일 것이다. 아니 수 만년설 이라는 것이 맞는 말일 것이다. 지금 입고 있는 옷은 가죽으로 된 옷으로 무슨 가죽인지는 모르지 만 그런대로 어느 정도 보온효과는 있으나 이처럼 고산지대의 냉기를 다 막지는 못하는지 피부가 따끔 거린다. 영하 30도는 되는 것 같다. 계절이 겨울은 아닌 것 같은데 이정도면 한 겨울엔 엄청나게 온도가 떨어지겠지. 가죽도 털이 내부에 있는 가죽이면 좀 더 따뜻할 텐데, 이 옷의 재료는 무슨 가죽인지 털이 없다. 신고 있는 부츠도 같은 재질이다. 항상 눈 위를 딛고 다니는데 냉기가 발에 느껴질 수밖에 없다. 발도 엄청나게 시리다. 완전히 이 행성에 대한 정보가 제로인 상태로 자연과도 싸워야 하는 최악의 상황이다. 그러나 언제라도 한번은 겪어야 할 일인 바에야 지금 겪어 보는 것도 낯선 행성에서의 경험을 쌓는 일이 되겠지. 우선은 먹을 수 있는 것을 찾는 것이 최우선 과제다. 너무 고지대라서 짐승이 한 마리도 안 보인다. 해발 3,000M 아래로 내려가야 있을 것이다. 공기 하나는 시원하고 맑고 그리고 풍부한 마나가 분포되어 있어서 좋은데 5년 동안이나 이곳에서 살면서 거의 모든 생활을 우주선 안에서만 생활 했으니, 이렇게 당황 하는 꼴이라니-원! 천천히 산을 내려가 면서 이 땅에 익숙해져야 하겠지.

'히말리야'의 K-2 봉이 높이가 얼마였더라? 기억에 없다. 아마 이정도 높이 인 것 같은데, TV를 볼 때 근성으로 봤으니, 기억 이 없을 수밖에 그런 고산지대에 짐승이 살아남을 수 있겠나? 적 어도 3,000M 아래로 내려가면 뭔가 해결이 되겠지. 이 몸의 능 력을 믿어 보자 다시 우주선으로 돌아 갈수야 없지. 처음 이곳에 도착 했을 때가 여름이었던 모양이다. 지금은 초봄이거나 아님 늦은 겨울 정도? 아참 이곳은 계절 자체가 틀리다고 말씀 하셨 지. 다섯 번의 큰 기후의 변화가 있다고 스승님께서 말씀 하셨는 데, 스승님의 말씀에 또 이곳은 사람들이 150년 정도 산다고 하 셨지. 그만큼 환경이 좋다는 것이고 먹 거리도 풍족하다는 뜻일 까? 지구인 보다 1.5배나 더 산다. 그래서 몬스터라는 막강한 동 물들이 생겨난 것일 것이다. 3일 동안을 굶으면서 저지대로 이동 했지만 짐승은 고사하고 새 한 마리도 눈에 띄질 않는다.

아직 인 것이다. 얼마를 더 내려가야 사람 사는 세상이 나오려 나? 짐작컨대 스키라산 일대에는 사람이던 짐승이던 금지 구역인 모양이다. 들어가면 살아서 돌아오지 못하는 뭐 그런 곳인 모양 이다. 그래서 일용할 양식이 될 개미새끼 한 마리도 없다. 먹을 수 있는 것은 눈을 씻고 찾아봐도 없다. 새들도 일체 없다. 절벽 을 만나면 플라이 마법으로 날아서 내리고 간간이 경공을 펼치 기도 하면서 내려가기 때문에 일반인의 속도에 비하면 10~50배 는 빠를 텐데도 가고 또 달려도 끝이 없다. 5일째 되는 날 드디 어 눈이 없는 저지대로 나왔다. 휴-일단 한숨이 나오지만 방심은 금물이다. 지구의 식물은 백과사전처럼 꿰고 있는데 이곳은 어떨지 모르니 함부로 아무거나 먹을 수는 없지. 이제 나무도 활엽수로 바뀌고 있다. 산새들의 울음소리도 들리고 곤충들도 눈에 띈다. 계곡으로 내려가 물을 배가 터져라 마시고 나니 힘이 솟는다. 지구에선 볼 수 없었던 식물이 보인다. 지구에서의 경험을 살리면 독특한 색의 식물은 독이 있다. 특히 독특한 무늬나 아름다운 것들은 십 중 팔구는 독이 있다고 보면 된다. 또 색이 강한 것도 독이 있다고 보면 얼추 맞다. 뚜렷한 무늬도 조심하고, 연녹색이나 평범한 식물이 먹을 수 있는 게 많다. 버섯도 그렇고 약초들은 독초도 사용되는 것이 있으니 조금 다르고, 모양, 색, 향 이런 것들로 구분해야 된다. 활엽수지역이니 과일도 있을 확률이 높다. 계절이 어느 계절인지 그게 관건인데 나무의 꼭대기에 뛰어올라 시야를 넓혀본다. 역시 봄이거나 초봄쯤인 것 같다. 그런데 그때 오른쪽 산 능선으로부터 나무 부러지는 소리와 바위 굴러가는 소리가 요란하게 울리면서 무언가가 다가오는 소리가 들린다. 엄청난 속도다. 회색의 괴 생명체인데 금방 내가 올라있는 나무아래에 당도해서는 들고 있는 몽둥이로 나무 밑 둥을 후려친다. "쾅 쿵 부르르 쾅 푸르르" 덩치가 엄청나다. 키는 7M~8M 정도에 팔은 근육이 칡넝쿨처럼 휘감겨있고 대가리는 뿔만 아니면 거인같이 생겼다. 어금니가 두개가 입술 밖으로 튀어나와 있어서 꼭 그림속의 도깨비 같은 그런 모양이다. 햐 드디어 낯선 행성에서 처음 보는 짐승을 만난 것이다. 저놈도 먹을 수 있겠지? 지금 그게 문제가 아니라 나무가 곧 부러질 것 같은 순간이다. 놈 참 힘자랑 하는 것도 아니고 허허허 하긴 전봇대만큼 커다란 몽둥이를 젓가락 놀리듯 휘두르는 저 파워는 알아줘야 할 것 같다. 그런데 하는 짓이 귀엽다. 저 정도 덩치에 저런 힘과 속도 정도면, 마을에 한 마리 나타나면 마을이 전멸 당하는 것은 삽시간일 것 같다. "크르르릉! 우왕!" 녀석이 화가 잔뜩 났는지 나를 쳐다보고는 으르렁 거리면서 입맛을 다신다. 저걸 잡을 수 있을까? 도구를 사용 할 줄 아는 것을 보니, 어느 정도 지능을 갖추었다고 봐야 하는데 행동을 보니 영 아니다. 이족 보행을 하고 도구를 사용하는 몬스터? 유인원도 아니고? 진짜 도깨비인가? 이곳엔 이런 도깨비도 사는 곳인가? 이-크! 드디어 나무가 부러진다. 어른 3~4명이라야 손이 닿을 굵기인데 그게 부러지다니 저놈의 힘이 어느 정도인지 짐작이 된다. 살려주려 했더니 위험한 놈이군. 건너뛴 나무를 또다시 몽둥이 질이다. 더욱 화가 난 듯이 날뛴다.

완전 사람을 밥으로 생각하나보다. 아무리 내가 '자연주의'에 박애주의자 이지만 이건 좀 많이 심한편이다. 도를 넘고 있다. 요 녀석에게 사람이 얼마나 무서운 존재인지 보여줘야 할 순간이다. 풀쩍 뛰어 내려서 놈의 어깨를 밟고 등 뒤에 내려서자 몸을 돌리며 몽둥이를 휘돌린다. 반응 속도가 제법이다. 광선검으로 전봇대만한 몽둥이를 싹뚝 잘라버리자 손에 남은 몽둥이를 들고 들여다본다. 그리곤 남은 몽둥이를 멀리 던져 버리고 두 손을 쫙 벌리면서 잡으려고 달려든다. 마주 달려들면서 공중으로 도약하며 놈의 목을 단칼에 베어 버렸다. 이런 놈이 많이 있다면 이곳 사람들은 항상 경계심을 갖고 살아가는 것일 것이다. 놈들이 먹이가 부족하면 마을로 내려갈 것은 불을 보듯 빤한 사실이니 마을이 성을 방불케 할 목책이나 돌로 축성을 쌓고 경계 초소를 운영해야 할 것이다. 스승께선 자연의 법칙에 관여 말라하셨지만 놈이 먼저 덤벼들었으니 응징을 한 것뿐인 것이다. 어쨌든 이놈을 먹을 수는 있을까? 목이 잘린 놈의 몸통을 보니 구워서 먹어 볼만한 것일지?

　어쨌든 허벅지 살을 먹을 만큼 잘라서 불을 피우고 구워서 먹어보니 말고기 맛이 난다. 배가 부르니 살만하다. 여유도생기고 그런데 목이 타는 것이 갈증이 심해진다. 워낙 굶다 찐한 육식을 해서 그러려니 하고는 개울을 찾아서 물도 배가 터지기 일보직전이 되도록 마신다. 휴! 좀 살 것 같다. 빨리 마을을 찾아야 오늘밤은 나무위에서 자지 않아도 될 텐데 말이다. 동쪽을 향해서 전 속력으로 달린다. 경공도 이젠 수준급이다. 바람처럼은 아니지만 나무에서 나무로 건너뛰는 정도는 되니 꼭 길이 없어도 속도를 줄일 필요는 없다. 무라카의 몸은 뛰어난 검사의 몸으로 아주 잘 발달되어있다. 반사 신경이 무척 빠르고 순발력도 뛰어나고, 기의 유동이 원활하고 그 어떤 돌발 상황에서도 즉각 반응하는 그야말로 천생 무골인 육체인 것이다. 그렇다고 해서 그 기량이 어느 정도인지는 미지수라 진짜 고수들과 한판 붙어보기 전에는 장담 할 수 없다. 한순간의 실수로 죽었던 육체가 아닌가? 조심해서 손해 볼일 없으니 사실 껍데기는 무라카이지만 정신은 산전수전 다 겪은 21 C의 박 형규 라는 영감인 것이다. 그것도 육군 대위 출신으로 전술분야 만큼은 자신 있는 지식이 기억 속에 남아있다. 또 무라카의 뇌는 10%도 기능을 못하는 지구인과는 차원이 다른 100% 모두 활용이 가능한 상태가 아닌가? 어떤 영향인지는 모르지만 그 우수한 두뇌의 도움이 컸던 것이 마법을 배우면서 나타났었다. 내가 머리가 이렇게 좋았던가? 몇 번을 놀랬는지 모른다. 기억력, 연산능력, 판단력, 이해력 등 모든 것이 너무 달라져 있는 지금이다. 지구에서 이정도 두뇌라면 아마도 세상이 발칵 뒤집어졌을 정도다. 검술은 머리만 좋다고 고수가 될 수 있는 것은 절대 아니다. 검을 생각하고 펼치면 무조건 죽는다. 몸이 먼저 아니 동시에 자동으로 움직여야 될 정도로 훈련이 되어 있어야 된다. 마법은 생각하고 발현하지만 검은 자동적으로 반응해야 된다. 그러니까 한순간도 게으름을 피우거나 해서는 고수가 될 수가 없는 것이 검술인 것이다. 즉 무인은 깨달음도 중요하지만 끊임없는 반복 숙달로 몸이 완전이 잠재의식의 지시에 따르도록 습득되어 있어야 하는데 무라카의 몸은 이미 초의식이 떠올라 있는 단계 그러니까 '초절정' 단계를 넘어선 상태에 있는 것이다. 그것을 빌려서 사용하는 현재의 나는 단 한 번의 깨달음으로 두 단계를 넘어 현경, 그리고 '자연경'에 도달해 있는데도 그 경지가 어느 정도인지 본인이 모를 뿐인 것이다. 현재 무라카의 몸은 기의 바다와 같은 상태이다. 단전 뿐 만이 아니라 온 몸이 그렇고 심장 부근에 자리하고 있는 마법의 에그는 야구공만큼이나 커다란 구체로(황금빛구체) '헬 파이어'나 광범위 고급 마법을 무제한으로 퍼부어도 바닥이 나지 않는 마나의 집약 구체인 것이다. 수십 대를 대대로 전이 되어온 마법의 핵인 셈인데, 그것이 어느 정도의 파워를 낼 수 있는 것인지 무라카 본인은 정작 모르는 것이다. 당연한 것이 살아생전 마법이라는 것을 처음대하는 경우에다가 어마어마한 힘을 그냥 물려받았으니, 모르는 것이 당연한 것이다. 그리고 마법을 남들이 직접 사용하는 것을 '구루로아' 스승에게서 처음으로 접해 봤으니 당연한 것일지도? 중단전에(中丹田) 황금빛 '내단'을 물려받고 난 후부터 많은 것들이 이전보다 변했는데도 그것이 깨달음으로 인한 것이려니, 하고 깊이 생각을 하지 않은 것도 있지만 스승의 유지를 받들어서 '무기회수'와 '남은 천족의 처리' 그리고 천족의 멸종을 방지 하기위한 될 수 있는 한 씨를 많이 뿌리는 것. 세 가지 과제를 완수해야만 스승의 마지막 유언을 이루어 드리는 것이고, 그래야만 무라카 자신의 인생을 살아 갈 수 있게 되는 것이다. 스스로도 스승님의 유지를 항상 염두에 두기위해 새로운 하루를 시작할 때 가장 먼저 세 가지의 과제를 암송하고, 일을 시작 하는 것이 이젠 습관이 되어가고 있다.

계곡의 맑은 물과 물고기 몇 마리로 허기진 배를 채우고 나무 위에 올라 가지와 가지를 넝쿨로 엮어서 잠자리를 만들고 그 위에서 간단히 운공을 해서 피로를 풀고, '대주천(大周天)'을 하고 나면 사실 섹스의 오르가즘 보다 좀 더 강한 쾌감이 온몸에 잔여 하는데 그 느낌은 어떻게 표현할 말이 없을 정도다. 그래서 무인들은 중독처럼 틈만 나면 운공을 하는 것이다. 오르가즘 보다 더한 쾌감을 느껴 보라. 중독이 안 될 수 없지. 한동안 몸속을 휘도는 잔여 쾌감의 여운을 즐기며 스스로의 능력이 어느 정도일까? 라는 문제를 생각하다 잠이 든다. 진정한 무인은 숙면을 하면서도 모든 감각이 개방 되어있는 상태를 유지한다. 그래야만 암습에도 즉각 반응을 보이게 되는 것이다. 그런데 무라카는 그러한 것들이 부족한 상태이다. 즉 생사의 기로를 경험한 적이 없기 때문이다. 21세기 지구문명에 길들여진 정신세계가 어찌 계속적인 긴장 상태를 유지할 수 있을까?

무언가 시끄러운 소리에 눈을 떴다. 세상이 환한 아침이다. 아래를 굽어보니 온통 까맣다. 몬스터들이다. 그런데도 세상모르고 잠들어 있었다니 한심한 초등생 같은 무인이다. 스스로 방만한 자신의 정신 상태를 반성한다. 자칫 죽는 줄도 모르고 죽을 뻔

하지 않았는가? 개만한 크기의 몬스터들이 떼로 몰려왔다. 나뭇가지에 늘어지게 자고 있는 먹이를 보고 몰려든 이리 떼 들인가? 늑대 종류인가? 닮은 것 같기도 하고 헌데 귀가 크다. 토끼귀의 반 정도는 되겠다. 이놈들은 보니 완전 산짐승들이다. 포유류인 것이 분명한데 두발로 서기도 하고 걷기도 한다. 그게 좀 특이하다. 그리고 상호간에 언어가 있는 듯 말을 하듯이 이상한 소리로 상호 뜻을 전달하는 모양이다. 참~참! 별 신기한 것들이 다 있다. 저놈들은 확실히 먹을 수 있겠다. 우선 잡아서 구워 먹어보면 알겠지. 무리의 중앙에 뛰어 내리며 광선검을 한 바퀴 돌리면서 휘두르자 여섯 마리가 두 동강났다.

"키 엑! 꾸꾸꾸 꾸꾹 꾸르르 캑 캑!"

정신없이 흩어져 달아나는 녀석들을 바라보면서 더 극심한 공포를 주기 위해서 옆에 있는 나무를 싹 자르자 '두두두 쿠르르릉 쿵' 굉음을 내며 30M가 넘는 거목이 넘어지자 혼비백산 한 놈들이 삽시간에 시야에서 사라진다. 죽은 놈을 한 마리 들고 계곡물 옆에서 가죽을 벗기고 내장을 제거하고 손질을 하고보니 너구리와 닮았다. 같은 종인 모양이다. 진화 환경이 틀리니 귀가 저렇게 커졌는가? 오소리와도 닮았는데 오소리와 너구리의 중간정도? 그런데 덩치는 1.5배는 크다. 어쨌든 주변의 나무 가지를 모아서 불을 피우고, 한 마리를 가죽을 벗겨서 구워보니 냄새가 구수한 것이 지구의 오소리와 별반 다르지 않다. 기름이 뚝 뚝 떨어지며 노랗게 익어가자 군침이 절로 돈다. 아! 소금이라도 있었으면 참 그러고 보니 이곳에서 염분을 먹은 적이 없다. 완전히 잊어버리고 주어진 음식만 먹었는데 이제 생각하니 무염식이다. 그런데도 아무런 지장이 없다. 체온 유지도 그렇고 아는 상식으로는 염분이 인체의 수분유지와 체온 조절기능이 있는 걸로 아는데 전혀 괜찮지 않은가?

몸 자체가 틀리는 것인가? 지구인들과? 그리고 육식은 별로 한 적이 없다. 가끔씩 혼자 수련 차 나와서 사냥해서 먹어본 것 외엔 없다. 5년간이나 우주선에서 생산해 만들어진 스프만 먹고 살았었다. 물론 기계가 만든 것이니 충분한 영양소가 함유된 것이리라. 새삼 고기를 보니 별게 다 생각난다. 한 칼 베어서 씹어보니 그런대로 맛이 좋다. 약간의 노린내가 나긴 하지만 그놈의 소금이 자꾸 생각난다. 오랜만에 제대로 된 고기를 먹다보니 더욱 생각난다. 분명 이곳에도 일반인은 염분을 섭취 할 것이다. 마을에 가보면 알겠지만 말이다. 배가 빵빵 하도록 먹었다. 남은 것은 챙겨서 넝쿨로 묶어 들쳐 메고서 출발한다.

세상으로 나아가다

산의 높이가 낮아질수록 기온은 점차 높아지고 나무는 점점 키가 큰 종류로 변 한다. 이젠 나뭇잎이 성인의 몸보다 더 크다. 그리고 이상한 꽃들이 지천이다. 계절이 봄인 것이다. 처음 보는 풀들 그리고 꽃들 그 위를 날아다니는 곤충들과 작은 새들 아름 답고 싱그러운 풍경이다. 어렸을 때 봄이 오면 산으로 들판으로 뛰어 다녔던 생각이 난다. 아지랑이가 피어오르는 봄의 산이다. 우주선을 떠 난지 15일이 되어서야 사람들이 살고 있는 세상으로 하산을 한 셈이다. 5.5년 동안 저 높은 설산에서 보낸 것이다. 하늘에 가장 가까운 깊은 고산의 계곡 속에서 동경의 대상인 이곳 별지에 탐험을 할 수 있는 자격을 갖추기 위해서 노력하며 보낸 것이니 급할 것도 없고, 이젠 스승님의 유언만 지켜 드리고 나면 즐겁고 행복한 제2의 인생을 멋지게 살아 보리라. 사람 냄새와 가축들의 냄새가 물씬 풍기는 마을이 눈앞에 있다. 발걸음도 가볍게 성큼 성큼 마을로 다가 서는데 어째 마을의 모양새가 이상하다. 산에서 내려올 때 멀리서 볼 때는 몰랐는데 가까이 다가오니 보인다. 높다란 목책이 빙 둘러 쳐져있고 그리고 요소요소에 초소가 세워져 있다. 마을 입구에는 굵은 통나무로 엮어서 만든 육중한 문이 닫혀있다. 목책도 통나무를 깎아서 세운 날카로운 끝이 뾰족하게 튀어 나와 있는 것을 보아하니 몬스터로부터 살아남기 위한 방책인 모양이다. 문의 좌우에 제법 큰 초소가 있고 그곳을 지키는 청년들이 눈에 띈다,

"ɤↄϟ↵ ♋♌ # ! 6♀ ↵?"

무슨 말인지 전혀 알아들을 수 없는 고함소리다. 쳐다보니 활도 겨냥 하고 있는 두 명 중의 한 청년이 소리를 지르면서 노려본다. 금방이라도 활의 시위를 놓을 듯이 위협을 하는 표정이다.

"아~! 산에서 내려온 사냥꾼이오. 무기도 없지 않소? 마을에 들어가게 해주시오. 나쁜 사람 아니니까!"

"ɤↄϟ↵ ♋♌ # ! 6♀ ↵?"

"대륙 공용어 하는 분 없나요?"

그러자 마을을 향해 무어라 크게 소리친다. 그리고 잠시 후 어린 소녀가 나타나서 질문을 한다.

"어디서 오시는 길인가요?"

"아하 이제야 말이 통하는 구료. 나는 스키라 산에서 내려온 사냥꾼이요. 도시로 나가고자 여행 중인데, 이 마을은 이름이 무엇인가?"

"헉 스키라 산이면 엄청나게 높은 산인데 어떻게 사람이 그곳에서 살아서 올 수 있죠?"

"엥! 스키라 산엔 사람이 살 수 없는 곳인가?"

"네 금역(禁域)이기도 하고요. 사람이 들어갔다는 말은 들어 본 적이 없어요."

깜찍하게 생긴 소녀는 털보 아저씨에게 무어라 지껄이며 설명을 하는 모양이다. 그때서야 무엇을 실수했는지 알았지만 이미 엎질러진 물이다. 일단 적당히 둘러대야 하는데, 그것이 쉽지는

않을 듯이 보인다.

"아 사냥감을 쫓아서 들어가다 보니 그렇게 되었지. 정말 죽을 뻔 했지. 수도 없이 겨우 한 달 만에 여기로 오게 된 거야. 보다시피 무기도 다 잃어버리고 얼마나 굶고, 얼어 죽을 뻔 했는지 몰라 지금도 죽기 직전이야 아이고."

"아저씨는 말씨도 그렇고 행색이 이 지방 사람과는 많이 달라요. 고향이 어디 신가요?"

"엥 고향? 떠돌이 사냥꾼이 고향은 무슨 어릴 때부터 고아로 자라서 그런 거 없어."

이-크 고향이라니 나 지구에서 왔어 할 순 없잖아. 안 그래도 의심의 눈초리로 지켜보는데 그리고도 한동안 자기들끼리 수근거리더니 그 소녀가 사라지고 30분 쯤 지난 후에야 문을 열어준다. 문으로 들어서니 온 마을 사람들이 다 모여 있는지 어린아이들은 물론이고 노인들까지 의심이 가득한 얼굴로 길을 열어준다. 그중에 노인 한분이 앞으로 나와서 다가오더니 유창한 대륙 공용어로 인사를 해온다.

"보아하니 아직 젊은 분 같은데 어찌 사냥을 직업으로 삼았소?"

"예! 마을에 들어오는 것을 허락해주셔서 감사합니다. 어르신 배운 것이 사냥 밖에 없어서 어렸을 때부터 떠돌이 사냥꾼으로 살아왔습니다. "

"보기엔 전혀 사냥꾼 같지 않아 보이는 것이 그래서 의심을 하는 것이라네."

"예? 그럼 어찌 보이는 지요?"

"글쎄다. 생긴 것은 귀족 같아 보이지만 몸을 보니, 꼭 기사

같아 보이는 것이?"

헉 귀족? 기사? 여기는 아직 그런 것이 있나보다. 하긴 스승님이 제국이니 왕국이니 하셨으니, 당연히 귀족이나 기사 같은 것이 있겠지. 지구의 13~15세기 정도의 사회 구조인가? 빠른 시일 안에 사회의 구조나 전반적인 정보를 알고 익혀야겠구나 하며 생각을 하는데 노인이 다시 미심쩍은 표정으로 질문을 해온다.

"어떻든지 간에 젊은이 이름이 무언가?"

"네 '무라카'라 합니다."

"호! 무라카라 생소한 이름이로군! 성씨는 없는가?"

"성은 구루이고, 구루 무라카 세바스찬인데 그냥 무라카 라고 부르시면 됩니다. 응? 왜 이러십니까? 어르신 꿍!"

'구루' 라는 성씨가 문제인 모양이다. 그 말이 나오기가 무섭게 영감이 철 푸덕 무릎을 꿇고, 곧 나머지 마을 사람들마저 모두 무릎을 꿇고 엎드린다.

"오! 천인이시여! 미천한 인간들이 천인을 몰라 뵙고, 무례를 저질렀습니다, 부디 용서하여 주시길 캑캑!"

헉 구루가 천족을 뜻하는 말이었던가? 닝기리 띠발! 그것도 모르고 영감탱이 그런 것을 설명도 안 해주고 무조건 천족인 것을 비밀로 하라고. 어이쿠 이거 초반부터 낭패일세. 어떻게 잘 마무리 지어야 할 터인데 원!

"아~참! 이거 곤란하게 되었군요. 저 어르신 어르신이 알고 계시는 그런 천인이 아니니 안심 하시고 일어나세요."

"어찌 감히 미천한 저희들이 천인 앞에 고개를 들 수 있겠습니까? 부디 저희들을 불쌍히 여기시어 살려 주십시오 제발 헉헉."

어쩔 수 없이 영감을 잡아 일으키고 모든 마을 사람들을 일어나게 해서 집으로 돌려보내고는 내가 천인인 것을 비밀로 하라고 당부를 했다. 도대체 천족들이 이 행성에서 어떤 일을 저질렀기에 이렇게 공포에 벌벌 떠는지 궁금하다.

이것은 아예 완전히 신격화 하지를 않나? 하늘의 신이 지상에 내려온 듯이 여기니 이런 맹랑한 일이 있나? 지구에서도 이런 맹신자들이 세상을 망치고 있는데 말이야.

마을의 규모는 62호이고 188명의 주민이 살고 있단다. 천 년 전쯤에 귀족들의 횡포를 피해 산속으로 피신한 화전민 촌락인 것이다. 500년 전에는 몬스터들이 마을을 침입하면 가끔 천인이 나타나서 섬멸 해주곤 하였다는 사실이 구전을 통해 전해지고 있단다. 마을 회관에 짐을 푼 무라카는 촌장이 시녀로 붙여준 테리아를 통해서 여러 가지 필요한 정보를 얻게 되었다. 테리아는 14세 소녀로 촌장의 늦둥이 딸 이란다. 대륙 공용어도 알고 마을에서 유일하게 글도 아는 예쁜 아이이다. 빨강 머리에 콧잔등에 주근깨가 있는 귀여운 소녀인데, 제법 성숙한 몸을 하고 있지만 아직은 솜털이 뽀송뽀송 한 소녀이다. 자기 딴에는 아가씨 소리를 듣고 싶은지 어른 흉내를 낸듯한 얼굴로 다니지만 사춘기 소녀의 어른 흉내 내기 행동이다.

마을회관은 통나무로 만든 목조 건물이다. 수도는커녕 화장실도 없는 단순한 회의용 건물이다. 마을 사람들이 너무 극진이 대해서 오히려 불편한 무라카는 필요한 정보만 얻게 되면 바로 출발을 하기로 작정한다.

어디 계곡에나 가서 목욕이나 할까 하고 회관을 나서는데 테리아 가 쪼르르 따라 오면서 묻는다.

"저기 천인님 어디로 가시나요?"

"응 그냥 계곡에 가서 목욕이나 하려고 그래 테리아야! 너는 따라 올 필요 없으니 친구나 마을 아이들이랑 놀아도 된다. 내가 시킬 일 있으면 부르마."

"네? 계곡에 씻으러 가신다구요? 아-안돼요. 목욕물은 금방 준비 해 드릴 테니 제발요. 강이나 개울은 매우 위험한 곳이라서 절대 가시면 안돼요."

몹시 당황 하는 아이를 보면서 이상한 생각이 들었지만 그냥 고개를 끄덕이고는 다시 회관으로 들어왔다. 잠시 후 장정 두 명이 커다란 목간통을 들고서 방안에 가져다 두고는 곧 이어서 따뜻한 물을 통으로 날라서는 통을 채운다. 장정들이 들락거리니 번잡하다. 괜히 바쁜 사람들을 엉뚱한 일에 동원 하는 것 같아서 미안하기도 하고, 이럴 줄 알았으면 아무소리 않고 계곡으로 갈 것을, 테리아가 만류하는 바람에 무슨 일인가 하고 주저앉은 것이 잘못된 판단이다. 목간통을 살펴보니 통나무를 파내서 만든 것이 아니고 판자를 세워서 다닥다닥 붙여서 만든 것으로 보통 솜씨가 아니다. 뛰어난 장인이 마을에 있는 모양이다. 물이 조금도 새지 않는 것이 안쪽을 살펴보아도 송진 같은 나무의 수액으로 붙인 것이 아니다. 그런데 물은 전혀 새어나오지 않는다. 또 놀라운 것은 높이가 성인의 가슴까지 올라오는데 통 외부로 딛고 오르는 계단이 역시 맞춤으로 딱 제작되어 아주 편리하게 만들었다. 손을 넣어 물 온도를 재어보니 알맞게 데워져서 온 것이 상당히 신경을 쓴 티가 난다. 정성이 들어간 만큼 감사히 피로나 풀어야지. 옷을 벗고 들어가니 피로가 다 날아갈 듯하다. 거의 6년 만에 하는 목욕인 셈인데 지구에 있을 때 보다 피부로 느끼는 감각이 훨씬 더 예민해진 듯하다. 상쾌함을 지긋이 즐기고 있는데 곤란한 일이 벌어졌다. 테리아가 들어와서는 아무 망설임 없이 옷을 홀랑 벗더니 통 안으로 들어온다.

"어? 어 야! 테리아! 너 지금 할아버지랑 같이 목욕 하자는 거야 뭐야?"

"천인님 목욕시켜 드리고요. 또 등도 씻겨 드리고요. 뭐든지 다 제가 해 드릴게요."

"나 혼자서도 얼마든지 할 수 있으니까. 넌 내가 씻은 후에 목욕해라. 알았지?"

"저 시중들어 드리지 못하면 혼나요. 마을 어르신들이 가만두지 않을 겁니다. 그러니 제발 절 쫓아내지 마세요."

이 무슨 해괴한 일이?? 환한 대낮에 어린소녀를 목욕 시중까지 시키다니 고얀 어른들이 있나? 아 한창 사춘기에 들어선 아이를 도대체 스승님이 옛날에 어쨌기에 이런 얼토당토 않는 일이 벌어지는지 오-마이 갓! 이다. 어이가 없다. 그런데 14세인 테리아의 몸은 이미 나올 곳은 다 나온 볼륨감 있는 성숙한 몸이다. 백인들이 좀 빨리 자라긴 하지 그런데 아래의 물건이 딱딱하게 서 있다. 70이 다된 노인이 몸은 30대 초반의 젊은이 인 것이다. 나참! 온몸이 부끄러움에 타오르는 기분이다. 늙은 것이 주책인 것이다. 어째 얻은 몸이지만 자신의 의지에 반(反)하는 딱 한군데가 바로 요놈이다. 팍 뭉개 버려 쌍! 스스로 생각해도 창피한 것이다. 아직 어려서 부끄러운 것이 뭔지도 모르는지 아니면 이곳은 '남녀유별(男女有別)' 같은 것은 아예 없는 것인지 망설임 없이 바짝 몸을 밀착해서는 온 몸 구석구석을 꼼꼼히 씻겨도 준다. 아무리 그래봐야 벗겨지고 씻겨 질 것이 없는데 말이다. 그럴수록 더 괴로운 것은 늙은 주책바가지 무라카만 버릇없는 놈을 숨기느라 정신이 없다. 혹여 아이의 몸에 닿을까 봐서 몸을 요리조리 비틀어서 피하기 바쁘다. 어이쿠! 챙피 챙피!

"테리아야 누가 너를 목욕 시중들도록 시키더냐?"

"네 아버지께서요. 마을 어른들 모두 의견을 모아서 결정된 일인 걸요."

"그래? 그 영감이? 오냐 알았다. 이제 되었으니 나가 보거라."

"헤 아직 씻겨 드리지 못한 곳이 있는데요. 마저 씻겨 드릴께요."

"음-그곳은 되었다 내가 씻을 테니 고맙구나. 음"

저녁 식사를 하고나니 촌장 영감이 과일주 통을 들고 찾아왔다.

"저 존경하옵는 천인님! 테리아가 마음에 드시는지요?"

"촌장님! 천인님, 천인님 하지마시고 그냥 구루 무라카 라고 불러 주시고요. 그리고 '테리아'는 예쁘지만, 14살짜리 아이를 이상한 짓까지 시키면 날더러 어쩌라는 거요? 도대체 어른들이 그 모양이니 쯧쯧! 제가 얼마나 곤란했는지 아실만한 분들이-엥! 그 아이도 시집가서 아이 낳고 살아야 할 텐데 말입니다."

"아이고 구루 무라카님! 그런 뜻이 아니옵고 우리들 천한 천민들이 그저 천인의 은총을 입으면 그야말로 날개를 다는 격이지요. 서로 결혼하려고 귀족들의 자제들마저도 줄을 선다니까요. 천인의 은총을 받아서 아이라도 생기면 국력이 올라가게 되기 때문입니다. 구루님 제발 천한 천민의 딸이지만 은총을 베풀어 주시길 이렇게 무릎 꿇고 빕니다. 예?"

뭐? 국력이 상승한다고? 언제 적 얘기야. 이거 완전 우리 선조들이 사기 친 거네. 이런 개 같은 경우가!

"그게 무슨 터무니없는 말이요? 천족의 씨를 받으면 귀한 몸이 된다는 것이?"

"넵 그렇습니다. 600년 전에 마젤란 제국의 한 촌락에서 천인의 씨를 받아 낳은 자식이 여아였는데 지금도 제국의 전군을 휘두르는 총사령관으로 있는 '볼리아' 공작으로 그 모친은 아이를 낳다가 죽었지만, 그녀는 지금도 제국의 공작으로 황제의 최고 측근으로 살고 있습니다. 검술이 어찌나 뛰어난지 대륙에서 가장 강한 검사이기도 하지요."

"오호! 그런 일이? 제국으로 가려면 여기서 얼마나 걸리오?"

"네? 제국엘 가시려고요? 이곳 '노스트' 왕국은 가장 북쪽에 위치한 지역의 왕국이라서 제국까지는 한 1년 이상 걸릴 겁니다. 구루 무라카님! 제발 제 딸 테리아에게 은총을 내려 주시길 제발요."

"생각해 보겠소. 제가 젊어 보여도 630살이 넘은 사람이라오. 14세 소녀를 어찌 안을 수 있겠소?"

"네 아-아니 14살이면 시집 갈 나이가 된 처녀이지요. 어린 아이는 아니니 그 점은 염려하지 않으셔도 됩니다. 그리고 저 옆집의 첼스라는 딸은 벌써 시집가서 아이까지 낳았어요. 13살인 데도요. 아이 엄마가 된 거죠. 구루님이야 수천 년을 사시니까 아니 불사의 천인이시니, 제발 이렇게 무릎 꿇고 간청 드리오니 제 아이에게 은총을 베풀어 주시옵소서. 헉헉"

"알겠소. 촌장 그러면 여기서 무조건 남쪽으로만 가면 제국이 나오는 거요?"

"네 네 넵 그런데 제국엔 무슨 일로??"

"아 그건 알 것 없고 내가 돌려받아야 할 물건이 있어서 흠!

하여간 내가 세상에 나온 것은 비밀이요. 그렇지 않고 이 사실이 세상에 알려지면 이 마을은 그날로 사라질 것이요 명심하시오."

"네 넵 약속드리지요. 약속하고 말 굽쇼. 목숨을 걸고 비밀은 꼭 지킬 것을 맹세 합니다요. 네"

촌장은 과일주 통을 남겨 놓고 회관을 떠났다.

밖에서 얘기를 다 들은 테리아가 방으로 들어와 잔에다가 술을 따른다.

"테리아야 너는 대륙 공용어를 누구에게 배웠느냐?"

"아버지께서 어렸을 때부터 대륙 공용어와 공용문자도 배웠고 그리고 저의 집에는 도시에서 구해온 책도 있어서 읽고 쓰는 법도 잘 알아요."

"오 그래? 너의 아버지는 단순한 촌부가 아니신 게로군 그런가?"

"네 아버지는 예전에 상인이셨다고 하셨어요."

"음 원래 노스트 왕국 사람이 아니더냐?"

"그건 저도 모르겠어요. 다른 말씀은 없었거든요."

잠시 생각에 잠겨 있는데 바깥이 소란스러워 지고 사람들이 회관으로 몰려드는 소리가 들려왔다.

"무슨 일인지 알아보고 오겠습니다."

"그래"

몬스터가 쳐들어와서 싸우는 소리가 들려오고 부상자가 발생했는지 우왕좌왕 하는 혼란스런 소리가 들려온다. 아무래도 나가봐야 할 것 같군. 한두 마리가 아니라 무리가 내려온 모양이다. 시기가 겨울이 지나 초봄이라 먹을 것이 부족한 '춘궁기'라서 그런 모양이다. 목책 위의 초소에 당도해서 보니 30마리가 넘는 돼지들이 활과 창, 도끼를 들고 문을 부수려고 공격을 하고 있는 중이다. 이런 것을 처음 보는 무라카는 어이가 없다. 오크를 처음 보는 것이니까 당연히 놀라 말이 안 나온다. 돼지가 두발로 걸어 다니는 것도 놀랍지만 병장기를 들고 공격까지 하는 모습이 꼭 병사들 같지 않은가? 어이없는 광경에 쓴 웃음이 다 나온다. 마을의 모든 사람이 다 몰려 와서 싸우고 있는데, 돼지들에게 상대가 안 된다. 덩치가 사람보다는 배는 더 크고 우람한 근육으로 뭉친 모습을 보니 힘과 속도가 보통사람으로는 당해 내기가 불가능 할 정도다. 큰놈은 300kg이상 되는 것 같다. 놈들이 쏜 화살이 문짝에 박혀서 부르르 떨리는데 사람이 맞는다면 단번에 절명할 정도다. 또 문을 부수기 위해 도끼를 휘두르는 놈은 그 무리 중에서도 더욱 크고 험악하게 생겨 먹었다. 어금니가 말려 올라가 볼 따귀 위에까지 솟아올랐다. 저놈이 대장인 모양이다. "쿵 쿵 쿵" 위험하다. 문이 부수어지기 직전이다. 이놈들이 진입하면 막을 수 있는 장정이 없다. 모두 농사나 짓는 착한 농민들이다 보니 칼을 제대로 다룰 줄 아는 사람이 있을 리가 없잖은가? 하는 모양을 보아하니 이놈들 돼지들은 전투 경험이 상당해 보인다. 온몸의 흉터도 그렇지만 움직임이 착착 절도가 있고 각개 격파가 아니라 조별로 공격한다. 번갈아 가면서 쉬다가 조별 교대를 하면서 공격 행위를 하도록 훈련이 된 것이다.

"꾸엑 꾸엑 크르르럭 쉭쉭 사람고기 맛있다. 어서 부숴라 쉭쉭 여자는 죽이지 마라 쿠엑!!"

뭐? 사람을 잡아먹어? 이 자식들 이거 완전히 먹이 사슬이 뒤집어진 이상한 동네에 온 것이다. 이곳은 돼지가 사람을 잡아먹어? 이런 쌍 노무 돼지새끼들이 오늘 너희들 합동 제삿날이다. 씨-앙! 말도 할 줄 알고 무기도 사용하며 집단전도 잘하기에 좀 더 살펴보며 대처 하려는데 사람고기가 맛이 좋단다. 그 소리에 화가 솟아오른 무라카는 번개같이 초소에서 뛰어 내리며 동시에 광선검으로 눈에도 보이지 않을 정도의 속도로 원을 그리면서 검을 휘두르자 번쩍 번쩍 하얀빛이 방원 3M를 휘돌면서 두 번의 동작에 10마리가 넘는 돼지들이 목과 몸통이 분리된다. 피가 사방으로 튀면서 잘린 몸뚱이가 푸드득 거린다. 선두에서 기고만장하던 대장돼지를 비롯해서 가장 용감한 놈들이 먼저 뒈지자 갑자기 조용해진다. 문이 부숴진 주변의 돼지는 한 마리도 서 있는 놈이 없다. 뒤따라 들어오던 놈들이 주춤 거리면서 뒤로 물러난다. 아직 앞에서 무슨 일이 벌어졌는지 모르는 뒤에 있는 놈들이 다시 밀고 들어오려고 하는데, 다시 앞줄의 10여 마리의 돼지 대가리가 하늘로 날아 떨어진다. 그때서야 무슨 일이 일어나고 있는지 알아차린 모양이다.

"쿠엑 쿠엑! 쉭 도망쳐라 캑!"

"와! 와 달아나는 놈들을 모조리 죽여라!"

"쿠당 탕탕 와그르르르 후다닥!"

"쾅!!!"

달아나는 놈들의 앞쪽에 불덩어리가 떨어져 폭발하자 똥오줌을 지리고 철퍼덕 주저앉아 버리는 놈들이 수두룩하다. 폭발에 휘말려 공중으로 튕겨지는 놈들 대여섯 마리는 파이어 볼에 얻어맞고 몸이 타들어가자, 꽥꽥 비명을 지르며 뒹굴어 보지만 꺼지지 않는 불이다 보니 그 고통이 오죽하랴! 살아서 도망치는 놈들은 5마리가 전부다. 그 놈들의 뒤를 따라서 천천히 미끄러지듯

그림자처럼 움직이는 인형은 무라카! 본거지를 아예 깡그리 없앨 작정이다. 한편 주민 자위대의 젊은이들은 아직 살아있는 돼지들을 처리하기에 여념이 없다. 낫과 쇠스랑 그리고 곡괭이까지 들고 나온 주민들도 가세하여 죽어가는 놈들의 목에 쇠스랑을 쑤셔 박는다. 다행이 피해 없이 마을을 지켜서 주민들은 안심한다.

마을 주민들의 얘기를 종합해보니 이놈들이 가장 큰 피해를 입히는 몬스터로 집단생활을 하며 사람들의 무기를 빼앗아서 칼, 창, 활, 도끼 등을 사용할 뿐 아니라 수레도 만들 줄 알고 일부 대장장이 기술도 있는지 조잡하지만 각종 무기를 만들기도 한다는 게 아닌가? 그기에 다가 우람한 근육과 사람보다 훨씬 큰 키에 또 언어도 있어서 대륙 공용어도 하는 놈이 있을 정도이니, 지방 사투리는 당연히 할 줄 아는 놈들이 여러 마리 있다는 뜻이다. 그리고 이천 미터 정도의 고지군에 근거지를 두고 약탈과 살생을 일삼고 심지어는 여자들을 생포해서 임신까지 시킨다니 말이 안 되는 경우이다. 도대체 어떤 세상에 돼지가 사람을 잡아 먹고 포로로 잡아 노예를 만들기도 하는 걸까? 큰 집단은 수천마리 이상이 모여 군집을 이뤄 살면서 겨울에 먹이가 부족할 경우 마을에 내려와 약탈을 하고, 또 성질이 잔인하고 욕심이 많아서 돼지 떼가 지나간 마을은 개미 새끼 한 마리도 남지 않는다니, 도저히 방관해서는 안 될 몬스터인 것이다. 돼지들은 번식력이 엄청나서 임신은 6개월에 한 번 씩하며 한번에 5~8마리의 새끼를 낳는다는데, 1년에 암놈 한 마리가 10마리 이상의 새끼를 낳아서 키우니 그 개체수가 늘어나는 것은 순식간인 것이다. 또 2년이면 다자라서 성숙한 돼지가 된다니 얼마나 놀랍고 무서운 사실인가? 또 성질이 포악해서 후퇴를 모르는 잔혹한 집단인데 가만히 싸우는 모습을 봤을 때 상당히 검을 잘 다루는 놈이 있어 훈련도 상당한 수준인 것으로 판단이 된다. 아마도 바나 행성은 이들이 원래 주인이고 사람들은 객이 아닐까 생각이 든다. 그렇더라도 어차피 공존이 불가능한 현실에서 이놈들의 개체수를 줄일 필요는 있을 것이다. 산봉우리를 13개를 넘어서자 화전민 마을 같은 움막집들이 빽빽이 지어져 있는 능선이 나타난다. 한눈에 보아도 수백 가구가 사는 것이 보인다. 2,000마리 이상이 모여 사는 돼지들의 마을인 것이다. 어린 새끼 돼지들도 나무 막대를 들고서 공격과 방어를 하는 전투 놀이를 하는 걸로 보아서 이들 중에 상당한 실력의 검사가 있는 모양이다. 높은 봉우리에 올라서 정탐을 해보니 골짜기 하나가 돼지들의 마을이다. 자연의 법칙을 어기는 일이지만 어쩔 수 없군. '그레-잇! 그라운드 파이어 레인' 순식간에 하늘이 캄캄해지며 불비가 소나기처럼 쏟아지는데 온 계곡이 아비규환이다. 살아 보겠다고 길길이 날뛰어 보지만 너무나 광범위한 넓은 계곡전체뿐만 아니라 산 능선 너머까지 반경 2㎞ 일대가 초토화 되었고, 산불이 일어나 인근 능선으로 번지자, 다시 돌풍과 폭우를 불러 진화를 하자 고기타는 노린내만이 지독하게 멀리까지 퍼져간다. 살아있는 생명체가 전무다. 바위와 나무도 그리고 풀도 하나 남아있는 것이 없다. 아~! 이래서 스승님이 마법은 함부로 사용을 하지 말 것을 강조 하셨구나. 처음 발현해 보는 광역범위 마법의 위력에 스스로도 놀란다. 앞으로 부득이한 경우가 아니면 다시는 마법을 자제해야 할 것 같다.

 쳐다만 봐도 허리를 굽히고 젊은 친구들은 슬금슬금 회피하는 그리고 두려워하는 눈치들이다. 이런 일이 일어날까 봐 나서지 않으려 했으나 워낙 위험한 순간이라 가차없이 돼지들을 척살 했었는데 어차피 곧 떠나야 하니 이들의 입단속이나 철저히 해 두는 것이 차후 일에 영향을 받지 않으리라. 회관으로 돌아오니 마침 테리아도 자기 집으로 갔는지 보이지 않고 오히려 홀가분한 마음으로 촌장이 놓고 간 과일주를 마시면서 앞으로의 여행계획을 생각한다. 무슨 과일로 담근 술인지 향이 허브 향처럼 진하면서 돌배주처럼 시원 하다. 그래서 연거푸 몇 잔을 마시니 금방 취기가 돈다. 도수가 꽤 높은 듯하다. 일찍 자고 일찍 일어나 내일일은 내일생각하자. 언제 잠이 든 것일까? 술 몇 잔 마셨다고 사람이 들어오는 것조차 못 느꼈다니 무슨 놈의 무인이 이 모양인가? 스스로 자책감이 든다. 만약 잠이든 때에 자객이 아니면 몬스터가 공격해온다면 그대로 죽음이다. 이 몸의 전 주인도 그렇게 당했는지도 모른다. 옆에 파고들어 와서 꼼지락 거리는 것이 테리아가 돌아온 모양이다. 손으로 더듬어보니 보드라운 살결? 이크! 아니나 다를까 테리아가 홀라당 벗은 맨몸으로 꼼지락 거리고 있다. 보나마나 촌장 영감이 씨받이 시킨 것 일 게다. 맹신적인 생각이 이런 일을 꾸민 것이다. 에-휴! 지구에 있을 때 그 사이비 종교인들의 맹신적인 작태들이 떠오른다. 아이들과 아이들의 어미가 빠져든 **지 **장막*회 라는 단체가 생각난다. 초등학교도 4년 중퇴한 노인이 총수라는 그 종교 집단은 요한 계시록을 자기들 입맛에 맞추어서 해석을 하고는 무슨 재림한 예수? 보혜사 운운 하는 따위의 짓거리를 하는? 종교라는 것이 어떤 것인지는 역사가 다 증명하고 있는데, 그래도 그기에 빠져드는 사람들이 있다는 것이 신기한 일이다. 여자는 나이가 먹어갈

수록 어딘가 무엇엔가 기대야 하는데 남편이 힘이 약해지니까 그 대상을 바꾸게 되는데, 그때에 종교인들이 전도(傳道) 한다는 핑계로 꼬드기니, 혹 넘어가는 것이다. 그리고 성경 문맥의 해석도 하지 못할 정도의 문맹 인에게서 나온 성경상의 예수가 비유로 말 한 '자신의 눈에 들보가 있는 줄 모르고 남의 눈에 티끌이 있는 것은 잘 보인다.'는 식의 비유를 성경전체 내용에다가 입맛대로 여기도 저기도 붙여서 해석하는 우를 범해 사회에 물의를 일으키는 작태? 한글을 겨우 깨우친 사람이 성경을 수십 년간 외우다시피 한 그 대단한 노력은 인정이 되지만 환상을 보고 꿈을 얘기한 요한의 얘기를 그런 식으로 해석하는 우(愚)는 정말 배꼽이 빠질 일이 아닌가? 성경이 가치가 있는 것은 기록으로 인정을 하기 때문인데, 기록은 본질을 흐리거나 과장하거나 하지 않을 때에 그 가치가 있는 것이지, 예수가 몇 마디 설명을 위해서 비유한 것을 전 내용이 비유로 쓰여졌다는 식으로 가져다 붙이니, 그것은 기록을 손상시키고 위대한 종교정신을 흐리게 하는 짓거리 인 것을 깨닫지 못하는 자들이 21세기에도 그렇게 많을 줄 몰랐다. 그건 문맥과 문장의 구분이 어느 부분에서 이루어지는지도 모르는 문맹인 들이나 할법한 짓이다.

스스로가 만든 환상에 자신이 빠지는 것이 맹신이다. 지금 이 마을의 사람들이 그와 같은 입장이 된 것이다. 사람들은 자신이 약하다고 생각하기 때문에 의존성이 강하다. 테리아도 나이는 어리지만 상당히 현명하고 보아하니 이 세계에서는 책도 많이 읽은 선지식 인으로 자라날 터인데 아버지의 명령에 스스로를 던지는 우를 범하려 하는 것이다. 그리고 무라카는 어린애와 Sex나 즐기자고 이곳에 온 것도 아니고 말이다. 손을 뻗어서 등과 엉덩이를 쓰다듬어 주자 돌아누워서 빤히 쳐다보는 눈이 초롱초롱하다. 살결이 부드럽고 매끄러운 것이 농촌에서 자란 아이 같지 않고 예쁘다. 봉긋 솟은 젖과 부드러운 목선이 얼마나 예쁜지 한 폭의 동양 미인도를 보는 듯하다.

"아버지가 이렇게 하라고 보냈구나?"

"------"

"나는 수백 살이 넘은 늙은 할아버지야. 어찌 너처럼 예쁜 아이를 임신 시킬 수 있겠니?"

"저는 저 저는 천인의 아이를 낳고 싶어요. 아버지가 시킨 것은 맞지만 제 스스로 그러고 싶어요. 훌륭한 아이를 키우고 싶어요."

"훌륭한 아이일지 아닐지는 아무도 모르는 것이야. 또 아이가 있는 엄마를 누가 결혼 하려고 하겠니? 그러면 넌 평생 과부가 되는 것이야. 100년이 넘는 세월 동안 혼자인 과부."

"???"

"정말 예쁘고 착한 아이구나. 그냥 그대로 있다가 아버지에겐 씨를 받았다고 하렴 허허허"

"저 과부가 뭐예요?"

"과부란 남편이 없는 여자를 말하는 거야."

"남편이 없으면 어때서요? 구루님이 이 세상 어딘가에 계실 텐데요. 그리고 저보다 훨씬 오래 사시잖아요. 아니 영원히 사시는 거예요?"

"흠 영원히 살 수는 없단다. 그리고 너무 오래 사는 것도 짐이 될 수도 있단다. 살기가 싫은데도 억지로 살아야 하는 것도 고역이 되는 게지."

"전 구루님의 아이를 키우면서 오래오래 살고 싶어요. 아이가 자라 서 어른이 되고, 아이의 아이가 자라서 어른이 되도록 말이에요."

"허허허 그래 그렇게 살도록 하려무나."

슬립마법을 걸어주고 온몸의 '마나바다'를 이곳저곳 361 전체 세맥 곳곳을 두루 두루 돌린 다음 목책 밖으로 나와 야트막한 언덕에 올라 스펨 산맥의 스키라산 쪽을 바라본다. 그러나 구름 속에 가려서 보일리가 만무하다. 7000M가 넘는 고산 지대이니 그 윤곽조차 감을 잡기 어렵다. 항상 눈 속에 묻혀 있는 산. 그 곳이 나의 제2의 고향인 셈이다. 식물들과 이곳 사람들이 사는 산 아래의 일들을 스승님께 좀 배웠었더라면 또 이곳 행성의 역사와 짐승들과 몬스터들의 종에 대한 것들도 완전히 문외한이 되어버린 지금처럼은 곤란하지 않을 수 있었을 텐데, 그 놈의 마법이 무엇이 그렇게 중요했기에 스승님은 마법만 달랑 가르쳐 주시고 떠나셨다. 좀 더 계획적이고 재미있게 과업도 수행하고 탐험도 즐길 수 있는 방법은 없을까? 스승님은 무사하실까? 한동 안을 잡념에 빠져 있다가 주위에 있는 나뭇가지를 주워 들고는 검법서에 있었든 동작들을 취해본다. 어떤 동작들은 골격이 있는 몸으로는 불가능한 동작도 많다. 그런데도 이놈의 몸은 유연하기 도 하거니와 불가능한 연계동작도 못할 것이 없다. 난이도가 점점 높아지는 모든 동작들을 취하면서도 땀 한 방울 흐리지 않는 몸이라니 기(氣)의 흐름이 자연스러운 경지. 그리고 왼손과 오른손을 각기 다른 즉 오른손은 마법을 시현하면서 왼손은 검법을 펼칠 수 있는 방법도 연구하고 연습한다. 아직은 서툴지만 반복 연습만이 그 해답임을 잘 안다. 언젠가는 고난이도의 검술과 보법 그리고 마법을 동시에 실현할 수 있게 되리라.

재생관으로 인해 변화된 DNA는 두뇌의 100% 활용이 가능하고 자기 통제와 의식의 집중 그리고 동시에 1인 2~3역까지 시현을 할 수 있는 것이다. 몸이 이제는 초스피드까지 내어서 움직일 수 있는 단계이니, 눈이 온 머리에 다 있는 사람처럼 보고 느낄 수 있으며 팔이 8개 정도 달린 사람처럼 휘두를 수 있으며, 다리가 마치 제트엔진이라도 달린 것처럼 움직일 수도 있는 것이다. 지구의 무기들처럼 음속을 돌파하는 속도라면 모를까 그 이하는 모두 회피 가능한 단계인 것이다.

마법까지 동시에 구사 한다면 광속도도 따라잡을 수 있지 않을까? 점프, 점프, 점프 그리고 경공! 눈에도 보이지 않는 강 환의 공격은 무음 무속의 탄환 같은 기의 포탄이 느끼기도 전에 적의 몸속에 박힌다면, 공간이동 마법은 지나친 마나의 유동도 문제이지만 도착 지점의 변형된 공간으로 인해서 산산이 부숴질 확률이 50%나 됨으로서 사용금지다. 공중인들 안전할까? 때마침 날아가는 새떼가 있다면? 그래서 천족 마법사의 1/3이 그렇게 사라졌다는 기록이 있지 않은가? 스승님도 딱 두 번 시현해 봤다는 장거리 공간 이동 마법! 나는 짧은 기간 동안 초특급으로 교육을 받았기에 그런 것은 엄두도 못 낸다. 사실 필요성도 없고, 주로 시야가 닿는 거리 안에서만 이동해도 불편할 것 없으니, 아마 앞으로도 장거리 공간이동 마법은 사용할 기회도 없을 테고 사용 하지도 않을 작정이다. 원소를 변화, 압축, 회전, 폭파 시키거나 또는 원소들을 혼합, 압축, 회전, 변화 그리고 주변의 다른 성질의 여러 기들을 이용해서 가속 시키는 등의 마법만 주로 사용한다. 火 水 木 風 土 의 오행의 원리와 질량의 감축과 변화는 상당히 고난이도 마법들이다. 질량 불변의 법칙과 $E=MC^2$ 같은 것은 기본 소양인데, 이것에 굳어진 나의 머리는 좀처럼 그 껍질을 깨트리지 못하고 있다.

어쩐 일인지 이 마을 주민들은 모두 채식주의자 들인 것 같다. 며칠을 지내봐도 고기반찬이 없다. 하다못해 내가 때려죽인 돼지들의 엉덩이 살이라도 있을 텐데 모조리 땅에 묻어 버렸으니 말이다.

3일 동안을 테리아를 만지기만 하고 지냈다. 테리아는 만지는 것이 씨를 주는 것으로 알고 있는지 별 불만이 없다. 다행인 것이다. 보드랍고 말랑말랑 한걸 만지는 것은 기분이 좋다. 그 아이도 그걸 좋아하기에 부담이 없는 것이다. 4일째 되는 날 드디어 출발하기로 했다. 마젤란 제국을 향하여, 1년이 걸린다니까 천천히 배우면서 수련하면서 이동하면 되겠지, 그리고 그때그때 정보를 수집하면서 말이다. 마젤란이여 기다려라 '구루 무라카 세바스찬'이 간다.

산골 마을이지만 그다지 적은 마을은 아니다. 지구의 내 고향 청도에는 30호도 안 된다. 이곳은 62호나 되고 주민도 188명이나 되니까. 모두가 합심하면 그까짓 돼지들 쯤은 가볍게 방어할 수 있으리라. 혹여 모르지 들은 얘기로는 산에 사는 소를 닮은 몬스터는 2~3톤 정도의 덩치에 커다란 뿔이 있어서 목책조차 소용이 없을지도 모른다. 그러나 초식 몬스터라서 먼저 건드리지 않으면 공격받을 염려는 없을 것이다.

그리고 트롤과 오우거가 좀 무섭고 트롤은 집단적으로 공격하기 때문에 상당이 상대하기 까다롭고 '오우거'는 워낙 크고 빠르니까 조심해야 한다. 샤넬 타이거는 고양잇과 동물로 번개 같은 빠르기와 나무도 잘 타오르기 때문에 먹이 사슬의 상층부를 차지하는 종이라서 마을까지 내려올 필요가 없는 놈이다,

고산에서도 얼마든지 먹이를 구할 수 있으니 말이다. 와이번은 아예 잘 없다. 고산의 암석군 험지에 높은 곳을 집을 삼아 가족 단위로 살아가는 놈들이라 특이종인 것이다. 날개가 조류의 날개가 아니라 날다람쥐나 박쥐처럼 피막으로 된 날개라서 그 가죽의 효용성이 높고 질기다. 그러나 찾아도 찾을 수 없을 만큼 희귀성 몬스터인 것이다. 현재까지 들은 얘기의 몬스터 정보 전부이다.

수중에도 몬스터가 있을 것이고, 바다나 강에도 분명 독특하게 진화된 포식자들이 있을 것이다.

촌장님께 인사를 하고 울보가 된 테리아를 떼어내어 촌장의 품에 안겨주고 미련 없이 길을 나선다. 언젠가 우주선으로 돌아오면 그때나 한번 쯤 올 수 있을까?

태양이 떠오르는 쪽이 동쪽, 마주보고선 오른쪽이 남쪽, 왼쪽이 북쪽, 그리고 뒤쪽이 서쪽 방향이다. 이것을 모르면 외계인? 맞아 나는 외계인이다. 그리고 우수한 과학이 만든 돌연변이이다. 또한 상식을 뛰어넘는 방법으로 바나 행성으로 스며든 초인이다.

케플러라는 독일 천문학자는 살릴레이 갈릴레오 보다 200년이나 먼저 지동설을 확인한 천체 물리학자이다. 수많은 별들을 관찰하는 것을 좋아한 사람으로 천문학의 개원자라고 해도 과언이 아니다. 그런 사람의 이름이 붙은 행성에 지금 내가 여행을 하고

있는 것이다. 바나 행성이란 이름은 이곳에 오고 나서야 알게 된 것이다.

　크기도 지구의 1.6배나 큰 이행성의 표면적은 지구보다 훨씬 넓을 것이다. 아직 대륙이 몇 개인지 모르지만 그중의 하나의 대륙을 횡단하려 하는 것이다. 이 여행은 나 자신의 선택인가? 아니다 스승님의 유지를 받들기 위함이요, 바나 행성 자체의 안전을 지키기 위함이며 무엇보다 가장 큰 이유는 나 자신의 탐구심 때문이다. 가보고 싶고, 확인 해보고 싶은 욕망과 갈증! 사랑도 그렇잖나, 안고 싶고 만지고 싶고, 확인하고 싶은 마음. 이것이 탐구심이다. [탐험=사랑=스승님의 유지달성=과제달성] 나를 이곳에서 새롭게 살아갈 수 있도록 해주신 분이며 자신의 모든 것을 넘겨주신 분이며 우주선도 유산으로 남겨주신 분! 자신의 종족이 수 만년에 걸쳐 연구한 마법까지 그대로 물려주셨으며 마법의 총체인 내단(內丹)까지도 그대로 이양해 주신 그 은혜에 조금이라도 보답하자면 목숨이라도 바쳐서 주어진 과제는 기필코 완수하리라. 스승님이 원하시던 숨겨지고 흩어진 무기회수와 멸종에 다다른 천족의 씨를 이어가게 하는 것. 그리고 천인 황제의 명을 어기고 탈주한 배신자들을 찾아내어서 처벌 하는 것. 이 정도 쯤이야 해 드려야지 반드시 말이다. 시간은 많다.

　R-1이 있었으면 금방 계산 할 텐데 아~! 보고 싶다. 우주선도 그리고 스승님도, R-1도 보고 싶다.

　어디를 가도 이 행성엔 먹 거리가 많다. 식물도 동물도 많으니 포유류나 몬스터들도 그렇게 덩치가 크게 진화가 된 모양이다.

이건 숫제 어린아이 수준의 정보를 가지고 여행을 하는 것과 무엇이 다른가? 정말 한심한 수준이다. 그런데 이상한 것이 어째 3일 동안을 계속 한 방향으로만 이동을 하는데 이 평야지대엔 사람이 없다. 마을도 없고 지나다니는 짐승도 없다. 산악도 아닌데 그냥 버려진 땅들뿐이다. 참 넓기도 하지 한 평에 1,000원씩만 해도 얼마나 될지 계산이 안 된다. 끝이 보이지 않으니 R-1이라면 모를까? 도대체 이곳이 어디쯤일까? 강도 흐르고 있고 풀과 나무도 있다. 산이 아닌 언덕이 가끔씩 보이고 있지만 사람은 없다. 사람이 살 수 없는 곳이라면 분명 이유가 있을 것이고 그 이유는 보나마나 무시무시한 몬스터가 있거나 아니면 저주받은 땅? 도시에 도착하면 제일 먼저 지도를 구해야 할 것이다. 댄-장! 아마 만들어 진 것이 없을 것이다. 그래도 누군가는 필요에 의해서 만들어가지고 있는 사람도 있으리라. 그리고 밤마다 찾아오는 두 개의 달! 큰달 작은달 자매달이 떠오르면 지구가 그립다. 우주선을 타고 간다면 백 만년 정도 걸릴까? 다시는 돌아가지 못하는 지구. 60년이 넘는 시간동안 그곳에서 살았던 여러 가지 추억들! 별들이 유난히 맑게 보인다. 자연이 깨끗하니 하늘이 맑을 수밖에 없는 것이다. 별들의 위치도 자세히 관찰해두면 밤에 이동시에 방향을 혼돈하지 않는 방법 중의 하나인데 모두가 생소하고 고립무원이다.

와이번

분명히 버려진 땅일 것이다. 그렇다면 긴장해야지만 할 이유가 있을 것이고 조심하자. 강도 수량이 풍부해서 농사짓기에 아주 좋은 땅인데 이렇게 버려졌다니 그리고 지난 며칠간 사람은 그림자도 없다. 시간이 흐르다 보면 하나씩 알아가겠지만 값비싼 대가를 치르면서 배워야 기억에 확실히 남지. 허허허 이런 지형에선 다수의 적을 만나면 상당히 불리하다. 사방이 탁 트인 평원이고 그 끝이 보이지 않을 정도이니, 방자의 입장에선 상당히 불리한 지형이다. 정신 바짝 차리자. 아님 한 순간에 끝장나는 수가 있으리라. 불리한 지대에서 살아남을 수 있어야 하는데 어쩌면 상상도 못할 일이 벌어질지도 모르겠다. 일단은 방어하기 좋은 지형에서 노숙을 해야 할 것이고 자면서도 신경은 깨어 있어야 할 것이다. 군인시절에 도피 및 탈출과 생존술을 배웠지만 그건 기초 중의 기초였고 배만 쫄쫄 굶는 훈련이었던 것이 기억난다. 도피 및 탈출은 치고 달아나는 기술이지만 생존술은 두더지처럼 땅을(비트)파고 땅속에 기어 들어가서 버티는 그야말로 먹지도 싸지도 못하는 방법 이였었지, 모든 흔적을 지우고 냄새도 없애고, 그리고 고픈 배를 움켜쥐고 숨소리마저도 통제하는 훈련. 지금 생각하면 그건 훈련이라기 보단 이런 방법도 있다는 정도의 경험을 위주로 실시한 것일 것이다. 어떡하든지 지금 살아 남아야 한다. 진짜 생존이 최우선 목표가 된 현실이다. 빨리 이 곳을 벗어나자 위험요소가 무엇이든지 벗어나 버리면 해결 되는 에-잉 '구루 무라카 세바스찬'이라는 이름이 부끄럽다.

신나게 플라이 마법으로 공중에 떠올라서 손살 같이 나아간다. 남쪽으로, 남쪽으로~ 이쯤에서 부터는 경공이나 연마 하면서가 자. 땅으로 내려와 슉- 슉 달린다. 깃털처럼 가볍게 달린다. 한걸음에 10M 이상씩 쭉쭉 나아간다. 뭐 축지법이라도 좋다.

그건 어떻지 할 줄 모르니 상상에 맡기고 이 속도면 해가 떨어지기 전에 어? 또 강이네. 스-톱! 끼익! 억 첨벙!! 어-푸, 어-푸 이기 머 꼬? 아이고 브레이크 고장이다.

천족의 후예 '무라카' 체면이 말이 아니다. 누가 봤으면 에-공! 쥐구멍에라도 숨고 싶은 심정이다. 그런데 무슨 놈의 강이 이렇게 넓어? 혹시 바다에 온 것인가? 그리고 수심도 아주 깊다. 한참을 가라앉아도 발이 땅에 닿지 않는다. 양손을 노처럼 휘둘러서 정말 신나게 강가로 나오는데 물속에서 괴상하게 생긴 놈이 따라 나오다가 사라진다. 으악!! 물속에도 괴물이 있다. 그것도 어마어마하게 큰놈이 아우! 저놈을 잡아서 구워 먹어야 하는데, 메기과에 속하는 놈인가? 이빨이 톱니같이 생기고 입이 화물 트럭 한 대는 삼킬 만큼 크다. 조금만 늦었으면 허리가 두 동강 날 뻔 했다.

강도 조심해야 할 것 같다. 강폭이 1㎞는 족히 될 것 같은 넓이다. 저쪽 맞은편이 가물가물 한다. 실루엣처럼 희미하게 보일 정도면 1㎞가 넘을라나? 어떻게 건너가지? 아이쿠 이 돌! 쿵쿵 주먹으로 때리니 머리가 쿵쿵 울린다. 니 마법사 맞나? 빙신 가시거리 내에서야 싹 점프로 빛처럼 빠르게 싹 건너 뛴다. 후우 스승님 지송요. 지가요 머리에 열을 너무 많이 받아서 잠시 깜빡 한기라요. 헤헤헤 송구 합니더-예. 위대하신 스승님 이름에 잠시 흙탕물 튕긴 기라 예, 용서 하이소, 예 험험 큼.

그러나 저러나 경공이 아직 인가? 기의 운용이 급제동도 못하면 화급할 때는 어떻게? 반복 숙달만이 정답인 것이다. 어느 정도 되어야 고수일까? 100M를 0.3초에 주파하는데 100M를 0.1~2초에 달리고 급제동 및 방향 전환도 즉각적으로 이루어져야 완숙한 단계 일 텐데? 반복 숙달이 정답 일터이니, 쌩하고 남쪽으로 달려가는데 뒷머리가가 간질간질해서 고개만 돌려보니까만 점하나가 대포알처럼 다가오는 것이 보인다. 바라보는 순간에 점점 커져가는 점.

으-악! 우회전으로 급전환과 동시에 5미터 정도를 미끄러지면서 목표물을 보니 놈이 땅과 부닥치며 흙먼지를 구름처럼 피워 올린다.

"쾅!! 콰르르-릉!"

놈은 벌써 200M 상공으로 치 솟아오른다. 와이번이다. 몸체가 30M는 거뜬히 될 것 같은 크기에 붉은색이다. 아니 적갈색에 가깝다. 래드 와이번인 것이다. 헛발질 한번으로 끝낼 놈이 절대 아니다. 이놈이 원인인가보다. 그래서 사람이 살지 못하는 버려진 땅이 된 것이다. 어딘가 평야가 끝나는 지역에 이놈의 서식지가 있다는 뜻이다. 지금은 정신을 집중해서 까마득한 공중에서 방향전환을 하고 있는 저놈을 어떻게 대처 하느냐가 중요하다. 저놈을 어떻게 상대할까? 다시 저공비행을 해오는 순간 '시간차 공격'으로 싹둑! 좋았어! 설마 놈이 자기에게 달-겨 들것이라곤 생각을 못하겠지. 미리 '광선검'을 꺼내어 손잡이를 꽉 잡고 준비를 한다. 까만 점으로 보이던 놈이 다시 날개를 접고 대포알 같이 날아온다. 어마어마한 거체에 가속도까지 붙어서 엄청난 파워+속도라서 초음속에 가까운 아니 음속을 돌파하는지도 모를 정도다. 초속 100M의 속도로 마주 달려 나가면서 시간차 공격으로 차-앗! 고공 점프! 광선검 스위치를 키면서 날개를 다시 펼쳐 방향선회를 준비하는 놈의 날개 부분을 스치듯이 솟아오르며 단일격에 와이번의 모가지를 싹 잘랐다.

"쾅 투 투 투 투 퉁 쿵!"

공중에서 내려다보니 대가리는 따로 빙글 빙글 돌면서 멀리 떨어지고, 몸통은 여섯 바퀴나 굴러서, 기차전복 사고를 방불케 한다. 흙먼지가 핵폭발을 일으킨 것처럼 버섯구름이 피어오른다. 제까짓 놈이 시간차 공격이 뭔지 알기나 할까? 반 호흡도 채 안 되는 순간에 설마표적이 달려들 줄은 몰랐을 거다. 그래서 당황해서 날개를 펼치려다 한순간에 당한 것이다. 진짜 엄청나게 크다. 아직도 푸들푸들 떨고 있는 발톱을 보니 발가락 하나가 사람 몸통만하다. 발전체를 쫙 펼치면 5M는 되겠다. 첫 공격 때 옆으로 5미터 정도 이동하지 않았더라면 크게 다칠 뻔했다. 자 이제 무두질을 해야지. 최고의 가죽을 챙기려면 무두질을 멋지게 해야 한다. 그리고 심줄도 잘 끌어내야 진짜 사냥꾼이지. 가만 배도 고픈데 이놈의 고기는 못 먹나? 뭐 아는 것이 있어야지 에이 그냥 먹어보자 칼로리만 있으면 되지. 맛을 따질 때가 아니지 지렁이도 먹는 세상인데 허허허 날개 살이 가장 맛이 좋겠지?

[음 맛이 꽤 좋은데 쫄깃쫄깃 한 것이 굽기를 잘 굽었네. 역시 마법이 실용적이야. 허허]

배를 두드리면서 무두질에 몰두한다. 이것 모두 분리 하자면 3시간은 족히 걸리겠네. 어쩌면 더 오래 걸릴지도 가죽은 최대한 크게 세 덩어리로 나누자 날개 두 개 몸통은 통째로 하나 그리고 심줄은 최대한 길게. OK!

큰달 작은달이 떠오르고 그리고 자매달이 지고 동쪽이 밝아올 때 쯤 무두질이 끝났다. 몸통은 버리고 날개고기만 좀 챙기고 가죽을 둘둘 말아보니 부피가 너무 크다. 1톤 트럭에 한차 정도는 되는 부피다. 이것을 들쳐 메고 가야 한다니 신세가 너무 바닥이다. 아이고! 일단 좀 쉬고 난후에 생각을 해보자.

다시 이동을 시작한 것은 그 다음날이다. 뙤약볕에서 얼마 동안을 잤는지, 아마 15시간은 잔 듯하다. 아무래도 이상하다 어떻게 그렇게 잘 수가 있지? 음식이 수면제라면? 그럴 수 있다. 그렇게 잠들었을 때 암놈 와이번이 왔다면 그냥 끝났을 것이다. 이런 한심한 경우가 있나? 에-휴 아직 무인이 되려면 멀었다. 한순간에 획 가는 세상인데 경각심이 전혀 없다. 이러다가 진짜 이 몸의 주인처럼 과제도 완수하지도 못하고 당할 수야 없지, 앞으로 이런 부분을 숙달해야 하는데, 자면서도 신경은 깨어있는 것이 무인들은 가능 할 것인데 말이야. 와이번고기는 못 먹는 것이 정답이다. 독이 있어서 일반인은 먹으면 죽는다. 완전체인 무라카니까 잠에 취해서 해가 중천에 오도록 잔 것으로 풀렸지만 말이다. 남은 고기를 모두 버리고나니깐 우선 식량과 식수가 문제이다. 강에서도 많이 이동을 해서 얼마를 더 움직여야 산이나 강을 다시 만나게 될지 미지수인 것이다. 검붉고 메마른 땅이 끝도 보이지 않을 정도로 펼쳐져 있고, 간혹 선인장 같은 식물이 있긴 한데 이곳이 사막화되고 있는 곳인 듯하다. 강을 우선 찾아야 갈증을 해소 할 텐데 강으로부터도 한참을 왔다. 그것도 경공으로 날아왔으니 뒤돌아가기엔 너무 멀다. 다행히도 천막대용이 생겼으니 그나마 위안이 된다. 밤엔 기온이 상당히 내려가서 잠자기엔 추운데 와이번 가죽으로 천막을 치니까 아주 제격이다. 자! 낮과 밤의 기온차가 극심할 때는 물을 구할 수 있는 방법이 있다. 와이번 가죽으로 일교차가 심할 때 나타나는 밤이슬을 받아서 식수로 하면 된다. 이런 것은 군에서 생존 훈련에 나오는 것들 중에 있다. 일단 물은 구할 수 있는데 반해 식량은 막막하다. 굶게 되는가? 이 먼 타 행성에서 밥도 굶어야 한다니 쯔 쯧! 짐승도 전혀 없는 곳이다 보니 달리 방법이 전무하다. 밤에는 가죽으로 이슬을 받아 마시고 아침에는 와이번 가죽을 돌돌 말아서 심줄로 꽁꽁 묶어서 경량화 마법을 걸어서 무게를 1/10로 줄이고 들쳐 메고는 남으로, 남쪽으로 달린다. 맨몸으로 달릴 때와는 속도가 현저히 떨어지지만 가죽을 버릴 수는 없다. 밤에는 유일한 잠자리니깐. 얼마나 헤매고 있는지 며칠이 지났는지 이젠 독백조차도 할 수 없는 지경에 이르렀다. 일주일 정도를 사막에서 방황 아닌 방황을 하는 것인가? 밤이슬을 받아 갈증은 해소하지만 식량이 없으니 배고픔은 어쩔 수 없다. 전갈이라도 있으면 구워 먹을 수 있는데 그놈조차 눈에 띄질 않는다. 지구에서 사막이 나오는 영화를 보면 그저 그렇다는 것이지 정도로 생각 했는데 사막이 이렇게 넓은 줄은 정말 몰랐다. 현실로 닥친 이 상황이 실로 난처하다. 차라리 차분히 앉아서 명상이나 해야지 원! 고급 마법들도 복습을 하고 창조마법도 이젠 한번쯤 돌아봐야 할 것 같다. 정좌로 앉아서 막 명상에 들려 하는데 또각또각 말발굽 소리와 두런거리는 얘기 소리도 들린다. 벌떡 일어나 밖으로 나가니 맑은 하늘엔 별들이 가득하고 두 개의 달 중에 동생달이 떠올라서 어스름하게 동쪽을 밝히고 있는데 저 멀리 아스라이 긴 행렬의 사람들 무리가 이동해 오고 있는 것이 보인다. 잠시 후 마차의 모습도 보이고 상단의 무리인 듯하다. 호위병들이 사방을 경계하며 다가오고 있는 것이다. 대략 100여명 정도이고 마차가 20대는 넘는 것 같다. 무리 중에 선두에서 말을 타고오던 우람한 체격의 사내가 말을 탄 채로 다가오더니 무언가 알아들을 수 없는 언어로 지껄인다.

"ㅋㅏ꿈 ꙅ겓 ꙅ ꙍ!"

"━━━━━?"

이것은 어느 왕국의 언어인가? 투구를 벗어든 사내가 말에서 내려 다가오더니 자세히 얼굴과 옷 등을 관찰한다. 그리곤 건방지게 천막 안으로 들어갔다가 나와서는 마차를 향해 무어라 고함을 지른다.

"혹시 대륙 공용어 아는 분 있나요?"

그러자 마차 문이 열리고 머리와 목에 온갖 보석을 주렁주렁 치장을 한 여인이 다가오면서 질문을 하는 것이 아닌가?

"무엇을 하시는 분이신가요?"

"오! 이제야 말이 통하네요. 저는 떠돌이 여행자로 지금 마젤란 제국으로 가는 중이요. 그쪽은?"

"우리는 '드와르' 왕국으로 가는 켈리포 상단이에요. '로스사막'을 건너온 건가요?"

의심스런 표정으로 바라보는 여인! 마치 혐오스런 괴물을 보는 듯 한 표정이다.

하긴 사막에서 십여 일을 방황했으니 꼴이 말이 아닐 것이다.

그기에 허리까지 내려오는 은발은 그대로 방치 된지 20여일이니 아마 몬스터와 비슷한 모습일 것이다. 그나마 가죽옷을 입고 있으니 찢어지거나 너덜너덜 하지는 않는 것이 다행이다.

"그렇소. 혼자 여행을 하다 보니 사실 사막인줄도 모르고 여기까지 오긴 했지만 말이오."

헝클어진 머리를 손으로 모아서 뒤로 묶자 깜짝 놀라는 눈치다. 은발에 푸른 눈과 흰 피부 그리고 상당히 잘생긴 얼굴. 뭐잘 생겼는지 어떤지는 시각이 다른 나로서는 모르는 일이고 더부룩한 은빛수염이 얼굴을 반쯤 가리고 있으니 나이 짐작을 못하리라.

"놀랍군요! 혼자서 로스사막을 건너올 수 있다니! 흉폭 한 '래드 와이번' 활동지역인 곳인데 그래서 죽음의 사막이라 불리는 곳을 지나왔다니 믿기질 않네요. 아마 지난 백여 년간 로스사막을 북에서 남으로 횡단한 사람은 당신이 유일할 거예요."

"사막인줄도 모르고 왔으니 운이 좋은 거지요. 하하하"

"오늘은 여기서 노숙할 겁니다. 괜찮겠어요?"

"아 저야 대환영이지요. 혹시 물 있으면 좀 부탁합니다."

"덤프 단장님! 여기에 노숙 준비하세요. 그리고 저분께 물과 음식을 가져다 드리세요. 그럼."

"감사합니다. 저는 '무라카' 입니다. 그쪽은?"

"네 켈리포 상단의 '안젤리나'예요. 만나서 반가워요."

아 정말 다행이다. 시녀로 보이는 아가씨가 물이가득 들어있는 가죽부대 하나와 많은 양의 빵과 육포를 가져다준다. 육포는 또처음 보는 음식이라 멈칫거리는데 아가씨가 손짓으로 먹어보라는 시늉을 한다. 빵은 좀 딱딱하긴 해도 먹을 만한데 육포는 그야말로 돌멩이 같은 느낌이다. 입에 넣고 꽉 깨무니까 이빨이 아플 정도로 단단하다. 우두둑 소리는 큰데 입안에 부스러기는 조금 밖에 안 생긴다. 녹여서 먹는 건가? 아니면 물에 불려서 끓여서 스프로 먹는다면 모를까? 음식을 가져온 아가씨는 내 모습을 보고는 배를 잡고 깔깔대며 웃는다. 손으로 무어라 흔들면서 입을 오물거리는데 아마도 천천히 먹으라는 뜻인 듯하다. 고개를 끄덕여 주고는 우선 배를 채우는 것은 빵으로 해야겠기에 입안의 육포를 내려놓고 빵을 씹어 먹으니 그것도 웃기는 모습인지 허리를 펴지 못한다. 우이-띠! 창피해서 얼굴을 붉히며 인상을 썼더니 그때서야 무안했던지 천막 밖으로 나가버린다. 빵을 두개나 먹고 물을 마시고 나니 세상에 부러울 것이 없다.

켈리포 상단

배도 부르고 잠깐 누워서 쉰다는 것이 잠이 들었던 모양이다.

"아가씨께서 오시라는데요?"

벌떡 일어나니 웬 꼬맹이가 천막 안에 들어와서 물끄러미 쳐다보고 있지 않은가?

얼마나 피곤했으면 이 녀석이 들어오는 것도 모르고 잤을까?

"응 그래 무슨 일이지?"

"아마도 음식 드시러 오시라는 것 같아요."

"아하 그래 고맙지. 그런데 공용어 잘하네?"

꼬맹이를 따라가면서 보니 시간이 꽤 지난 것 같다. 20여대의 마차를 중심으로 원형천막이 수십 개나 세워져 있다. 몽골인 들의 천막인 '빠-오'를 닮은 천막이다.

높이가 3M정도에 반경5M정도 되어 보이는 원형 천막은 내부에 들어가니 공간이 생각보다 넓다. 바닥은 돗 자리를 깔아서 마치 융단을 깔아놓은 건물 내부에 들어선 기분이 든다. 그리고 더욱 놀라운 것은 간이 식탁을 천막 중앙에 설치해놓고 그 위에 세팅 되어 있는 음식들이 파티장의 음식들 같다. 어리둥절해 있는데 안젤리나 라는 아가씨가 자신의 맞은편 자리에 앉으라고 권한다.

"와! 이런 도구들을 마차에 싣고 다니는 겁니까?"

"네 당연히 이 많은 사람들이 여행하는데 필수품들이죠."

"초대해 주셔서 감사합니다."

"입에 맞을지 모르지만 천천히 많이 드세요."

"이쪽은 저희 상단의 단장이신 덤프 씨고요. 그리고 이분은 부단장 레온 씨. 그리고 이쪽 분은 라이온 용병 단장이신 울프펙 님. 시녀 미미, 막내 위드는 보셨죠? 공용어를 잘하는 소년이죠."

"반갑습니다. 무라카 입니다. 제국으로 가는 중인 여행자죠."

"네 많이 드시고 여기 제술도 한잔 받으시고, 어떻게 로스사막을 횡단 하셨는지 그 얘기나 들려주시죠."

바나 행성에 온 후 처음으로 진짜 음식을 먹게 되었다. 간이 제대로 된 음식 즉 소금이 들어간 음식이란 뜻이다. 이 뛰어난 오감은 비록 몸이 바뀌었지만 옛 음식 맛을 그리워하고 있었던가? 참으로 신기한 현상이다. 그동안 전혀 염분이 들어 있지 않은 음식만 먹어 왔다. 그래서 땀을 흘려도 몸에서 역겨운 냄새가 나지 않았었는데 다시 염분을 먹으면 불쾌한 땀 냄새가 나려나? 아마 그렇겠지. 염분이 체내에 들어가면 체온이나 체내 수분양도 달라지리라. 6년이 넘는 세월을 무염식을 하였는데도 신체적으로 어떤 영향도 없는 것을 보면 염분이 있어도 그만 없어도 그만이 아닐까?

"저- 무라카 님!"

"네?"

"무슨 생각을 하시기에 불러도 모르시죠? 사막에서 혹시 '래드 와이번'을 만나지 않았나요?"

"아-죄송! 잠시 딴 생각을 붉은 와이번요? 저쪽에 있잖아요. 먼지가 많이 묻어서 알아보지 못했군요."

"네? 어디요 어디?"

테이블 위의 음식이 튀어 오를 정도로 다들 깜짝 놀라서 일어선다.

"------?"

"아니 지금 무슨 농담을 그렇게 심하게 하십니까?"

"농담이라뇨? 덤프단장님!"

"와이번이 어디에 있다는 거죠? 정말 와이번이 나타 난줄 알았잖아요."

"그 래드 와이번 말이죠. 저쪽에 쳐놓은 제 천막이 그놈이죠. 정확히 말하면 래드 와이번 껍데기지만 말이죠."

"내? 와이번 가죽이라고요? 우-와!"

미미라는 시녀도 먹던 음식을 팽개치고 내 천막 쪽으로 달려가면서 호들갑을 떤다.

"웁! 진짠가 보네 레온 부단장님 한번 확인해 아니 모두 같이 가서 봐야 되겠네."

식사하다 중단하고 우루루 몰려가는 상단의 사람들! 그러거나 말거나 모처럼 입에 딱 맞는 음식을 만났으니 나는 정신없이 먹는데 만 열심이다. 소란스럽던 밖이 좀 조용해지고 나갔던 사람들이 하나 둘 다시 돌아올 때쯤 나는 거의10인분의 음식을 싹쓸이하고 트림을 하면서 일어나는 중이었다. 자신의 자리에 앉은 안젤리나가 새삼 눈을 동그랗게 뜨고서 나를 보면서 눈도 깜박이지 않고 심각한 얘기를 하려는 듯이 뜸을 들이는데 나는 반정도 남은 잔의 술을 마지막 한 방울까지 말끔히 마시고 자리에서 일어섰다.

"아 정말 잘 먹었습니다. 몇 년 만에 이렇게 제대로 된 음식은 처음이라서 염치 불구하고 열심히 많이 먹었습니다. 초대해주셔서 감사합니다. 그럼"

정중히 고개 숙여 인사하고 돌아서 나오는데

"잠깐 잠깐만요. 무라카 씨 저랑 얘기 좀 해요."

"네? 무슨 얘길? 이미 할 만한 얘기는 다 한 걸로 아는데요?"

"잠깐 자리에 앉아서 얘기 좀 해요."

덤프와 레온이 벌써 천막의 입구를 가로막고 검을 뽑을 듯이 소드 손잡이를 잡고 기세를 피워 올리는 중이다. 좋은 대접을 받았는데 그냥 밀고 나가는 것도 예의는 아닌 것 같고 그래서 다시 자리에 앉자. 그제야 덤프와 레온도 자신들의 자리로 돌아와 앉는다.

"무라카씨! 정말 래드 와이번을 혼자서 잡은 건가요?"

"아니 방금 보시고 온 것 아닌가요?"

"2,000명이 넘는 드와르 왕국의 기사들이 전멸을 당한 것이 3년 전의 일인데 그걸 혼자서 잡았다니 말이 안 되잖아요?"

헉 이거 괜히 얘기한 것 아닌가? 죽은걸 주웠다고 하던지 했어야 했는데 말이야. 이거 머리 아프게 생겼네?

"왕국에서 래드 와이번 잡으려고 시도한 것이 세 번이였는데 세 번 모두 실패하고, 그 지역 주변을 금지로 선포한지가 3년이나 되었어요. 와이번 중에도 래드 와이번이 가장 사납고 브래스를 뿜으면 대책이 없는 것으로 알아요. 그런데 그놈을 잡았다니 이건 마치 혹시? 무라카님 천인이신가요?"

"천인이라뇨? 그건 또 뭔가요?"

"천족의 후예 천인이라면 가능하죠. 아니면 혹시 '소드 마스터'

신가요?"

"그 소드 마스터라는 것은 또 뭘 말하는지 전 도통 모르겠는데요?"

뭔가 미심쩍은 눈치들로 자기들끼리 속닥거리는 안젤리나와 덤프 그리고 레온, 꼬맹이 '위드' 마법을 시현해서 알아들을 수도 있지만 구태여 그렇게 할 필요성이 있을까 싶어서 가만히 있는데 지방 사투리로 지들끼리 속닥이다가 안젤리나가 설명한다.

"소드 마스터란 검술의 최고경지에 오른 사람들을 뜻해요. 검에 마나를 주입해서 오러 블레이드를 발현할 수 있는 경지의 사람들을 말하죠. 제국 마젤란에 3명이 있고, 다른 왕국에는 없는 것으로 알아요. 정확한 것은 아니지만 나타나지 않은 소드 마스터도 있을 것으로 추정해요."

"마나를 검에 주입 한다고요?"

"네 그것을 오러 블레이드라고 하는데 베지 못할 것이 없다고 해요. 바위든지 강철 검이든 오러 블레이드 앞엔 다 베어지죠."

"오! 그런 신기한 검술도 있군요. 그런 사람들이 제국엔 3명이나 있다고요?"

"네 그래요. 그 세분 모두 100세가 넘은 분들로 공작위에 있는 분들이죠. '더와키콘' 공작님과 '스미스 힐러' 공작 그리고 '왓슨 볼리아' 공작. 이렇게 세분인데 '왓슨 볼리아' 공작님은 유일한 여성 소드 마스터시죠. 아마도 세분 중에 가장 강한 분이 볼리아 공작님 일겁니다. 볼리아님은 나이를 모른다고 하더라고요. 황제조차도 함부로 할 수 없는 분이 볼리아 공작님으로 전대 황제 때부터 쭉 제국의 공작으로 있었답니다."

정신이 번쩍 들었다. 볼리아 공작은 천족의 후예이고 천년을 살 수 있는 몸을 가지고 있다고 알고 있다. 그녀가 숨겨진 무기의 주범이 아닐까? 파괴력이 어마어마한 무기 그것으로 인해서 행성이 멸망 할지도 모른다고 하셨는데, 스승님께선 어떠한 일이 있더라도 그것을 찾아서 없애라고 하셨다. 어떤 대가를 치루더라도 반드시 회수해야 할 무기! 레이져 무기 일까? 아니면 수소 헬륨 폭탄? 그것이 무엇인지도 말씀하지 않으시고 떠나셨다.

"무라카님! 무라카님!"

"응??"

"무슨 생각을 하시기에 그렇게 불러도 못 들어요? 아무래도 우리가 모르는 숨기는 일이 있는 것 같아요. 수상해요."

"뭘 숨겨요? 제 몸을요? 도대체 무슨 얘기인지 영?"

뒷머리를 긁적이며 좀 멍한 표정으로 연기를 해보지만 여우같은 안젤리나는 눈치가 100단이라 의심의 눈초리가 반짝 거린다.

"그 보아하니 검술도 익힌 몸에 외모도 은발에 파란 눈의 미남자라 언뜻 한가지 전설이 생각나는군. 스키라산의 전설이~! 어릴때 아버지께서 해 주신 얘기인데. 은발에 파란 눈의 천인이 스키라 산에서 내려오면 세상의 모든 악인들이 그의 손에 사라질 것이다. 라는 전설인데 무라카씨! 그대를 보니 그 전설이 떠오르는군. 검술을 익힌 것 같은데 나와 대련을 해보면 어떨까? 내가 도전을 하는 것일세. 받아 주겠는가?" (안젤리나가 통역을 해줘서 대화 하는 것임.)

"음 대련이라 그것도 좋은 생각이지만 밤이 깊은데 지금은 쉬어야 할 때인 것 같은데요? 대련은 내일 아침에 하죠. 안젤리나씨도 쉬세요. 그럼"

"무라카님 저기 와이번 가죽 말이죠. 그것 제게 팔지 않을래요? 돈은 후하게 셈해드릴 테니까요 어때요?"

"가죽뿐만 아니라 심줄도 있는데, 그 천막 설치한 끈이 모두 심줄 입니다. 아마 웬만한 검으로는 잘리지도 않죠. 가죽보다 오히려 심줄이 더 좋은 것 아닌가요?"

"네? 심줄도 있다고요? 뼈는요? 와이번 뼈도 굉장히 비싼데. 읍"

상인은 역시 상인이다. 그러나 이미 자신의 올무에 먼저 걸려든다. 이래봬도 지구에선 70년을 살아온 노회한 사람이라고. 허허허

"뼈는 강물 속에 빠뜨려 뒀죠. 나 아니면 아무도 못 찾도록. 그런 데 얼마를 주실 겁니까?"

"얼마를 원하세요? 파실 분이 가격을 제시해야죠."

"글쎄요? 웬만하면 팔지 않고 내가 쓰려고요. 심줄은 특수한 활을 만드는데 유용하니까 그렇고 가죽은 보시다시피 내가입고 있는 옷이 와이번 가죽이거든요. 얼마나 질기냐 하면 말이죠. 이것이 입었을 때가 6년 전이었으니, 그런데 흠집하나 없죠? 그리고 온도 조절기능 또한 뛰어나서 추위와 더위도 막아주죠. 적의 화살도 이것은 뚫지 못해요. 어차피 한 벌 더 있어야 하는데 말이죠."

"아! 어 그러니까 돈 많이 드린다니까요. 파세요. 네? 무라카님 옷 한 벌 감은 남기고 파시면 되잖아요. 아니 아예 무라카님! 옷 저희 상단에서 만들어 드릴께요. 저 가죽으로요 그럼 되겠죠?"

여우가 말려들었어. 허허허 이제 좀 더 뻗-치-면 제대로 된 가격을 받을 수 있겠지.

"뭐 그렇다면 한번 생각해 보죠 잘 자요. 음식 잘 먹었습니다."

"저 무라카님 1,000골드를 드릴 테니 어때요?"

음 천골이라 그것이 어느 정도의 가치인지 알아야 되는데 가만

산골 마을에서 그 촌장의 두 명의 가족이 1년을 살아가는데 20실버는 있어야 한다고 했으니, 아마 100실버가 1골드 일 것이고, 1,000골이면 꽤 많은 돈이네, 그래도 한 번 더 튕겨야지 어-흠.

"천골이라 제 생각의 절반 수준이군요. 가죽만 천골이면 몰라도 내게는 아주 요긴한 물건이라서 음! 생각 좀 해보죠."

"그럼 가죽이랑 심줄 모두해서 2,000골드 어때요?"

그럼 그렇지 여우야 코를 꿰었군. 그래 허허허

"2,000골드라 그런데 조건이 있소. 내가 쓸 것인데 이만큼의 가죽과 이정도 길이의 심줄은 나도 필요하니까. 나머지만 팔겠소. 괜찮소?"

"네 그렇게 해요. 당장 계약서 작성해요. 미미야 계약서 서류 챙겨 오렴."

"네 아가씨!"

이거 그래도 너무 싸게 파는 것 아닌지 모르겠다. 안젤리나가 저렇게 급하게 계약을 서두르는 것도 수상하고, 에이 이미 결정이 된 것을 사나이가 쩨쩨하게 미련을 버려야지 캬! 몬스터 한 마리에 2,000냥씩이라 앞으로 몬스터 사냥이나 할까? 일단은 계약서만 작성을 하고 돈과 옷은 켈리포 상단의 올케 지점에 도착한 후에 지불하기로 했다.

새로운 날의 시작이다. 배불리 먹고 충분한 잠도 자고 대주천까지 마치고 밖으로 나오니 상단의 일행들은 아직도 한 밤중이다. 마차 지붕위의 경계병도 꾸뻑 꾸뻑 졸고 있다. 천막에서 좀 떨어진 장소로 걸어 나와서 검술체조로 몸을 풀기 시작했다. 사실 이 검술 체조가 무라카 검술 교본에 있는 128개 동작을 연계동작으로 만든 것이다. 아직 이름은 붙이지 않았지만 처음부터 끝까지 한번 펼치면 숙달된 상태로도 40분은 걸리는 체조인 것이다. 마나를 실어서 펼치면 천둥치는 소리가 날 테니 항상 순수 근육의 힘으로 이렇게 몸을 풀면 제격이다. 동작을 연결해서 펼치다 보면 주변의 기(氣)가 자연스럽게 체내로 빨려 들어오는 효과가 있고, 근골이 단련됨은 물론이고, 관절이 유연해져서 실재로 검술의 상승효과가 아주 빨라지게 되는 것이다. 마지막 나선형 회전 찌르기와 범위 공격 2회전 연속 베기 동작은 조금이라도 미숙한 상태에선 펼칠 수 없는 고난이도의 동작이다. 마지막 동작을 두 번이나 연속으로 펼쳐서 마무리하고 돌아서는데 "짝 짝 짝 !" 박수 소리와 함께 여우와 덤프 그리고 레온과 울프펙까지 그기에 다가 꼬맹이 위드도 아예 대 놓고 숨어서 관람을 했다는 것인데~ 물론 이들이 천막에서 몰래 내다보고 있는 것을 모르는 척 했지만 정말 무슨 비밀을 들킨 듯이 인상을 팍 지으면서 둘러본다.

"아! 정말 너무 멋져요. 몰래 보려고 했든 것은 아닌데 본의 아니게 보게 되었네요. 그건 무슨 검법인가요? 춤 같기도 하고 검술 같기도 한데 궁금하네요?"

"어-? 남의 비기를 훔쳐보면 안 되는 것 아시죠?"

"실례를 했군요. 덤프님이 대련하러 가신다기에 따라온 것인데요."

"대련이라 참 도전 한다고 했군. 위드야 목검이나 나무 막대기 같은 것 없나?"

"넵 가지고 오겠습니다. 잠시 만요."

사실 내 몸에는 무기로 보이는 것이 없다. 광선검은 손잡이만 허리에 메 달려서 흔들리고 있으니, 누가 그것을 검이라 생각 하겠는가? 위드가 가져온 목검을 받아들고 보니까 1.2M정도의 소-드 형태로 만들어진 제법 잘 만든 목검이다. 반질반질하게 닳아 있는 것이 오랜 세월 동안 고련을 한 흔적이 남아있다.

"자 덤프단장 저는 준비 되었으니 오시죠."

"넵 무라카님 저는 진검인데 괜찮겠죠?"

"물론이죠. 최대의 실력을 발휘해서 실전이라 생각하고 오세요."

덤프의 표정이 일순 살짝 찌푸려졌다가 펴진다. 자존심이 상한 모양이다. 그래도 상단의 호위단장인데 말이다. 그리고 익스퍼드 중급의 수준인 자신을 아예 묵살 시키는 발언이 아닌가? 너무 얕잡아 보는 것 같은 말에 기분이 나빠진 것이다. 어디 맛 좀 보라는 식으로 소드에 마나를 양껏 주입하니 아지랑이가 피어오르듯이 검기가 피어난다. 목숨을 건 생사 투처럼 초반에 최대 실력으로 죽일 듯이 달려든다.

"이--얍!!"

기합 소리도 우렁차게 우측 횡 베기로 돌격해 오는데 무라카가 보기엔 불필요한 동작이 많고 즉 군더더기가 너무 많아 실용성이 제로에 가까운 보이기 위한 검술인지 착각이 들 정도다. 체계적인 수련은 한 것 같은데 수준이 이정도 뿐이라니 어린 아이들 소꿉놀이 인 전쟁놀이도 아니고 후후!

"응!"

어이없게도 덤프단장의 목에 걸려있는 목검 딱 한수에 목이? 진짜 승부라면 죽었다는, 횡 베기는 어떻게 피하고? 덤프의 눈이 왕방울만큼 크게 떠져서 눈알이 흘러내릴 것 같은 표정이다.

"헉 언제?"

구경하는 이들도 역시 무라카가 언제 움직였는지도 보지 못했다. 그 순간 덤프의 검이 쨍그랑 소리를 내며 땅으로 떨어진다. 어이없게도 단장의 검이 두 토막으로 잘린 것이다. 그것도 목검에 잘리다니 딱 반보를 우측으로 나아가면서 덤프의 검을 살짝 비켜 친다는 것이 기가 과도하게 들어간 모양이다. 사실 무라카도 대련이라는 것을 처음 해보니 그런 실수를 한 것이다. 덤프가 용을 쓰면서 험악하게 인상을 찌푸리고 달려들면서 검에 마나를 양껏 주입했으니, 무라카도 조금 심하게 기를 주입 한 모양이다.

"캑 저-졌습니다."

"다시 할까요?"

"가-감사합니다."

부단장 레온의 검을 받아든 덤프가 다시 자세를 가다듬는다.

"자 오세요."

"이-얍!!"

결과는 마찬가지 이번에는 마나를 더욱더 많이 주입하여 찌르기로 바로 앞의 무라카 가슴을 찔렀는데 좀 전과 같이 목검이 덤프의 목에 걸려있고 무라카의 표정은 변화가 없다.

"져- 졌습니다."

"그건 뭡니까? 검에서 마나가 아지랑이처럼 피어나더군요. 그렇게 하면 검이 더 날카로워 지나요?"

"? ? ?"

덤프의 표정이 울상이 되어 버린다. 아니 내 질문이 잘못된 것인가?

"저는 '익스퍼드' 중급정도의 실력으로 검에 마나를 주입하면 마나가 검에 입혀져 더 날카롭고 파괴력도 더 높아집니다. 그것이 잘못 되었다고 말씀하시는 건가요?"

"익스퍼드 중급? 그건 또 뭘 나타내는 건가요?"

"어 정말 모르셔서 하시는 말씀인가요? 그렇게 뛰어난 실력이신데요?"

"네 무슨 검술이 초급 중급 상급 같이 등급이 있다고요?"

"일반적으로 마나를 검에 주입할 수준이면 익스퍼드 초급으로 보고요. 오러 블레이드를 발현 시키면 소드 마스터라고 보지요."

"오러 블레이드라? 그게 어떤 것인지 한번 보고 싶군요. 그리고 그 오러 란 것을 어떻게 발현되는지 그것도 듣고 싶고요. 생소한 말이라서 흠"

"좀 전에 목검으로 저의 검을 제쳤잖습니까? 그때 그냥 목검이면 아니 진검이었어도 검기에 산산조각 났을 텐데 오히려 제검이 부러지기까지 한 것을 보면 분명히 목검에 오러를 감싼 것 같았는데 아닌가요?"

모두의 눈이 목검에 초점을 맞추고 뚫어져라 쳐다본다. 목검 위에는 투명한 물이 한 겹 입혀져 있는 듯이 반짝반짝 빛이 반사되고 있다.

"흡! 어-헉 캑!"

그렇다 분명히 목검의 외피에 유리같이 투명한 막이 감싸고 있다. 그리고 기를 회수하자 투명막이 없어진다. 그냥 평범한 나무인 목검이 되었다.

"그건 그-그-그 그건 어떻게 하시는 겁니까?"

"허허허 어떻게 하긴요. 그냥 마나로 필요한 만큼만 목검에 덧입힌 것 이지요. 이렇게 말입니다."

'털썩 털썩!' 덤프와 레온이 동시에 무릎을 꿇는 소리다. 왜? 무라카는 황당한 표정으로 두 사람의 얼굴을 번갈아 바라보고 있다. 그러자 두 사람은 한동안을 입을 붕어처럼 뻐끔뻐끔 거리고 있더니 온몸을 와들와들 떨면서 고개를 푹 숙인다.

그런데 고개를 숙인 둘의 얼굴에서 땀방울이 투-둑 뚝뚝 빗방울 떨어지듯이 떨어져 내린다. 갑작스런 둘의 작태에 나머지 울프팩과 위드 시녀 미미와 언제 모여 들었는지 상단의 호위병들 대부분이 놀라서 쳐다보고 있다.

"죽을죄를 지었습니다. 용서를 그랜드 마스터를 몰라 뵙고 감히 대련 도전을 한 죄를 지었습니다. 제발 용서해 주시길~ 와들와들 뻘뻘 덜덜덜덜!!!"

"엥? 그랜드 마스터?"

그건 또 뭐냐? 밥 많이 묵는 사람이란 뜻인가? 별 해괴한 용어들을 잘도 붙인다. 여기 사람들 좀 웃기는 사람들 많은가보다. 그랜드 마스터란 말에 모두들 사색이 되어 버렸다.

"무라카 그랜드 마스터님 단장의 잘못을 용서해 주십시오."

이번에는 부단장인 레온이 통사정을 한다. 뭐 용서 해주면 되는 것인가? 간단하네.

"아 물론이죠. 용서 할 테니 일어나세요. 뭐 그만한 일로 무릎을 꿇고 그러십니까? 그 참! 험 흠"

그것 참 민망하게 무라카 오늘은 기분 좋은데 용서 해야지.

"아이고 감사 합니다. 꾸벅!"

그렇게 해서 소동은 일단 일단락되고 여기까지 메고 오느라 고생한 짐은(가죽과 심줄) 짐마차의 지붕에다가 묶여져 있다. 한 사코 마차 안에 타시라는 것을 한사코 지붕 위가 시원하고 좋다고 사정을 해서 무라카의 자리는 마차의 지붕위로 정해졌다. 벌러덩 누워서 맑고 푸른 하늘을 바라보면서 편안한 여행을 출발

했다. 이곳이 얼마나 편하고 시원하냐? 허허 위드에게 단검 한 자루를 빌려서 터부룩한 수염을 싹 처리하고 허리까지 내려오는 은발도 어깨 어림에 싹 뚝 잘라서 자연스럽게 내려트리니 얼굴이 빛이 난다. 빛나는 얼굴에 빛나는 눈동자! 갑자기 여우와 미미의 눈에서 불이 뿜어지는 듯하다. 완전마차 지붕을 탄 왕자? 그러거나 말거나 지금 무라카는 심각하다. 왜냐고? 와이번의 가죽 특제화를 만들기 위해서 연구에 몰입한 것이다. 지구에서 신었던 등산화처럼 부드럽고 질긴 신발을 와이번의 가죽으로 만든다면 분명 100년은 거뜬히 신발 걱정 안 해도 될 것 같은데 말이지. 그런데 아무런 도구도 없이 가죽과 심줄만으로 신발을 만들 수 있을까? 마음으로 디자인도 해보고 그리고는 가죽을 자른다. 그리고 어떻게 바느질을 하지? 끙! 바늘도 없고, 설사 바늘이 있더라도 와이번 가죽이 뚫릴까? 끙끙! 컹컹! 똥마려운 강아지처럼 뭔가 분명 방법이 있을 텐데 말이다.

하루 종일 마차지붕에서 혼자 전전긍긍 하다가 보니 벌써 해가 기울고 저 멀리 아스라이 보이는 웅장한 산맥이 실루엣처럼 희미하게 보인다. 안개에 가려진 것 같은 산맥의 웅장한 자태! 진짜 안개가 낀 것은 아닌데 너무 멀다보니 희미하게 보이는 것일 테지? 그리고 그 산자락의 끝에 보이는 조그만 마을 또 간간이 오가는 사람들의 모습이 보인다. 그런데 저곳까지 가려면 아직 요원해 보인다. 2~3일 거리인데 서둘면 하루만에도 갈 수 있는 거리다. 어차피 오늘은 광활한 벌판 한 가운데에서 보내야 하는 것이 필연적이다. 그때 마차 옆으로 다가온 덤프가 힐끔 힐끔 무라카의 눈치를 살핀다. 무슨 할 말이 있는가?

"단장님 제게 무슨 할 말이 있는 거요?"

"네-넵 오늘은 여기쯤에서 천막을 칠까 합니다만."

"아 그렇게 하세요. 어차피 저기 마을까지는 못갈 것이니 말이죠."

"헉 마을이 보이십니까?"

"저기 산기슭에 조그만 마을이 있네요. 그리고 사람들이 간혹 오가는데 농사일을 하는 것 같은데요."

"사 사람들도 보이신다고요?"

"아니 단장님은 안 보이나요?"

이-크! 다른 사람도 나처럼 보이는 줄 알았더니 아닌가 보군! 착각을 하다니 끙 원래 내 눈이 좀 밝기는 하지 그럼, 그럼. 흠 흠

"그 그럼 여기서 노숙준비를 하겠습니다. 그랜드 마스터 무라카님께서는 조금만 기다려 주시기 바랍니다."

"그 무슨 그랜드 마스터인지 영감인지 뭔지 그렇게 부르지 마시고 그냥 이름만 부르세요."

"네-넵 알겠습니다."

대련사건 이후로는 모두들 설설 피하는 기색이 역력하고 특히 안젤리나는 가까이 오지를 않고 멀리 요리 조리로 피한다. 그러든지 말든지 무라카는 지금 가죽 특제화를 만들기 위해서 연구하느라 머리에 쥐가 날 지경이다. 디자인까지 멋지게 해서 자르긴 잘랐는데, 바닥은 3중으로 하고 모양은 예쁘게 잘라놓고 보니 바느질이 가장 핵심적인 문제이다. 칼도 안 먹히는데 무슨 수로 바느질을 하지? 특제 바늘이 있어야 가능한데 이 세상에도 입고 있는 옷을 보면 분명 바늘이 있긴 있는 모양인데 궁금해서 누군가에게 물어 보려니까 여우는 살살 피하고 미미는 무서워서 곁에 오지를 않으려하니 심줄을 실 삼아서 군용 전투화처럼 촘촘히 꿰어 메어야 되는데,

"저 무라카 대 마스터님!"

"응 위드야 왜?"

"식사 하시러 오시랍니다."

"오 그래 먹어야지 그런데 위드야 그 대 마스터는 뭐냐?"

"넵 그건 그럼 어떻게 불러야 할지요?"

"아하 그게 곤란 했던가? 그래서 모두 나를 슬슬 피하는 것인가?"

"피하다니요. 누가 감히 대"

"그만 위드야. 그냥 무라카님! 무.라.카.님! 이렇게 불러라 알았지?"

"넵"

하! 답이 없네. 답이 없어 가죽 뭉치를 왼손에 심줄을 오른손에 들고 식당에 도착하니까. 화려한 식사가 준비된 테이블에는 구수한 냄새가 입맛을 돌게 한다. 동작들 무지 빠르네. 어느새 이런 준비를?

"와! 빨리도 준비 했네요. 무지무지 맛있겠네요. 감사히 잘 먹겠습니다."

"네 천천히 맛있게 드십시오."

"여우 아니 안젤리나님 혹시 바늘 있습니까?"

웬 밥 먹다 바늘 타령?

"네 있는데요. 무얼 하시려고요?"

"아 그냥 필요한데가 있어서. 식사 후에 좀 빌려 주십시오."

"네 미미야 가서 바늘 가져와."

"넷 알겠습니다."

미미가 식사하다가 가져온 바늘을 본 무라카. 표정이 어째 영 아니다 라는 부정의 엑센트가 살아난 송곳 같다. 바늘 한번 쳐다 보고 미미 얼굴 쳐다보고, 바늘한번 미미한번 고개가 오르락내리락 하는 것이 미미는 무서워서 벌써 울기 직전이다.

미미가 부들부들 떨면서 울려는 순간 한숨을 푹 쉬는 무라카!
결국 미미는 울고 만다.

"흑 제가 무슨 잘못이라도? 으-아-앙!"

컥 이게 아닌데?

"미미야 미안 네가 잘못한 것이 아니고 내가 바보 같아서 그런
것이야. 미미야 뚝! 착하지? 울지 마! 하하하."

머리를 쓱쓱 쓰다듬어 주고 뺨도 토닥토닥 해주는 무라카.

"아-앙! 네 히-끅, 딸꾹, 딸꾹 뚝!"

꼭 꼬맹이가 된 것 같은 기분에 미미가 방글거리며 웃는다.

"저 무라카님! 식사 하시다 갑자기 왜 그러시는지요?"

"아 아무것도 아니요 험험"

그렇게 맛있는 고기가 코로 들어가는지 입으로 들어가는지 무
슨 맛인지 하나도 못 느끼는 무라카! 포크로 고기를 썰어서 포크
로 찍는 순간 반짝 떠오른 생각하나! 다른 사람들은 나이프로 고
기를 썰어서 포크로 먹는다. 그런데 무라카는 그것이 귀찮아서
포크에 살짝 기를 흘려 넣어 포크옆면으로 고기를 쉽게 썰어 찍
어먹는 것이다. 그렇다면?

"아~! 이 돌대가리! 젠장 머리는 뒀다가 모자걸이로만 사용 하-
능강! 빙~신 굿 하네 띠-발!"

식사 중이던 모든 사람들이 놀라서 쳐다본다. 눈을 최대로 크
게 뜨고서 눈알이 곧 테이블 아래로 쏟아져도 모를 정도로 놀란
것이다. 왜냐? 무슨 말인지 전혀 알아듣지 못하는 지구의 한국말
로 고함을 질렀으니 놀랄 수밖에 없는 상황!

남들은 놀라서 오줌을 지리든 말든 무라카는 지금 신이 났다.

왼손엔 특제화 재료를 들고 오른손은 심줄을 들고 바느질에 집중해 있다. 하던 중이든 식사는 이미 관심 밖이고.

'폴싹 폴싹 챠르르르~ 음. 폴싹 폴싹 차르르르르 쩝 폴싹 폴싹~~'

후후후 이렇게 쉬운 것을 이틀 동안을 고민을 하였으니 억울할 지경이다. 오른손의 심줄에 마나를 적당히 흘려 넣어서 바늘처럼 꼿꼿하게 만들어 그대로 바느질을 하는 소리다. 칼로도 뚫리지 않는 와이번 가죽이 심줄에 그대로 쑥쑥 뚫려서 아주 쉽게 바느질 이 촘촘하게 이어진다. 착착 조이면서 중간 중간에 매듭을 만들어 8자매기로 단단히 묶고, 다시 밑창까지 철저히 이어가는 바느질 솜씨가 보통이 아니다. 그렇게 특제화가 완성 되는 순간까지 같이 식사를 하던 모두는 꼼짝도 않고 바느질하느라 바쁜 무라카의 손만 바라보면서 숨을 쉬는 것도 잊어버린 사람들처럼 정신 줄을 놓고 있다. 드디어 특제화가 완성되자. 벌떡 일어나는 우리의 꺼벙이 무라카! 특제화를 갈아 신고는 식당용 천막 안을 왔다 갔다 하면서 신발을 시험해 본다.

"음! 하하하핫! 되었다 됐어. 이 정도는 되어야지 한 백년을 거뜬히 신을 수 있지 암 그렇고말고 크-하하하핫! 특제화 완성 이-닷!"

"짝 짝 짝 짝 !!"

"호호호호! 우와 신기 합니다."

"컥 캑-캑! 기술이 대단합니다. 신발을 직접 만드셨네요. 축하 드립니다."

모두들 외출 나갔던 정신이 돌아왔는지 혀를 내어민다. 그리고 옆 사람이 못 보게 몰래 입가에 흘러내린 침을 닦기에 바쁘다.

"저 무라카님 신발 만드시느라 이틀 동안이나 낑낑 거리신거예요?"

"웅? 이틀씩이나? 내가 이틀 동안이나 낑낑 되었나? 난 하루 걸린 줄 알았는데 어 창피! 창피 커-험!"

"호호호 아가씨 앞섶에 묻은 고기국물 좀 닦고 말씀하세요."

"어-맛! 나몰라 이것 언제 흘린 거야?"

"다들 똑같아 침도 흘리고, 음식도 흘리는 줄도 모르고, 안 흘린 사람이 없어 하하"

"호호호 홋!"

이 상황은 바나 행성의 드와르 왕국 국경 지역에서 일어난 '와이번가죽특제화' 제작 사건이다.

그 후의 여정은 단조롭고 지루함의 연속적인 반복이다. 드와르 왕국의 수도 올케에 도착 할 때 까지는. 드와르 왕국은 2천만명 정도의 인구에 면적은 지구의 한반도 정도의 크기이고, 농업과 상업이 발달된 왕국이다. 바나 행성에서 처음으로 도시를 보는 무라카는 지구의 16세기경이 이러 했으리라 짐작을 해 본다. 과중한 세금 제도만 아니면 정말 자연주의에 가까운 행복한 삶을 영위 할 수 있겠는데 세금이 무려 전체 소득의 45%나 된다니, 어디든지 사람이 사는 곳엔 계급이 있고. 계급 때문에 일어나는 갈등이 심화되어 빚어지는 불행한 일들이 저소득층의 자유와 인권을 유린하는 모순을 일으키는 원인이 된다는 것을 명확하게 나타내는 것이다.

올케 시는 스펨 산맥의 지류중의 하나인 산맥줄기가 울타리처럼 휘감고 있는 땅에 동쪽에는 트윈 강이 흐르고 서쪽에는 우도르 강이 흘러 올케시의 북쪽에서 두강이 만나는 삼각분지의 땅 위에 세워진 도시이고 산수가 어우러져 수려한 경치를 자아내는 아름다운 도시이다. 시민은 100만 명 정도가 살고 있으며, 시의 중심에는 호화찬란한 왕궁이 자리 잡고 있고, 반면 시의 외곽 지대는 넘쳐나는 쓰레기와 오물들로 인해서 파리 떼와 벌레들의 천국이 따로 없을 것 같은, 도시정비가 전혀 안되어 있는 곳이다. 깨끗하고 화려한 앞면과 더러운 뒷면이 양립하는 도시인 것이다. 그렇게 많은 세금을 거두어 들여서 어디에 사용하는지 신기할 따름이다. 국정이 상실된 왕국이 아니면 일어날 수 없는 작태이고 왕족만이 잘 살게 하기위해 전 국민이 노예화된 부적절한 형태의 국가이든지, 두 가지 경우 외엔 있을 수 없는 현실이다. 언젠가 왕궁에 들어가 보면 알게 되겠지. 우리는 왕궁과 인접한 지역의 넓은 대로변에 있는 석조 건물로 들어섰다. 이 건물이 켈리포 상단의 지부 건물인 것이다. 5층으로 지어진 건물인데 건물 양식이 지구의 어느 도시에 온 것 같은 착각이 들 정도로 친밀함이 느껴진다. 내부에 들어서자 밖에서 보는 것과는 달리 상당히 실용성 있는 설계로 지어졌음이 보인다. 주거 및 사무실 겸용으로 각 층이 분리 되어있고, 뒤쪽의 단층 건물은 창고로 쓰이나 보다.

5층은 사무실과 숙식용 룸으로 여러 개로 분리되어서 업무에 편의성을 최대한 살린 구조이다. 상단이다 보니 관리인들보다도 경계 근무 조와 호위병들이 훨씬 더 많다.

이곳에서 무라카의 일이란 상단으로부터 2,000골드를 받고 아울러 특제 가죽옷 한 벌을 받아서 떠나면 된다. 상단과는 이제 서로 청산할 금전관계 외에는 없는 것이다. 다만 필요한 것은 이 행성의 문화에 대한 정보를 좀 더 자세히 알아둘 필요성은 절실히 요구된다. 너무 문외한인 입장이라서 사람들과 부대끼면서 배워야 할 중요한 요소 중의 하나이다. 물론 상단주의 외동딸인 안젤리나와 잘 사귀어 놓으면 손해 볼 일은 없지만 그렇다고 여우를 여인으로 보는 것은 절대 아니다. 껍데기 만 젊은 무라카는 마음은 70대 노인임을 잊지 마시라. 아무리 스승님의 유훈 중에 씨뿌리기가 들어 있지만 마음이 늙어 버린 탓에, 또 이미 검의 경지가 깨달음의 벽을 넘어 더 큰 깨달음으로 나아가는 단계에 있기에 이성에 대한 마음의 틈은 전혀 없는 것이다.

새날이 밝았다. 드와르 왕국에서의 새로운 하루가 시작되고 있는 것이다. 동쪽이 밝아지기 전부터 무라카는 상단 건물의 옥상에 올라 도시의 아침을 내려다보고 있다. 어디를 가나 사람 사는 것이 크게 다를 바 없지만, 사람들이 모여 사는 도시엔 밥을 굶지 않고 살려면 농촌보다 훨씬 부지런히 움직여야 한다. 그래서 그런지 이곳의 사람들도 새벽부터 상점의 문을 열고 또는 골목길을 오가며 무언가를 나르는 사람들과 어딘가로 바쁘게 가고 있는 사람들, 이제야 보는 것이지만 이곳 올케시의 치안이 상당히 잘 이루어지고 있는 것이 보인다. 대로는 물론이고 골목길로도 순찰 도는 기사들이 있는가 하면 말을 타고서 무리를 지어 어딘 가로 달려가는 기마병들도 종종 눈에 띈다. 무기는 창 칼활 그리고 방패가 주된 무기인 모양이다. 그리고 체격이 상당히건실한 민족인 모양이다. 평균키가 190은 될 것 같은 모습이다. 지구의 백인들도 저 정도 되겠지만 근육으로 단단히 다져진 몸을 하고 있는 자들은 기사나 병사들이다. 머리색은 가지각색으로 매우 다양하다. 노랑머리와 녹색 하늘색 머리도 많이 보인다. 염색약이 있는 것도 아닐 텐데 그만큼 다양한 다민족 왕국인 모양이다. 입고 있는 옷은 뚜렷한 차이가 나타난다. 귀족이냐 노예냐? 또는 평민이냐 하는 것이 복장에서 극명하게 나타난다. 기사나 병사들은 갑옷이나 가죽으로 된 군복을 입고 있으니 당장 눈에 띄고, 그 외의 일반인들은 의복으로 신분이 바로 보인다. 새벽부터 무라카는 도시에 대한 공부를 많이 했다. 사무실로 내려오니 비상이 걸려있다. 왜? 밤사이에 위대하신 그랜드 마스터님이 사라진 것이다. 멋쩍어 뒷머리를 긁적이는데 여우가 방실방실 웃으면서 말을 걸어온다.

"배도 안 고파요? 이른 아침부터 어디를 다녀오셨는지요?"

"글쎄 고픈 것 같기도 한데 갑자기 공부를 많이 해서 그런 것인가? 별로 느낌이 안 오네요."

"공부라니요?"

"도시 사람들은 어떻게 살아가는가? 도시는 어떤 구조로 돌아가는가? 또 어떤 일들로 생활하는가? 얼마나 부지런히 움직이는가? 귀족은 평민은 노예들은? 그리고 왕실은 수도 치안을 어떤식으로 관리 하는가? 등등 기타 등등"

"어머나 그래서 새벽부터 지붕에 계셨어요?"

"새벽부터는 아니고요. 좀 일찍 올라갔죠. 잠을 편히 자서 그런지 일찍 일어났죠. 그래서 돌아보니 수련 할 곳도 없고 해서 도시 공부나 해볼까 하고 올라갔죠."

"호호호호 역시 무라카님은 독특하셔요. 어떻게 그런 생각을 다 하셔요?"

"안젤리나 님은 상인으로서 어떻게 하면 돈을 많이 벌수 있을까? 하고 연구하지 않나요?"

"그야 뭐 당연히 연구하죠. 각 왕국의 물가라던가 주요 생산품이라던가? 귀족들의 취향이라 던지 이런 것들을 연구하죠."

"그러니까 나야 당연히 도시생활의 의문점들을 알아보려고 할 수 밖에요. 도대체 이 많은 사람들이 어떻게 살아갈 수 있는 것일까? 무엇으로 먹고살며 어떤 생활을 주로 하는 것일까?"

"와! 멋지네요. 무라카님은 역시 천재이신가 봐요."

"천재도 먹어야 삽니다. 어디에 가면 먹을 수 있나요?"

"네 4층으로 내려가시면 근사하게 준비해 놨습니다."

상인들이 도시 사람들을 먹여 살리는 것이 가장 정답에 가까울 것이다. 세상은 어디를 가나 비슷한 형태로 발전해 나아가기 마련 인 듯하다. 맛있게 식사를 하면서 한 가지 당부를 했다. 상단 내에 이미 소문이 쫙 퍼져 있을 테지만 앞으로의 행보에 방해가 되지 않도록 하기 위해서 현명한 방법은 입을 막아서 비밀을 엄수해 줄 것을 약속 받았다. 그랜드 마스터니 뭐니 하는 말을 일체 못하게 한 것이다.

식사가 끝나자 안젤리나는 금화 2,000냥과 와이번 가죽 배낭을 가지고 왔다. 내용물을 확인 해보니 멋지게 만들어진 옷 한 벌과 덧옷(코트) 한 벌이 들어있다. 심줄도 5미터 정도 길이로 돌돌 말아서 묶어 넣었다. 모든 준비가 된 것이다.

자세히 살펴보니 옷은 정말 잘 만들었다. 누군지 상당한 실력의 장인이 있는 모양이다. 막강한 마나의 힘으로 겨우 깁을 수 있는 가죽을 이렇게 멋지게 만든다는 것이 얼마나 어려운 일인지 잘 알기 때문에 더욱 놀랍다.

"대단한 장인이 있는 모양이요?"

"네 제국에서 알아주는 장인이 한분 계세요. 여자 분인데 못 만드는 것이 없을 정도죠."

"오! 대단 합니다. 이정도 솜씨면 제국 제일이 아니라 대륙에서 최고 일 것 같은데요."

"네 그래요. 우리상단에 전속으로 계신지 벌써 50년이 넘었어요."

"자 이제 떠나는 일만 남았군. 그전에 도시의 현장 체험을 좀 하고 싶은데 말이요."

"아 제가 안내해 드리죠. 마침 제 일이 막 끝났으니까요."

"그럼 잘 부탁 합니다. 우선은 용병으로 등록을 해야 앞으로 움직이는데 지장이 없을 것 같은데 말이요."

"호호호 용병 길드라면 우리 상단이 많은 도움을 주고 있지요. 문제없이 원하는 일이 잘 될 것입니다. 마차 준비시킬게요. 아 그리고 무라카님 원래 무기가 없으신가요? 시내가 산이나 평원보다 더 위험 하거든요. 검 한 자루 드릴까요?"

"하하하 괜찮습니다. 우선 그 용병 자격증은 어떤 과정으로 딸 수 있나요?"

"자격증은 아니고요. 무라카님처럼 무위가 높은 분은 확인만 하면 바로 용병 패를 만들 수 있어요. 그건 걱정하실 필요가 없어요. 자 나가시죠."

상단이 상행 할 때 사용하는 마차와 업무용 마차는 완전히 다르다. 상행시 타는 마차는 무엇보다 견고성 위주인데 반해 업무용은 왕실 마차처럼 크고 화려하다. 아마 이것도 하나의 상술인 모양이다. 용병길드 사무실은 시 외곽에 저소득층이 사는 지역에 위치해 있다. 마차로 한 시간이나 달려서 도착해 보니 이층 건물인데 다 쓰러져 가는 낡은 목조건물이다. 가난해서 그런가? 아니면 새 건물로 가기 전에 임시로 잠깐 사용하는 건물인가? 둘 다 아니다. 그 이유는 알고 보니 너무 세금이 과중 부과되니 결국은 편법을 사용해서 조금이라도 세금을 적게 내기위한 위장인 것이다.

켈리포 상단의 도움을 많이 받았다는 얘기가 사실인 모양이다. 여우를 알아본 접수실의 아가씨가 단번에 지부장실로 안내를 한다. 무라카도 여우를 따라 곧장 지부장을 만나게 된 것이다. 간단한 몇 마디 질문과 답변으로 S급 용병 패를 발급 받게 되었다. 검사. S급. 탐험가 및 용병. 국적은 마젤란제국. 차 한 잔 마시는 정도의 시간에 모든 것이 완료 되었으니, 상단의 힘이 의외로 크게 작용을 한 모양이다.

물론 등록비로 50골드나 지불 되었지만 무라카의 돈이 아니라 여우가 대납을 해줘서 무라카는 돈이 지불된 것도 모른다. 라이온 용병단의 울프펙이 증언을 이미 하였다는 것 역시 얘기를 안 해주니 본인은 모르는 것이다. 돌아오는 마차 안에서 여우가 트리플S급으로 발급해 주려는 것을 그냥 슈퍼 급으로 발급 받는 것이 소문 없이 적당한 선이라 생각했다는 얘기를 들려준다. 아무려면 어떤가? 무라카는 그런 것은 관심이 아예 없다. 신분만 증명이 될 수 있다면 그것으로 족한 것이다.

돌아오면서 잠시 왕궁에 들렸는데 괜히 왕궁을 구경 차 들린 것이 구루 무라카를 화나게 하는 원인이 될 줄이야 여우인들 어찌 알았으랴? 백성들은 굶어죽는 자들이 해마다 발생하는데 왕궁은 길바닥에도 금으로 도색을 해 놓은 것이 아닌가? 구루의 눈이 해-까닥 돌기 직전에 여우가 눈치를 채고는 부랴부랴 밖으로 모시고 나오느라 진땀을 뺐다. 왕궁을 한방에 녹여버린다나 어쩐다나? 사실 연옥염화[헬 파이어]한방이면 왕궁뿐만 아니리 100만 시민들까지 녹았을 것이다. 45%의 세금을 거두어서는 왕궁의 길바닥에 금칠 하는데 사용하는 모양이다. 백성들을 잘 살도록 보살피는 것이 아니라 백성들을 노예로 만들어서 왕족만이 잘살면 되는 어처구니없는 '드와르 왕국'을 보고 왕족을 깡그리 말살 시키려는 것을 여우가 아양을 떨면서 말리는 통에 겨우 참았다. 다음에도 이대로 이면 반드시 드와르 왕국은 사라지게 만들고 말 것을 혼자 속으로 다짐을 하며 상단으로 돌아왔다.

마젤란 제국을 향하여

올케 지점에서 5일을 쉬고 나서 출발했다. 제국은 두 개의 왕국을 거쳐야 갈수 있단다. 남아도는 것이 시간인지라 별말 없이 동행을 승낙했다. 무라카는 혼자서 외롭게 여행을 해야 연구도 하고, 수련도 해서 더욱 발전을 하는데 말이다. 무엇보다 식사가 문제라 외롭고 쓸쓸한 길은 피하고 귀여운 여우랑 미미가 해주는 밥을 먹으면서 가는 것이 훠~얼씬 좋은 것은 사실이니 못 이기는척하고 동행을 약속한 것이다.

이번 상단의 행렬은 인원도 물자도 더욱 많아져서 그 장경이 500M나 된다. 호위 인원도 증원이 되어서 200명이 넘는다. 마차 수도 38대이다. 모든 호위 병사들이 마상 호위를 하기 때문에 말의 수는 250마리이다. 중간에 교체 할 예비 말까지 마차에 메어 달고 이동하는 것이다. 도보로 걷는 정도의 속도로 이동을 하다 보니 지루하기 짝이 없는 여행이다. 여우에게 제국까지의 소요기간을 질문했더니 7~8개월 정도소요 된다는 답변이다. 한숨만 나온다. 에-휴 지겨운 것. 길만 알아도 혼자서 달리면 얼마나 걸릴까? 1개월 정도? 뭔가 재미있는 것이 없을까?

그래 혼자 개고생하면서 빨리 간들 뭐하나? 천천히 즐기면서 마법 복습이나 착실히 하면서 가자. 검법수련도 이참에 좀 더 가다듬고 지방 언어들도 배우면서 말이야. 벌써 제국의 언어는 어느 정도 알아듣고 조금 할 줄도 안다. 이젠 미미랑도 얘기를 하는 수준인 것이다. 머리가 상당히 좋아진 것이다. 지구에선 영어 회화를 행정 학교 '군영반'에서 10개월이나 한국말 일절 못하고 배웠는데도 어려운 단어나 경제 용어는 잼병이다. 군사 용어는 무전으로 흑인 놈들이랑 농담 따먹기도 해 봤으니 어느 정도는 되는데, 그렇게 노력해도 얼마나 어렵든지 지구의 추억은 그냥 무엇이던지 잘하지 못하는 그딴 것 밖에 없다. 마음 아픈 것들에-공 그래서 목숨 걸고 유체이탈로 우주여행을 나선 것이고, 시간이 지날수록 뭔가 다른 일거리가 필요 한 것 같다. 무료함에 시달리다 보면 삶이 지겨워지기도 하고 우울증에 걸릴 수도 있으니 말이다. 옳지 이런 기회에 승마술이나 배우자.

"위드야 너 이리로 와봐."

위드가 타고 있는 말을 빼앗다시피 해서 말 등에 올라 타보니 이놈이 미친 듯이 날뛴다. 위드가 타고 있을 때는 얌전하던 놈이 사람 괄시 하는 건가? 체면상 낙마는 절대 안 되고 온몸의 마나를 개방해서 말에게 잔뜩 겁을 줘서는 다시 앞으로 우로 좌로 방향을 전환도 하고 이동도 하는데 엉성한 자세에 힘이 잔뜩 실린 탓에 말이 견디질 못하고 땀을 비 오듯이 쏟는다. 겁을 잔뜩 먹어서 시키는 대로하긴 하는데 말도 자발적으로 주인이 편하게 자세를 잡아줘야 서로가 편한데 이놈도 고집이 대단하다. 마음대로 안 되니 무라카도 화가 나서는 몸의 무게를 일순간에 수톤 정도 되도록 해버리자 말이 혀를 물고 뻗어버린다. 에-휴 말이나 사람이나 허허허 그 바람에 상단의 행군도 멈춘다. 덤프단장이 가까이 와서는 말을 다루는 요령을 설명 해주자 고개를 끄떡이며 말의 갈퀴를 쓰다듬어주고 칭찬도해주자 놈이 좀 고분고분해진다. 그렇게 3일간을 연습한 후에야 제대로 말을 다룰 줄 알게 되었다. 당분간은 승마술을 익히느라 재미에 푹 빠졌다. 그랜드 마스터씩이나 되는 양반이 말도 못타는 것을 보고는 지들끼리 속닥거리는 소리를 다 듣고 알지만 이제는 능숙하게 상단 행렬의 선두까지 먼지를 일으키면서 달려갔다가 다시 제일 후미까지 신나게 달리고 다시 방향전환 또다시 반복 눈만 떴다 하면 말을 달린다.

어린애도 아니고 그렇다고 누가 말릴 수도 없고 그렇게 일주일이 후딱 지나가 버린다.

"아 이제야 겨우 걸음마 뗐네. 위드야 어때? 이제 좀 자연스럽냐?"

"넵 무라카님 엄청 빨리 배우신 겁니다. 몇 년을 타야 숙련도가 자연스러워 지는데 일주일 만에 완전 숙달 하셨네요."

"그러냐? 그래도 아직은 초보야 아 그런데 위드야 네 덕분에 승마술을 배웠는데 너는 나에게 바라는 것 없냐? 한 가지 정도는 가르쳐 주마."

"네? 정말이십니까? 저는 검술을 배우고 싶습니다. 그래서 훌륭한 기사가 되고 싶습니다."

"웅! 검술? 기사?"

"넵!"

"그~으~래? 그거 좋은 생각이다. 녀석 똑똑하구나. 그런데 너 몇 살이냐?"

"넵 14살입니다. 검술 배우기 늦은 나이인가요?"

"음~! 검술 익히는데 나이가 무슨 상관이겠나? 아무상관 없어 좀 일찍부터 배우면 좋긴 하지. 그런데 끈기와 오기가 있어야 되는데 너 후회하지 않을 자신은 있나?"

암 나이가 무슨 상관이냐? 당연히 나야 완벽한 검술 대가의 몸속에 속들어가서 짧은 기간에 엄청난 고수가 된 것이고 완전 초보자가 어느 정도 경지에 오르자면 최소 100년은 걸린다는데, 그건 그냥 속설이고 10년이면 소드 마스터 정도는 될 것이다. 그런데 막상 가르친다고 생각하니 막막하다. 무엇부터 어떻게? 억! 자신도 아직 인데 제자를 가르친다? 가르치면서 배운다는 전언도 있잖은가? 말에서 내린 무라카는 길바닥에 가부좌로 앉는다. 그 통에 상단 행렬이 올 스톱이다. 그러거나 말거나 무라카는 지금 엄숙하게 사제지연을 맺으려 하는 것이다.

"위드야! 이제부터 나 무라카가 위드를 제자로 받아들이는 의식을 하고자하니 스승에 대한 예를 취하도록! 9번 절을 하도록하여라."

"네-넵! 스승님!"

기쁨에 눈물을 글썽이면서 조심스럽게 길바닥에서 절을 올린다. 큰절을 아홉 번이나 올리고 무릎을 꿇고 고개를 숙인다.

"그래 위드야. 앞으로 어떤 고난도 참고 견디면서 악착같이 노력해서 훌륭한 검사가 되어야 한다. 알겠느냐?"

"넵 스승님 죽는 한이 있어도 모두 이겨 내겠습니다. 스승님!"

"그래 기특하구나. 그럼 오늘부터 기초 체력훈련을 열흘간 실시 할 테니 그리 알고 정신 똑바로 차리도록 이 스승은 검술을 가르칠 때는 인정사정없다. 알았지?"

"네 넵"

상단 행렬은 그 부근의 강가에 천막을 치고 마차들을 중심으로 원형의 방진을 짠 진을 설치한다. 잘 훈련된 호위들의 행동은 민첩하다. 그러나 한쪽에는 땀을 줄줄 흘리는 어린 소년이 기초 체력 훈련에 정신이 없다. 다른 것이 아니라 지구의 유격훈련에 서 몸 풀기 겸 정신통일을 위한 P·T체조를 실시하고 있는 것 이다. 혼자서 하니 훨씬 쉽지만 아직 근골이 잡히지 않은 어린이 다 보니 무척 생소하고 힘이 드는 것이다. 한순간 엉뚱한 생각만 하면 곱으로 다시 반복하니, 스승님이 무섭기도 하지만 야속하기 도 하는 철저한 훈련 방식에 위드는 혀를 내 두른다. 정신이 통 일이 되지 않으면 식사 시간도 빼앗기고, 밥을 굶을지도 모르는 피도 눈물도 없는 따블로 불어나는 훈련이 눈이 팽팽 돌 지경이 다. 무라카가 가만히 보니 끈기도 좋고 깡도 만만찮은 것이 아직 솜털도 다 안 벗긴 놈이 대단하다 싶다. 불쌍한 생각이 자꾸 떠 오르는 것을 억지로 무시하며 첫날부터 맹훈련이다. 대견스럽지 만 강하게 키워야 어른이 되어서도 누구의 제자는 역시라는 멋 진 꼬리표를 만들어 줘야할 막중한 임무가 주어진 것이다. 일단 몸 풀기가 끝나자 다음은 달리기이다. 슬슬 걸어가는 스승의 뒤 를 죽어라 따라가는 꼬맹이 몇 번을 쓰러지고 뒹굴었는지 모른 다. 그런 모습을 보는 상단의 일행들은 안 쓰러 운지 지들끼리 속닥거리기 대회라도 하는 모양이다. 무릎이 까지고 팔꿈치도 피 멍이 들고 그렇게 첫날이 지나갔다. 녀석 보기보다 단단하다. 여 우에게 얘기해서 오늘부터 위드는 모든 근무에서 제외시키고 그 리고 음식도 최고로 좋은 것만 먹이도록 부탁했다. 그리고 이틀 날은 기마자세 잡기와 달리기 그리고 피티체조! 그렇게 이동시간 을 제외한 나머지 모든 시간을 제자 훈련에 투자한다. 한 가지 일에 몰두하면 엄청난 집중력을 보이는 무라카이고 위드 역시

어마 어마한 끈기와 깡으로 자라온 녀석이라 대단하다. 죽을지언정 포기란 없다. 그런 식이다. 그동안에 마나 호흡법을 체계적으로 정리하고 이름도 붙였다. '천조심법(天造心法)'이 그것이다. 그리고 검법은 '천무검법(天武劍法)'이라 명명했다. 그것은 차후 문제이고 일단 열흘간 기초 체력 훈련이 끝나면 심법과 검법을 동시에 가르칠 계획이다.

나이에 비해서 조숙한 생각을 가진 위드는 고아로 자라서 그런지 끈기와 깡이 보통이 아니다. 아니 아주 뛰어났다. 정신 자세가 똑바로 박힌 탄탄한 제자인 것이다.

열흘간의 연옥 같은 기초체력훈련을 거뜬히 마치고 온몸이 성한 곳이 없을 텐데도 얼굴 표정하나 바뀌지 않고 생생하다.

"위드야. 이리로 와서 스승처럼 앉아 보거라."

"넵 스승님!"

"허허 다리가 아픈 게로구나. 종아리에 통증이 심하지? 녀석."

"다리가 아프긴 해도 할 수 있습니다."

통증에 이마에서 땀방울이 뚝뚝 떨어진다. 그런데도 다리 꼬기에 정신이 없다. 다행이 스승 무라카는 그 어떤 자세도 척척 거부감 없이 잘되는 몸이신지라 시범도 잘 보이시지만 제자 위드는 지금 죽을 맛이다. 체력 단련으로 지금 허벅지도 팅팅 부어 있는데 종아리야 말할 것도 없다. 그러니 정좌가 안 되는 것이 정상인 것이다.

아직 나이가 어려서 그나마 뼈가 굳지 않아서 다행이지만 말이다. 억지로 가부좌를 취한들 통증 때문에 정신 집중이 되지 않으면 만사 무휴다.

"위드야. 꼭 그렇게 통증을 참아가면서 정좌(가부좌)를 안 해도 된단다. 세월이 지나면 차차 되겠지. 지금은 반좌로 앉도록 해라. 이렇게."

"네 스승님!"

반좌로 앉으니 편하다. 나중에 몸이 다 풀리면 스승님처럼 멋지게 앉아야지 속으로 다짐한다.

"자 그러면 이제부터는 숨 쉬는 법을 가르쳐 줄 테니 정신을 집중해서 잘해야 하느니라. 천조심법이라는 것인데 이걸 잘해야 나중에 하늘을 날수도 있고 몸이 작아도 큰 힘을 발휘해서 집채만 한 바위도 주먹으로 박살 낼 수도 있단다. 중요하지? 숨을 들이 쉴 때는 서서히 나처럼 이렇게 아랫배 여기에 숨을 모은다고 생각하면서 천천히 길게 빨아드리는 거야 소리가 나서는 안 된다. 그리고 혀끝을 입천장에 붙이고 옳-지! 허리는 꼿꼿이 하고 눈은 반쯤 감고 자신의 아랫배 속을 바라보는 듯이 하는 것이다. 연습을 자꾸 하면 실제로 배속이 보인단다. 그리고 양손은 자연스럽게 손바닥이 하늘을 보도록 하고 천천히 빨아들인 숨이 주변의 마나를 모조리 끌고 와서는 너의 아랫배 속의 단전에 차곡차곡 쌓이는 거야. 그리고 잠시 숨을 멈추는듯하면서 단전 속에 순수한 마나는 꾹 눌러두고 탁한 못쓸 마나는 밖으로 내보내는 거야. 이것도 천천히 부드럽게 내보내야지 숨이 가빠서 확 한꺼번에 내보내면 부작용이 생길 수도 있으니 조심하고 자 다시 처음으로 돌아가서 주변의 마나를 천천히 빨아들인다. 그러면 단전이 따뜻해지고 그곳에 들어온 마나가 둥글게 뭉친단다. 그리고 빨아들이는 호흡을 '흡기(吸氣)'라고 부른단다. 자 흡기가 다 이루어지면 잠시 멈추는 것을 유기(留氣) 또는 축기(築氣)라고 한단다. '유기' 때에 들어온 마나를 단전에 꾹꾹 눌러 두는 거야."

그다음 탁한 마나는 서서히 뱉어 내는 거야. 뱉어서 공간으로 돌려보내는 것을 '토기(吐氣)'라고 한단다. 흡기를 30초하고 유기를 40초, 토기를30초 이렇게 처음엔 조금씩 해 보거라. 숨이 너무 가쁘면 안 된단다. 호흡이 답답하면 조금 더 빠르게 또는 느리게 조절을 해야 한단다. 억지로 하면 부작용이 생기니 조심하고 천조심법에서 가장 중요한 것은 정신집중이다. 알겠느냐?"

"네-넵 스승님 그런데 숨이 너무 가빠요. 저는 좀 더 빨리 해야 되겠습니다."

"오냐 그래 그건 스스로가 조절을 하면서 해야 하느니라. 천조심법에서 가장 중요한 것이 무엇이라 하더냐?"

"넵 스승님 '정. 신. 집. 중'이라고 하셨습니다."

"그렇지 자꾸 반복하다 보면 자연히 깨닫게 되리라. 심법 훈련은 하루에 두 번씩 해가 떠오를 때 한번 두 시간 동안 수련하고 해가 떨어질 때 두 시간동안 한다. 이것을 조식(朝息) 과 석식(夕息)이라 하여 밥을 굶더라도 아침저녁으로 꼭 먹어야 한다는 뜻이다. 또 네가 죽는 날까지 항상 해야 나처럼 하늘을 날라 다니게 되느니라. 명심해야 하느니라."

"넵 스승님! 스승님은 하늘을 날라 다니 실 수도 있습니까?"

"오냐. 험험 잠시 쉬면서 저쪽 숲에 다녀오자. 따라 오너라."

"넵 스승님!"

위드를 데리고 상단으로부터 상당히 먼 거리로 산책 하는 양 걸어온 스승이 위드를 안고는 공중으로 높이 날아올랐다. 이미 날이 저물어 어둠이 내리고 있는 시간인데 위드는 아래를 내려 다보고는 몸을 부르르 떤다.

"어떠냐? 위드야 기분이 좋지? 허허 너도 나중에 이렇게 날라 다닐 수 있느니라. 오늘 일은 다른 사람들에겐 비밀이다. 알았지?"

공기 마찰로 인해 위드는 지금 숨도 제대로 쉬지 못하는 상황인데 무슨 대답을 할 수 있으랴 고개만 끄덕인다.

다시 숙영지로 돌아온 스승은 천조심법을 소상히 설명을 하신다. 위드는 눈이 초롱초롱 해져서 한 개라도 놓칠까봐 집중해서 듣는다. 그렇게 시간은 흘러가고 있다.

다음날 새벽에 일어난 위드는 스승님의 말씀대로 동쪽을 향해서 가부좌로 앉아서 천조심법을 수련한다. 두 시간인지 세 시간인지 느끼지도 못하면서 아침 수련을 마치고 오전 검법 수련지도를 스승님으로부터 직접 하사 받는다. 천무검법 128수! 제1,2,3수를 배우는 중이다. 그리고 오후엔 달리기다 즉 보법, 경신, 경공을 전수 받는 것이다. 그렇게 한 달이 후딱 지나갔다. 상단의 이동은 계속되지만 위드의 수련은 쉼 없이 이어진다. 어제 밤에는 고단한 중에도 하늘을 나는 꿈을 꾸었다. 와! 얼마나 기분이 좋은지 스승님을 부르다가 깼다. 새벽이 다 된 시간이었다. 위드는 날마다 꿈을 꾸었으면 좋겠다. 스승님처럼 날아다니는 꿈을! 그 시간 스승님은 고민에 빠졌다. 지금쯤 이놈이 마나를 느끼고 다음은 어떻게 해야 하는지 질문을 해야 정상인데 소식이 없다. 뭐가 잘못 된 거지? 어쩔 수 없이 스승이 먼저 물어본다.

"위드야! 단전에 꿈틀 거리는 것이 느껴지느냐?"

고개를 푹 숙인다. 그리고 눈물이 뚝뚝 떨어진다. 어? 우는 거야?

"위드야 울지 말거라. 이 스승이 잘못 가르친 모양이다. 쯔-쯔!"

"아닙니다. 스승님 제자가 너무 멍청해서 그런 가 봅니다. 흑흑."

"예끼 녀석 가만 있자. 어디가 문제지?"

가부좌를 하고 앉아 있는 녀석의 이마에 땀방울이 송송한 것이 보인다.

"위드야 정좌가 정신집중이 안되면 반좌를 하도록 해라. 자세가 중요한 것이 아니라 정신집중이 핵심 이란다."

"아 이렇게 앉으니 편해요. 헤헤"

"그래 그렇게 앉아서 천조심법을 수련해라."

"넵 스승님!"

그로부터 숙영지 철수를 마치고 이동준비가 끝날 때까지 위드는 깨어나질 않는다.

녀석이 드디어 몰입에 성공해서 심법에 재미를 느끼고 무아의 경지에 빠져든 것이다. 그래서 상단을 손짓으로 먼저 출발 시키고 강기 막을 둘러쳐서 외부의 소란을 차단 시켰다. 해가 서쪽으로 기울어진 다음에야 녀석이 깨어난다.

"헤헤 스승님 저 땅정에 마나가 꿈틀거려요. 자꾸만 멋대로 움직이려 해요. 이럴 땐 어떻게 해요?"

"오호 그래 벌써 꿈틀 거린다고 하하하 녀석!"

"어 그런데 상단은 어디 있나요?"

"그래 이 녀석아 아침 식사 후 먼저 출발했지 네 녀석 하나 기다리고 저녁이 다 되어 가도록 있겠냐?"

"그럼 어떻게 상단을 따라 갈려고요. 말도 다 가지고 가버린 모양 인데?"

"그건 걱정 말고 다시 반좌로 앉아라. 이제 그 마나를 어떻게 움직여야 하는지 가르쳐 주마. 이것을 '운기(運氣)'라고 한단다."

"-----?"

녀석의 등에 있는 협착혈에 손을 붙이고 마나를 흘려 넣어 단전을 들여다보니 겨자씨만 한 마나 덩어리가 있다. 서서히 그것을 도인하여 독맥을 타고 오른다. 회음, 미려-협착-아문을 거쳐서 드디어 정수리의 백회혈에 이르렀다. 백회혈 앞에서 잠시 멈춘 후 심어로 녀석에게 주의를 준다. (절대 입을 벌리거나 말을 하면 안 된다. 비명을 질러도 더욱 안 되고 정신 빠짝 차리고, 잘못하면 죽을 수도 있으니, 이 순서를 잘 기억해 둬야 하느니라. 그럼 계속 간다.) 백회를 단숨에 뚫어버리자 녀석이 움찔거린다. 통증 보다 뚫리는 소리가 크게 느껴지리라. 그리고 다시 수구-은교-단중(丹中)을 지나서 기해 혈인 단전으로 돌아왔다. 소주천이 이루어진 것이다. 다시 한 바퀴 또 한 바퀴 이렇게 네 번을 돌리자 드디어 대주천이 이루어진 것이다. 온몸의 361세맥까지 돌리기엔 너무 시간이 없어서 오늘은 여기까지만 길을 [道]인도 해주고 손을 뗀다. 녀석은 그대로 반좌의 자세로 스스로 길을 가는 모양이다. 밤이 지나고 동쪽이 밝아오자 그때서야 깨어난다.

"아-아! 스승님! 몸이 날아 갈 듯이 가벼워요. 헤헤헤 감사합니다. 스승님의 은혜는 절대 잊지 않겠습니다."

"오냐 그래 매일 수련하면 점점 더 몸은 가벼워지고 힘은 세어지고 동작은 빨라지지 허허허 그럼 상단을 따라 잡아야지? 하루 반을 지났으니 얼마나 갔을까?"

"네? 하루반이나 지났다고요?"

"그래 이놈아 지금 아침이잖아 슬슬 배가 고파질 덴데."

"아 배고파요. 정말 하루가 넘게 지났군요."

"그래 녀석아 자 스승의 등에 업히거라."

"네? 저 달릴 수 있는데요?"

"그렇게 느림보로서는 언제 상단을 따라 잡겠냐?"

"넵 죄송해요 스승님!"

위드는 꿈을 꾸고 있는 것이 아닌지 볼을 꼬집어본다. 아프다. 꿈이 아니다. 눈을 못 뜰 정도로 세찬 공기 압력에 숨쉬기도 엄청 힘이 든다. 주변의 경관이 이지러지면서 빛살처럼 달려가는 속도가 지난번 날아 갈 때와는 완전히 다르다. 그 보다 수십 배는 더 빠르다. 우와 얼마나 빠르면 입을 조금 벌리자 입안으로 밀려드는 공기압에 볼이 터질 듯이 부풀어 오른다. 흡! 기겁을 한 위드는 스승의 등판에 얼굴을 팍 묻고 가만히 있는 것이 최선임을 깨닫는 데는 0.1초도 안 걸렸다. 휴 입이 터질 뻔 했다. 스승님의 발이 땅에 닿기나 하는 걸까? 스승은 등에 느껴지는 감촉에 녀석이 호흡이 곤란하다는 것을 깨닫고는 강기로 막을 쳐서 공기 저항을 전혀 없이 하자 실내처럼 조용해진다.

"숨쉬기 곤란했지? 이젠 괜찮아."

공기의 저항이 전혀 없고 얘기도 하시자 고개를 번쩍 들어보니 계속 무시무시한 속도로 나아가고 있는데도 바람하나 없고 소리도 들리지 않는다. 귀를 먹먹하게 하든 그 소리가 조용하니 오히려 이상하다. 진짜 이것이 사람이 낼 수 있는 속도인가 싶다. 화살보다도 훨씬 빠르다. 우와 나도 이렇게 달릴 거야! 열심히 수련해서 나도 스승님처럼 달릴 수 있게 될 때까지 경공을 특히 열심히 익혀야지 히히힛!

산모퉁이를 바람같이 돌아가자 저 앞쪽에 상단의 행렬이 보인다. 한 호흡 만에 상단의 근처에 접근한 스승님이 위드를 내려놓으며 속삭이신다.

"위드야 곧장 따라 왔다고 말해야 되겠지. 그렇지?"

"네 스승님! 그렇게 하겠습니다. 그리고 바로 밥을 챙겨 오겠습니다."

위드가 뛰어가서 인사를 하고 바로 먹을 것부터 챙긴다. 위대한 스승님이 굶으시면 절대로 안 될 일이다. 그렇게 상단에 합류한 스승과 제자는 더욱 고된 수련을 시작한다. 천무검법 128수를 두루 다 섭렵은 했는데 아직 이다. 숙련도를 높이자면 끝없는 반복 수련만이 정답이라는 스승님의 말씀을 실현하기 위해서 위드는 조금의 시간이라도 생기면 휴식도 마다하고 검법숙달에 매달린다. 똑같은 나날들의 반복이 3개월째 이어지고 있다. 넓은 평원과 언덕이 간혹 보이고 그리고 작은 마을들이 언젠가부터 보이지 않더니 구름 속에 봉우리가 감싸여서 신비함을 풍기는 높다란 산맥이 하늘에서 뚝 떨어져 내린 듯이 눈앞에 나타났다. 희미하게 보이기 시작 했다는 말이 더 어울리는 말이 되려나? 과연 저 높이가 얼마나 되려나? 스펨 산맥에서 만리가 넘는 거리에 있는 바벨산맥인 것이다. 저 산맥의 허리를 넘어가야 제국으로 가는 접경지역이 있으며, 그린왕국과 볼베키 왕국을 들렸다가 제국의 땅으로 진입하게 되는 것이다. 아직 갈 길이 요원하다. 그러나 한발 두발 가다보면 언젠가는 닿게 된다는 진리의 말씀이 있지 않은가. 확실한 현실의 선상에 올려진 확실한 목적지로 전진하는 일 이것이 '믿음'이다. 열심히 수련하면 스승님 같이 될 수 있다는 확실한 목적을 가진 수련행위 이것 역시 '믿음'의 소산이다. 그런 확고한 믿음을 심어주려고 스승은 위드를 등에 업고 공중을 날아 보이기까지 한 것이다.

거대한 산맥의 윤곽이 보이긴 하지만 아직 얼마동안을 더 이동해야 산의 기슭에 닿을 수 있을지는 모른다. 그리고 위험지역에 들어섰다는 것은 누구나 다 느끼고 있다.

수많은 몬스터와 산적들이 있는 곳! 인간의 발길을 거부하는 수천 개의 봉우리들 지금 상단의 일행은 산맥의 낮은 허리를 넘어 가는 것이지만 그래도 단장의 얘기로는 이곳에 전멸당한 상단들이 상당히 있다는 것과 몇 년 전에 '켈리포' 상단도 심하게 많은 인원을 잃어버린 적도 있단다. 상단의 모든 인원들이 서서히 긴장감을 느끼는지 표정들이 굳어간다. 산의 저지대에는 죄를 짓고 세상을 등진 자들이 모여 산적이 된 무리들이 지배하고 높은 곳은 각종의 몬스터들이 지배하는 험로가 일행을 기다리고 있는 것이다.

그동안 위드는 심법과 검법이 어느 정도 숙달 단계에 들어섰다. 임독양맥을 벌모세수로 뚫어준 덕분에 녀석은 일취월장하고 있는 것이다. 스스로 재미에 푹 빠져서 단 하루도 거르지 않고 열심히 수련 하고 있다. 한 동작 한 동작 마다 마나를 어떻게 운용 하는지, 그리고 검법에 적용할 때와 보법에 적용할 때의 차이점 또 경신이 얼마나 중요한지도 몸으로 깨우치고 있는 것이다. 스승이 온몸의 361세혈과 24경락 등을 가르치다보니 무라카 자신도 한 단계 더 진전이 있었다. 가르치면서 배운다는 구전이 틀린 말이 아니란 것이 증명된 셈이다. 이제는 완벽하게 자연경의 극의를 깨달은 무라카는 주위의 마나를 의식만으로 자유로이 조종 가능한 단계를 경험하게 된 것이다. 제자를 가르치면서 스승도 공부가 발전하고 검법과 심법은 물론이고 보법과 경신, 경공도 체계적으로 체제를 바로 세우는 큰 스승으로써의 자질도 갖추게 되어 진정한 일대 종사(宗師)가 된 것이다.

위드는 드디어 목검에 마나를 주입하는 익스퍼드 초급의 단계에 입문하게 되어 기쁜 마음을 스승님께 먼저고하니, 스승님 왈 '허허허 위드야 너는 초급이 아니라 상급한테도 대련하면지지 않는다. 자부심을 가지 거라. 알았지?' 하신다. 아무리 그래도 상급한테도 안 진다니 위드가 미심쩍은 눈치로 스승을 바라보자 스승께서는 빙그레 웃으시며 앞으로 한 두 달만 심법을 열심히 수련해서 마나가 조금만 더 많이 단전에 모아지면 상급도 이길 수 있다고 어깨를 두드려 주신다. 스승님이 허튼 소리를 하실 분이 아니라는 것을 아는 위드는 신이 났다. 좀 더 열심히 해야지 그리고 항상 스승님께 칭찬 받는 제자가 되어야지, 다짐하고 또 다짐한다. 일전에 스승님의 등에 업혀서 달려온 그때를 떠올릴 때마다 위드는 그 신나는 속도에 뿅 하고 반해서 요즘은 경공 수련에 푹 빠졌다. 엎어지고 뒹굴고 다리가 엉켜서 이마도 까지고 하면서도 포기란 없다. 한 달째 뒹굴고 있어 몸이 말이 아니지만 달리면서도 정신을 흩트리지 않고 각 경락에 정확하게 마나를 보내야 하는데 생각하고 달리면 실패다. 무조건 몸이 스스로 알아서 마나를 자유롭게 보내져야 하는데 중점이 있기 때문에 몸이 체득을 하자면 반복 숙달하는 방법밖에는 없는 것이다.

최고 속도로 달리다가 다리가 꼬인다고 생각해보라 관성에 의해서 얼마나 세게 땅에다가 박치기를 하겠는가? 그런다고 속도를 늦추면 역시 숙달이 안 되니 열 번을 넘어지던 백번을 넘어지던지 항상 최고 속도를 내어야 그 속도에 익숙하게 마나를 보내게 되는 것이다. 상단의 호위병들이 보기에 완전히 미친 짓을 하는 꼬맹이가 안쓰러워서 볼 때마다 묻는다. '오늘은 몇 번 넘어졌니? 다친 곳은 없니?'라고 인사하며 걱정한다. 그러면 위드는 씩씩하게 웃으며 대답해준다. '아니 넘어져도 괜찮아요. 이젠 다치지 않아요.'라고 대답한다. 여우도 은근히 걱정되는지 시녀미미를 시켜서 물수건을 미리 준비해 놓는다. 스승인 무라카만 태연하시다. 위드가 멍든 몸으로 다가와 인사드리면 웃으시면서 머리만 쓰담-쓰담 해 주신다. 기특한 녀석이다. 상당히 고달플 텐데 전혀 내색을 하지 않는다. 14살에 익스퍼드 중급이다. 그것도 곧 보법이 완숙해지면 상급들도 상대가 되지 않을 것이다.

속도와 검술의 배합은 눈으로도 따라잡기 어려울정도로 빨라질 테니까. 소드 마스터라면 승부를 모를 것이다. 그리고 이정도로 빠른 발전이라면 5년 이내에 위드는 소드 마스터가 될 것이다. 왜냐하면 경신과 보법이 완성되면 움직이는 속도 자체가 일반 검사들과는 차원이 달라지기 때문이다. 그들의 검으로는 위드의 옷자락도 건드리지 못할 것이기 때문이다. 무라카는 그렇게 생각한다. 아직 직접 소드 마스터를 보지 못했기 때문에 확언은 못하지만 중급들의 실력을 보고 짐작하건데 아마도 그것이 정확한 판단일 것이다. 아무리 소드 마스터 일지라도 초음속의 속도는 따라잡지 못할 것이다. 순전히 마나의 힘으로 밀어 붙인다면 모를까? 위드는 마나가 많이 축적되면 자연히 소드 마스터가 될 것이다. 지금은 위드에게 별로 가르칠 것도 없다. 이젠 스스로 숙달하고 깨달아 가는 것 만 남았다. 그리고 궁금하면 망설이지 말고 질문을 하라고 강조해두고 있다.

위드의 경공 공부가 숙달되어 가는 것을 보니 즐겁다. 그리고 한편으로 무라카는 지나온 수십 개의 마을과 도시들을 보면서 이곳 사람들의 문화 수준이 지구의 16세기 수준에도 미치지 못하는 미개한 생활수준임을 알았고, 오로지 귀족중심의 사회임을 알았다. 그리고 다양한 피부색의 여러 종족들이 있는데 그들은 모두 노예 신분을 벗어나지 못하는 짐승들의 삶과 비슷한 생활을 하고 있음을 보았다. 그나마 병사들은 잘 먹이고 잘 입히는 것은 전쟁을 위한 도구로 사용하기 위해서임도 알게 되었고, 귀족들도 귀족들 간의 권력 투쟁으로 서로를 이기기 위해 그 어떤 수단과 방법을 가리지 않고 짐승보다도 못한 짓을 예사로 한다는 것에 놀라지 않을 수 없다. 용병들은 그나마 자유롭게 살지만 돈이 떨어지면 목숨을 담보로 돈을 버는 행위를 하는 것이다. 용병의 등급이 상당히 중요하다는 것도 울프펙의 설명에 의해서 알게 되었다. S급 용병은 전 대륙에 2~3명 정도 뿐이란다. SS급은 아직 한명도 없었고 앞으로도 없을 것이란다. 즉 소드마스터 상급 정도 되어야 더블 슈퍼 급인데 그런 사람이 용병을 할 이유도 없을 뿐만 아니라 그 수준은 아직 살아있는 사람 중에는 없다는 것이다. 그렇다면 무라카는 어느 정도? 트리플 슈퍼급도 넘잖아 허허허 뭐 그렇다고 치고 이제 마젤란 제국으로 가는 여정에 절반정도 왔는데 코앞에 가장 위험한 난코스가 기다리고 있는 것이다. 아무런 피해도 없이 산을 넘을 수만 있다면 그보다 좋은 일은 없겠지만 현재까지 피해 없이 넘은 적은 단한 번도 없었다니 미리 단단히 준비 하는 것이 좋을 듯하다. 이런 마당에 생명을 아끼고 자연주의를 부르짖는 것은 개에게나 줘 버려야 할 생각이다.

　최대한 적은 피해로 목적지에 도착할 수 있는 최선의 방법을 찾아서 그 방법으로 가야지만 성공했다고 할 수 있는 것이다. 요원들의 건강상태 체크, 그리고 말들도 피로도를 체크해서 교체할 것은 교체하고 각자의 무기 점검과 마차의 상태도 점검해서 바퀴가 튼튼하지 못한 것은 미리 교체해 두는 것이 좋을 것이다. 모두가 분주한 가운데 하루의 여정을 마치고 덤프단장의 지시에 따라 각 마차의 담당 조장들 이상모두 모여 회의를 하는 자리가 만들어졌다. 여우는 무라카를 단단히 믿는 모양이지만 아무리 뛰어난 능력의 소유자 일지라도 혼자서 북치고, 장구치고, 나팔 까지는 못 부는 것이다. 즉 다수의 적에게 노출이 된 상태에 서는 어쩔 수없이 난전이 발생하는데 이때에는 피해를 줄일 수가 없다는 뜻이다. 무라카도 회의에 참석해 주십사라는 요청에도 불구하고 현재 무리카는 상단과 200미터 이상 떨어진 곳에서 고급마법(9클래스마법)에 열중하고 있다. 아직 단 한번 밖에 실재 사용한 적이 없기 때문에 광범위 공격 마법을 복습하고 있는 것이다. 심언(心言)주문과 수식을 되짚어 가면서 하나하나 시현속도와 범위 그리고 효과 등을 검토 해놔야 혹시 오늘 진짜로 사용하게 될지도 모르는 상황에 대처하기 위한 준비인 것이다. 특히 몬스터들이 집단으로 몰려온다면 스승님의 당부와는 반하는 행위이지만 살아있는 사람을 보호하기 위해선 무라카의 성격상 분명히 사용한다가 정답일 것이다. 최대한 자제하지만 공격 범위가 생각보다 훨씬 넓은 지역을 초토화 시키는 것은 진짜 피해야 할 것이다.

창조 마법은 주문(呪文)만 외워두고 이론만으로 배웠지만 어쩐지 자신이 있기도 하기에 한번 살짝 들여다보고 싶어진다. 어떤 이유이던지 간에 한번쯤은 사용하게 될지도 모르기에 창조마법도[흑마법의 일종] 살펴보는데, 역시 금단의 열매인가? 충분히 할 수 있다는 자신감이 먼저 생긴다. 안-돼 !! 정신계열 마법과 소환마법, 그리고 육체를 탈취하는 것들도 있다. 의지를 빼앗는 마법,

그래서 엿보지도 말라고 강조하셨구나. 스승의 말씀이 이해가 된다. 또 자신이 알고 있는 지식의 부분을 전이 시키는 마법도 있고, 상대의 기억을 훔치는 마법도 있다. 생각이 떠오르자 주문들이 스스로 의지를 뚫고 밀려든다. 창조 마법들이 마치 생명을 가진 생명체처럼 주인에게 안기고 싶은 강아지처럼 무라카의 마음 속으로 달려들어 온다. 위험한 것일까? 그러나 그렇지 않다는 생각이 지배적으로 팽배해진다. 역시 창조마법은 함부로 엿보는 것이 아니야. 무한대에 가까운 마나와 21세기 현대과학을 배운 지식이 있기에 또 70년을 살아온 경륜이 있기에 스스로 절제할 수 있다고 하는 확신이 있기에 제3자의 눈으로 관조하며 '10클래스'의 창조 마법들을 쭉 펼쳐 놓고 복습을 해 봤다. 신들만이 사용 가능하다는 최고급 마법들이지만 무라카는 충분히 제어 또는 시현도 가능함을 알게 되었다. 좀 더 자신이 마법적으로 성숙해지면 그때는 마음껏 사용 할 수도 있는 전제하에서 섭렵을 한 것이다. 신기하게도 최고급 마법은 마법 자체가 생명이 있는 생명체처럼 너무나 뚜렷하게 각인되어 버렸다. 마법이 사람을 익히지 않고는 안 되게 해버렸다고나 할까. 사용여부는 본인의 의지에 의한 것이지만 말이다. 그런 후 장시간 동안 '강환'의 응용 공격법에 대해 다양하게 생각을 정리하면서 띄워 보기도 해본다. 현재 실력으로 동시에 통제 가능한 수는 30개다. 예를 들자면 30줄로 똑바로 공격해오는 몬스터라면 30줄을 혼자서 한순간에다 꿰뚫어 버릴 수 있다는 뜻이다. 꼬치구이 산적 꿰듯이 뻥 뚫어 버린다는 것이다.

그래도 안심 못할 한 가지는 지구의 무기처럼 초음속의 무기 한테는 당할 수 있다는 것이다. 제국에 숨겨진 무기가 '레이-져 무기'이면 원거리 공격 한방에 그냥 훅 갈수도 있다는 것이다. 이 몸의 주인도 그렇게 훅 간 것이 아닌지? 조심하자. 무라카 얏!!

"위드야! 이제 검기를 마음대로 조절이 가능하냐?"

"스승님 마음대로 조절한다 하심은 어떤 것을 말하심인지요?"

"검법은 적을 살상하는 방법이 아니더냐? 적이 한명 뿐일까?"

"아 다수의 적이 한꺼번에 공격해올 경우도 생각해서 연습해야 한다는 것입니까?"

"물론이지 검기를 마음먹은 대로 조절을 할 수 있도록 피나는 연습 을 해야 한단다.

"네 저는 아직 마나를 검에 주입 할 수 있는 수준일 뿐입니다. 열심히 연습 하겠습니다."

"그래 1:1뿐만 아니라 다수와의 전투도 염두에 두고 연습하도 록 해라."

"넵. 알겠습니다."

[녀석 그 짧은 기간 동안에 제법이야. 훌륭한 제자를 얻었구나.]

"저기 무라카님! 안젤리나 아가씨가 찾는데요.?"

"오냐 알았다. 금방 가마."

보나마나 식사 준비 되었다는 것일 테고, 그 외 병력지휘 어쩌고 저쩌고 하는 것일 터인데 나와는 하등 상관없는 것들이야 쩝.

"위드야 가자 가서 밥이나 먹자."

"네 아 배고파요. 빨리 가요 스승님! 헤헤"

오늘은 또 어떤 음식일까? 갈수록 점점 나빠지는 음식들이 아무래도 이젠 고기 맛보기가 점점 어려워지는데 사냥이라도 해야 하려 나? 그런데 중앙 천막에 들어오니 식사 준비가 된 것이 아니라 아직도 상단 수뇌부 회의 중이다. 무슨 심상찮은 일이 있는 것인지 표정들이 다들 심각하다. 걱정할 문제라도 있는 것인가?

"어-? 식사들은 않고 뭘 하고 있는 것이요?"

"저 무라카님! 전체 병력들을 지휘를 좀 해주시면 안 될까요?"

"아니 안젤리나님 이제껏 잘해오는 단장이 있는데 왜 날더러 지휘를 맡아 달라는 거요?"

"이곳부터는 대단위 산적 무리가 준동하는 지역이고 또 몬스터들이 우글거리는 위험한 지역이라 그래요."

"아-됐어요. 그런 일은 단장이 알아서 잘하더니만 그래요. 걱정하지 말고 이제껏 해 오던 대로 하게 두고 위험하면 도울 테니까 걱정하지 말고 밥이나 주쇼."

"네 곧 준비하도록 할게요."

"그런데 단장! 단장님은 여러 번 산맥을 통과해 다녀 봤을 것 아닙니까? 뭐가 그렇게 심각한 거요?"

"저 무라카님 항상 이곳 바벨산맥을 통과시에 희생자가 많이 발생 합니다. 그리고 경험 있는 병사들이 거의 없습니다."

눈을 끔벅거리는 단장의 표정을 보니 아마도 실력이 없는 병사들은 살아남는 자가 없는 모양이다. 그 정도로 위험한 지역인 것이다.

"흠 좀 심각하군. 어쨌든 이번에는 희생자가 발생하지 않도록 도울 테니 단장님이 잘 인솔하시오. 물론 선두에는 내가 앞장 설테니까 그 점은 염려마시고."

"넵 무라카님 만 믿겠습니다."

"안젤리나님 이곳 바벨산맥의 몬스터 들은 어떤 종류가 있고 그 숫자가 어느 정도요?"

"네 주로 오크들이고요. 무리가 많을 땐 천 마리가 넘을 때도 있어요. 오크들은 집단 공격을 잘 할 뿐만 아니라 무기도 칼, 활, 창, 도끼 등 병사들에게 뺏은 것들을 사용하기 때문에 무서운 집단이죠. 오크 무리는 그 대장들의 통솔력도 뛰어나고 후퇴를 모르는 포악한 성격이라서 죽을 때까지 달려들어요. 또 대장 놈들은 검술도 무시할 수 없어요. 익스퍼드 중급정도는 되거든요."

"뭐? 하하하하 돼지가 익스퍼드 중급이라고요? 무슨 말도 안 되는 소리요?"

"무라카님 사실입니다. 큰 덩치에 비해서 날렵한 행동과 마나까지 다룰 줄 아는 몬스터 들입니다. 그기에 다가 '오우거'라도 만나면 한 마리 잡는데 기사 30명은 포진해야 잡을 수 있는 정도죠. 그것뿐이면 또 다행입니다. 샤넬 타이거는 무지무지하게 빠르고 광폭해서 기사들 100명이 겨우 한 마리를 상대할 정도죠."

"헉 샤넬타이거? 고양잇과 몬스터인 모양이군. 그런 놈도 있다는 얘기인데 힘 그리고 그보다 더 큰 몬스터는 뭔가요?"

"최고로 위험한 것은 와이번인데 와이번은 활동지역이 정해져 있어서 그 범위를 벗어나는 일은 거의 없어요."

"와이번은 잡아봐서 알지요. 공격속도가 무지 빠르더구만. 그놈은 나의 시간차 공격에 단칼에 목이 잘렸지만 장난이 아니었지, 그런 놈 두세 마리가 융단 폭격하듯이 공격하면 매우 곤란해지겠더라고."

"헉 와이번을 일격에 목을 잘랐다고요?"

"그랬지 조그만 점으로 보일 때부터 준비를 하고 있다가 마주 달려들었지, 놈이 고도를 낮추다가 갑자기 방향전환을 하려고 하니깐 어렵지 않겠어? 그 속도에 그 몸집에 크크크 그 순간이 그 놈의 목이 달아나는 순간이지."

"우와 그거 말로만 들어도 소름 끼친다. 캑"

"자-자 그 얘긴 비밀이야. 문제는 돼지들인데 그 놈들이 무기도 잘 다루고 검술을 하는 놈도 있다고? 집단 전투도 능하고?"

"네 그래요. 그놈들은 심지어 여자들은 생으로 잡아다가 노예로 일도 시키고 임신도 시켜서 새끼를 낳게 한다는 소리가 있어요."

"컥 뭐-뭐요? 이런 돼지 새끼들이 있나! 그놈들이 모여 사는 마을이 산속에 있다는 것 아니요?"

"네 아마도 몇 천 마리씩 무리를 지어서 살아가는 마을이 있을 겁니다."

"그렇다면 그런 마을을 찾아서 박살을 내야 되겠군. 왕국은 세금 거두어서 그런 마을이나 토벌 할 것이지 그냥 보고만 있는 건가?"

"해마다 토벌은 하지요 그런데 워낙 번식력이 강해서 2~3년이면 그 숫자가 어마어마하게 불어나서 또 같은 일이 반복되고 있는 거지요."

"2~3년? 그렇게 빨라요?"

"네 오크들은 임신기간이 6개월입니다. 그런데 한 번에 여러 마리씩 낳고요. 2년만 자라면 다 자라버리니 감당이 안 되지요."

"억 1년에 두 번씩 새끼를 낳고 한 번에 5~8마리씩 낳아 버리면 1년에 10~16마리? 그 새끼가 다 자라는데 2년밖에 안 걸리면 우와 이거 쥐새끼들 보다 번식력이 더 빠르네."

"네? 쥐새끼라니요???"

"아-그런 것이 있어요. 한 번에 새끼를 10마리 이상씩 낳는 동물!"

"어-맛 10마리 나요?"

"이거 원 어딜 가도 돼지새끼들이 문제로군. 그 놈들 고기 맛은 어때요?"

"네? 오크 고기를 먹어요? 어머머머멋!"

"아니 못 먹어요? 돼지고기 맛있을 텐데?"

"아이고 오크 고기는 못 먹어요. 호호호호."

"잉? 맛있을 것 같은데? 아깝네. 험험"

지구에선 돼지고기가 얼마나 맛있는데 여기돼지는 못 먹는단다. 하긴 말도 하고 무기도 사용하며 두발로 걸어 다니는데 얼마나 돼지가 진화를 하면 그 정도 되려나? 이 돼지의 종이 다른가 보다. 다음날 날이 밝자마자 모두들 단단히 무장을 하고 여태 헤이 해져 있던 분위기가 싹 바뀌었다. 모두 긴장감이 팽팽이 당겨진 활줄 같다. 심지어 말들도 분위기를 아는지 투레질도 하지 않는다. 긴장감 속에 조용히 행군이 계속된다. 분명 산에 인접해지기 전에 산적들이 있다고 했지? 범죄자나 파산자들이 모여 집단을 이루고 지나는 상행이나 소수의 사람들을 겁박해서 돈이나 가진 모든 것 아니면 몸까지도 털어먹는 무리들 그런데 10여일이 지나도 아무런 기척이 없다. 아마도 워낙에 많은 인원이 질서정연하게 움직이니 아예 포기 할 수도 있으리라. 덤프 레온 울프 펙이 각각 자신들의 조를 요소요소에 적절이 배치해서 이동을 하다 보니 잘 훈련된 병사들처럼 보이리라. 그래도 밤에는 기습에 대비해서 철저히 경계를 세우고 두 시간 단위로 교대하며 간부들은 순찰을 돌면서 주변의 지형지물과 특별한 위치 등을 세밀히 살핀다. 무라카는 방진을 중심으로 2~3㎞ 정도의 반경을 정찰하면서 둘러보고 돌아온다. 쉴 때에도 감각을 넓게 퍼트려서 살핀다. 그리고 연구도 한다. 넓은 지역을 몸으로 직접 다니지 않고 탐색 할 수 있는 방법은 없을까를 부쩍 신경이 쓰인다. 분명 방법이 있을 텐데 말이다. 자연경에 오른 후에 주변의 마나를 자신의 통제 하에 둘 수도 있으니 가만 마나로 그렇다. 마나는 주변에 없는 곳이 없다. 그렇다면 주위 전체의 마나를 느낄 수도 있잖은가? 당장 가부좌로 앉아서 주변의 마나와 일치시킨다. 그리고 그 범위를 넓히자 옆의 천막에서 여우가 옷을 갈아입는 것도 눈으로 보는 것처럼 환하게 인식이 된다. 이것이 자연경의 경지에서는 가능한 것이다. 왜 여태까지 이 방법을 몰랐을까? 쉼없이 범위를 넓혀 나가자 온갖 잡다한 것까지 다 느껴진다. 심지어 벌레가 움직이는 것까지도 느낌이 들어온다. 좀 더 정확히 알려면 아무래도 연습이 필요 하겠다. 지금부터 일체의 다른 것은 모두 금하고 주변의 움직임과 그 움직임으로 그것이 무엇인지 판별하는 훈련을 매일 연습한다. 위드가 보니 스승님이 갑자기 어느 날 부터는 바깥을 살펴보러 다니시지를 않고 가부좌로 천막 안에만 계시니 궁금해서 질문을 해본다. 문안 인사를 매일 아침 조식(심법)수련을 마치면 드리러 꼭 수세 물을 들고 방문을 하는데 오늘도 여전히 가부좌로 앉으셔서 눈을 지그시 반개하고 앉아 계시는 앞에서 한참을 기다리다 질문을 드린다.

"저 스승님 밤새 평안 하셨는지요. 저 질문이 있는데요?"

"어 그래 제자야 무슨 질문인가? 해봐라 오랜만에 궁금한 것이 있는 게로구나."

"네 스승님! 지난 몇 일간 스승님께선 밖으로 나오시질 않고 천막 안에만 계셔서요. 혹시 몸이 불편 하신건가요?"

"허허허 아니다. 그것이 궁금한 것이더냐? 아 위드 너는 아직 내가 설명을 해도 잘 이해를 못할지 모르지만 이 스승도 무공을 모르는 것이 있단다. 그래서 시간이 나면 이렇게 가부좌로 앉아서 연구를 하는 것이란다. 지금은 한 가지 신기한 무공을 연구했단다. 이름은 아직 부치지 않았는데 말이다. 가만히 앉아서 주변 5km까지 그 안에서 움직이는 모든 것을 다 느끼는 무공이란다. 즉 마나를 마음먹은 대로 자유자재로 다룰 수 있게 되면 나처럼 앉아서 주변을 볼 수 있단다. 좀 더 연습을 하면 그 범위도 점점 더 넓게 볼 수 있겠구나. 너도 나중에 자연경의 경지에 올라보면 알게 되리라 믿는다. 이해가 되느냐?"

"그 그러니까 가만히 앉아계셔도 적들이 움직이는 것을 다 보신 다는 뜻인가요?"

"그래 이 스승은 이제 초기단계라서 반경 5km 정도 밖에는 느끼지 못하는구나. 좀 더 연습하면 더 넓게 볼 수 있겠지!"

"스승님 그러면 그것이 천리안이잖아요. 가만히 눈감고도 멀리까지 보시는 능력을 천리안이라 하잖아요. 스승님!"

"어 그래 이름을 천리안으로 하자. 하하하 제자가 이름을 지었군 그래 좋아. 허허"

"우와 스승님 나중에 제게도 천리안 가르쳐 주실 거죠?"

"그럼, 그럼! 당연히 가르쳐 줘야지 그래서 제자가 아니던가!"

"와 그것 무지하게 어렵지요. 천리안(千里眼)요?"

"아니다. 마나만 많으면 생각보다 쉽단다. 열심히 심법수련해서어서 마나 집적을 많이 하도록 해라. 천무검법 128수는 이제 마나를 싣지 않고도 자연스럽게 펼칠 수 있느냐?"

"네 자연스러운지는 잘 몰라도 마나 없이 펼칠 수는 있어요."

"꾸준히 반복 하다보면 언젠가는 자연스럽게 펼칠 수도 있고 순서를 바꿔 가면서도 펼칠 수 있단다. 그래서 계속 매일매일 반복 수련을 정성을 다해서 수련 하는 거야. 뒤에서 부터 해도 자연스럽게 펼쳐지고 순서를 섞어도 자연스러워져야 경지가 한 단계 높아지는 거란다. 꼭 스승이 가르쳐 준 방식대로만 고집하지 말고 너 나름대로 연구도하면서 수련을 하도록! 무슨 말인지 이제는 알겠지?"

"넵 스승님 저는 아직 그 정도까진 아니고요 그 경지까지 되도록 열심히 하겠습니다. 꾸뻑."

"오냐 그래 또 질문은 없고?"

"넵 저는 경꽁 수련 가렵니다. 스승님."

"경공 발음이 어려운 게냐? 허허허 알았다. 밥도 많이 먹고 고기도 여우누나에게 얘기해서 많이 먹도록 해라. 그래야 빨리 몸도 커지고 근육도 생기지 어서 가봐."

"넵!"

가르치면서 배운다

이동 간에는 마차 지붕위에서 수련을 한다. 아니 연습을 한다. 덜컹거리는 와중에도 위드의 말처럼 천리안 훈련을 할 수 있어야 언제든지 달리면서도 적을 먼저 찾아내 준비를 하고 방어를 한다면 급습을 당할 일이 없게 된다. 지금 무라카는 천리안을 좀 더 넓게 그리고 자세하게 분별하는 연습을 하는 것이다. 남들이 보면 꼭 마차 지붕에서 비스듬히 누워서 낮잠을 자는 것 같은 자세이지만 새로 만든 무예를 연마하는 중인 것이다. 소리, 체적, 움직이는 속도 등으로 그것이 무엇인지는 이제 확연이 분별 할 수 있다. 심지어는 여우가 안 보이는 간이 화장실에서 쉬하는 모양새와 그 줄기의 강도까지도 다 알 수 있다. 어떤 식으로 움직이는지 무슨 말을 하는지 등을 본의 아니게 희귀한 무공을 만드는 바람에 여우와 미미가 어떤 식으로 볼일을 보는 것까지 낱낱이 알게 된 것이다. 불과 2주 만에 그 범위가 7㎞까지 가능해졌다. 하긴 마나가 무제한인 몸을 가진데다가 깨달음까지 얻어서 현경위의 자연경(自然境)에 들어섰으니 그 능력에 제한이 있겠는가?

지금 이곳은 넓은 평원이 끝나고 산악지대로 접근하는 입구와 1㎞정도 거리를 둔 곳이다. 이제 내일부터는 산맥으로 들어서게 되는 것이다. 마차를 지대가 높은 언덕위에 모으고 그 일대를 원형으로 방어진을 형성한다. 가장 중요한 것은 식수원을 찾아야 하는 것. 강이 있어도 절대 강물을 식수로 쓰는 것은 본적이 없다.

왜 그러는지는 모르지만? 그래서 무라카는 산속으로 식수원을 찾고 또 사냥도 하고 해서 오래간만에 움직여 보면서 기감을 펼친다. 반경 7㎞이니 주변의 모든 곳을 다 보는 것이다. 물이 흐르는 곳이 금방 잡힌다. 그리고 짐승도 보인다. 사슴인가?

우선은 사냥부터 하고난 후에 식수원을 알아보고 돌아가면 되겠지 접근을 해보니 사슴은 맞는데 덩치가 시베리아를 이동하던 순록 보다 3배는 족히 될 것 같은 크기다. 이곳은 모든 포유류도 먹을 것이 많아서 그런지 엄청나게 크다는 것이 특징이다. 조그만 구슬 같은 강환(罡環)을 날려서 잡았다. 경량화 마법을 걸어도 무게가 장난이 아니다. 그런데다가 이곳은 숲이 너무 울창해서 빠져 나가는 것이 여간 고역이 아니다. 어쩔 수 없이 나무 꼭대기에 뛰어 올라서 이동을 해야지만 숲이 끝나는 지점으로 나올 수 있었다. 머리 한 가운데를 관통시켜 잡았으니 다른 곳은 멀쩡한 대신 피가 응고되기 전에 피를 뽑아내어 버려야 고기 맛에 노린내가 적게 난다는 얘기를 들은 적이 있어서 언덕위에 놓고는 심장 부분에 광선 검으로 구멍을 내어서 피가 잘 빠지게 엎어놓고 샘이 있는 곳을 확인하고 야영장으로 돌아오니 모두들 오랜만에 고기를 맛보게 생겼으니 좋아들 한다. 그런데 천막 속으로 돌아와서 음식이 준비되는 동안 다시기감을 넓게 펼치는데 어? 숲속에 있을 당시에는 없었던 놈들이 기감에 잡힌다. 그것도 채 3㎞가 안 되는 위치다. 언제 저곳까지 왔을까? 인원이 꽤 많다. 대략 300명은 될 것 같다. 말도 있다. 정확히 50필이다. 호

요것들이 산적이다. 50명의 기마까지 있다면 제법 훈련도 되어 있다는 뜻이다. 위드를 불러서 단장과 부단장 그리고 올프펙 용병대장을 천막으로 불렀다. 여우도 부르고 급한 연락에 채 30초도 안되어서 후다닥 뛰어온다.

"덤프단장님 산적이 300명 정도가 기습을 준비하고 있어요. 기마병도 50명 있고요. 지금 오른쪽 야산 숲속에 모여 있는데 어두워지면 공격해 올 겁니다. 아! 그쪽으로 쳐다보지 마세요. 정찰병 두 명이 우리 진지 오른쪽 150미터 지점에서 보고 있으니, 제 얘기만 듣고 모른 척 하세요. 자 저놈들이 움직이기 시작하면 제가 신호를 할 테니 걱정 마시고요. 용병 대장님은 먼저 조원들과 식사를 하시고 어두워지면 왼쪽 500미터 지점에 샘이 있어요. 그 일대가 조금 지형이 낮고 구릉지라서 저놈들이 공격 직전에 그곳에 엎드려 있다가 내가 신호를 하면 일제히 뒤에서 공격을 하도록 아시겠죠?"

"네 그런데 신호는 불빛으로 합니까?"

"아니요. [들리죠] 이렇게 말로 할 거요."

"어이쿠! 머리야. 그거 어떻게 한 겁니까?"

"머릿속이 울리죠? 심어라는 기술이죠. 아무리 멀어도 들립니다. 머릿속이 울리니까. 자 단장님은 기마술이 좋은 자들을 100명 선발해서 대기하다가 역시 제가 신호를 하면 정면으로 공격하세요. 함성을 지르면서 과감히 아시겠죠? 단장님 질문 있어요?"

"신호 전에는 말만 준비하고, 표시 안 나게 대기 해야겠죠?"

"그렇죠. 잘 아시네. 적이 눈치 채면 우리 쪽 희생자가 생길 수 있으니 조심하시고 부단장님은 궁수들 모두 모아서 마차 지붕위에 대기 하다가 제가 방향과 사격신호를 하면 일제사로 최대 발사를 합니다. 멈추라는 지시가 있을 때까지 계속 쏩니다. 아시겠죠?"

"넵 역시 적들이 모르게 모여야겠죠?"

"네 질문 하세요. 적들은 지금 말발굽에 헝겊을 감싸는 작업을 하고 있어요. 허허 한 놈이 말에 채여서 턱이 다 날라 갔어요."

"아니 지금 여기 계시면서 적을 보고 있습니까?"

"기감으로 다 잡혀요. 보는 것과 비슷하죠."

"와! 무라카님 법사(法師)입니까?"

"법사? 그건 또 뭐요?"

"어찌 두 곳을 동시에 볼 수가 있어요?"

"아 그건 마나를 통해서 느끼는 거요. 용병 대장님 당신도 아주 고수가 되면 가능해져요. 자연과 하나가 되는 수련을 하면 자연적으로 깨닫게 됩니다. 허허허"

"자 질문은 작전 끝나고 나서하고 지금은 자연스럽고 태연하게 나가서서 모든 인원들과 식사부터 하시고 식사 후에는 또한 자연스럽게 조별로 준비를 하시기 바랍니다. 그럼."

식사가 끝나고 조용히 위드를 불렀다. 그리고 이제 실전 훈련을 실시 할 테니 준비를 하라고 했더니 멍 하게 서있다. 녀석 겁을 먹은 건가?

"위드야 조금 있으면 산적들이 쳐들어 올 텐데 오늘 우리 위드도 실력 발휘 좀 해야지? 자신 있지?"

"사-산적이요?"

"왜 겁나냐? 무서워?"

"넵 조금 겁나네요. 사람을 어떻게 죽일지 좀 무서워지네요."

"그래 처음엔 다 그렇단다. 그런데 저놈들에게 당할 수는 없지? 안 그래? 적을 죽이지 못하면 네가 적에게 죽어. 실전을 겪어야 고수가 되는 거야."

"넵 알겠습니다. 스승님 곁에 있겠습니다."

"그래 그래라. 이 스승은 신호 보내고 하느라 바쁠 거야. 내 옆에 꼭 붙어 있도록!"

"넵 알겠습니다."

"그리고 제자야 지금 너의 실력은 기사들 3명 정도는 충분히 이길 수 있는 실력이야. 그러니 자부심을 갖고 이번 전투에서 두려움을 극복하고 한 단계 더 발전하는 너의 모습을 보고 싶구나. 스승의 말을 명심 하도록 알겠느냐?"

"저 제가 진짜 그 정도 실력이 된다고요?"

"그래 지금 너의 수준은 덤프 단장보다 한 단계 높단다. 이 스승이 언제 허튼 소리하는 것 봤니? 정확한 판단이니까. 겁먹지 말고 정신 통일해서 오늘 경험을 소중히 여기도록 해야지 네가 검술로 대성을 하느냐 아니면 그대로 포기하고 주저앉느냐 하는 아주 중요한 순간이란다. 용기를 갖도록 알겠지?"

"넵 스승님! 명심 하겠습니다."

녀석이 이빨을 꽉 깨무는 모습이 대견하다. 스스로 마음을 다 잡지 못하면 영원히 두려움의 늪에서 빠져 나오지 못하고 허우적거리게 될 것이기에 아주 정신 교육을 단단히 시켰다. 하긴 14살짜리가 속으로 얼마나 무서울까?

"물론 네 녀석 옆에는 이 스승이 있으니 염려하지 말고 정신 똑바로 차리고 너에게 덤비는 놈들만 가차 없이 베도록 해라. 손 속에 사정을 두면 적이 오히려 괴로운 죽음을 당하게 되니, 무인으로서 적에게 베풀 수 있는 사정은 단칼에 잘 느끼지도 못할 정도로 순식간에 명줄을 끊어주는 것이 마지막으로 당사자에게 베푸는 온정이니라. 명심하고 명심하라!"

"넵 명심 하겠습니다. 스승님!"

이젠 편안히 천조심법에 몰입해 있는 제자를 보니 흐뭇하다. 그동안 녀석은 어려운 고난을 잘 견디고 여기까지 왔으니, 앞으로 나아갈 길은 이제 스스로의 마음가짐에 따라서 얼마나 많이 달라질지 모르는 것이다. 이런 기회에 단단하게 되도록 단련을 해 놓아야 스승이 없더라도, 스스로 책임 있는 무인의 길을 걸을 수 있도록 하는 기초를 다지는 기회가 되는 것이다. 허허허 녀석 벌써 그 정도 실력이면 20대쯤이면 대륙에서는 너를 이길 무인이 없으리라. 장하다 녀석! 붉게 타오르던 노을이지고 어둠이 서서히 짙어질 때 멀리서 조용히 접근하는 놈들의 기척이 잡힌다.

놈들은 2㎞까지 접근해 오고 있다. 벌써 우리는 소리도 없이 각자의 위치에서 만 반의 준비를 끝내고 기다리고 있는 중인 줄은 놈들은 꿈에도 모르리라.

[자 단장님, 부단장님, 용병대장님 모두 잘 들릴 겁니다. 산적들이 드디어 움직이는군요. 1.5㎞ 전방까지 접근 중입니다. 부하들 너무 긴장해 있으면 제대로 된 실력이 안 나오니까 긴장도 좀 완화시키고 계십시오. 아무도 다치지 않고 다 때려잡을 준비가 되어있으니 걱정 없습니다. 부단장님 화살이 몇 미터까지 날아갑니까?]

"넵 350~400M 정도가 최대 사거리입니다."

"부단장님은 저와 같이 있으니 심어로 안 해도 잘 들리죠?"

"넵 그래도 전투시에는 소란하니까 아까처럼 그렇게 명령 하십시오."

"네 그러죠."

[자 놈들이 1㎞ 앞에 왔습니다. 다들 준비하시고 제일 먼저 화살 맛부터 차례대로 맛보여 줄 테니까. 상단 호위로서 오늘 시간차 공격이라는 것을 한번 경험 해 보시기 바랍니다.]

[저 놈들 제 깐에는 소리 없이 다가오느라 신경 많이 쓰는군요. 그래 봤자 먼저 기습당하는 것은 놈들이야. 허허허 자 800M 앞, 700, 600, 500, 450, 궁수들 준비, 최대 속도로 나의 오른손 방향으로 쏴! 자유사격!]

순간 밤하늘을 뒤덮으며 날아가는 소나기 같은 화살들 놈들이 소리없이 다가오다가 혼비백산 한다. 단번에 반수 이상이 절명이다.

[궁수 조 사격 중지! 용병대 공격!]

적의 좌측 후방에 있는 샘터근처에 있던 용병대가 우왕좌왕하는 산적들 뒤에서 공격을 시작하자 추풍낙엽이 따로 없다.

[기마 조 지금입니다. 서있는 놈이 없도록 전멸 시켜요.]

"위드야 가자 우리차례다."

"넵 공격 합니다."

녀석이 망설이거나 머뭇거릴 줄 알았는데 아니다. 괜한 염려를 했다는 듯이 번개같이 달려 나가며 적들을 베어나간다. 산적들이라는 선입견이 있어서 그렇지 지금 보니까 칼을 제대로 다룰 줄 아는 사람도 없는 모양이다. 순식간에 23명을 베고도 호흡이 가쁘거나 흐트러진 모습이 전혀 보이지 않는다. 뒤에서와 좌우에서 덤벼드는 두 명만 스승이 처리 해 줬다. 온몸에 피를 뒤집어쓰고 전장을 살피고 있는 모습이 어엿한 한 사람의 무인임을 증명하고도 남는다. 녀석의 뒤에 있다가 앞으로 나서면서 머리를 쓰다듬어 주고 어깨를 다독여 주니 긴장이 풀리는 모양이다. 미소를 보이는 것이 적은 달아난 놈이 5명도 안되고 모두전멸이다. 기습하러 왔다가 기습을 당했으니 그 피해는 말로 표현 할 수 없는 정도인 것이다.

[다들 고생 했습니다. 부하들 잘 보살피고 피해상황 알아보세요. 적은 전멸입니다. 5명이 달아났지만 부상이 심해서 가다가 죽을 겁니다. 이만 끝.]

잠시 후 전장을 정리하고 산적의 시체를 한곳에 모아 불태운 후 천막으로 돌아온다. 여우가 잔뜩 긴장을 해서 얼굴을 찡그리고 있다가 내가 들어가니 벌떡 일어선다.

"적은 전멸이고 우리피해는 지금 파악 중이요. 아마 조금 상처 입은 사람 몇 명 정도? 될 거요. 술이 있으면 좋은데 전투 후에는 갈증이 심할 텐데 험 험."

"술 요? 있어요. 모두에게 나누어 줄게요."

"경계병만 남기고 모두에게 술과 고기를 주도록 하세요."

"넵 알았어요,"

"위드야! 네가 몇 명 베었는지 아느냐?"

"아-아뇨. 정신없이 싸우느라 모르겠습니다."

"너 23명이나 베었어. 그런데 뒤에서 공격하는 놈은 아예 무시 하던데 왜 그랬냐?"

"스승님이 제 뒤에 계시니까요. 헤헤"

"아 알고도 무시 한 것이군. 허허 잘했어. 씻고 오너라."

"네 스승님! 저도 배고파요. 헤헤헤"

"오냐 고기나 실컷 먹어라."

녀석 처음엔 좀 망설일 줄 알았는데 오히려 미친 듯이 검을 휘두르는 모습이었고 단 한 번의 칼질에 꼭 한명씩 목을 댕강댕

강 자르는 것이 이젠 진짜 무인이 된 모습이다. 30분도 안되어 모든 상황이 끝난 것이다.

중앙 천막으로 모여든 간부들의 보고에 의하면 다친 사람만 7명이고 사망은 한 명도 없단다. 노획물은 말이 46마리나 되고 기타 장비는 쓸 만한 것은 거의 없고 허접한 것들뿐이란다. 제대로 검을 쓰는 자들은 말을 탄자들이 전부였는데 초반에 심하게 당하다 보니 제대로 싸우지도 못하고 전멸한 것이다. 승리를 하고도 별로 좋아 하지도 않는다. 술과 고기를 먹어 면서도 모두 찜찜한 표정들이다.

"아니 산적들이 다 저 정도이면 앞으로 신경 끄고 있어도 되겠어. 흠 이건 뭐 숫제 도살도 아니고 말이야."

"피해 없이 일방적으로 이긴 것이 모두 무라카님이 미리 알려준 덕이지요."

"아무리 대비하고 있었다 해도 그렇지 검사 출신도 없는 산적이라니 나 참!"

"무라카님 수고 하셨어요. 편히 쉬십시오."

"네 그러죠. 아참! 위드 찾아서 배불리 먹여줘요. 녀석이 23명이나 해치웠어 허허"

"우와! 꼬맹이가 날라 다니나 보네요. 호호호호 그럴게요."

바벨산맥 깊은 곳까지 들어가는 동안 다시는 산적의 그림자도 보이지 않는다. 산이 깊어질수록 이제는 몬스터를 경계해야 하는 지역인 것이다.

"단장님 산맥을 관통하는데 얼마나 걸립니까?"

"네 아무리 빨라도 한 달은 걸려야 국경지역까지 갈 수 있습니다."

"한 달이라 평야는 그런대로 이동 속도가 꽤 빨랐는데 산악지대는 하루에 갈수 있는 거리가 20키로도 어렵군요. 이런 속도면 한 달에 600㎞정도? 산맥을 넘는 거리가 700㎞ 정도인가요?"

"킬로가 무슨 뜻이죠?"

"아 거리를 나타내는 단위인데 1킬로는 천 미르를 뜻하죠."

"아하 카르를 말씀 하시는 거군요. 천 미르는 1카르죠."

"예 그게 그거죠. 말이 조금 틀리는 것뿐이죠."

"어쨌든지 아무 일 없어야 한 달 정도이고 중간에 습격이라도 받으면 더 늦어지죠. 그나마 길이 아직 무너지지 않고 있다는 것이 다행이고요."

"그런데 산맥을 돌아서 가는 길은 없나요?"

"있긴 하지만 엄청나게 돌아서 가야 하기 때문에 4배는 더 걸리죠. 그쪽도 좀 낮은 곳이긴 해도 결국 산맥을 넘어야 합니다."

"음 잘 알았습니다. 항상 정찰조가 먼저 앞서 나가는데 너무 멀리 나가지 못하게 하세요. 정찰조가 오히려 위험합니다."

"넵 그렇게 하겠습니다. 그래야 희생을 당하지 않고 무사히 돌아 갈 수 있겠죠?"

"네 제가 계속 천리안 무공으로 살피고 있으니 염려 마시고요. 그리고 전술 훈련을 받으신 분은 혹 있나요?"

"네? 전술 훈련? 그런 것 가르치는 곳도 있나요?"

하긴 지구가 아닌 이곳에 일반 교육 시스템도 없는 마당에 전술에 대한 특별 교육을 가문에서 가르친다면 모를까? 교육기관은 그 자체가 없을 것이다. 공동으로 왕국에서 시킬 이유도 없고 귀족 서로들 간에도 심한 경쟁의식이 강하다 보니 가문의비기를 타인에게 공개하는 따위의 짓은 아주 어리석은 짓으로 간주할 뿐만 아니라 철저한 비밀로 해서 꽁꽁 숨겨두고, 자손 대대로 물려주는 그런 사고방식이 만연해 있는지라. 사회 발전의 걸림돌이 되고 있는 것이다.

말이 씨가 된다고 했던가? 역시 정찰조에서 일이 터진다. 잠시 엉뚱한 생각으로 기를 퍼트리는 행위를 중단했더니 정찰조들이 몬스터에 쫓겨서 우루루 달려온다.

"몬스터요. 오크 떼가 지금 빽빽하게 앞쪽에 있어요!!!"

"궁수 사격 준비! 그리고 기마병들 앞으로 튀어 나와서 방진을 짠다 급하다!"

"궁수들 마차위로 모여라! 오크들이 떼로 몰려온다."

"먹지도 못하는 돼지들 오늘 너희들 모두 불고기 만들어 주마! 위드야 내 옆으로 바짝 붙어라. 저것들 불도피울 줄 아는 거야? 어쭈? 옷도 입었네 하하핫! 웃기는 놈들일세."

"스승님 급합니다. 제일 뒤쪽의 용병들이 위험합니다."

위드가 보고 있는 것을 스승도 보고 있다. '강환'을 30개를 만들어서 공중에 띄우고 있다가 도끼로 내려치고 있는 돼지를 비롯해서 전면의 돼지들을 향해서 빛살 같은 빠르기로 쏘아 보낸다. 눈에 보이지도 않는 강환이 주변의 마나들의 도움을 받아서 엄청난 회전을 하면서 돼지들의 머리를 관통하고 뒤에 따라 오던 돼지들의 몸을 뚫고 지나간다. 그것으로 끝이 아니다. 다섯 마리쯤을 관통한 강환이 돼지들이 모여 있는 지점에 도달하자 폭발을 일으킨다. 마나의 연결을 끊어버리니 고도로 압축되었던 마나 덩어리가 회전과 압축이 동시에 풀리면서 폭발 하는 것이다.

"쾅! 콰-콰-콰-콰-콰-르르-르르르 콰쾅!!!"

먼지가 일어나면서 폭발을 일으킨 지점이 시야를 가려서 돼지들의 전진이 멈춘다.

바람에 먼지가 날려가자 들어난 현장! 돼지들 50마리 이상이 몸통이 찢겨져서 부위별로 사방에 늘렸다. 뭐 겁이 없어서 죽을 때까지 공격만 한다고? 웃기는 소리다.

지금 저것들 한번 봐봐! 똥오줌을 지리고 싸고, 그 위에 주저 앉은 돼지가100마리는 되겠다. 지금 막 모퉁이를 돌아서 나오는 돼지들은 무슨 일인지 몰라서 괴상한 소리를 지른다. 비명소리 같기도 하고 공격을 하라는 신호인 것도 같은 소리.

에라이! 이 돼지 새끼들 다시 한방 먹어라. 30개의 좀 더 큰 마나 탄을(강환) 다시 날린다. 계속 뒤에서 밀고 밀리면서 모이다보니 그 좁은 길 위의 공간에 500여 마리의 오크들이 몰렸는데, 그기에 다가 30개의 고농축 마나 탄을 하나하나 컨트롤을 해서 밀집지역 위와 그리고 그 주변을 골고루 분포시켜서는 동시에 마나를 끊어버리자 그 30개의 동시폭파가 위력이 수백 배로 배가되어서 버섯구름이 피어오른다. 엄청난 소리에 귀를 털어 막는 병사들도 보인다. 마법에 뒤지지 않는 위력이다. 한 순간에 700~800마리가 산산 조각이 나서 우박처럼 쏟아진다. 돼지들의 육편이 피는 터지는 압력에 의해서 기화되어 먼지와 함께 날려가 버리고 육편만이 '후 두 두두둑!' 떨어져 내린다.

"위드야. 가자 마무리를 해야지. 한 마리도 살려서 보내지 마라 간 닷!"

"넵 스승님 저도 갑니-닷!"

번개같이 스승과 제자가 달려 나가자 뒤에 있던 사람들도 소리친다. '우왓!' 함성을 지르면서 달려 나간다. 사람을 공격하려다가 오히려 당한 돼지들이 정신을 차리기도 전에 번개처럼 들이 닥친 사제지간의 두 검술 초인들에 의해서 아-작이 나는 것은 한 순간이다. 살아 보겠다고 도망을 치는 놈들을 순식간에 따라 잡아서 두 동강을 내어 버리니, 사방으로 흩어지는 돼지들! 제법 멀리 도망을 친 놈들은 그냥 보내고 강환의 사정거리 안에 있는 놈들은 모조리 도륙을 내어버린다.

"제자야 너는 돌아가서 상단을 보호해라. 스승은 도망치는 놈들을 따라가서 돼지 마을을 깡그리 불태우고 올 테니."

"네 스승님 조심 하십시오."

"오냐! 일부러 몇 마리 놓아 준거야. 이제 슬슬 추적을 해볼까?"

산봉우리를 13개나 넘어서야 돼지마을이 보이기 시작한다. 두 개의 산봉우리를 낀 계곡 전체가 돼지들의 마을이다. 규모가 엄청나게 큰 집단이다. 어린 새끼들이 칼싸움 놀이를 하며 노는 것도 보이고, 암놈들이 모여 앉아서 새끼들 젖을 먹이는 모습도 보인다. 대략적으로 보아도 만 마리는 족히 되어 보이는 군락이다. 마을이라고 보기엔 너무 많다. 방금 다리를 절면서 도망쳐온 다섯 마리의 오크들이 어떤 움막집 앞에서 꿇어앉아서 덩치가 유난히 크고 색깔이 회색인 놈에게 무어라고 보고를 하자 화가 잔뜩 난 회색의 오크가 코끼리의 고동소리처럼 고함을 지르면서 발길질을 해서 모두 기절을 할 때까지 걷어찬다. 저놈이 대장인 모양이군. 나무위에서 대장이 하는 짓거리를 보고 있다가 뛰어 내리면서 광선검으로 대장의 목을 쳐 버렸다. 그 모습을 본 엄마 오크들이 비명을 지르며 움막 안으로 숨어버린다. 어린 새끼들을 보니 미안한 생각도 들지만 네놈들도 2년 뒤에는 애비가 하던 짓을 그대로 재현할 것을 생각하니 독해 질 수밖에 없다. 고공으로 점프를 한 후에 '헬 파이어'를 한방 군락지 정 중앙에 떨어뜨리자 2㎢가 용암으로 뒤 덥혀서 녹아내린다. 오크 마을뿐만이 아니라 그 주변일대까지 완전히 용암의 바다가 되어 버린다. 볼 때 마다 느끼는 것이지만 또 너무 오버했다 싶은 마음이 생긴다. 고통을 느낄 새도 없이 갔으니, 그걸로 위안을 삼아야지 산불을 끄기 위해서 폭우를 내리게 하니, 빨갛게 달아있는 땅덩어리가 푸시시 식으면서 수증기를 뿜어 올린다. 불이 꺼져가는 것을 확인하고 몸을 돌린다. 역시 기분이 쿨 하지 못하다. 숙영지에 도착하니 식사준비가 한창이다. 계곡 오른쪽 능선으로 천막이 이미 처져있고 일부는 조각 난 오크들의 사체를 처리하느라 바쁜 모습이다. 여우의 천막으로 들어가니 단장과 부단장 그리고 용병대장이 벌떡 일어난다.

"고생들 하셨군. 그래 피해 상황은 어느 정도요?"

"네 다친 사람 외엔 없습니다. 스승과 제자가 다 해치워서 사실 정찰조 외엔 전투에 참여도 못해본걸요."

"음 다행이군. 뭐 위드 녀석이 워낙 빠르니까. 하하하핫 당분간은 오크무리의 공격은 없을 거요. 오크마을을 깡그리 없애 버렸으니까."

"네? 오크 마을까지요? 역시, 끙!"

"왜요? 무슨 불만 있소?"

"아닙니다. 좀 전에 고기타는 냄새가 진동을 하길래 왜 그런시 했거든요."

"저 무라카님 오크 동네가 어느 정도 되든가요?

"만 마리는 족히 되던걸요. 새끼들은 포함시키지 않아도요."

"힉! 만 마리나요? 그럼 모두? 태운건가요?"

"네 좀 불쌍하기도 하지만 어쩔 수가 없었지요. 2년만 있으면 다 자라서 또 같은 일을 벌일 텐데."

"그 시간에 어떻게 오크 마을 전체를 태울 수 있는가요? 도대체 당신은 누구신 가요? 천인이 아니시라면 어떻게 그런 능력을?"

이-크! 또 실수! 이 여우를 앞에 두고 내가 무슨 말을 컥!

"음 뭐 그럴 수도 있지요 큼 배고픈데 밥이나 먹죠. 위드야! 제자야! 이놈이 어딜?"

"제 질문에 답변을 부탁드립니다. 무라카님!"

"응 무슨 질문? 배고프다니깐. 자꾸 질문만 할 거요?"

"스승님 부르셨나요? 저 밖에 있어요."

"오냐 그래 위드야. 어디 다친 데는 없는 게냐?"

"넵 스승님 저 말짱해요. 헤헤 그런데 질문이 있는데 지금해도 되나요?"

"오 그래 들어와서 해 보거라. 무엇이 궁금한 것이냐?"

"스승님 아까 눈에 보이지도 않는데 쾅하고 터지고 그리고 또 오크들 머리와 가슴이 뻥뻥 뚫린 것은 어떻게 한 거예요?"

"오 그것은 말이지 검술을 극한까지 익히면 강환을 날릴 수 있단다. 아까 그것이 검이 없어도 마나를 가지고 검으로 만드는 경지 즉 강환을 만들어 날린 것이란다."

"스승님 강환이 무엇인가요?"

"그래 강환은 이것이 강환이지. 자세히 보렴."

무라카의 손위에 둥근 주먹만 한 반투명한 공이 빙글빙글 돌고 있다. 위드가 얼굴이 닿을 정도로 가까이 갔다대고 들여다보다가 손으로 만지려하자 환을 공중으로 띄우면서 주의를 준다.

"제자야 그걸 만지면 네 손이 박살난단다. 그건 오러 브레이드 보다 100배는 더 무서운 것이란다. 환을 이렇게 더 압축하면 자 이제 보이지도 않지? 그리고 이렇게 여러 개로 나누어서 회전 시 키면 더욱 위력이 증가하지, 자! 보아라 이것을 검으로도 만들 수 있지. 이것을 심검 이라고 한단다. 내가 마음먹는 대로 빛살 같이 날릴 수도 있고 폭파 시킬 수도 있지. 이제 이해가 되느 냐?"

"넵 스승님 조금은 알 것 같기도 한데???"

"허허허 녀석 너도 열심히 천조심법을 수련하다 보면 언젠가는 이 스승처럼 강환(罡環)을 만들 수 있단다. 너는 지금 절정의 경 지에 다가서고 있으니, 5년 후에는 무난히 오러 블레이든가 뭔가 하는 것쯤은 아무것도 아니게 된단다. 어떠냐 자신 있지?"

"히익! 5년 후에는 소드 마스터도 아무것도 아니라고요? 꼬맹이 가요?"

"허허허 위드는 지금도 소드 마스터와 비견 될 만큼 실력이 될 걸? 단장님이 한번 대련 해 보실라오?"

"넷 저와 꼬맹이를 대련상대로? 에이 아무리 그래도 어린애를 저와 비교?"

"제자야 밖에서 목검을 가지고 기다려라. 단장님이 너에게 도 전 한단다."

"넵 스승님! 알겠습니다."

여우는 지금 어떡하든지 질문을 해서 무라카의 정체를 밝혀야 되는데 기회를 주지 않는다. 이제 생각해보니 은발에 푸른 눈 그 리고 가끔씩 알아들을 수 없는 말을 하는 것 등 분명히 천인의 전설과 딱 맞아 떨어지질 않은가? 그런데 일부러 자꾸 회피하고 엉뚱한 답변으로 유도해 버리고 분명 숨기는 것이 있는 것이다.

모두들 우루루 밖으로 나와 모인다. 호위병들도 어느새 소식을 듣고 몰려든다.

그렇게 난대 없이 꼬맹이와 단장의 대련이 벌어졌다. 처음에는 위드가 조금 당황 하는 듯이 하다가 단장이 진검으로 선재 공격을 해오자 잘 보이지도 않는 속도로 목검으로 받아치고는 목검을 턱 단장의 목에 걸친다. 단장이 두수 만에 진 것이다.

덤프 단장의 얼굴이 푸줏간 소처럼 일그러지면서 땀이 삐질삐질 흐른다.

"어떻습니까? 한 번 더 확인 해 보시겠소?"

"네-넵 한 번 더 하죠. 휴우~ 수읍!"

"준비~~~시작!"

이번에는 반드시 하는 각오로 단장이 마나를 잔뜩 불어넣은 검으로 횡 돌려 베기로 공격하는데 딱! 하는 소리와 함께 '쿠-당-탕!' 소리도 요란하게 단장이 나가 떨어진다. 딱 두수에 진 것이다. 이번엔 조금밖에 봐주지 않았다. 위드가 어리지만 살짝 화가 나려하고 있는 중인 것이다. 첫판은 어른이라서 진짜 많이 봐줬는데 하늘같은 스승님 말씀도 안 믿고 다시 도전 한데 대한 벌로 머리에 혹을 하나 남긴 것이다.

"한판만 더 해보죠. 제가 실력을 제대로."

"위드야 이제 봐주기 없기다. 대련은 대련 승부는 승부 알겠지?"

"넵 스승님! 알겠습니다."

"자 준비되었나요?"

"네 준비 되었습니다."

"자 준비~~~ 시작!"

'딱! 따- 따- 따- 딱 !'

"어이쿠 캑! 졌---???"

결국 단장이 기절해 버렸다. 그래서 대련이 끝났다. 모두들 입을 헤 벌리고 위드를 쳐다보고 있다. 봐주는 줄도 모르고 계속 달려들다가 결국 개망신을 당한 단장은 지금 부단장이 업고 천막 안으로 들어가서 냉수를 먹이고 물수건으로 얼굴을 닦아주자 겨우 눈을 뜬다. 위드가 목검을 잡은 지 겨우 몇 개월 만에 벌써 익스퍼드 중급인 단장을 세 번 연속으로 이겼다. 그것도 두수 만에 말이다. 마지막 대련은 어떻게 된 것인지도 모를 정도로 일방적으로 단장이 얻어맞는 통에 한수 만에 이긴 사실을 스승 외엔 아무도 모른다. 허허허 녀석 그래도 단장이라고 봐주면서 했었는데 결국 화가 좀 났었군. 녀석 쓰담쓰담(스승님이 제자머리 쓰다듬는 소리)! 그런데 용병대장이 표정이 별로 인 채 다가와서는 '꾸뻑' 인사를 하면서 위드에게 도전을 한다. 위드가 스승의 얼굴을 쳐다보자 고개를 끄덕여 준다.

"저 위드는 용병대장님의 대련 도전을 받아들입니다. 바로 하실 겁니까?"

"그렇소. 단순한 대련이지 다른 어떤 감장도 없소. 최선을 다해 주기 바랍니다."

위드가 당당히 거리를 두고 서서는 목검을 똑바로 들고는 목례를 올린다. 그러자 울프펙도 자세를 가다듬고는 커다란 롱소드를 뽑아서 똑바로 들고는 목례를 올린다.

"준비~~~시작!"

스승의 구령에 두 사람은 마주 선채로 빙글빙글 돈다. 상대를 가늠하는 것이다. 용병대장은 단장과 달리 큰 키에 칼 역시 위드의 몸통만한 것을 주 무기로 사용하는 자로 힘이 엄청나게 강하며 수많은 전투 경험을 가지고 있는 자인 것이다. 그래서 위드도 간을 보기위한 예비 동작을 취하는 것이다. 그러다가 어느 순간 위드가 먼저 공격을 했다 3M앞에 있던 녀석이 번개같이 울프펙의 양다리 밑으로 빠져 나가면서 울프펙의 등 뒤에 솟아올라 목검을 턱하니 울프펙 목에다가 걸쳤다.

"컥 졌습니다. 좋은 대련 이였습니다. 감사합니다."

"봐 주셔서 감사합니다. 꾸뻑!"

위드가 단 한수로 이긴 것이다. 눈꺼풀 한번 깜박이는 순간에 승부가 난 것이다.

"우-와! 위드가 정말 잘한다. 목검 잡은지 육 개월 만에 중급을 이기다니."

호위병들이 난리가 났다. 매일 엎어지고 뒹굴고 하던 것이 다 이유가 있었던 것이다. 자신들이 볼 때는 왠 미친 짓을 시키는가 했었는데 이제 보니, 그것이 동작을 빠르게 하는 비결인가 보다. 소문이 경계를 서고 있는 병사들에게도 금방 퍼진다.

특히 여우는 눈빛이 이상해졌다. 무라카를 바라보는 시선이 몽롱해 진 것이 그대로 두면 잡아먹을 듯이 달려들지 않을까 걱정이 되는 그런 눈빛이다.

"위드야. 이 스승이 말한 것이 이제 다 믿겨지느냐?"

"넵 스승님 저는 단 한 번도 스승님 말씀을 의심 한 적이 없는 데요?"

"응 그래그래 그렇지 참 허허허 단장이 하도 불쌍해서 그만 내가 잠시 착각을 했구나. 제자야 미안하다. 하하하 이 스승이 착각을 한거야 너를 단장으로 말이야."

"넵 일부러 그러시는 줄 알았습니다. 헤헤헤"

"그래 제자야 이제는 너는 천조심법을 좀 더 집중해서 수련할 필요가 있느니라. 왜 그래야 하냐하면 그 이유는 내공을 많이 모아야 너의 실력이 쑥쑥 커지거든 지금은 내공이 5년 치를 조금 넘는데, 흠 60년 치를 축적하면 어떻게 될까? 한번 생각해봐. 그 정도면 위드가 훨훨 날라 다닐 거야 그렇지?"

"넵 잘 알겠습니다. 꼭 그렇게 되도록 할 것입니다."

"오냐 그래 이제 경신공 공부는 몸이 거부하지 않고 잘 알아서 하지?"

"넵 어느 정도는 몸이 스스로 해요. 완전히는 아니고요."

"세월이 흐르면 자연적으로 몸이 스스로 반응을 할 거야. 자 밥 먹으러 가야지. 제자는 특히 많이 먹어야 빨리 크지 허허허 가자."

저녁식사를 하는 동안 포크를 입에 물고 하염없이 바라보는 여우 때문에 영 신경이 쓰이는 것이 찜찜하다. 이놈의 여우를 잡아다가 껍질을 확 벗겨서 목도리를 만들어 버릴까? 나 참~! 눈치만으로 하면 여기에서 단연 따라갈 사람이 없다. 어쩌지? 아직 과업은 시작단계도 못 들어섰는데 비밀이새면 절대로 불리한 입장인데, 적이 어디의 누구인지도 감을 못 잡은 상태인데, 눈에 불을 키고는 지금 밥도 먹지를 않고 눈치만 살핀다. 기회만 오면 물고 늘어질 조짐이다. 여우의 입을 틀어막자.

새날이 밝아온다. 새벽같이 일어난 위드는 반좌를 하고 떠오르는 태양을 마주하고 천조심법을 수련한다. 이제는 수월하게 대주천을 행하고는 일어서서 마나 사용을 일체 금한 채 천무검법 수련을 시작한다. 땀을 뻘뻘 흘리면서 128수의 동작들을 무작위로 순서를 바꾸어 가면서 연결해 나가기도 하고 뒷부분에서 앞쪽으로 역순으로도 연습을 한다. 빠르게 느리게 그리고 연결이 자연스럽게 그렇게 푹 빠져서 수련을 하다보면 어떨 땐 식사시간을 놓쳐서 상단 누나에게 부탁을 한 적도 종종 있다. 그래서 스승님은 특히 제자의 먹거리에 신경을 많이 쓰신다. 위드는 사실 항상 어른이 먹는 양의 두 배를 먹도록 해야지만 시녀 미미가 여우 누나에게서 잔소리를 안 듣게 되는 것이다. 사실 식욕이 가장 왕성할 시기인 것은 누구나 다 안다. 누나뿐이 아니고 상단의 모든 호위병들도 서로 위드를 챙기는 그런 분위기가 언제 부턴지 생겨나게 된 것이다. 덕분에 위드는 단 한 끼도 굶지 않고 잘 먹고 있고 고기가 떨어지면 스승님이 번개같이 잡아오신다. 위드의 얼굴에 있던 솜털이 이제는 검게 변해가고 있는 시기인 것이다. 위드는 요즘 하루에 다섯 끼는 먹어야 일과가 끝나고 잠자리에 든다. 이런 모든 상황을 스승님이 정하셨다. 그래서 위드의 전담 영양사는 미미가 맡았다. 오늘도 스승님은 사랑하는 제자를 위해서 사냥을 나가셨다.

물론 다른 일도 있으시겠지만 일단 명목상으로는 사냥이다. 그리고 30분도 지나지 않아서 순록을 잡아왔다. 요즘 들어서 찬이 점점 빈약해지는 눈치를 채신 모양이다.

간혹 제자가 질문을 하면 만사를 제쳐두고 답변을 해주신다. 시범도 필요에 따라서보여 주면서 완전히 이해를 하도록 하는 것이다. 그런데 다른 사람이 질문을 하면 대충대충 끝낸다. 누가 들어도 금방 알 수 있을 만큼 간단한 설명으로 넘어 가는 것이다. 아니꼬우면 제자 하라는 식인 것이다. 완전히 사람 차별을 너무 심하게 하시니 섭섭한 사람이 딱 한사람 있다. 눈치100단의 여우다. 아예 무시해 버리는 경우도 몇 번 있었다. 오늘도 저녁 식사시간에 위드가 질문을 한다. 그 내용은 이런 내용이다. 일부러 누가 시켜서는 절대 안할 아이인 것을 잘 아는 스승님은 차분히 이해가 되도록 답변을 해주신다. 답변이 곧 중요한 공부인 것이다.

"스승님 그랜드 마스터 다음엔 또 무슨 마스터가 있나요?"

"응 그것이 궁금하더냐? 허허 구태여 이름을 붙이자면 그레이트 마스터라고 해야 되겠지, 하지만 그렇게 불린 사람은 없었다고 안다. 위드야 시시하게 그런 이름은 집어치우고 스승은 말이야 이렇게 무인의 단계를 나눈단다. 너희들이 소드 마스터라는 경지를 '절정'의 경지라고 하고, 그 다음 단계를 '초절정'의 경지로 보고 또 그 위의 단계를 '현경'의 경지로 부른단다. 그리고 현경 다음이 '자연경'이라고 하지 지금 이 스승이 자연경의 마지막 단계에 와 있단다. 이해하기 어렵지?"

"네 그렇다면 그랜드마스터는 아무 의미도 없네요."

"그렇지 꼭 비교를 한다면 '초절정'이 그랜드 마스터인데, 사실 그랜드 마스터는 초 절정에도 못 미치는 단계인 셈이지 흠 흠!"

"그러면 스승님은 그레이트 마스터 보다 두 단계나 더 높은 경지이네요?"

"오 이해를 했구나. 녀석 기특해 그렇지 제대로 아는구나. 그래 음"

"그럼 스승님 다음 단계는 무엇인가요?"

"글쎄다 꼭 필요하다면 '입신의 경지'라고 해야 되겠지."

"우와! 그럼 스승님께선 곧 신이 되시는 건가요?"

"그것은 나도 모른단다. 이 스승이 그 단계에 오르기 전에는 말이야. 위드야. 네가 20대에 절정에 오르면 30대에는 초 절정, 그리고 50대엔 현경에 오르고 100세에는 자연경, 그리고 150세에는 입신 경에 오르도록 하여라. 알았지?"

"캑 헉! 스승님 저는 아직 '절쩡'에도 못 올랐는데요?"

"그러니까 열심히 수련해서 올라야지 그럴 수 있겠지?"

"네 넵 그렇게 하도록 최선을 다 하겠습니다. 스승님!"

"그래그래 허허허 너는 할 수 있다. 내가 너를 그렇게 되도록 바탕을 잘 다듬어 뒀으니, 앞으로 얼마 지나지 않아서 대륙에서 너를 이길 수 있는 자가 없을 것이니라."

"스승님 그럼 경신과 경공은 이제 숙달만 하면 되나요?"

"그렇지 더 이상 나에게 배울 것이 없단다. 너 스스로 반복 수련해서 몸이 익혀서 저절로 움직이는 단계가 되면 그것을 10성의 경지라고 한단다. 지금 너의 경지는 4성의 경지를 조금 지났구나."

"아 보법 경신 경공도 단계가 있네요?"

"단계가 아니라 몸이 익숙한 정도를 그렇게 말로 표현을 하는 것이지 그런 것은 중요한 것이 아니니 몰라도 된단다."

"넵 그래도 모르는 것 보다는 아는 것이 더 좋아요 스승님! 헤헤헤"

"하하하하 핫! 그래 네 말이 맞다."

"위드야. 보법과 경신 경공은 이름이 다 앞에 '무흔보법(無痕步法)' '무흔경신술(無痕輕身術)' '무흔경공(無痕輕攻)' 이렇게 부르면 되느니라. 또 질문이 있느냐?"

"지금은 없어요. 내일은 또 생길지 모르겠어요. 스승님 제자가 아는 것이 부족해서 죄송합니다. 꾸뻑"

"어 그런 인사는 스승한테 하는 것이 아니란다. 당연히 스승은 제자가 모르는 것을 알려 주는 것이 의무와 책임인데 많은 질문을 할수록 좋은 제자가 되는 것이야. 모르는 것을 배우는 것은 부끄러운 일이 절대 아니란다. 예를 들어서 나이가 많은 할아버지도 모르는 것이 있으면 손자에게도 배우는 것이니라. 그것은 서로가 기쁜 일이며 또한 가르치면서도 제자에게 배우는 것도 있단다. 좀 어렵게 얘기했나?"

"아니요 스승님 알 것 같아요. 무슨 말씀인지요. 헤헤헤"

"그렇지 질문은 언제나 생기는 그때그때마다 해야지 잊어버리지 않고 오래 남는 법이란다. 질문을 하는 것을 부끄럽게 생각하거나 하면 절대 발전 할 수가 없다. 명심 하여라!"

"넵 명심 하겠습니다. 스승님!"

둘의 얘기를 듣고 있는 간부 세 명은 지금 기절을해서 벌린 입으로 침을 질질 흘리고 있다. 그리고 여우와 미미는 눈이 반짝빤짝 불꽃이 튄다. 얼마나 아름다운 모습인가? 코흘리개 꼬맹이가 어엿한 지식을 담아가는 모습과 진지하게 설명을 하는 스승의 모습이 짠하게 가슴을 훔친다. 마음을 훔친다! 부러운 눈으로 모두가 제자와 스승을 바라본다. 모두 턱이 빠진 것도 모르고 말이다. 이 대륙에서 그 누가 있어서 심법을 그냥 가르쳐주고 또 영양이 부족 할까봐 직접 사냥까지 해가면서 제자를 챙길까? 그기에 다가 무슨 보법이니, 경신이니, 경공이니 또 경청동지 할 천무검법에 얼마나 더 있을까? 앞으로 위드는 몇 년 이내에 소드마스터들이 감히 덤비지도 못할 만큼 강해진단다. 지금만 봐도 그렇다. 불과 오-륙 개월 만에 40~50년을 익힌 단장과 용병대장을 단번에 이겨버리지 않나? 휴~나도 제자로 받아달라고 떼를 써봐야겠다. 밑져야 본전인데. 위드는 나날이 즐겁고 날마다 발전하는 소리가 들리는 것 같다. 궁금하면 스승님께 질문하면 자세히 설명해 주신다. 이제는 위드가 보는 용병대장은 굼벵이 수준으로 보인다. 도대체 스승님은 능력이 어디까지 일까? 환이라는 그것 한방으로 산이 두 개나 아작 이 났단다. 용병 중에 누군가가 갔다가 왔다는데 그것을 눈으로 확인을 하고는 기절을 해 있다가 겨우 깨어나서 돌아 왔단다.

　지금 사냥을 나온 무라카는 돼지 마을과는 반대쪽이다. 대 폭발이 있고 난 뒤에는 짐승들도 모두 이사를 가버려서 산 넘고 물 건너서 이렇게 짐승을 찾아 멀리까지 나와야지만 그나마 사냥을 할 수 있는 것이다. 지금 한창 크는 제자를 위한 각고의 노력을 하는 것이다. 기감을 넓게 펼치니 짐승들의 떼가 잡힌다. 300M정도의 낮은 산인데 덩치가 큰 놈들이 떼로 다니는 초식동물들이다. 발굽이 있어서 움직이는 소리에 땅이 울릴 정도이다. 뿔의 길이가 사람의 키만큼이나 길다. 그런데 무엇에게 놀라서 저렇게 도망을 치고 있을까? 저렇게 큰 덩치가 달아날 정도면 쫓고 있는 놈들 또한 덩치가 클 테지 그건 내가 알바가 아니고, 우선은 두 마리는 잡아야 전체 인원이 몇 일간 먹을 수 있겠지. 뿔이 짧은 암놈 두 마리를 강 환으로 공격해서 잡는데도 무리는 전혀 신경도 쓰지 않고 능선 너머로 사라져 간다. 땅위에 자라는 풀만 뜯어 먹어도 살아가는데 아무런 지장이 없기에 이놈들은 큰 덩치에 강력한 파워를 가지고 있는데도 불구하고 평생을 저렇게 쫓겨 다니면서 사는구나. 미안하지만 너희 둘은 우리들의 양식이 되어줘서 고맙다. 두 마리를 경량화 마법으로 가볍게 했는데도 한 번에 옮기기엔 힘에 부친다. 그렇다고 한 마리를 두고 갔다가 다시 오면 그대로 있을까? 무리를 쫓는 놈들이 말끔히 치워 놓겠지. 두 마리의 꼬리만 잡고 공중으로 떠올라서 수풀 지역을 일단 벗어 난후에 한 마리씩 옮기니까. 잃어버릴 염려는 없다. 10톤이 넘는 무게의 '고뿔'을 두 마리나 잡아오자 호위병들이 환호한다. 녀석들 내 잘난 제자 덕분에 너희들도 잘 먹는 줄이나 알는지 모르겠네.

"단장님 알아서 해체하고 불고기 파티나 합시다."

"네 무두질 전문가도 있으니까 준비하는데 그렇게 오래 걸리지는 않을 겁니다. 어디서 잡아 오신 겁니까? 대단하시네요."

"아 봉우리를 몇 개나 넘었죠. 부근에는 짐승들이 다 이사를 갔는지 없어요. 허허 저런 큰 동물이 쫓기는 것을 보니 아마 몬스터가 사냥을 하는 것 같던데 괜찮을까요?"

"샤넬타이거나 아니면 오우거가 쫓는 것일 테지요."

"경계근무를 잘해야 되겠군요. 위드야. 배터지는 소리가 왜 안 들릴까? 하하하."

"후-아! 스승님 배터지기 직전입니다. 헤헤헤 "

"아이고 위드야. 너 덕분에 우리도 포식을 했구나. 고맙다."

"저 때문이 아니고요. 스승님이 잡아오셨으니 스승님께 인사하세요."

다음날 아침이다. 위드는 벌써 수련을 나갔고 천막 안에서 명상에 들어 있다가 밖으로 나오니 상단의 모든 병사들과 단장 그리고 심지어 미미와 여우도 같이 무릎을 꿇고는 자기들도 검술을 배우고 싶다고 가르쳐 주십사고 떼를 쓰는 소동이 벌어졌다. 322명 전원이 모두 무라카를 스승으로 모시고 싶다는 것이다. 오전이 다 지나도록 움직일 듯이 없는지 꼼짝을 안 한다. 이런 막가파식 떼를 쓰는 것은 처음 당하는 것이라 어이가 없다. 어쩔 수 없이 승낙은 하지만 조건을 걸었다. 수제자 위드가 실시하는 기초 체력단련 훈련을 무사히 합격하는 자만 제자로 받아들인다는 조건을 제시한 것이다. 기초 체력 단련은 10일간 실시하는데 두 개조로 나누어서 하고, 한 개조가 훈련을 받는 동안 나머지 조는 경계 및 식사 준비 등 생활 전반을 담당한다. 그렇게 때 아닌 제자 322명을 더 얻게 되었다.

그래서 가식행위 이지만 훈련을 실시하기 전에 모두에게 각서를 받게 했다. 그 내용은 다음과 같다.

각　　서

　성명:

　나이:

　성별:

　내용: 스승의 가르침을 받는 동안 그 어떤 고난이 닥치더라도 목숨을 다하여 참고 견디며 전심전력을 다하여 배우고 익히며 수련한다. 한번 사제지간의 인연을 맺으면 영원히 이를 받들어 지키면서 예의를 다해야 한다. 그리고 사형제간의 예의도 중요하게 여기어서 반드시 지켜야 한다. 만약 이를 어기고 중간에 포기를 하게 되면 그동안 배운 모든 것을 회수한다. 그 회수 방법은 스승님만이 알고 있는 독특한 방법을 따른다. 또 스승의 허락이 없이는 전수된 모든 무공을 다른 이들에게 전하거나 노출 시키는 행위는 금한다. 이를 어길 경우는 배신으로 간주하고 이 또한 모든 것을 회수한다.

천무천조무공 제2기　　　　　　혈서

물론 기초 체력훈련 통과자에 한해서만 정식 제자가 되는 것이다. 기초 체력 훈련은 내일 새벽부터 시작된다. 저녁식사 후 무라카의 간단한 설명이 있고 모두들 부산 했던 하루를 마감 했다. 정작 이동도 못한 채 말이다.

　　이튿날 새벽부터 시작된 체력 단련 훈련은 스승이 위드에게 가르칠 때보다 훨씬 혹독하게 실시되고 있었다. 아직도 완전히 어린티를 벗지 못한 위드에게서 저렇게 모질고 표독한 면이 있었던가? 의심이 들 정도로 불가사의한 느낌이다.

　　스승이 바라보는 가운데 실시하는 ＰＴ체조야 말로 지구의 한국 육군의 유격장에서나 볼 수 있는 장면이 연출되고 있다. 단 한명이라도 실수를 하면 배수로 불어나는 회수 그리고 계속 끊임없이 반복되는 동작들 스승은 흐뭇해서 얼굴에 미소가 떠나지 않는다. 일단 1기 선배의 군기잡기 효과는 100% 달성이 된 셈이다. 또한 기수의 유계질서가 확고히 확립되는 효과 또한 지대한 영향력을 가지게 된 셈이다.

　　그로인해서 늦은 아침 겸 점심을 먹는 정도는 충분히 감내 할 수 있는 애교 정도이다. 근육통과 쥐 내림으로 초죽음이 된 제2기 제자들은 식사가 끝나기 바쁘게 이동 준비를 한다. 오늘은 이동을 해야 할 날인 것이다. 만신창이가 된 몸이지만 누구하나 불만 없이 이동 준비를 서두른다. 스스로들 반드시 해야 할 과업들이 있다 보니 쉴 틈이 없다. 그나마 다행인 것은 말을 타고 이동을 하는 것이기 때문에 허벅지가 퉁퉁 부어올라서 조금의 고통은 느끼지만 모두들 표정은 밝다. 자신들도 할 수 있다는 자긍심이 생겨나는 중이기 때문이다. 당연히 이동 속도는 평소보다 느릴 수밖에 없다. 모두 체력이 떨어져서 속도를 올릴 수가 없기 때문이다. 그러나 이동 간에 대형 몬스터의 공격이 있을 수 있으니 긴장의 끈을 늦출 수는 없다. 행렬의 장경을 최대한 줄이고 마차간의 간격도 조밀하게 좁혀서 이동을 하면서 마차마다 배치된 조원들 간의 긴밀함도 더욱 강화시키면서 천천히 이동을 해간다. 이제는 서두를 하등의 이유가 없는 것이다. 이제는 이동속도가 절반으로 뚝 떨어졌다. 그렇다고 누구하나 느린 속도에 신경을 쓰는 사람은 아무도 없다. 천천히 이동을 해야 많은 시간을 가지고 무공을 전수 받을 것 아닌가? 모두의 생각이 그기에 일치해 있는 것이다. 또 고지대로 오를수록 도로사정은 점점 더 나빠진다. 마차가 겨우 지나갈 정도로 좁아지고 골짜기 마다 그나마 길이 끊어져 있어서 도로를 정비해 가면서 이동을 하기 때문에 시간은 더욱 많이 소요 된다. 스승은 오늘도 마차 지붕위에서 비스듬히 누운 자세로 기를 퍼트려서 몬스터 탐색을 지속적으로 실시하고 있다. 천리안을 펼치고 있는 것이다. 산길에서의 하루는 매우 짧다. 산그늘이 내리기 시작하면 숙영지 편성을 준비해야 하기 때문에 이동 거리가 짧아질 수밖에 없는 것이다.

많은 제자를 얻다

　과학의 시대엔 운이란 무의미한 말이다. '하늘이 내린 운' 천운 (天運)따위는 없다. 운이란 스스로 유리하게 개척하고 만들어 가는 것이다. 경험과 지식 그리고 여러 요소들이 종합적으로 작용을 해서 이뤄지는 결과인 것이지 아무런 노력도 없이 그냥 생기는 것이 아니다. 지구에서는 같은 인간들이 가장 무서운 적인데 이곳 바나 행성에서는 몬스터가 가장 무서운 적인 셈이다. 다들 이젠 상당한 경험도 있고 숙련도도 높아 졌지만 오늘처럼 과도한 훈련으로 체력이 떨어진 상태에서는 상호간의 신뢰와 협동심이 가장 큰 힘이 되는 것이다. 무라카는 진지를 편성하기에 유용한 지형을 살피면서 자체방어에 대한 생각을 해본다. 무기체계가 다르기에 이용할 수 있는지 또한 달리 판단해야겠지만 방어를 한다는 측면에서는 대동소이 하므로 가시거리가 넓고 우리는 적에게 노출이 안 되고 접근하는 적은 쉽게 볼 수 있는 그런 지형을 찾아서 선택하면서 여러 가지 요소들을 검토하고 특히 엄폐 은폐가 용이한 지형을 살피면서 상단 인원이 있는 지역으로 돌아오니 벌써 숙영지 편성이 한창 진행 중인 상태다. 역시 노련한 덤프단장의 지휘력은 뛰어났다. 일개국의 작전 사령관 못지않게 실력을 갖춘 분이다. 숙영지 경계편성도 완벽하게 되어있고 인원도 이미 투입이 되어 있다. 정찰 중에 잡은 마크루 두 마리를 던져 주자 깜짝 놀란다.

"어? 이것이 뭔가요?"

"글쎄 나도 처음 보는 것이라 잘 모르겠는데 그냥 마크루 라고 하죠 뭐 요리하면 맛있어요. 초식 동물이니까요."

"아- 그래요?"

수놈은 뿔이 길고 꾸불꾸불하다. 생존을 위한 진화의 결과인 것이다. 뿔의 끝부분은 검만큼이나 날카롭다. 모든 생명체는 자기보호를 위해 진화라는 자연의 섭리라는 시스템으로 형태를 변화시켜온 것이다. 이곳도 그래서 포유류들이 저렇게 덩치도 크고 힘도 세어진 것일 테지만 산양의 일종인 마크루 조차도 이곳에 있을 줄은 진짜 몰랐다. 수백억년을 진화해온 생명체들의 가능성에 경의를 보낸다. 진화라는 시스템은 언제나 현재 진행형이다. 이 변화의 가능성은 무한한 것이고, 항상 자기 보호를 위하고 또 종을 번식시키기 위한 방향으로 발전해 갈 것이다. 먹이사슬의 최고 꼭대기에 있는 와이번을 보라. 그 큰 덩치에도 불구하고 하늘을 날아다니기 위해서 포기하지 않고 피막을 이용해서 날개로 변화시켜서 땅과 하늘을 재패하고 모든 동물을 먹이로 만들지 않았는가? 포기한 종들은 멸종해서 사라져가고, 살아남아서 존재하는 종들은 와이번처럼 개체 수는 적어도 먹이사슬의 꼭대기에 있는 것이다. 지구의 날다람쥐처럼 생긴 피막날개는 질기고 거대해서 그 효용성이 죽고 난 후에도 이시대의 이곳 행성에서 가장 고가로 팔리는 상품인 것이다 지구의 타조는 크지는 덩치 때문에 일찍 날기를 포기하는 바람에 항상 쫓겨 다니는 신세로 전락한 것이다. 각설하고 저녁식사 자리에서 여우의 질문을 받았다.

질문의 요지는 각서의 내용 중에 중도하차라는 말 때문인데, 그 뜻이 무엇인지 상당히 궁금했던 모양이다. 하긴 이곳은 자동차가 없으니 모르는 것인가? 아니 마차는 있는데?

"아 그 말뜻을 모르는 것이군. 여우야! 마차는 알지? 마차를 타고 가다가 목적지에 가기도 전에 내리는 것을 중도하차라고 하는 거야. 이해가 되는 건가?"

"네 알겠어요. 그런데 수련의 끝이 있나요? 배움의 끝? 가르침의 끝은 없잖아요."

"아-항! 요 여우 질문이 꽤 날카로운데?"

"여우? 그건 또 무슨 뜻이죠?"

"아 여우는 귀엽다는 뜻이야. 자 잘 들어 중도하차란 스승인 내가 이제는 스스로 수련을 해도 충분히 발전해 갈 수 있는 경지가 되었구나, 하고 판단을 하기도 전에 포기 하는 것을 말하는 거야. 지금 위드를 봐라. 이제는 그녀석이 가끔씩 질문을 하는 것 외엔 내가 직접 어떤 무공을 전수하는 것은 끝이 난 상태야. 저 녀석은 혼자 수련해도 되는 경지가 된 것이야. 이해가 되었는지 귀염둥이 아가씨?"

"어-멋! 스승님 그렇게 말씀 하시니까 부끄럽잖아요. 헤헤헤"

"응 부끄러운 줄도 아네? 하하하 그리고 또 한 가지 가장 중요한 것은 사람은 누구나 평등하다는 것이야. 귀족은 엄마 배속에서 부터 귀족이냐? 그리고 귀족은 무엇이던지 잘하는 거야? 잘생기고 돈도 많고 그러냐? 상인은 상인으로 태어 나냐? 사람은 사람으로 태어나지 왕이나 거지로 태어나는 것도 아닌 거야. 무슨 말이냐 하면 태어 날 때부터 노예로 태어나지 않듯이 사람은 사람으로 태어나지 무슨 직위나 직책으로 태어나는 것이 아니다 이런 말이야. 그래서 사람으로 태어나면 일단 누구나 평등하다는 것이야. 개별적으로 능력의 차이는 있겠지만 말이야. 왕족, 귀족, 평민, 노예 이런 것을 누가 만들었을 것 같아? 보나마나 왕족이란 놈들의 선조들이 만든 것이란 말이야. 귀족이라고 천민을 함부로 죽이기도 하지? 그것은 엄청난 착각인 것이다 이런 말이야. 사람이 사람을 함부로 죽일 권리가 있다? 절대로 없다. 그런 권리는 하늘에도 없어. 없는 것을 있었던 일처럼 거짓으로 꾸며서 속이는 짓을 하는 놈들이 왕족과 귀족들이야. 그런 놈들이 있으면 나에게 얘기해 내가 그런 놈들은 땅위에서 사라지게 할 테니깐 알았지?"

"네 그건 어? 사람은 태어날 때부터 귀족 평민 노예 그렇게 구분 되는 것 아닌가요? 그래서 음 잘 모르겠네요???"

"여태껏 설명은 뭐로 들은 것인가? 에-공 입 아프게 설명 해줬더니 한다는 소리가 큼. 야! 여우야 그것은 모두 기득권을 먼저 가진 놈들이 그것을 계속 유지하기 위해서 거짓으로 만든 것이라고 설명 했잖아? 왕을 죽이고 왕이 된 놈 들은 뭐냐? 그런 놈 못 봤어? 봤지? 그럼 왕을 죽이고 왕이 된 놈도 태어날 때부터 왕이냐? 그리고 국가에 공을 세우고 귀족이 된 놈도 봤지? 못 보았어? 모두 사람이 만든 제도야. 아주 나쁜 제도이지 한 마디로 사기꾼 들이지, 사람은 상호간에 평등하다는 것은 사람들이 모여서 토의를 해서 만든 아주 중요한 약속이야. 그런 국가들이 수두룩하게 많단다. 왕도 국민들이 누가 왕으로 적합한지 가려서 뽑는 거야. 그리고 잘못하면 당장 바꾸기도 하고 말이야. 그런 세상에 지금의 왕이나 귀족이 살 수 있겠어? 당장 맞아 죽지. 안 그래? 평민들한테 두들겨 맞아서 죽거나 쫓겨나겠지 땅 밖으로 말이야."

"와 그런 국가가 있다고요? 살기 좋겠다."

"앞으로 민주주의 국가와 '자연주의 사상'에 대해서 교육을 할 거야. 잘 배우도록 '사람 위에 사람 없고, 사람 밑에 사람 없다.'라는 말은 민주주의의 뿌리야. 그 뜻이 사람은 누구나 평등하다는 것이지. 잘났든지 못생겼던지 권리는 평등하다는 이것이 지구라는 어마어마한 대륙에 가면 200개에 가까운 국가들이 있는데 그 많은 국가들이 모두 사람은 평등하게 되어 있고 능력에 따라서 잘살고 못사는 차이는 조금씩 있지만 모두들 행복하게 살고 있다고 알겠어? 여시야!"

"어-머머멋 ! 여시는 또 모예요? 헤헤헤"

"너무너무 귀엽다는 뜻이야."

"어머머머 호호호 제가 그렇게 귀여워요?"

"응 그래 귀여워 머리도 좋은 것 같고, 얼굴도 예쁘고, 엥? 그러니 귀엽지 허허허"

"호호호 감사합니다! 스승님! 앞으로도 많이 귀여워 해주세요."

여우의 두 눈이 갑자기 반짝 빤짝 빛이 난다. 칭찬 몇 마디가 그렇게 좋은 모양이다. 무슨 일이 있더라도 스승님의 가르침을 하나도 빠짐없이 배워서 스승님께 사랑 받는 제자가 되고픈 마음이 마음속에 가득하다. 어찌 여우 혼자만 그럴까? 옆에서 듣고 있는 모든 사람들이 다 그런 마음으로 인해 가슴이 벌렁거리고 있다.

배우는 기쁨보다 가르치는 기쁨이 더 크다는 구전이 정설인 것 같다. 가르치면서 배운다. 어쩌면 이 말은 금언이다. 어제나 오늘이나 70년 전이나 지금이나 무라카는 행복하다. 새로운 세상에서 새로운 삶을 받아서 새롭게 사는 것이 얼마나 큰 행복인가! 무라카여 분발하자. 많은 제자들을 길러 내어서 이 좋은 환경의 수많은 사람들이 좋은 제도 속에서 누구나 평등하게 자연의 섭리에 순응하며 살아 갈 수 있도록 변화시키자. 이것이 진정한 천족의 씨를 뿌리는 일이 아니고 무엇이겠는가?

위드 교관의 기초 체력 훈련이 끝나는 날 322명 모두의 눈에는 눈물이 강물처럼 흘러내린다. 아예 목 놓아 통곡을 하는 이들도 있다. 모두 기쁨에 벅찬 가슴을 하고 어린 사형(제1기 수제자)에게 얼마나 혹독한 훈련을 받았는지 이제는 어린사형의 얼굴 보기도 무섭다. 어떻든지 간에 14세의 소년 교관의 진가는 분명히 보았다.

수제자 위드의 카리스마를 확실하게 경험한 제2기 제자들은 고생한 만큼 대단한 보람을 느끼고 있는 것이다. 단 한명의 낙오자 없이 이끌어낸 위드의 끈기와 집념이 돋보이는 10일간의 고행이었다. 사실 훈련도중에 기절한 사람이 한둘이 아니었다. 그러나 죽을힘을 다해서 끝까지 포기하지 않고 버틴 새로운 제자들이 미쁘다.

21일째부터 스승님의 교육이 시작 되었다. 심법을 가르치기 시작한 것이다. 이 땅에서 아니 전 우주에서 이렇게 체계적인 호흡법은 없었을 것이다. 속설에는 어떤 귀족가에 전해 내려오는 마나 호흡법이 있다는 정도이지 그것이 검정이 된 것은 아니다. 그러나 여기 지금 앞에서 설명을 하시는 스승님의 '천조심법'은 후세에 대를 이어서 전설이 되어 전해져 갈 천인의 호흡법인 것이다. 꾸준히 평생을 수련하면 입신의 경지에 올라서 신이 될 수도 있다는 마나 호흡법인 것이다. 모든 제자들은 한마디라도 놓칠까 숨소리조차 들리지 않을 정도로 고요한 가운데 집중을 한다. '천조심법'만 설명을 하는데 오전이 다 지나버렸다. 식사를 하고 오후엔 실습에 들어간다니까 모두들 오후에 졸릴까봐서 식사를 절반만 하는 통에 빵이 절반밖에 소요되지 않았단다. 위드는 그 시간 배가 빵빵하게 먹고는 외곽 순찰을 자진해서 담당하기로 했다. 순찰도 돌고 경공도 더욱 발전시키기 위한 나름의 방식인 것이다.

오후 교육은 실습에 들어가기 전에 3명씩 조 편성을 하고 그리고 질문을 잠깐 받고 실습을 진행 할 것이다. 실습 중에는 말이나 터치를 했을 때 생명까지도 위험하다는 주의사항을 주고 그래서 1명이 호법을 쓰고 2명이 정좌로 천조심법을 수련하는 방식인 것이다.

"자 모두들 소중한 생명을 걸고 하는 수련인 만큼 호법을 서는 사람의 책임이 막중함을 명심해야 할 것이다. 질문을 3명만 받을 것이니 손을 들어라."

제일먼저 부단장 레온이 질문을 한다.

"부단장 무슨 질문인가?"

"넵 스승님 각서에 배신자에겐 가르치신 모든 것을 돌려받는다고 하셨는데 그것이 어떤 뜻인지 궁금해서 질문 드립니다."

"그래 어떻게 돌려받는지 그 방법이 궁금한 것이지 음 그것을 미리 알려주면 상당히 두려울 터인데 괜찮을까? 그래도 알고 싶은가?"

"넵 알고 싶습니다."

"다른 사람도 같은 생각인가? 알고 싶은 사람 손을 들도록."

손을 든 사람이 더 많다. 역시 그것이 상당히 궁금했던 모양이다.

"그래 그럼 알려주도록 하지 내가 돌려받는 방법은 배신자의 단전을 파괴해서 다시는 마나를 사용 할 수 없도록 만들고, 손과 발의 심줄을 자르고 그리고 기억을 지운다."

갑자기 모두들 놀란 표정에 숨소리조차 들리지 않는다. 완전히 겁먹은 강아지들처럼 실재로 부르르 떠는 사람도 있다. 더 이상의 부연 설명은 일체 없다.

사람은 환경의 영향을 아주 많이 받는다. '환경의 동물' 이라는 속설이 있는 것처럼, 지금과 같이 항상 적당한 긴장감 속에서 같은 목적을 가지고 같이 이동한다.

동일한 목적과 동일한 일을 수행한다는 동질감. 그리고 그 목적을 달성하기 위해서는 서로 협동해야 쉬워진다. 또 같은 훈련을 받는 동기들이다. 그래서 서로를 보살피고 돕는다. 무엇보다 목숨이 위태로운 상황을 서로의 도움으로 이기고 견디어 낸다. 이것은 어릴 때부터 같이 자란 형제애보다 더 진하다. 그래서 힘든 일은 서로 나누면 쉬워진다. 고통을 서로 나누면서 벽을 허물고 너와 내가 아니라 우리라는 공동체가 형성이 되는 것이다. 그러므로 스스로 자각하지 못하는 사이에 하나가 되어가는 것이다. 자각하고 타산을 분별한다면 그 동질감은 사라지고 각 개체가 되는 것이다. 그 중요한 사실을 계속 유지시키기 위해서 지속적인 수련을 강화하고 같이 죽더라도 오히려 그 사실을 안도하는 동질감을 심어 줘야지만 고난과 역경을 이기고 동기로서 의리를 준수하게 된다. 322명이 상하 관계가 아니라 수평적관계로서 비밀도 공유하게 되고, 태어난 곳이 다르고 자라난 환경이 다른 것은 이젠 문제가 될 수 없는 것이다. 한 스승을 모시는 그리고 그 한분으로부터 가르침을 하사받는 사형제 지간으로 변화된 것이다. 변화란 좋은 방향으로 개선되어 감을 뜻하고 나쁜 방향으로 오염되는 것은 변질 이라는 말로 표현된다. 지금 322명 모든 제자들은 변화해 가고 있는 것이다.

천조심법은 이곳 사람들의 입장에선 조금 생소한 이름이지만 제자들은 그래서 더욱 신비감을 느끼고 이 마나호흡법을 평생 수련하면 입신의 경지에 오를 수 있다는 이야기가 그날 스승과 위드 사형의 대화에서 들은 소문이 동기들 간에 이미 모르는 자가 없이 모두 그 비밀을(?) 공유하고 있기 때문에, 더욱 열심히 서로 토의하고 서로 간에 행함에 있어서 차이점이 어떤 것인지, 조차도 토론을 벌이기까지 하는 초극의 관심사가 된 것이다. 매시간 질문이 쏟아지고 아직 초기 단계라 너무 이해하기가 난해한 것은 사형을 통해서 경험담을 자세히 듣기 위해서 잠자는 시간까지 아깝게 생각하는 상황이 벌어지고 있다. 스승께서는 일주간 동안을 실습 시간을 두고는 모두를 한자리에 모이게 하고 그 기간 동안의 의문점이나 조별간의 차이점 등을 토론하는 시간을 마련했다. 물론 질의응답의 시간이다.

"자 모두들 아주 중요한 천조심법을 수련하면서 제법 진전을 보인 조도 있고 그렇지 못한 조들도 있는 것으로 알고 있다. 너희들 간에도 이미 토의도 어느 정도하는 것을 보았는데 궁금한 것이 많을 줄 안다. 오늘은 전체가 토의를 하는 시간을 가지고, 또 나에게 질문을 할 수 있는 시간을 갖고자 한다. 체내에 마나를 축적 시키는 이러한 방법은 어디에도 없었다. 그래서 이름이 천조인 것이다. 하늘에서 온자가 만든 방법이란 뜻이고 아무나에게 전수되는 것은 더욱 안 된다는 뜻이다. 오로지 나의 제자들만이 익힐 수 있다. 더 이상 강조를 하지 않더라도 이미 각서까지

썼으니 잘 알고 있으리라 믿는다. 자 그럼 각조의 조장들이 먼저 자기조의 현재 상태를 발표하고 토의를 진행하도록 하자. 전체 통제는 내가 할 테니 지정하는 순서에 따라서 진행하자."

"자 그럼 1조 조장인 레온부터 조원들 중에 천조심법 수련 중에 있었던 조원들 각각의 진행 과정을 발표해보라."

"넵 스승님 저희 1조는 데니가 벌써 단전에 따뜻함과 움직이는 듯한 느낌이 있고, 나머지 둘은 아직 아무런 것도 못 느끼고 있는 상태입니다. 데니에게서 많은 얘기를 듣고 참조하면서 열심히 수련을 하고 있습니다."

"오 그래 데니 일어나서 그 느낌이 어떤 것인지 자세히 표현을 한번 해보도록."

"네 저 데니입니다. 저는 스승님께서 설명해주신 그대로 열심히 호흡을 했습니다. 그리고 무엇 보다 정신을 집중해서 저의 아랫배 즉 단전을 잘 보면서 수련을 했습니다. 현재 느낌은 단전에 조그만 하게 자리를 잡은 마나가 확실하게 느껴집니다. 이것이 지 멋대로 움직이려고 하는 것이 좀 당황스럽습니다. 이상입니다."

"데니라고? 자세를 편안하게 하고 마음을 집중한다. 스승이 그 마나를 잠깐 점검해 볼 테니까 긴장 하지 말고 내가 그것을 유도 하는 길을 잘 기억하고 혼자서도 항시 그렇게 수련하도록 해. 보자!"

모두들 긴장감 속에 스승님이 직접 데니의 등에다가 손바닥을 대고서 눈을 지그시 감는 모습을 조용히 지켜보고 있다. 장내의 고요함은 바늘이 떨어져도 천둥소리처럼 들릴 정도로 조용하다. 데니의 마나는 정말 겨자씨만큼이나 적지만 그 짧은 기간에 벌써 마나를 집적 했다는 것은 그만큼 마나 친화력과 집중력이 뛰어나다는 증거이니 기꺼운 것이다. 직접 도인을 해서 마나로드를 만들어주면서 '소주천'을 시켜준다. 그리고 그 길을 따라서 계속 수련 할 것을 심어로 알려주고 일어선다.

"자! 조별 관계없이 마나를 단전에 느낀 사람은 손을 들어라."

그러자 11명이 손을 든다. 그 인원은 따로 모으고 나서 각 조장들에게 지시한다. 조 편성을 새롭게 5명단위로 할 것을 명령하고 11명의 기초가 탄탄한 인원들은 일일이 마나를 도인하면서 마나 로드를 만들어주고 계속 수련을 할 수 있는 조건을 만들어준다. 그리고 12명의 호법을 위드를 불러서 세우고 깨어나면 깨어나는 자들을 호법을 쓰도록 지시해준다. 아직 마나의 맛을 못 본 자들을 위해서 스승은 다시 처음부터 하나씩 하나씩 설명을 하면서 중요한 것들을 짚어준다. 너무 생각이 앞서서 급하면 오히려 일을 그르치게 되므로 마음을 잔잔하게 가라앉히고 눈으로 단전을 보는 듯한, 아니 실제로 볼 수 있는 것에 대해서도 자세히 설명을 해준다. 곧 많은 제자들이 마나를 느끼게 될 것임을 알기 때문에 그기에 대한 충분한 준비를 해두는 것이다.

천조심법의 경이로움에 흠뻑 빠져있는 322명의 새로운 제자들은 시간의 흐름을 잊어버릴 정도로 몰입되어 있을 즈음에 천무검법을 한 동작씩 구분해서 가르치기 시작한다. 먼저 가르친 심법은 서로 토의를 통해서 또는 5인1조의 조별 검정을 하면서 스스로 터득을 하게끔 하고 검법을 시작함으로써 좀 더 활동적이고 활발한 분위기를 느낄 수 있게 하기 위함이다. 그리고 항상 수련을 시작하기 직전에는 정신교육의 일환으로 민주주의와 자연주의 정신을 강조한다. 그리고 사람의 기본 권리와 누구나 평등하다는 것들을 강조함으로써 앞으로 대륙의 기둥이 될 제자들을 바르게 양성하고자 하는 깊은 뜻이 있는 것이다. 어릴 때부터 주변 환경의 영향으로 마음속에 굳어져 버린 신분제도로 인해서 하루아침에 바뀔 수 있는 문제가 아닌 것이다. 어떻게 살아야 삶의 질이 높아지는 행복한 사회로 변화 시킬 수 있는지에 대한 메시지를 심어주는 정도만 되어도 언젠가는 그 뜻을 깨닫게 되어서 사회전반에 영향을 미치게 되리라. 322명이 무인으로서 기초가 닦여져 가는 동안에도 상단의 일행은 제국을 향하여 한걸음씩 나아가는 것이다. 모든 제자들은 단 한순간도 헛되이 시간을 낭비하는 자는 없다. 가장 많이 빈둥거리는 사람은 역시 스승인 무라카 뿐이다. 그래서 제자들을 둘러보는 시간외에는 주로 사냥을 하러 나간다. 이제 제법 뼈대도 굵어지고 체형도 잘 잡혀가는 수제자 위드를 위함이기도 하지만 상단 인원 모두가 제자이다 보니 이제는 모두를 다 잘 먹여야지 하는 생각 때문이다. 사냥을 다니면서 이곳 식물에 대한 지식도 차곡차곡 쌓여간다. 그리고 숲속을 샅샅이 뒤지다보니 이곳도 지구에서처럼 조류인데 날지 못하고 뛰어다니는 새가 있다는 것을 알게 되었다. 타조보다도 더 큰 덩치의 자오새가 그것이다. 달리기 선수인 자오새의 속도가 말보다 배는 빨리 달리는 듯하다. 그러나 경공이 10성에 올라 있는 무라카 앞에서야 단 2~3초면 잡힌다. 몇 마리 잡으면 워낙 덩치가 있어서322명 제자들 모두가 먹을 수 있는 양은 충분히 된다. 자오새는 단독으로 다니는 것이 아니라 반드시 한 마리가 보이면 근처에 또 몇 마리가 있으니, 이놈들은 잡기가 참 쉽다. 맛 또한 지구의 꿩고기 마냥 향이 좋은 육질이라 고급 요리가 된다. 자오새와 마크루 그리고 큰 뿔을 가진 소(고뿔)도 있다. 계절도 결실의 계절이 다가오고 있는지 과일들도 종종 눈에 띈다. 처음엔 먹지 못하는 과일을 잔뜩 따와서는 다 버리는 소동을 일으켰지만 이제는 아예 먹어보고 따온다. 또다시 입이 퉁퉁 부어오르는 일이 있더라도 혼자서 감당할 일이지 창피하게 제자들이 다보는 가운데 먹지도 못하는 과일을 따왔다는 일은 한번이면 족하다. 또 재미있었던 일은 지구의 송이버섯과 모양이 똑같은 버섯이 있다. 그런데 이곳의 그 버섯은 맹독을 지닌 버섯이라서 피부가 단번에 허물어지는 정도의 독버섯인데 그 버섯을 잘 씻어서는 입에 넣고 씹었으니 입안과 입술이 상상을 못할 정도로 붓고 버섯을 만진 양손도 복싱글러브를 낀 것만큼 부어올라서 마법으로 치료를 하는데도 상당히 고심을 했던 일이 있었다. 다만 혼자의 비밀로 간직하고 있지만 말이다. 이곳의 동식물과 버섯은 지구의 일반적인 상식과는 상생이 맞지 않는다. 그래서 하나하나 새롭게 익혀 나가는 것이다. 어느 듯 바벨 산맥에 들어선 지도 한 달이 넘어가는 시점에 드디어 고개의 정상부를 통과하여 남쪽 '볼베키' 왕국 쪽으로 내려가기 시작했다. 내려가는 길 역시 중간에 끊어지고 하여 보수를 하면서 움직이다 보니 예상보다 훨씬 많은 시간이 소요 되는 것이다. 그렇다고 서두르는 것은 금물이다. 그럴 필요성이 전혀 없다. 특히 요즈음 모두가 천조심법과 천무검법 128수를 익히느라 불이 붙은 상태인지라 모두의 발걸음이 느긋하다 못해 느림보처럼 바뀌는 것이다. 오히려 고의성이 좀 있는 것 같은 덤프 단장의 지휘가 모두들 묵언으로 인정하는 그런 분위기 인 것이다. 가장 중요한 본업을 망각하다시피 한 그런 움직임에도 누구 하나 신경을 쓰는 이가 없다. 자연스럽게 이동 간에도 무공이 주재가 되어 다양한 토론을 벌이기 일쑤이고, 그렇다고 하지 말라고 말리는 이 또한 없다. 정신없이 재미있는 날들의 연속인 것이다. 이제는 운공에 대해서 자세히 교육을 할 때가 된 것이다. 빠른 자들은 벌써 상당히 많은 양의 마나를 집적시킨 자들도 있다. 이런 자들은 오랜 세월동안 몸 곳곳에 산재해 둔 마나들이 정상적인 단전을 형성하자, 그 마나들이 단전으로 몰려드는 신기한 현상을 경험하고 있는 중이다. 응집된 마나를 운공으로 기경팔맥과 24혈, 그리고 각종 세맥으로 돌리지 않으면 오히려 악영향을 끼치는 수도 있으니까. 일찍 잘 따라 오는 제자들을 중심으로 수련 진도를 맞추어야 하고, 좀 늦은 자들은 다른 방법으로 분리 수련을 시켜야 할 때가 된 것이다. 험한 산맥의 난코스를 통과한 상단은 9부 능선을 가로 지르는 냇가에다가 방진을 설치하고 숙영지 편성을 한다. 인젠 특별히 지시가 없어도 조별로 자신들이 무엇을 하여야 하는지를 명확히 알고 또 나아가는 방향이 명확하게 정해져 있으니 금방 숙영지 편성이 완료된다. 경계조와 순찰조가 정해지자 곧바로 집합시켜 놓고 스승님의 특강이 시작되었다.

"자 다들 열심히 따라오고 또 한편으로는 한발 앞서가는 자들도 있지만 처음에 조금 늦다고 실망 하지마라. 왜냐하면 천조심법은 집중도에 따라서 마나의 응집이 다르고 집적되는 양 또한 차이가 있기 때문에 누가 많고 적고의 차이는 알 수가 없는 것이다. 지금은 오로지 경쟁을 하려고 하지 말고, 정심한 마음으로 스스로를 잘 다스려야 대성 할 수 있다는 것을 명심하고, 욕심을 부리지 말 것을 강조한다. 이 스승은 모두가 다 날마다 쑥쑥 자라는 제자들을 보고 싶은 것이지 누가 더 잘하고 못하고 하는 것 따위는 전혀 관심 없다. 자 오늘은 특별히 중요한 것을 가르치는 만큼 모두 열심히 듣고 질문은 다른 시간에 개별적으로 받겠다. 그 이유는 실습에 들어가 본 사람들이 많이 있으니 잘 알고 있으리라 믿는다. 무엇보다 중요한 것은 집중을 얼마나 잘하느냐에 효과의 차이가 있다는 것을 명심하기 바란다."

1/5이 넘는 인원이 이미 운공을 하고 있는 상태이니 나머지 인원을 위한 강의인 셈이다. 그런데도 누구하나 눈의 초점을 흩트리는 자도 없다.

그만큼 집중을 해서 듣고 있다는 증거이다. 이미 경륜이 많은 노련한 단장을 위시해서 몇 명은 벌써 그동안 침체 속에서 헤어나지 못하던 것이 단번에 한 단계씩 진일보하게 되었다. 오랜 세월동안 몸 곳곳에 쌓여있던 마나를 단전으로 모아 꾹꾹 눌러 다져 놓으니 당장 제법 많은 양의 집적된 마나를 얻게 된 것과 같은 효과를 본 것이다. 그러나 아직 마나를 운공하는 기법이나 각 동작에 어떻게 적용하는 방법 등을 알 수가 없으니 정말목숨을 걸고 집중해서 배우는 것은 당연한 것이다. 그리고 덤프 단장은 상급으로 한 단계 상승을 하여 속으로는 상당히 기쁜 마음이지만 스승님께 알려 드릴 기회가 좀처럼 오지 않으니 입이 간질거린다. 그러거나 말거나 무라카는 일괄적인 설명을 마치고 개별적으로 직접 교수도 해주면서 죽 둘러보다가 '덤프조'에 이르러서는 빙그레 웃으시면서 묻는다.

"단장 한 단계 상승했구나. 축하한다. 더욱 차분히 심법 수련을 해야지만 단단해 질 거야. 아직은 검법에 마구 적용하려 하지 말고 천무검법을 계속 숙달해서 완전히 몸이 알아서 마나를 척척 적재적소에 보내주는 경지가 되어야 진짜 상급이야. 명심 할 것!"

"네-넵 명심 하겠습니다."

"무엇이든지 편법은 없는 거야. 차근차근 마나를 쌓아 가다보면 곧 소드 마스터의 경지에 오르게 될 것이야. 급하면 체한다는 말 명심하고."

상단의 분위기는 고무적이다. 역동적이며 땀 냄새가 물씬 풍기는 곳인 것이다. 오늘도 이동을 마치고 숙영지 편성이 끝나자 모두들 조별로 운공을 하면서 검법 수련을 시작한다. 울창하게 우거진 나무들이 하늘의 반을 가리고 있는 계곡의 옆으로는 가는 천(川)이 흐르고 있어서 수련 후에 몸을 씻기에도 좋다. 스승은 가르치는 재미에 흠뻑 빠져서 즐겁고, 제자들은 수련하는 재미에 빠져서 고된 나날들이지만 어떻게 지나가는 줄도 모르는 채 시간은 흘러서 한 달 만에 통과해야 하는 산맥을 두 달이 다 되어가는 즈음에야 관통하게 되었다. 눈앞에 펼쳐진 평원은 그 끝이 보이지 않고 바벨산맥의 만년설이 녹아 흐르는 카라쿨강의 장대한 물줄기는 평원의 곳곳을 휘돌아 흐르고 있다. 아름다운 광경이다. 구름 한 점 없이 높은 하늘은 보는 이들의 마음을 설레이게 하기에 충분할 만큼 아름답다. 드디어 험로를 벗어난 것이 실감이 난다.

"와! 드디어 여기까지 왔구나."

"드디어 한시름 놓게 되었네요. 이제 얼마 후면 볼베키의 수도 아트랄 시에 도착하게 될 겁니다. 아트랄 시에 상단 물건 절반을 넘기고 나면 식량과 필요한 생필품들을 챙겨서 그린 왕국으로 향하면 되지요."

"여우야! 볼베키 왕국에도 상단의 지점이 있는 거지?"

"네 물론이죠. 저희 상단의 지점이 각 왕국에 36개나 있어요."

"오 그렇게나 많은 지점이 있어? 놀랍군!"

"아직 지점이 개설되지 않은 곳이 더 많아요. 아직은 개척중이고 해서 그래서 사절단들이 나가있는 왕국도 있고 그래요. 전쟁 중인 왕국은 제외시키고 있지만 말이에요."

　"지금도 전쟁 중인 왕국이 있다고?"

　"네 몇 군데 있어요. 영지전은 더 많이 벌어지고 있고요."

　"영지전이라니? 그거 힘이 센 놈들이 땅따먹기 하는 것 아냐?"

　"호호호호! 스승님 땅따먹기가 뭐예요? 명분이생기면 국왕께 허락을 받아서 정당하게 싸우는 것이 영지전이죠."

　"정당하게 싸운다? 그것 혹시 말로만 정당하게 싸우는 척 하고 뒤로는 엉큼한 수작들을 부려서 땅 뺏어먹는 그런 것 아닌가?"

　"어머머머 척하면 착이네요. 역시 날카로우셔요. 그런 일이 허다하게 발생하죠. 음모로 명분을 만들고 그리고 이기는 쪽이 가지는 일종의 도박 같은 일이 많이 벌어져요."

　"쯧쯧 그런다고 죽을 때 가지고 가는 것도 아닌데 욕심들이 많아서는 에-공! 억울하게 당하는 사람들이 많겠군."

　"그래요 스승님 억울하게 당해서 노예로 팔리고 그리고 귀족들은 목이 잘리는 일들이 많아요. 가족들은 노예로 전락해서 최하위의 나락으로 떨어져 짐승처럼 살지요."

　"그런 것을 왜 허락을 해주는 것인지 이해가 안 되네, 여우야! 너 대주천은 해봤어?"

　"아니요 아직 태주천은 한 번도 못해 봤어요. 스승님!"

　"대주천을 발음하기가 그렇게 어려운가? 아하하 혀기 너무 부드러워서 끊어지는 발음을 못하는 군!"

　"헤헤 스승님은 이곳 사람이 아닌 것처럼 말씀하세요. 자주 이곳사람이란 표현을 하시던데 어디서 오신 건가요?"

"억! 나는 산에서 왔지. 스키라 산에서 평생을 살며 엥?"

"스승님 아직 젊으신데 평생이래야 얼마나 되신다고 노인처럼 그런 말씀을 하세요?"

"아 보기완 달라 나이가 엄청 많아 엄청 컴 험험."

"네? 얼마나 많으신데요? 주름살도 하나도 없으신데 보기엔 20대 후반 아니면 30대 초반 정도로 보이는데요."

"컥! 알면 다쳐 그냥 그러려니 해 알았지?"

"그런 것이 어디 있어요? 순 엉터리 같아요. 거짓말 하시는 거죠?"

"어 험험 알면 다친다니까? 음."

642살이라면 아마도 기철초풍 하겠지. 글쎄 제국의 일이 끝나고 나면 사실대로 얘기 할 날이 있으려나? 그때였다. 갑자기 말들이 이상한 행동을 하기 시작한 것이 앞으로 가지를 않고 엉뚱한 방향으로 도망치려고 날뛴다. 뭔가 위험한 일이 벌어지려 하고 있는 것이다. 너무 산을 벗어난 일에 방심한 것이 어쩌면 큰 희생을 치르게 될지도 모르겠다. 기(氣)를 퍼트려서 살펴봐도 별다른 이상이 없는데? 아 있다. 공중에서 까만 점 두 개가 점점 확대되어 벌써 지척에 이르고 있다. 유성이 떨어지는 속도가 이럴까?

"앗! 와이번이닷! 모두 산개하라. 궁수 궁수들은 전투 대형으로 준비 되면 자유사격 개시!"

역시 덤프단장이다. 화급한 순간에도 침착하고 명확한 지시를 내린다. 적절한 판단력과 침착한 반응은 오랜 경험에서 나오는 노회한 지휘관의 본능인 것이다. 무라카는 광선검을 뽑아들면서 왼손에는 환을 압축시켜 번개 같이 와이번의 몸통으로 포탄처럼 날리면서 탄환 같은 빠르기로 몸을 공중으로 띄워 올린다. 음속을 돌파할 정도로 낙하 해오던 와이번이 갑자기 급상승을 하면서 비명을 지른다.

"키엑 쿠르르르!!"

중심을 잃고 허우적거리면서 급상승을 시도하지만 이미 균형이 깨진 상태의 와이번을 향해 빗살처럼 다가서는 무라카의 새하얀 섬광이 호선을 그린다.

"쾅!! 치지지지직- 쿵!"

엄청난 굉음을 유발하면서 포탄이 떨어진 것 같은 먼지구름을 피워 올린다. 뒤따라 날아오던 한 마리는 고공으로 솟아오르더니 방향을 선회하며 오던 쪽으로 달아난다.

"키엑! 키엑 키엑! 키엑!"

어미를 잃은 구슬픈 울음소리를 남긴 체 사라진다. 순식간에 까만 점이 되어 사라져 가는 와이번은 아마도 새끼 와이번인 듯하다.

"와! 와! 이겼다. 놈이 도망갔다."

"와---!!"

함성 소리가 평원에 울려 퍼진다. 300M쯤 후방에 무라카는 와이번의 시체 위에 올라 서있다. 먼지가 가라앉고 살펴보니 역시 몸통을 관통한 강환에 의해서 이미 생사가 결정된 것이다. 목을 자른 것은 고통을 들어준 의미 밖에 없는 일격인 것이다. 와이번의 대가리를 들고 달려오는 울프벡을 위시해서 어느새 수뇌부 모두가 달려온다.

"스승님 괜찮으신가요?"

"어 그래 나는 말짱하니까 걱정 마!"

"우와 또 한 마리 잡았네요. 그런데 한 마리는 왜 도망을 쳤을까요?"

"그놈은 새끼야 사냥술 배우려고 따라왔던 모양인데 어미의 비명 소리에 놀라 달아난 것이야."

"아 그런 것 같았어요. 몸통도 좀 작은 것이 새끼가 맞나보네요."

"그런데 이놈은 왜 갑자기 추락한 거예요? 갑자기 중심을 잃고 추락 하던데요."

"하하하 여우야 잘 살펴보렴. 왜 갑자기 균형을 잃고 추락 했는지 말이야."

"너무 급하게 공격 하려다가 날개가 부러진 것 아닌가요?"

"글쎄다. 죽은 와이번에게 물어보렴. 그럼 정답을 알려 줄 거야."

"어머머 죽은 와이번이 대답을 어떻게 해요. 절 놀리시는 거죠? 그렇죠?"

"왓 하하하핫!"

"아가씨 와이번에게 물어 봐야죠. 키키킥!"

"아니 단장님도 절 놀리시는 거예요?"

와르르 달려가서 거대한 와이번의 시체를 뒤집자 가슴에서 등쪽으로 관통한 주먹만 한 구멍이 보인다. 그곳에서 아직 피가 흘러내리고 있다. 잘린 목에서 흐르던 피는 흙에 묻어서 지혈이 되었는지 더 이상 피가 흐르지 않고, 가슴을 관통한 구멍은 심장을 뚫렸는지 계속 피가 흐르는 것이다.

단장과 부단장 울프펙은 스승을 바라보면서 고개를 갸웃거린다. 안젤리나는 그때서야 추락한 원인이 가슴에 난 구멍 때문이란 것을 알고 스승님께 질문을 한다.

"스승님 저 구멍이 왜 생긴 거예요? 무엇으로 공격한 아항! 그 보이지도 않는 강환으로 공격한 거예요? 언제요?"

"단장님 되도록 빨리 무두질해서 이곳을 벗어나도록 합시다. 새끼가 도망을 갔으니 애비가 또 있을 거요. 다시 오지 않는 다는 보장이 없지요."

"네 넵 스승님! 애들아 칼질 전문가들 모두 달려들어서 가죽과 심 줄 그리고 뼈까지 모두 분리해라. 나머지는 크게 주변을 경계하면서 원형으로 방어형태를 짠다. 스승님 말씀 들었지? 또 공격이 있을지 모르니 빨리 서둘러서 해체한다."

"와 서두르자. 어서어서!"

일사분란하게 해체 작업이 시작되고 나머지는 경계를 강화하고 주변을 크게 원형으로 방어진을 펼친다. 그런데 여우가 강아지처럼 졸졸 따라 다닌다. 힐끗 힐끗 스승님의 눈치를 살피면서 말이다.

"큼 아니 여우야! 너 왜 자꾸 나만 따라 오냐?"

"저 스승님 궁금한 것이 있어서요. 말씀 안 해 주실 거죠?"

"눈으로 봤으면 되었지 또 뭐가 궁금한데?"

"어 저 그게 가슴에 난 구멍 말이에요. 그거 어떻게 하신 거죠?"

"험 험!"

"그러 실줄 알았어요. '알면 다친다' 이렇게 말씀 하실 거죠?"

이-크 여우가 눈치만 빨라가지고는 쩝 안젤리나 뿐이 아니고 덤프 레온 울프펙 그리고 수제자 위드까지 눈빛이 초롱초롱 하다.

"위드야. 너도 그것이 궁금해서 눈이 반짝이는 게냐?"

"넵 스승님 아까 와이번이 공격해 올 때 말이에요. 그때는 공중100M이상 떨어져 있었는데 언제 공격 하신 겁니까?"

"오냐 위드는 그것이 궁금한 것인 모양이군. 그래 역시 수제자답게 보는 눈이 다르군 그래 허허허"

"그게 그거지 뭐가 달라요? 어머멋! 스승님 제가 질문드릴 때하고 영 딴판이네요. 쳇 피! 다 같은 제잔데 차별하시기 에요?"

"하하하 어찌 다 같으냐? 위드는 1대 제자고 너희들은 2대제자인데-음 그건 어느 정도 차이냐 하면 말이야. 위드는 너희들의 하늘같은 선배님인데 동방의 대륙에서는 말이야. 그 차이가 스승보다 더 무서워한단다. 왜냐하면 1대 제자는 2대 제자의 모든 훈육을 다 담당 하거든. 훈육이란 뭐냐? 개인 사생활까지를 포함한모든 행동을 말하는 것이야. 예를 들어서 여우가 상단일로 인해서 어느 지점의 부하직원을 능력이 없다는 이유로 무력을 사용해서 신나게 두들겨 팼다고 치자. 그런 일도 1대 제자인 선배가 이거 무공을 배워서 부하직원 패는데 사용? 이거 말이 안되는 행동을 하는군. 어째 너도 좀 맞아봐야 정신을 차리겠군. 이렇게 하는 것이 선배의 훈육이다. 이 말이야. 같은 제자? 그건 말이 안 되는 소리야. 알겠어?"

가만히 듣고 보니 이거 엄청나게 차이가 나잖아 1대 제자와 2대 제자의 차이!

"으악! 그 정도예요? 어째 위드 선배님 한번만 봐 주세요 네?"

'끄떡 끄떡!' 위드가 고개만 끄떡인다. 봐 주겠다는 뜻(?)

"앞으로 조심 하거라. 위드도 앞으로 훈육을 잘해야 하느니라. 알겠느냐?"

"네 넵 스승님 앞으로는 절대 용서하지 않도록 하겠습니다."

"그래 그래야지 유계질서가 바로 세워지는 것이야. 자 그럼 질문에 대한 답을 보여주마. 저기 바위 보이지?"

"어디어디? 아 저 멀리 있는 저거 말이죠."

"그래 잘 봐라."

아무런 소리도 없다. 그렇다고 무슨 동작을 취한 것도 아니고.

"여우가 가서 확인 하고 오너라."

"네? 어디요? 저 바위요?"

"그래 갔다 와 위드와 함께 가봐."

"네 넵!"

잠시 후에 바위에 갔다 온 위드와 여우, 얼굴이 헬숙하다. 눈이 무언가에 홀린 듯 한 몽롱한 상태의 두 사람. 두 사람 모두 손으로 바위를 가리키면서 말을 못한다. 모두 가서 보란 듯이 우루루 달려간 모두가 바위 앞에 멍하니 서 있다. 넋이 나간 듯한 모습으로 모두 갑자기 허수아비가 되었나? 잠시 후에 정신들을 수습한 모두가 다시 우루루 몰려온다.

"스승님 소리도 없고 보이지도 않는 것은 스승님의 경지가 더 높아 지신 거예요?"

"위드야 너는 이제 스승이라 부르지 말고 사부님이라 부르거라. 그리고 이 사부가 그동안 노심초사 연구한 것이 소리도 없이 보이지도 않게 공격하는 방법을 연구했지 그래서 얻은 성과야. 어때? 놀랍지?"

"네-넵! 싸뿌님! 싸부--님!"

"어째 발음이 어려운 게냐? 허허허 연습을 해야 제대로 발음을 하겠구나."

"싸부님은 어떤 뜻이예요?"

"사-부-님! 천천히 발음을 하거라. 연습하면 나아지겠지. 사부님이란 말은 부모와 스승을 합친 말이란다. 부모와 스승은 같으니까. 수제자 위드만이 나를 그렇게 부를 자격을 주마."

"감사합니다. 사 부 님!"

그때부터 입을 오므려서 발음 연습을 하기 바쁘다. 녀석! 바위에 다녀온 모두는 눈만 반짝거리며 스승을 바라보고 있다. 부연 설명이 필요한 것이다.

"자. 마나를 마음대로 다룰 수 있는 경지가 되면 마나를 이렇게 의지에 따라서 몸 외부에 뭉칠 수가 있다. 보이지?"

"어-? 손위에 아직 있는 건가요?"

"와- 네 넵 보입니다."

"마나의 밀도를 더욱 강하게 압축하면 자 안 보이지?"

"어 안 보여요. 아직 그대로 있는 것인가요?"

"그래 부피는 작아졌지만 여기 있지. 자-이젠 보이지?"

"우와! 예쁘다 동그란 것이 투명하고 반들반들 한 것이?"

"그것 만지면 손이 날아간다. 아니 손이 녹아내린다."

"캑 우 큰 일 날 뻔 했네 휴-!"

"킥 킥 히 히 힛!"

"자 이젠 보이기도 하고 소리도 나고 폭발도 하는 공격이다. 모두 똑똑히 보도록."

바위로 날아가는 것이 보인다. 속도도 느리게 모두 볼 수 있도록 조절을 한 것이다. 바위에 닿자 바위 안으로 쏙 빨려 들어간다. 그리고 쾅! 요란한 폭발음과 함께 바위가 산산조각이 나서 공중으로 비산한다.

"자 이제 모두 보았지? 의문 사항 있으면 지금 질문하고 앞으로 제자들 외의 타인들이 있는 곳에서는 일체 질문하지 말도록 자 질문 해봐라."

"저 울프펙 질문 있습니다."

"그래 무슨 질문일까? 해봐!"

"소리와 빛깔이 있을 때와 무음무색 일 때의 차이는 어떤 겁니까?"

"어 그래 좋은 질문이다. 소리와 눈에 보이는 한은 농도가 즉 압축이 덜된 상태이다. 고도의 힘으로 압축을 해보니 어느 한계를 넘어서면 보이지 않더라는 거야. 소리가 없는 것은 공기와의 마찰이 없다는 뜻이다. 그것은 설명을 하자면 주위의 마나를 동조시켜서 마찰음이 나지 않게 통제 하는 것이지 표적에 명중해서 관통을 할 때까지 도와서 더 빠르게 더욱 위력적으로 즉 주변의 마나를 나의 의지 하에 두는 것이지 자연경이라고 내가 일전에 설명을 했었지? 그 경지가 완벽해 진 것이지 이해가 가는가?"

"넵 어느 정도는 이해가 되었습니다. 스승님 감사 합니다."

"자 꼭 강환이 아니라도 무공에 관한 질문이면 무엇이던지 해라. 와이번 해체도 끝이 났으니 이동하면서 질문과 답변 및 토의 시간을 갖도록 하자. 단장 출발시켜!"

"자 모두 대열을 갖추고 출발!"

그렇게 이론공부 및 토의를 하면서 이동을 한다.

"저 여우가 한 가지 질문을 하겠어요. 얼마나 수련을 하면 스승님 경지에 오를 수 있나요?"

"음 그것은 사람에 따라서 다르겠지. 그러나 보편적으로 내가 아는 범위 내에서 답하도록 하지 무(武)의 경지는 끝이 없다. 한 마디로 지금 내가 가리키는 손가락 끝과 저 해의 사이는 얼마나 될까? 이루 헤아릴 수조차 없을 만큼 멀겠지. 이와 같다. 무의 경지란 것이 딱 정해져 있는 것이 아니다. 절정, 초절정, 현경, 자연경, 입신경! 이런 것은 그냥 비유를 한 것이지 그게 무슨 척도는 아니다. 같은 절정끼리 대련을 하면 두 사람의 실력이 똑같으냐 아니다. 같은 경지라도 사람에 따라서 다르다. 자 여우의 질문에 현재 나 정도의 경지라는 것을 설명을 해주지. 절정 즉 소드 마스터에 오르는 시간이 내 제자에 한해서 10년 정도 걸린다. 일반인들은 100년이 지나도 오르지 못 한다 그렇지?"

"넵 그래요. 제국의 소드 마스터 세분 모두 100세가 넘어요."

"그래 그만큼 차이가 있지. 잘 들어 내가 가르치는 데로 열심히 수련하면 10년이면 절정이 된다. 조금씩의 차이는 있겠지만 말이다."

"와 만세! 만세다. 만세!"

하늘같은 소드 마스터가 되는 것이 모두의 꿈인데 10년이면 가능 하다니 이 얼마나 대단한 일인가? 소드 마스터면 제국의 공작도 될 수 있는데 말이다.

"자 그리고 여우의 질문에 대한 답변이 아직 진행 중이다. 절정에 서 초절정이 되는데 약 10년 그리고 현경이 되는 데는 보편적인 기간도 없다. 왜냐 하면 거의 모든 무인들이 현경에 오르지 못하기 때문이다. 천만 명에 한둘 정도 현경에 오르지 시간과 관계가 없기 때문이다. 깨달음과 관계가 있기 때문이다. 그러면 자연경도 이와 같다. 수 천만 명에 하나 또는 둘 정도 시간과는 무관하다. 자 여우야 대답은 끝이다."

"엥 그러면 스승님만큼은 불가능 한 것 아닌가요? 히힝!"

"불가능 이란 것은 없다. 무엇이든 어떤 일이든지 다 가능하다.

다시 말하지만 불가능하다고 생각하는 순간 이미 불가능해져 있다. 어렵지 무슨 뜻인지? 가능하다고 생각하는 이상 어떤 일이든지 모두 가능하다. 저기 있는 태양도 부술 수 있다."

"네 넵 알겠습니다."

"사 부 님! 위드 입니다. 마나를 소드에는 뻗칠 수 있는데 허공에 나가면 흩어져 버립니다. 그것은 어째서 그렇게 되는지 궁금합니다."

"오 이제 발음이 정확하구나. 연습을 하니 되잖아 모든 것이 그렇다. 연습하고 반복하면 된다. 하하하 위드야 그것은 아직 답변을 해줘도 네가 이해를 못할 뿐만 아니라. 이해를 해도 머리로만 안다고 되는 것이 아니란다. 아직은 너무 빠른 것이지 때가 되면 그때 알려주마. 지금은 마나를 많이 축적을 하는 것이 무엇보다 중요 하단다."

"넵 사부님! 알겠습니다."

"부연 설명을 하자면 절정에 오르는 것은 마나의양에 결정이 되는 것이다. 즉 일정양의 축적된 마나가 단전에 가득차면 자연히 오러 블레이드가 발현된단다. 지금 무엇이 중요한 것인지는 답이 바로 나오지?"

"우와 알았어요. 열심히 천조심법을 수련해서 단전을 채우는 것이 답이네요. 헤헤헤"

"그렇지! 역시 똑똑하구나 제자야. 허허허"

"이-얏호 우리도 열심히 해서 위드 선배님 따라잡자! 얏호!"

"사람은 각기 능력의 차이는 있지만 노력하는 만큼의 발전은 누구에게나 공평하단다. 모두 분발해서 성공하기 바란다."

그렇게 시간도 잊어버리고 질문과 답변을 하는 사이에도 이동은 계속된다. 별일 없이 하루가 지나고 또 하루가 지나는 사이에 모두들 무인으로 재탄생 되어 가는 것이다.

"저녁 식사시간에 식탁에 앉으면 요즈음은 모두 심법토의가 주요 화제로군. 여우야 상행을 하면서 다녀 본 곳이 상당히 많을 것 아니냐? 한번 지나간 곳은 다 기억하지?"

"네 물론이죠."

"그러면 다녀본 모든 곳의 지도를 그릴 수 있겠나?"

"네? 지도를 그리려면 상세히는 못 그리고요. 대략적인 지도는 그릴 수 있을 것 같아요."

"조금씩, 조금씩 추가하면서 그리다 보면 언젠가는 아주 상세한 지도가 완성이 되는 것이지. 산의 높이, 강의 넓이와 길이 등 또 어느 지역은 어떤 몬스터가 많이 있고. 또 산적들이 자주 출현하는 지역은 어디이고, 와이번의 활동지역 등을 모두 표기해 둔 아주 유용한 지도가 만들어지면 돈으로 값어치를 매길 수 있을까? 그런 것은 생각을 안 해본 모양이지?"

"에! 이- 힉! 캑캑 아 아 그러네요. 그 가치란 돈으로 환산할 수 없을 지경이 되겠네요. 어머나! 스승님은 진짜 천재이신가 봐! 어떻게 그런 생각을 하실 수 있나요?"

"허허허 그렇게 좋아 하는 것을 보니 앞으로 그런 선지식을 종종 가르쳐 줘야 되겠구나."

"네 그래요 전 평생 스승님만 따라 다니면서 배워야 되겠어요."

"엥? 평생? 그럼 상단은 어떻게 하고?"

"상단이야 아버님도 계시고, 숙부님도 계시고, 또 사람들 많잖아요. 그 분들께 맡기면 되지요. 전 스승님만 평생 모실 거예요.

그래도 되죠?”

“허허허헛 그럴 수나 있을지? 어쨌든 사람은 성인이 되면 스스로 판단하고 행동해야 하고 또 그기에 따르는 책임도 져야 한단다. 그래서 훌륭한 사람은 남에게 피해를 주지 않고 힘이 약한 자들을 도와주며, 또는 국가나 사회에 도움이 되는 일을 많이 하느니라. 이런 사람을 정의로운 사람, 아름다운 사람이라 부른단다. 그런 사람이 존경받는 거야. 험험.”

“네 명심 하겠습니다. 스승님 스승님을 닮아가는 제자가 되겠습니다.”

“그래 사람은 귀한사람이나 천한 사람이 따로 있는 것이 아니다. 자신이 행한 일들에서 귀한 사람이도기도 하고, 악하고 나쁜 사람 이 되기도 하는 것이다. 이러한 것은 태어날 때부터 가지고 태어나는 것이 아니라 자라면서 배우고 익히고 수련하며 행하는 결과에 따라서 달라지는 것이다.”

“------”

“자 이제 진지를 편성하고 숙영준비를 하도록, 해가 서쪽 산마루에 걸렸군 그래.”

드디어 기다리던 수련시간이 다가온 것이다. 위대한 스승님께 조금이라도 더 많은 것을 배우기 위해서 시간을 절약하는 것은 물론이고 이제는 천막을 치고 경계 조와 순찰조 편성은 자연적으로 이루어진다. 맛있는 식사 준비를 하는 것은 여자 3명에 도우미 장정 10명이 돌아가면서 준비를 한다. 식사 후에 오랜만에 1반의 전 인원을 모아 놓고 천조심법을 조별로 지시한 후에 스승님이 직접 돌아가면서 한사람씩 심법의 정도를 점검 해본다.

스승이 직접 하시니 부작용은 염려하지 않아도 된다. 쭉 161명을 점검해보니 대주천이 가능한 인원과 아직 불가능한 인원이 구분이 된다. 불가능 인원을 별도로 추려서 다른 곳에 모아놓고 보니 56명이나 된다. 너무 많다. 같은 기간 동안 같은 여건에서 출발 했는데 이렇게 많다. 그렇다면 다른 반에도 이정도 숫자가 있다는 뜻이다. 2반까지 합하면 100명은 된다는 것이다. 하긴 각 개인의 능력 차이는 갈수록 벌어지기 마련이다. 이외의 아이가 벌써 개인 지도도 없었는데 대주천을 하고 있는 아이가 있다. 바로 시녀 미미다. 그런데 여우는 아직 하위 그룹에 머물러 있다. 차등 교육이 필요한 시점인 것이다. 그동안 위드는 외곽지역 순찰을 도맡아 하고 있다. 경공 수련에 몰두하고 있는 것이다. 경공에 특별히 집중하는 것은 사부님의 영향이 크다. 등에 업혀서 나르는 듯이 달리던 것이 위드에겐 꿈같은 일로 남아있다. 그 속력이 얼마나 빨랐던지 지금 생각해도 소름이 돋는다. 그래서 경공을 더더욱 갈고 닦아서 사부님의 발치에라도 따라 가고픈 욕심이 생긴 것이다. 사부님의 반의 반 만큼이라도 속도를 낼 수 있다면 여한이 없을 것이다. 그러나 자꾸만 마나의 고갈로 인해서 안타까울 뿐이다. 마나가 바닥을 치면 다시 반좌를 하고 앉아서 천조심법을 해서 채우고 다시 달리고를 반복 한다. 나날이 점점 마나의 양이 불어나는 것은 본인 스스로도 느낄 수 있을 만큼 발전을 거듭하고 있는 것이다. 그리고 단체 생활에서 열외는 없는 법이다. 틈틈이 식사준비를 하는데 도와주고, 다시 순찰을 도는 겸 해서 경공을 수련하고, 그렇게 바쁜 나날을 보내고 있다. 말수도 적고 애교도 모르는 위드의 성격으로 그래도 모두의 인정을 받는 것은 스스로 알아서 이일 저 일을 정성을 다해서 도와주기 때문이다. 수제자에다 선배이기도 하고 또 경지의 차이가 많이 나기 때문에 나이가 어려도 선배로서의 대우를 잘 받고 있는 것이다. 고아로 자라서 부모님 사랑도 모르고 천덕꾸러기로 자란 위드는 지금처럼 누구에게 칭찬을 듣고 또 다른 사람들을 가르치는 입장이 되리라곤 꿈에도 생각지 못했던 일이다. 지금의 위드가 되게 해준 사람이 사부님이라는 것을 뼈에 새기고 있는 위드는 사부님의 명령이라면 당장 죽어라고 해도 죽을 수 있을 만큼 사부님을 신뢰하고 있는 것이다. 그 정도로 정도 들었고 또 사부님이 부모님께도 못 받은 사랑을 주시니까 항상 감사하는 마음에서도 더욱 열심히 수련 하는 것이다. 정말 죽기 살기로 수련을 하는 것이다. 요즈음 위드는 키도 훌쩍 커지고 턱에도 까칠한 수염이 돋아나 있다. 소년에서 청년으로 성장해 가고 있는 것이다.

새벽에 일어나 밖으로 나오니 벌써 요소요소에 2~3명씩 모여 검법 수련에 몰두하고 있다. 또 다른 곳에는 호법을 서고 심법 수련에 집중 하는 모습도 보인다. 기특한 모습들이다. 위드를 제자로 들인지도 1년이 훌쩍 지났다. 녀석도 어딘가에서 열심히 수련에 임하고 있을 것이다. 외곽지역을 한 바퀴 돌고 난 후에 카라쿨 강가로 이동을 한다. 궁금한 것이 이 강의 색이 매우 검다는 것이다. 수심이 깊어서 그럴까? 마치 먹물 같다. 확인해 보고 싶어서 강으로 내려온 것이다. 오랜만에 목욕도 할 겸해서 풍덩 뛰어 들었다. 물속에서 위를 쳐다보니 투명하잖아. 검은 것은 바닥일 것이다. 한참을 내려가도 발이 바닥에 닿지 않는다. 강이 이렇게 깊은가? 팔을 휘돌려서 떠오르는데 피부가 따가울 정도로 물이 차갑다. 만년설이 녹아서 흐르는 것인데 오죽하랴? 그런데 물결이 세차게 일렁이면서 다가오는 물체가 있다. 배경이 검은

색이라서 구분이 잘 안 되는 상태이지만 기감에 느껴지는 것을 보니 상당히 큰 물고기 인 모양이다. 마주보는 자세가 된 상태에서 살펴보니 메기같이 생긴 놈인데 입을 쫙 벌리면서 한 입에 꿀꺽할 속셈인지 손살 같이 달려든다. 어이쿠 뭐 이런 놈이 다 있냐? 승용차 한 대는 한입에 삼킬 정도의 몸과 입이다. 몸을 뒤쪽으로 10미터 정도를 이동시키자. 두 개의 팔뚝만큼이나 굵은 수염이 회초리처럼 뻗어 와서는 다리를 감는다. 촉수가 워낙 굵고 튼튼한 것이 빠르기도 해서 다리를 감기고 말았다. 촉수의 길이가 5미터는 족히 되고 몸체가 8M는 되는 메기인데 벌어진 입 속의 이빨이 상어의 이빨처럼 날카롭다. 물리면 몸이 두 동강 날 판이다. 광선검을 잡으려는데 "빠-지-지지-직!!" "으악!" 강력한 전류가 촉수를 통해서 몸을 강타한다. 순간 정신을 잃을 뻔 했다. "점프"로 강가로 튕겨져 나왔는데도 온몸이 찌릿찌릿하다. 팔과 다리가 마비가 되어서 서있기도 어려운 상태이다. 휴 진짜로 죽을 뻔했다. 반 죽다가 살아난 것이다. 천인 사령관이 메기 밥될 뻔 했다. 의식이 가물거리는 순간에 점프를 하지 않았다면 그대로 메기 뱃속으로 들어갔으리라. 정신을 차리고 아직도 찌릿 찌릿한 팔과 다리를 움직여 몸을 푸는데 가만히 보니 다리에 촉수가 아직도 감겨 있다. 햐 이놈 봐라! 촉수를 양손으로 잡아서 공력을 사용해서 밖으로 잡아끌자 어마어마한 덩치의 메기가 끌려 나온다. 강가의 자갈밭에다가 끌어 올려놓고 광선검으로 배를 가르자 '끼룩끼룩' 괴상한 소리를 내면서 움직임이 잦아진다. 배를 가르고 내장을 꺼내어서 죽 정리를 하고는 경량화 마법을 걸고서도 진지로 가져가기엔 역부족이다. 어쩔 수 없이 토막을 치는 수밖에 두 토막을 내어서 한 개를 짊어지고 돌아오니 다들 좋아

한다. 오랜만에 해물탕을 먹게 된 것이다. 남은 반을 30명이나 가서야 다 가져올 정도이니 크기가 얼마나 큰지 짐작이 되리라. 젠장! 젠장! 저놈 잡으려다 죽을 뻔 했던 것을 누구에게 얘기하랴? 강엔 다시는 가지 않으리라. 전기를 일으키는 물고기라니 하긴 지구에도 전기 장어는 있다. 순간적인 전기쇼크로 심장마비라도 온다면 꼼짝 못하고 고기 밥 신세가 되었으리라. 반응 속도가 조금만 늦었어도 히-유! 생각 만해도 머리칼이 일어서는 기분이다. 자만심에 의한 순간의 방심이 곧 죽음으로 직결되는 것임을 자각하고 진정한 무인이 되려면 아직 멀었다는 자책감이 커다랗게 다가온다.

"와 스승님께서 물고기를 잡아 오셨다."

"휴 엄청나게 미끈거리는구나. 이것으로 어죽이나 끓여서 아침 먹자. 끙!"

크기는 크다. 24톤 트럭에 가득 할 것 같다.

"스승님 강가에 가셨던 겁니까?"

"응 단장 마침 잘 왔군. 모든 제자들에게 명령한다. 절대로 강에는 가지 말 것! 강에서 최소한 20미터는 접근 불가다 알았지?"

"네 넵 당장 알리 잉? 강가에 가면 절대로 안 되는 것은 다들 알고 있는데요? 그래서 식수도 항상 산속에서 구하잖아요. 이곳 카라쿨 강은 특히 위험해서 억지로 가라고 명령해도 갈 사람이 없습니다."

"응 뭐 그래? 그런데 왜 나만 몰랐지?"

"그야 스승님께서 한 번도 물어보지 않으셨으니, 당연히 알고 계신 것으로 알았죠."

"뭐? 이런! 크-하하하하 핫! 아이고 배야."

스승의 대형 전기메기 포획 사건은 이렇게 끝이 났다. 메기로 끓인 어죽은 정말 맛이 죽이는 정도였다. 지구의 그 어떤 매운탕도 이 맛을 따라가진 못할 것이다. 322명이 배불리 먹고도 남았다. 특히 한참 자라는 위드는 무려 다섯 통이나 먹고도 입맛을 다시는 정도였으니, 스승은 죽을 뻔 했던 사실도 잊은 듯이 흐뭇한 미소가 입가에 피어난다.

"위드야 이리 오너라."

모처럼 평화로운 시간에 위드의 마나가 어느 정도인지 그리고 마나를 다루는 경지는 어느 정도인지 알아보기로 했다. 그런데 녀석이 어디에 있는지 대답이 없다. 호! 녀석이 어디로 간 것일까? 조금 전에 검법 수련하는 것을 본 것 같은데?

[위드야! 어디에 있느냐? 내게로 빨리 오너라.] 그때 위드는 진지 외곽을 순찰 겸 경공연습에 한창 열을 올리고 있다가 갑자기 머릿속에서 사부님의 목소리가 천둥소리처럼 울리자, 깜짝 놀라서는 '네 사부님 금방 갈게요.' 대답을 하고보니 위드는 진지에서 2키로 이상 떨어진 곳에 있는 것이다. 역시 사부님은 또 이상한 수법을 쓰신 모양이다. 그동안 경공실력이 많이 발전을 해서 이제는 마음껏 달릴 수 있는 수준이다. 이전에 비해서 5배는 족히 빨라졌지만 오래 달리지는 못한다. 마나보충 없이는 말이다. 그래도 넓어진 마나로드와 오로지 반복 숙달로 엄청난 발전을 한 것이다.

"헉헉 사부님 저 왔습니다."

"오냐 경공 연습을 한 것이더냐?"

"넵 그런데 사부님 제가 꽤 멀리 있었는데 갑자기 머릿속이 울리는 그것은 어떻게 하신건가요?"

"녀석아 그건 '심어'(心語)라는 것이다. 아직은 너는 몰라도 된다. 그런데 너 아직은 마나가 딸려서 경공을 펼치기는 좀 부족할 텐데 용케도 단번에 달려오긴 하네, 허허허 앉아 봐라 어디 마나가 얼마나 집적 되었는지 좀 보자."

"사부님 빨리 달리는 것을 '경꽁'이라고 하는 것인가요?"

"허허 그래 경공이라고 부르지, 몸을 가볍게 하는 것은 '경신'이라 하고, 검법을 펼칠 때에 발을 움직이는 법은 '보법'이라 한단다. 경공, 경신, 보법 이것을 잘 익혀서 몸이 저절로 반응하도록 해야 고수가 되는 것이다."

"네 경-공, 경-신, 보-법 잘 알겠습니다."

"마나를 어디로 보내야 몸이 가벼워지고 달릴 때에 추진력이 생기면서 속도가 붙는지는 이제 다 알겠지?"

"넵 그래도 아직 자연스럽지가 않아서 요즈음 계속 연습하고 있습니다."

"그래 몸이 스스로 반응을 할 때까지 자꾸 반복 숙달을 해야지."

"넵."

무릎을 꿇고 앉은 위드의 팔을 잡고서 마나를 흘려 넣어서 온 몸구석구석을 체크해본다. 모든 혈과 세맥들까지 막힌 곳은 없다. 그런데 워낙 마나양이 적다보니 마나 로드가 많이 가늘어져 있다. 마나가 많아지면 자연히 길도 넓어지리라.

"부지런히 천조심법을 수련하여 마나를 많이 집적시켜라. 너는 다른 사람과 달리 온전한 몸을 내가 만들어 줬으니, 네가 부지런히 마나를 모으기만 해도 2~3년 사이에 절정이 된단다. 항상 심법을 수련 할 때에는 혼자서 하지 말고 호법을 세우고 완전히 집중을 해서 하도록 해라. 그래야 마나가 쑥쑥 많이 들어온단다."

"네 사부님 꼭 그렇게 하겠습니다."

"오냐 이제 키도 많이 커졌고, 몸도 골격이 제대로 잡혔구나. 배가 고프다 싶으면 때를 기다리지 말고 언제든지 밥을 먹도록 하고, 그래야 튼튼한 몸이 된단다."

녀석의 머리를 쓰다듬어 주자 눈물을 글썽인다. 어릴 때에 부모에게 버림을 받았는지 아니면 부모들이 죽었는지 무슨 사연인지는 모르나 고아로 자라면서 제대로 먹지를 못했을 것을 생각해서 사부가 일일이 챙기는 것이다. 엄마의 얼굴이나 기억하려나? 아무 말도 없는 것을 보면 무슨 기억하기 싫은 과거가 있을 테지 하고 사부가 직접 벌모세수를 시켰으니 몸만 제대로 만들어지면 한 세대를 아우를 대단한 고수가 되는 것은 시간이 해결할 것이다.

"사부님 감사합니다. 저 더욱 열심히 수련하겠습니다."

"오냐 그래 이젠 혼자서도 잘하고 있으니 나도 좋구나. 의문이 생기면 그때그때 질문을 하고 위험한 일은 동료들과 의논도 하고, 다른 사람들과도 잘 어울려야 하느니라. 훌륭한 일을 하려면 사람들과 잘 어울리는 법도 필요하거든."

"넵 잘 알겠습니다."

"그래 이제 가봐 너 요즘 마나도 많이 집적 되었네, 그렇게 하면 얼마 안가서 고수 되겠구나 장하다 녀석!"

녀석이 고개를 꾸뻑이고는 경공 연습을 하려는지 진지 외곽으로 나간다. 부모님과 같다는 사부님! 부모님을 모르니 사부님 말씀 잘 듣고 그대로 잘 따르면 되리라 생각하는 위드는 곧 경공 삼매에 빠져든다. 하루에 10명씩 마나로드를 넓혀주고 운공 순서를 알려주는 작업이 계속된다. 스승이 직접 협착혈에 손을 대고 이끌어 주시니 확실하게 그것을 숙지하게 되는 것이다. 여우도 직접 가르쳐 주니 금방 숙지하고는 4주천을 하고 난 다음 온몸을 부들부들 떨면서 그 잔여 쾌감에 잠겨 있다. 이런 느낌 일 줄은 몰랐던 것이다. 아래가 축축하게 다 젖어 버려서 한편으로는 부끄러운 맘도 있지만 난생 처음으로 경험하는 알 수 없는 쾌감에 시간을 잊어버리고 무아의 지경에 빠져 드는 것이다. 완전 다른 세계에 온 것 같은 이 느낌을 좀 더 지속시키기 위해서 몰입해 들어간다.

하루는 단장과 부단장 그리고 용병 대장을 불러서 몸 상태를 점검 해본다. 세 사람 모두 그동안 단전이란 것을 몰랐으니 온몸의 구석구석에 흩어져 산재된 마나를 이제는 비로소 조금씩 단전으로 집적을 해가는 과정이다. 마나 로드 역시 오른팔로만 길이 뚫려있고 다른 곳은 전혀 없다. 이런 불균형 상태에서 마나를 어떻게 사용 했을지 이해하기가 난해하다. 한 사람씩 단전을 확실하게 잡아주고 마나로드를 균형 있게 뚫어준다. 엄청난 고통이 있을 텐데도 땀을 뻘뻘 흘리면서도 표정엔 변화가 없다. 심법에 목숨을 걸다시피 한 것이다. 그 오랜 세월 동안 얼마나 고심을 했을까?

"내가 열어준 길을 잃지 말고 잘 기억하고 운기순서는 지금부터 한사람씩 시행 할 테니 도중에 입을 열거나 비명을 지르면 죽을 수도 있으니 참기 바란다. 그럼 단장부터 시작하자."

"넵 스승님!"

그렇게 세 사람의 이미 굳어버린 혈을 뚫느라 하루가 다 지나가 버렸다. 엄청난 고통이 있었을 텐데도 모두 잘 참아서 그나마 그 시간에 끝난 것이다. 호법을 세우고 밖으로 나오니 해가 서산 넘어 떨어지고 있는 중이다. 세 명은 이제 완전히 운공 삼매에 빠져있다. 언제 깨어날지 아마도 상당한 시간이 흘러야 깨어날 것이다. 울프펙은 시행 도중에 기절을 했었지만 스승님의'심어'에 정신을 차리고 지금은 안정을 해서 운공 삼매에 빠져 있는 것이다. 꿈속에서도 갈망했던 소드 마스터를 향한 집념이 이제는 현실적으로 가능성이 더욱 높아진 것이다. 젊은 제자 10명의 마나 로드를 닦아주는 것 보다 더 힘이든 작업이었다. 일단 성공 했으니 보람은 있다. 상단의 모든 인원들이 천조심법과 천무검법을 한번 씩 체험을 하고 난 후부터는 어느 누구나 수련 하라마라 할 것도 없이 조별로 자기들끼리 모여서 열심히 수련한다. 돌아가면서 대련도 해가면서 나날이 발전을 하는 가운데 볼베키 국경에 도착했다. 이제야 말로 진짜 수련의 맛을 보았는데 왕국에 들어서면 지금보다 훨씬 바쁜 일들이 기다리고 있으니 평원에서의 나날이 그리워지게 생겼다. 나날이 달라지고 있는 자신들의 몸을 느끼고 있으며 심지어 단장 부단장 용병대장은 갑자기 증폭된 마나의 힘을 주체를 못할 정도까지 느끼고 있으니 하늘같은 은혜를 입은 것이다. 앞으로 목숨을 바쳐서라도 그 은혜에 보답하고 그리고 켈리포 상단을 벗어나는 일이 있더라도 스승님의 부르심이 있다면 기필코 달려갈 맹세를 마음속으로 하는 것이다. 그래서 친 혈육보다 더한 동질감으로 스스로도 모르는 사이에 뭉쳐져 있는 것이다. 그리고 천무검법 128수는 익히면 익힐수록 자연스러워지고 자세나 동작이 제자들 간에 조금씩 다르더라도 나름 굳건해지고 단단해 지는 것이다. 공격과 수비의 모든 방위에 대한 검의 길이 총망라된 천무검법은 몸에 128수 전체를 완전히 익히면 응용 동작들이 자연스럽게 연결되는 그런 특징이 있는 것이다. 그러니까 완벽하게 숙달이 되면 순서가 불필요해지고 어떤 동작들 간에도 연계동작이 이어질 수 있다는 것이다. 그 정도로 숙달을 하려면 최소 1년 이상은 되어야 제대로 숙달이 되었다 할 수 있는 것이다. 위드의 경우는 지금 자연스럽게 순서 없이도 모든 동작을 연계 할 수 있는 단계에 와있다. 사부님이 강조하신 몸이 저절로 반응토록 익힌 결과인 것이다. 검은 생각을 해서 동작을 하면 늦다. 몸이 스스로 반응을 해야지만 제대로 된 속도가 나오는 것이다. 일반적인 이 대륙의 검술은 내려 베기, 횡 베기, 돌려 베기, 좌상 막고 우 베기, 우상 막고 좌 베기, 찌르기, 아래 막고 튕겨 베기 등 이러한 동작들뿐인데 천무 검법은 128수라는 기상천외 한 동작들이 숙달이 된 상태에서는 자연스럽게 튀어나오는 그런 검법인 것이다. 반복을 하면 할수록 자연적인 기의 도인도 이루어지지만 변화무상한 수 들을 연계되어 펼칠 수 있는 오묘한 검법인 것이다. 춤사위처럼 부드럽고 매끄럽게 순서를 뒤죽박죽으로 무시해도 되는 경지가 되면 그것이 10성의 경지에 오른 증거인 셈이다. 심법과 검법. 그리고 수제자 위드가 익히고 있는 경공이란 것도 배울 수 있으니 얼마나 행운인가! 현재 위드는 날아다니는 '검귀'로 불리고 있다. 2기 제자들이 붙인 별명인 것이다.

　진지 외곽을 삽시간에 돌고 도는 것을 여러 번 목격한 것이다. 수십 킬로는 되는 거리인데 아침부터 저녁까지 줄기차게 달리는 '사형'을 보면 저것이 얼마나 중요한 것인지를 느끼는 것이다.

　국경의 경비초소는 여우의 미소 한방에 프리패스다. 눈도장 한

방으로 이 많은 인원을 통과시키다니 여하튼 서로 분쟁이 있을 수 없는 광활한 평원과 지옥 같은 산맥이 가로막고 있는 이상 서로 침략할 이유도 발생 할 수 있는 어떤 행위도 없는 것이다. 그 버려진 땅만 해도 어마어마한데 남의 땅을 탐을 낼 이유가 없잖은가? 그러니 국경 초소가 흐물흐물 한 것이 정상이다. 이제부터는 수도 아트랄을 향해서 나아가는 모두의 발걸음이 가볍다. 제법 잘 닦여진 도로는 사람들의 왕래도 많고 현재까지의 상황과는 판이하게 다르다. 좋은 여행길이다. 자연히 이동 속도도 빨라진다.

그러나 이동시간보다 수련 시간을 더 많이 가지고 싶은 생각은 모두가 같은 모양이다. 얼마든지 더 이동할 수 있는데도 산골 마을 부근에 자리를 잡는다. 그러자 얼마 지나지 않아 촌장이 나타난다. 어디서 왔으며 어디가 목적지인지를 확인하고는 간다. 잠시 후에 여우와 단장이 마을을 다녀오더니, 부족한 식량이 해결되었나 보다. 경계병 인원수도 대폭 줄이고 순찰도 1개조만 운용하면서 나머지는 자유 수련을 마음껏 할 수 있도록 한다. 저녁 식사가 끝나기 바쁘게 모두들 수련에 들어간다.

한편 심심해진 무라카는 동네 한 바퀴를 돌면서 촌장님 집을 찾아 가서는 왕국의 정보도 알아보고 세금이 어느 정도인지 고생되는 일은 없는지 생필품 물가는 어떤지 등을 알아본다. 볼베키 왕국 또한 영지에 따라 차이는 있겠지만 이 지역은 55%나 세금으로 거두어 간단다. 뼈 빠지게 농사를 지어서 2/3나 빼앗기다니 이런 개 같은 경우가 어디에 있는가? 영지전이라도 일어나면 그나마 농민들은 나이를 불문코 모조리 전쟁터로 나가야 하며, 패하기라도 하면 노예로 끌려가서 짐승 같은 삶을 살아야 하므로 죽기 살기로 싸워서 반드시 이겨야 한단다. 야산 기슭에 자리 잡은 진지로 돌아오는 길이 마을로 갈 때와는 다르게 기분이 착 가라앉아서 영 찜찜한 것이 무엇을 잃어버린 것 같은 기분이다.

사람의 욕심은 끝이 없다. 가져본 놈들이 더욱 더 많이 가지려고 사생결단을 하는 것이다. 자연은 그저 그대로인데 사람들이 문제 인 것이다. 지구도 언젠가는 인간들 때문에 자원이 고갈되어서 비참한 최후를 맞게 될 것이다. 꼭 전쟁이 세상을 파괴하는 것이 아니다. 인간들의 욕심이 세상을 파괴 하는 것이다. 기득권들은 권력을 유지하려고 신을 만들어 놓고 기록물들을 조작 또는 여기저기를 필요한 것들만 엮어서는 어리석은 백성(보통사람)들을 속이는 일들이 지구뿐만이 아닌 이곳에서도 일어나고 있는 것이다.

선민들은 착하고 결백하게 살 것을 강조하면서 자신들은 온갖 추악한 짓을 일삼는 사기꾼 자식들 정말 신적인 존재가 있었다면 그 자식들부터 사단이 났으리라. 이곳 바나 행성도 다를 것이 하나도 없다. 이 좋은 자연 환경도 수천 년 후에는 장담 못한다. 변질된 사람들이 생겨나고 곳곳마다 신화다 뭐다 하는 전설들이 넘쳐나리라. 강하고 덩치가 큰 몬스터들이 신화와 전설의 대상이 되겠지. 그리고 그것들을 믿으면 힘이 강해지고, 덩치도 크게 된다고 사기 칠지도 모른다. 또한 그런 것들을 잡았던 선조들을 신격화시켜서 그 후손들은 기득권층이 되어 있으리라. 아니면 거짓 신화라도 만들어서 기득권층에 끼어들기라도 하려고 노력하리라. 그기에 종교적인 환경이 조성되고 하면 신의 아들이 등장하고, 어리석은 자들은 노력해서 얻은 것들을 가져다 바치게 될 것이고 그것으로 복을 구하는 짓거리를 하리라. 있지도 않은 거짓존재들 때문에 전쟁이라도 일어나지 않는다면 수많은 젊은이들의 헛된 피는 흘리지 않으리라.

볼베키 왕국

　수도 아트랄에 도착 한 것은 그로부터 6일후 태양이 서산에 넘어 갈 때 쯤 이었다. 켈리포 상단의 볼베키 지점은 아트랄 시의 가장 번화한 곳에 위치하고 있었다. 드와르 왕국의 지점보다 훨씬 크고 넓은 터전위에 지어진 건물은 건축양식 또한 드와르 왕국의 지점보다 화려함이 돋보이는 건물이다. 목조건물로 지어진 단층 건물들이 10여 채가 죽 연결되어 있는 넓은 대지는 상당히 고풍스러우면서도 우아하여 장인의 손길이 빛나는 고궁 같은 건물이다. 마치 지구의 오래된 사찰 같은 느낌이다. 각기 높고 낮은 지면에 연결되어 지어진 아름다운 건물인 것이다. ㅁ자 모양의 건물 안쪽은 아름다운 꽃들과 싱그러운 나무들이 잘 어울리게 배치되어 자라고 있고, 정 중앙에는 인공적으로 조성한 연못이 바닥이 들여다보이게 흰 자갈을 깔아서 그 안에서 살아 움직이는 물고기들이 환하게 보이게 만들었다. 다양한 종류의 물고기와 조개들이 보이고 견갑류 들도 보인다. 정말 유명한 사찰에 온 것 같은 착각이 일어날 정도이다.

　"사부님 무슨 생각을 하시기에 제가와도 모르시나요? 여우 누나가 사부님 모시고 오래요."

　"응 그래 위드야 가보자 어느 건물이야? 앞장서라."

"네 누나가 맛있는 차 준비 해놓고 기다린답니다. 그런데 사부님 차라는 것이 무엇인가요? 먹는 것인지는 알겠는데-헤헤헤."

"아니 그동안 그 여우네 집에서 자랐다면서 우리 위드에게 차도 한잔 않줬나? 요런 여우를 껍질을 확 벗겨 버릴까보다. 아 차란 것은 맛있게 만든 물이다. 끓인 물에다가 맛 나는 나무 잎이나 풀잎을 넣어서 맛이 좋게 섞은 것이야. 너도 한잔 해보게 가자."

"아 그런 것을 차라고 하는 거구나. 어렸을 때 남은 것을 마셔 본적이 있어요."

"아서라 위드야 남이 먹다 남긴 차 따위는 앞으로 절대 마시지 마라 알았지? 이 위대한 사부의 대 제자가 당당히 새롭게 새 잔에 따라 주는 차를 마셔야지 암 그래야 하느니라."

"아 넵 물론입니다. 이제 저도 한 살 더 먹었고요. 2년만 있으면 청년이 되는데 거기에다가 대 사부님의 1대 제자인데 제 사제들 이 322명이나 되는데, 저도 몸조심 행동조심 해야 한다는 것 알아요. 사부님! 헤헤헤"

"그럼 그렇지 하하하 역시 수제자답구나. 암 그래야지."

단층 목조 건물이지만 실내에 들어서니 목재의 향도 기분이 좋게 하고 정신이 맑아지게 하지만 여우와 시녀 미미가 몸에 무슨 향수를 뿌렸는지 상쾌한 냄새가 은은히 코 속으로 들어온다. 그리고 요소요소에 놓여진 가구들이 심상치 않다. 고급목재를 사용해서 더 맑고 깨끗한 분위기를 자아낸다. 단아한 분위기의 원탁에도 김이 모락모락 피어오르는 찻잔이 놓여 있다.

"스승님 저희 상단에서 즐겨 마시는 코코차입니다. 고소하고 코코열매 향이 꽤 좋습니다. 그리고 지점장 스승님께 인사드리세요."

"아트랄 지점의 스탄 입니다, 잘 부탁드립니다."

"아 반갑소. 무라카요. 어 여우야 너 사형한테는 차 안 주니? 저렇게 세워둘래? 수련시간에 혼 날려고?"

"어머 참 사형 앉으세요. 미미야!"

"네네 지금 차 나가요."

그렇게 위계질서를 딱 부러지게 잡아둬야 앞으로 서로가 편해지는 거다. 녀석 어엿한 청년이 되어 가는 중인가?

"먼 길 오시느라 고생이 많으신 것으로 아는데 저희 지부에서 편히 쉬시길 바랍니다."

"고맙소. 그래도 상단의 지점에 오니 마음이 편해지는 군요. 안젤리나양 오늘은 모두 목욕도 하고 음식도 충분히 먹고 푹 쉬도록 전달하고 수련은 적당한 장소가 있으면 내일부터 하도록 전해라."

"넵 스승님 저희들이 알아서 하겠습니다. 그리고 건물 지하에 충분한 공간의 연무장이 있으니 수련 장소는 걱정 않으셔도 됩니다. 호호호"

"오! 지하 연부장도 있고, 건물들이 예사롭지가 않네, 마치 예술품을 보는 느낌이야. 상당한 실력의 장인들이 만든 것 같구나."

"네 스승님 볼베키 왕국에서 오래전부터 관리 되어온 역사적인 건물이랍니다. 상당히 낡았던 것을 상단이 매입해서 전부 복원한 것입니다. 꽤 아름답죠?"

"응 그랬었군. 얼마나 오래된 것인가?"

"네 자세히는 모르지만 천년 쯤 된 것으로 알고 있어요."

"천년이라 정말 복원을 잘했구나. 관리도 잘되어 왔고, 왕궁에서 꽤나 신경을 써서 관리를 했다는 것을 알 수 있겠군. 도대체 어떤 용도로 지어진 건물일까? 그것이 좀 궁금하구나."

"그것은 저도 잘 모르겠어요. 왕국에서도 별로 알려주기 싫어하는 것 같은 눈치였어요."

"아 무슨 사연이 있었구만. 그래. 허허허"

"스승님 곧 식사준비가 될 텐데 식당으로 가시죠."

"그러지 위드야 너 좋아하는 밥 이란다. 먹으러 가자."

"넵 사부님 고기도 많이 먹겠습니다."

"하하하 그래그래 많이 먹고 빨리 잘생긴 청년이 되어야지. 그래야 이사부가 자랑도 하고 하지. 현명하고, 검법도 고수에다가 얼굴도 미남에 키도 커봐! 얼마나 멋지겠어? 왕국의 아가씨들이 우리 위드 보려고 줄을 설 거야. 암!"

"누나 고기도 있지요?"

식당은 건물 한 채를 통으로 개조해서 사용하고 있다. 넓고 깨끗하고, 식당 종사자들도 꽤 많다. 이것은 완전히 지구의 고급 레스토랑에 온 기분이다. 분위기도 밝고 아늑하게 꾸며져 있다.

이곳 상단의 지점 직원들만이 사용하기엔 너무 고급스럽게 꾸며져 있다. 지점이 이정도면 현대 지구의 삼성 그룹 정도의 대규모 상단인 듯 해 보인다. 본점에 가보면 알겠지만 말이다.

그러니 호위병들 수십 명 아니 수백 명이 죽어도 위로금으로 무마가 되는 모양이다. 몇 년 전에 전멸 했다니까. 300명 정도가 모두 죽었다는 것일 테니 아무리 이세계가 몬스터들이 많지만 그 가족들이 가만히 있을 리가 있겠는가? 돈지랄로 다 무마가 된 것일 테지.

"스승님 왜요? 갑자기 그런 눈으로 저를 보시는 거예요?"

"어! 아니야 갑자기 안젤리나가 이뻐 보여서 허허허."

"호호호 진짜요? 하긴 제가 예쁘긴 하지요. 아이 좋아라. 호호호."

아이고 여우야 그럼 여우같이 보인다고 하면 울겠네. 험험

"스승님 저 사실 예쁘다는 소릴 많이 듣거든요. 앞으로 많이많이 예쁘게 봐 주세용! 헤헤헤"

"오냐오냐 그러지 그 대신 우리 위드 잘 챙겨주라고 알았지?"

"네 물론이죠. 이젠 제게 하나뿐인 사형인걸요."

"암 그렇지 그렇고말고. 하하하하."

"호호호호-홋!"

그동안 고생한 보람이 있다. 이제 사람 사는 세상까지 왔으니 앞으로는 좀 편해지겠지. 마젤란 제국은 왕국보다 좀 더 발전된 사회이겠지. 제국에 도착하면 문화생활이 어느 정도는 지구와 닮아 있겠지. 식사 후에 도착한 숙소는 역시 도시의 모텔 수준은 된다. 단지 수도시설이 없다는 것이 여간 불편한 것이 아니다. 물을 길어다가 목간통에 채워서 목욕하는 방식이라 수도 시설 쪽으로 지구처럼 발전시킨다면 아마 획기적인 사업이 되리라. 많은 돈을 벌수 있을 것이고 수많은 사람들이 사는 도시에 펌프라도 공급을 한다면 문화 혁명이 일어나리라. 아니면 말이나 소를 이용해서 물을 뽑아 올린다면 거대한 발명품이 될 것은 뻔 한일이다.

그렇게 뽑아 올린 물을 지상 높은 곳에 설치한 물탱크에 모아놓고 파이프를 통해서 틀면 쏴 하고 물이 쏟아진다면 문화대 혁명적인 기사가 되리라. 언제가 과제를 달성하면 그쪽으로 신경을 쓸 날도 있으리라. 아니 남자가 목욕하는데 여자가 왜 들어오는 것인가? 노스트 산골 마을의 테리아가 생각나는군. 잘살고 있겠

지 이제 16살이 되었는가?

"저 목욕 시중들어 드리려고 왔는데 스승님 등도 밀어 드리고 몸도 씻겨 드릴께요."

"응 나 혼자도 잘 할 수 있는데, 아가씨 있으면 오히려 불편해."

"상단 지점에 근무하는 직원인데 소가주님의 명령으로 들어 왔으니 쫓아내지는 마세요. 그러면 저 혼나요."

그것참! 이놈의 세상은 이렇게 늙은 노인 목욕 시중하려고 저렇게 탱탱한 그리고 이쁜 아가씨를 밀어 넣으면 어쩌란 것인가? 그리고 직장인데 상관이 시키면 이딴 짓도 한다는 것이 당최 이해가 되지를 않는다. 고 여우가 보낸 것일 테지 차라리 지가 들어오던지 그러면 마음이라도 편해 질 텐데 생판 처음 보는 아가씨를 들여보내다니 이런 일이 이곳에서는 보편화된 것일까? 몸매가 완전히 성숙해서 탱실탱실 하다. 보아하니 천민은 아닌 것 같고 귀족의 딸 같은 느낌인데, 목욕시중을 시킨다? 노예인가?

"응 그래 고맙다 이제 그만 가봐."

"네 스승님."

주춤 주춤 망설이면서 물러나긴 하는데 또 뭔가 시킨 일이 있는듯하다. 몸을 바치라고 한 것인가? 괘씸한 여우 같으니라고. 나가는 뒷모습만 보고 있는데도 아랫도리가 빳빳해져 있는데 이놈의 껍데기는 다 말을 잘 듣지만 딱 하나는 지 멋 대로이다. 이것들이 그렇게 교육을 시켰지만 헛짓을 한 것 같아서 서운해진다.

자괴감이 든다. 사람은 평등하다. 니미럴 한쪽 귀는 듣고 다른 쪽으로는 흘려버리다니, 계집들이 스승님 알기를 아주 우습게 안다 이것이지? 여우 요것을 불러다가 엉덩이에 불이 나도록 아니 종아리를 피가 나도록 두들겨야 정신을 차리려나? 이놈은 그런데 아직도 고개를 숙일 줄 모른다. 계집들보다 더 미운 이놈을 팍 뭉개 버려? 젠장! 아직 젊은 육체라서 그런가? 시각, 청각, 촉각, 미각, 후각 이딴 것은 벌써 초월 했을 텐데 그쪽으로 받아들인 정보가 뇌에 전달이 되어서 약 이천억 개의 뉴런이 상호 정보를 교환 또는 전달하여 신체로 명령을 하달한다. 그런데 젊은 암놈의 나체를 봤다고 이것이 지 멋대로 뻣뻣해져서는 종족 번식의 본능을 부채질한다 치자. 그런 정도는 자연경에 올랐으니 충분히 의지로 조절이 되어야 하는 것이 정답일 텐데, 마음속 깊은 내면에 있는 초자아 속에 남아 있는 본능의 찌꺼기를 털어 내지 못했다는 증거인 것이다. 물론 종족보존을 위해서 스승님이 과제를 주시긴 했지만 그것과 연관이 있는 것일까? 스승님의 말씀의 위력이 여자를 보는 순간 발휘되는 것일까? 분명히 나의 마음은 여자에 대해서는 이미 별 흥미를 느끼지 못하는데 말이다.

지금의 육체가 젊은 것은 사실이지만 그렇다고 나의 의지에 반하는 것은 절대 아니다. 잠을 잘 때도 또는 수련을 할 때도 너무나 완전체에 가까워서 약점이 거의 없다시피 하는 몸인데 딱 통제가 안 되는 문제하나 성에 대한 것은 통제가 불안하다. 앞으로 두고 볼일인 것이다. 도시에 오니 긴장이 풀려서 일까? 숙면을 취했다.

아주 깊이 잔 것이다. 무려 6시간 정도를 잤다. 여지껏 3시간 이상 자본적이 없는데 말이다. 산맥을 넘어 오면서도 두세 시간 밖에 잔적이 없다. 억지로 잔적은 더욱 없다. 어떨 때는 그냥 심법으로 때운 적도 있지만 이렇게 오랜 시간을 잔 것은 처음이다. 육체가 잘 길들여져 있어서 인 것인가? 원래의 주인이 그런 습관을 길들인 것일까? 지하 연무장으로 내려가니 빽빽이 들어차 수련을 하고 있는데 여분의 공간은 아예 없다. 제자들에게 방해되지 않도록 나와 버렸다. 그리고 시내를 돌아볼까 해서 밖으로 나오는데 왠 아가씨가 달려온다.

"무라카 스승님 맞으시죠?"

"그런데?"

"연무장으로 빨리 가보세요 지금 붙었어요."

"뭘 붙어? 사람이 붙었어?"

"아니 그게 아니라 위드하고 단장이 한판 붙었어요."

"오 그래 그거야 매일 붙는 건데, 그래야 빨리 자라는 거야."

"스승님 대련이 아니라 진짜 싸움이 붙었다니까요."

"응 뭐? 정말? 이놈들이 수제자 알기를 우습게 알아? 보나마나 단장이 깨지겠지. 다치면 곤란한데 그래 가보자."

연무장으로 내려가니 모두들 조별로 수련을 하고 있고 이미 모든 제자들이 다 제각각 수련에 열심이다. 연무장 한 가운데 위드를 위시해서 단장 부단장 대장 여우도 있다. 그런데 단장과 위드는 둘 다 말짱하게 얘기중이다.

"어이 아가씨 누구하고 누가 싸운다고?"

"엥 싸운 것이 아닌가요?"

"이런 대련도 모르는 것을 보니 상단 직원이 아닌 건가?"

"네 저 청소 담당이에요."

덤프단장이 있는 곳으로 다가가니 단장이 얼굴을 붉히면서 인사를 한다. 보아하니 위드에게 졌나보다. 하긴 해보나마나 위드의 속도를 따라 잡을 수가 없을 테니 결과는 뻔하다.

"위드야 대련을 한 것이냐?"

"넵 사부님 앞으로 수련을 대련 위주로 하라고 하셔서요."

"그래 대련해보니 어때? 실전 같은 대련을 한 게냐?"

얼굴이 벌겋게 달아오른 덤프가 먼저 대답을 한다.

"스승님 제가 일방적으로 당했습니다. 도저히 상대가 안 되는 군요. 분명히 저도 한 단계 발전을 한 것 같은데 사형의 옷깃도 못 스치네요."

"응 그래 그렇다고 실망하지는 마라. 위드는 경신 공부가 상당 하게 되어 있어서 그 스피드를 따라 잡을 수 없는 것이야. 그래 서 상대가 안 되는 것이지. 예를 들어서 몸을 가볍게 하고 속도 가 3배 이상 빠른데 같은 급의 검사라도 상대가 안 되지."

"경신이 뭔데요? 그것이 굉장히 중요한 것 같은데요."

"위드가 경신, 보법, 경공 공부하느라 매일 다리가 꼬여 넘어지 고 뒹굴고 하는 것 봤잖아? 그것이 하루아침에 되는 것이 아녀 요즘은 봐라. 위드는 쌩쌩 날지? 처음엔 넘어지고 깨지고 했지만 위드가 깡과 끈기가 보통이 아니니 그나마 견디고 성공한 것이 야. 허허" 쓰담-쓰담! (제자 머리 쓰다듬는 소리)

"사부님 아직은 아닙니다. 쌩쌩은 아니고 조금 빨라지긴 했는 데 헤헤헤."

"녀석아 조금 빨라진 것이 아니라. 3배는 빨라 진 것이야. 이 제 부터는 쉽지. 마나양만 많아지면 저절로 발전 할 거야. 열심 히 하거라 화살만큼 빨라 질 때까지."

"넵 사부님 죽어라 열심히 하겠습니다."

"자 봤지? 위드가 나이는 어리시만 끈기와 깡이 대단해서 팔다 리가 부러지도록 겁도 없이 수련한 결과야. 여기 세분은 실전 경 험은 발군이고 변칙과 응용능력도 대단하지만 이제까지 제대로 된 심법과 검법을 접하지 못해서 그런 것이야. 내가 가르치는 심법과 검법은 이 세상 어디에도 없는 거야. 최고의 것이지 그래서 그 이름이 천(天) 즉 하늘의 것이야. 천은 하늘을 뜻하는 하늘 문자이다. 천조심법, 천무검법, 다 하늘에서 온 것들이다. 함부로 세상에 알려지면 안 되는 것이기 때문에 누군가에 의해서 누출이 되면 내가 다시 돌려받는다고 한 것이야. 내가 없을 때는 위드가 나대신 거두어 들여야 한다. 내가 거두어들일 때에는 죽지는 않지만 위드가 거둘 때는 생명까지 거둔다. 명심들 하라고. 그래서 위드는 수제자 일뿐만 아니라. 막중한 임무를 띤 나의 대리인이다. 앞으로 사형을 잘 따르고 깍듯이 모셔야 할 것이다."

[위드야. 천조심법이나 천무검법은 하늘의 것이다. 무흔경공은 땅의 것이지만 말이다. 죽도록 노력하면 앞으로 3년 안에 너는 절정에 오를 것이다. 그 이후는 너의 능력에 달렸다. 내가 그때까지 너를 돌볼 수 있을지 모르겠구나. 그때부턴 네가 모든 제자들을 잘 보살펴야 한단다. 그것이 너의 책임이다. 알겠으면 고개를 끄떡여라.]

'끄떡끄떡' 무릎을 꿇고 엎드리면서 외친다.

"제자 목숨을 걸고 수행하겠습니다."

"안젤리나 양을 좀 불러주게"

늦은 오후에 무라카는 자신이 너무 주관적인 측면에서만 세상을 파악하려 한다는 사실을 깨달았다. 우선 스승의 유지를 받들어서 수행하고 난 후에 세상을 바꾸던지 아니면 조용히 살든지 그때 가서 결정할 일이고 우선은 스승님의 유지를 달성하는데 최우선 순위를 둬야 할 것 같다. 그러자면 정보가 있어야 한다. 특히 제국의 귀족들 정보는 반드시 알아야 할 중요한 것임을 자각하게 된 것이다. 제일 좋은 방법은 세상 속에 들어가서 정보가 있는 곳을 찾아 다녀야 어떤 방법이 생겨나게 될 것이란 점이다.

"스승님 절 찾으셨다고요?"

"그래 여우야! 마젤란 제국과 국경을 맞대고 있는 왕국이 몇 개인가?"

"네 잠깐만요. 그림으로 그려서 설명을 드릴께요. 아무래도 제국이나 왕국들도 밝히기 싫은 것들이 많겠죠. 저희 상단에도 압력이 들어온 것이 많아요. 특히 제국내부의 주요 시설들이나 귀족들의 가계구도 같은 것들은 외부로 유출되는 것을 꺼리거든요. 그래서 그런 사항은 누출시키면 반역과 같은 처벌을 받아요."

"역시 호락호락하지는 않을 것이란 것을 짐작했지만 상당히 지혜로운 자가 황제로 있는 모양이군. 음!"

"스승님 마젤란 제국의 황제는 신적인 존재로 취급받아요. 제국 내에선 그분의 모든 것이 비밀에 붙여져요."

'마젤란 소리어스 리오 쿠빌라이' 황제는 145세의 언제 죽을지 모르는 늙은이로 3명의 공작들이 제국의 모든 중요한 사안들을 처리하는 실권자들이고 그 중에서 왓슨 볼리아 공작이 가장 강력한 권력을 가지고 있는 상태이다. 황실 근위대는 물론이고 가장 전투력이 강한 3개 군단이 볼리아 공작의 직속 부하들인 것이다.

그리고 제국과 국경을 맞대고 있는 왕국의 수는 8개 왕국으로 제국의 속국인양 모든 대사들을 제국의 허락 하에서 움직일 수 있는데 특히 군사적인 결정은 반드시 제국의 제가가 있어야 훈련도 가능하고 이동도 가능해지는 것이다. 여우의 설명을 듣고 보니 마젤란제국의 군사력도 막강하지만 주변의 왕국들을 꼼짝 못하게 하는 방법이 지구의 헌병인 USA를 닮았다는 것을 깨달았다.

 그래서 제국을 흔들어 놓을 방법을 찾느라 여념이 없다. 제국의 위성국들 중에 유일하게 여왕이 다스리는 캔트왕국은 인구도 적고 그 위치가 바다와 연접해 있어서 다른 왕국들과는 판이하게 다른 것이 다혈질적인 국민성과 수틀리면 제국의 황제 명령도 무시해 버리는 왕국이라는 것이다. 해상전투 능력이 뛰어나서 제국도 함부로 할 수 없는 왕국인 것이다. 제국이 캔트왕국으로 접근 가능한 접근로가 해상뿐이라는 것이 또한 그들의 장점인 것이다.

 함정을 통한 해상전은 제국도 한 수 접는 정도인 것이다. 육지로 접근도 불가능하고 해상으로 접근 하려면 자신이 없고 하니 캔트 왕국은 독자노선을 고집할 능력이 충분히 된다고 봐야한다.

 동방대륙으로 가자면 포롤군도를 거쳐야 하는데 이 포롤군도를 좌지우지 하는 것이 해적들이다. 포롤군도는 2,000개의 섬으로 이루어져 있다는데 정확한 정보는 없다. 단지 군도의 해적단은 수천척의 해적선을 보유하고 있다는 정보만 소문이 나있을 뿐이다. 그러한 해적들을 꼼짝 못하게 하는 것이 캔트 왕국인 것이다.

 여우의 그림과 머나먼 동방대륙까지 이어지는 해상 무역도 그리고 각 왕국의 군사력 등을 종합해 볼 때 무라카는 홀로 깊은 상념에 빠진다. 제국에 들어가서 귀족들도 사귀고 그리고 조직도 만들면 충분히 과업을 달성 할 수 있을 것이다. 그러나 너무 오랜 시간이 소요되는 작전은 안 된다. 제국의 정치력이 엄청난 영향력을 주변국에 행사하고 있다. 바젤란 대륙 안에서는 유아독존의 위라고 봐야할 정도가 아닌가? 제국을 견제하려면 지구의 UN

같은 기구를 새로 만들어야 어찌해볼 수 있을 것 같은데 말이다.

"여우야! 고맙다. 주변 왕국의 정세까지도 밝은 것을 보니 내가 아주 똑똑한 제자를 얻은 것 같아 기쁘구나. 앞으로 많은 도움이 될 것 같구나."

"호호호 스승님의 칭찬도 다 듣고 오늘 안젤리나는 기쁩니다."

"그래 제국의 지도도 구할 수 있다면 좋겠구나. 주변 왕국들의 지도도 있으면 좋겠구나. 그리고 해상 왕국인 캔트 왕국에 대해서는 좀 더 자세히 알고 싶구나. 여왕 '두란 머티어스'라고? 제국의 왓슨 볼리아 다음으로 보고 싶은 여자군."

"네 스승님 알겠습니다. 스승님이 강력한 인상이 남는 여자라면 꼭 한번 만날 수 있는 기회를 만들어야지요. 아직 멀고먼 여정이 남아 있지만 그린왕국을 거쳐서 일단 제국에 입국하면 상단 본부가 있으니, 오랜 세월 동안 쌓아온 저희 상단의 거래내역이나 아버지의 활동 기록들을 보면 많은 도움이 될 거예요."

"응 그렇겠지 여우야 그 그림 내게 주고 가서 수련 열심히 하도록 앞으로 더 많은 왕국들과 거래를 하려면 검법을 익혀두는 것이 많은 도움이 될게야."

"넵 스승님! 상인으로서도 스승님의 제자로서도 제몫을 잘해내도록 노력 하겠습니다."

"그래그래 오냐 오늘따라 더 예뻐 보이는 구나!"

"어 맛! 좋아라 스승님 감사합니다."

엄청나게 넓은 바나행성의 면적 그리고 수많은 왕국들로 나뉘어 있는 국제정세. 부분적으로 왕국들의 갈등은 전쟁으로 확산되기도 하지만 그러나 막강한 군사력을 가진 마젤란제국이 있는 한 다들 눈치를 볼 수밖에 없고 이제 늙어서 죽을 때가 가까워진 황제는 권력이양의 기간 동안 권력누수 또는 권력의 공백기가 반드시 생겨날 것이다. 황제 위를 누가 물려받느냐에 따라서 확연히 달라질 제국의 구도는 불명확한 미래의 일로 보더라도 권력다툼은 피할 수 없는 제국의 혼란기라고 봐도 무방할 것이기 때문에 그 틈바구니를 잘 이용하면 제국이 분열할 수도 있다고 봐야 한다. 현재 두 명의 아들과 한명의 딸이 있는데 3파로 나뉘어져서 지금도 권력 암투가 있다하니 앞으로는 더욱 심화되겠지. 어느 파에 숨겨진 무기가 있는지를 알아내는 것이 관건인데 그러자면 싸움을 부쳐봐야 강력한 무기가 등장을 하게 되겠지. 음~ 제국에 도착하면 제일먼저 정보를 취급하는 조직을 흡수하는 것이 우선적으로 해야 할 일이다. 그렇게 하려면 상단을 이용하는 것이 가장 쉽게 정보조직을 장악하는 교량역할을 할 수 있을 것이다.

무라카는 여러 상황을 분석하고 앞으로의 계획을 생각하느라 바쁜 시간을 보내고 있다.

무라카는 볼베키 왕국에서도 정보를 전문적으로 다루는 조직이 있을 것으로 보고 알아보기로 한다. 그러자면 일단 그들과 접촉이 있어야 하는데 지금의 상태로는 도저히 가능성이 없으니 일단은 술집부터라도 다녀봐야 뭔가 걸리는 것이 있을 것이기에 일단 부딪혀 보기로 했다. 일찍 저녁을 먹고 아트랄의 번화가를 둘러보기로 하고, 위드를 대동하면 아직 소년이라 그런 곳을 사부가 제자를 데리고 갈수는 없는 짓이고 안내 인원을 여우에게 한명 붙여 달라고 해보는 수밖에 어슬렁거리며 사무실로 가는 중에 목욕시중을 왔던 아가씨가 보인다.

"어이 아가씨 안젤리나양 어디 있는지 아는가?"

"안녕 하세요? 저기 상단일로 왕궁에 갔어요. 무슨 일로 찾으시는 지요? 스승님이 찾으시면 제가 도와드리라는 지시를 받았는데요."

"응 그래? 시내 구경을 하려는데 시내지리에 밝은 사람 없는가?"

"그런 일이라면 제가 딱 이네요. 아트랄 시에 대해선 훤하거든요."

"음 그렇다면 어디 앞장서봐 그리고 술집에도 들러야 하는데 몇 살인가?"

"네 저도 친구들과 자주 술집에 가요. 스물두 살 인데요."

"오 그래 스물둘이라 성인이 된 것은 맞구나. 너무 예쁘게 생겨서 술집 자주 들락거리면 사고 일어나겠는데 몸매도 좋고 말이야."

"헤헤헷 다들 그래요. 남자들 저만 보면 침을 질질 흘려요. 엥 그런데 스승님은 아니잖아요. 그저께 저 쫓아내서 저 혼났어요."

"뭐? 쫓아냈다고 혼을 내? 누가? 고 여우가 그랬어?"

"여우가 모예요? 그리고 누가 여우예요?"

"흠 그런 것이 있다. 그런데 너 이름이 뭐야?"

"아 죄송해요. 레인이라 해요. 상단에 들어 온지 얼마 안 된 초자고요."

"아 그래 레인이라 이름도 예쁘네. 성도 있을 법 한데?"

"네 전 몰락한 귀족가의 여식으로 상단에 팔려온 몸입니다. 가족은 모두 참형을 당하고 어머니는 살아 계시긴 한데 노예로 팔려 가셨고요. 흑!"

"그것 참! 안됐군. 아무리 몰락했기로 노예가 되다니-참!"

"영지 전에서 진 귀족은 죽이거나 노예로 전락하지요. 그중엔 가끔 좋은 사람이 있어서 직위와 신분을 보장해 주는 경우도 있지만 그런 경우는 드물어요."

"그래 내가 또 한 가지 배웠구나. 이곳의 사회는 정말 이해가 안 되는구나. 괜한 것을 물어본 모양이구나. 미안하구나. 쩝"

"아니에요. 아버지가 나이도 많으셨고 또 가세가 기울어서 어쩔 수 없는 지경 이였어요. 그것을 안 인접 영주가 영지전을 걸어온 거구요."

"영지전이라? 그러면 인근 영지를 빼앗을 마음만 먹으면 영지전을 걸어서 빼앗는다? 이해가 안 되는군 그런 법은 누가 정하는 건가?"

"물론 명분이 있어야 되지만 그런 것이야 얼마든지 만들 수 있죠.병사 몇 명을 인접 영지에 보내서 그 영지의 병사들과 시비를 붙게 만들어 싸우다가 죽는다. 그러면 그것이 명분이 되는 거죠. 그렇게 해서 영지전 신청을 하면 국왕이 허락을 하게 되고 영지전을 벌이는 거죠. 힘이 약한 쪽은 빼앗기게 되어 있어요. 심지어 마누라를 뺏으려고 영지전을 벌이는 경우도 많았다고 해요."

"푸 하하하 도둑이 따로 없군, 완전히 날 강도잖아. 이거 그런 일이 비일비재 하겠군. 힘 있는 놈이 땅 넓히려면 쉽군 그래 쩝."

"마누라나 딸을 뺏으려고 영지전 신청하는 일은 다반사예요."

"여자를 뺏으려고 영지전을 벌인다? 이런 개뼈다귀 같은 놈들이 있다니 내 이놈들을 깡그리 죽여 없애야 직성이 풀리겠군. 에-휴 말을 말자 이러다 진짜 왕국을 말아먹지!"

"스승님 혼자서 영지 전체와 싸우기라도 하시려고요?"

"응 아니 말이 그렇다는 것이지 그래 레인아 그 영지가 어딘데? 너의 아버지가 돌아가시고 너를 노예로 팔아먹은 그 영지 말이야."

"인접 왕국인 그린 왕국의 마르크 영지예요. 칼 마르크 백작이 영주인데 남작에서 얼마 전에 백작이 되었다고 하더라고요. 제가 살아있는 한 반드시 복수를 할 거예요. 어떤 방법을 써서라도 그 짐승보다 못한 영감을 죽이고 말거예요."

"그런다고 길거리에서 예쁜 아가씨가 울면 어떻게 해. 뚝해 뚝!"

"네 희끅 뚝!"

"내가 그린 왕국에 가면 그놈을 죽여주지 그럼 되겠지?"

"네? 정말이요? 제발 그렇게 해주세요. 그렇게만 해 주신다면 저는 스승님의 종이 되어 평생을 모실께요."

"그래 알았다. 뚝 해 뚝!"

"네? 히-끅! 뚝이 모예요?"

"아 그만 울지 말라는 거야."

"히히히힛! 뚝 알았어요. 헤헤헤헤"

"어디 이쯤에 술집 없나? 손님들 많은 술집 말이야."

"조금만 더 저쪽으로 가면 그런 술집 많아요. 저 골목에요. 저 기로 들어가면 전부 술집이죠. 저쪽 광장 쪽에 길드 조합들이 많 아서 여기 술집들이 모여 있어요. 큰길로 저쪽 오른쪽에 광장 지 나면 왕궁이 있거든요. 이 주변은 별의별 길드들이 군집해 있어 요. 그리고 쉼터들도 많은 곳이에요."

"쉼터라니?"

"아-네 나그네들이 쉬어 가는 곳 그러니까 잠도 자고 식사도 할 수 있는 곳 말이에요."

"아 모텔을 쉼터라고 하는 모양이군."

"모텔? 그건 또 어느 왕국 말이에요?"

"지구 왕국이란 국가지 여행자들이 하룻밤 아니 여러 밤이라도 자고 가는 집을 모텔이라고도 하고 여관 이라고도 하지."

"호호호 지구왕국? 그런 왕국도 있어요? 동방대륙에서 오셨나
요? 스승님은?"

"동방대륙이라 뭐 그 비슷하긴 한데 그렇다고 치자. 머리 아프
게 설명해도 모를 테니 말이야. 오호 아주 여자들도 많구나. 여
자 장사도하는 그렇고 그런 곳인가?"

"여자장사?"

"그런 게 있어. 친구랑 놀러 왔었다면서 납치라도 당하면 어쩌
려고 이런 곳엘 여자들이 드나들어?"

"어차피 이미 노예인데요. 뭐 더 이상 떨어질 절벽도 없고요."

"레인아 얘가 큰일 날 소리를 하네. 너 그러다 쥐도 새도 모르
게 죽는 수가 있어. 절대 여자들끼리 술집에 오지마 알았어?"

눈을 크게 뜨고 부라리면서 겁을 줘도 이 아이는 전혀 심각성
을 모르나 보다. 아니면 갈 때까지 가서 더 이상 잘못될 수도 없
는 그런 아이인가?"

쭉 이어져 있는 좁은 골목을 꺾어서 돌아가니 낡고 부서진 벽
과 곳곳에 넘쳐나는 오물들로 생선 썩는 냄새가 진동을 하는 구
석에 파랑새의 집이라는 간판이 삐딱하게 붙은 집으로 쑥 들어
간다.

삐꺽거리는 여닫이문을 열고 안으로 들어서니까 와글와글한
소음과 연기가 자욱한 탁한 실내 공간이 있다. 그런데 앉을 자리
가 없을 정도로 손님이 많다. 부근에서 가장 손님이 많은 모양이
다. 40~50명은 족히 될 것 같은 손님들이 좌석을 메우고 있고
빈자리는 제일 구석에 한곳이 보이지만 그쪽은 너무 어두워서
바로 앞사람도 안보일 정도다. 희미한 등잔불이 있지만 곧 꺼질

듯 이 가물거린다.

"어서 옵쇼. 두 분이신가요?"

"네 조용한 자리는 없나요?"

"술집에 조용한 자리는 별실밖에는 없죠. 그래도 완전히 조용하지는 않습니다. 여기보다는 좀 조용하지요."

"그래요 별실로 가죠."

레인은 제법 익숙한 곳인 듯 서슴없이 웨이터를 따라서 들어간다. 조그만 쪽문을 열자 좁은 공간에 긴 의자와 테이블이 댕그라니 놓여있다.

"스승님 여기 어때요?"

"음 그래도 바깥보다는 조용하군."

"이집이 골목에서 손님이 가장 많은 집이예요."

"그래 손님들이 많기는 많네, 그래도 남자들이 대부분이지만 말이야."

"네 그래요 친구들이랑 자주 오는 집이예요. 주로 부근의 왕궁에서 일하는 사람들이 대부분이고 가끔 기사들도 많이 찾아와요. 근위대에 근무하는 기사들이죠. 병사들도 들락거리고요."

"레인이 술꾼처럼 얘기하니 황당한데?"

"저 술 잘 마셔요. 호호호 술꾼 맞아요. 여기 오면 울보라고 별명이 붙은 술꾼이죠. 호호호"

"오늘도 울 건가? 울면 안 되는데 술은 적당히 마셔야지 취하도록 마시면 엄청 해로워 특히 여자가 술 취해서 울면 누가 업어가 달라고 떼쓰는 거랑 같지. 남자들이 직접거릴 텐데 그래도 용하네, 안 업혀 간 것 보면?"

"에 그런 것이 어디 있어요? 저 오늘은 안 울게요. 울어도 달래줄 사람 없으면 재미없거든요."

"뭐? 그럼 일부러 우는 거야? 재미있으라고?"

"그건 아니에요. 술 취하면 괜히 슬픈 생각이 나서요. 특히 엄마생각이 제일 많이 나요. 주문은 곧 아가씨 올 거예요."

레인 말처럼 잠시 후에 조그만 소녀가 들어왔다.

"무슨 술을 드실 건가요? 그리고 안주는 어떤 걸로 하실래요?"

"레인아 네가 좋아 하는 걸로 알아서 주문해라."

"지난번에 마셨던 달콤하고 독한 술 있잖아요. 아! '천사의 눈물' 그 술 하고요 안주는 자고새 볶은 것으로 주세요."

"네 잠시만 기다려 주세요. 심부름 아가씨는 필요 없나요?"

"제가 있잖아요. 심부름은 제가 하면 되니까 되었어요."

주문 받은 아가씨가 나가고 나자. 무라카는 무슨 술 이름이 '천사의 눈물?' 이곳은 다 그런 식의 이름을 붙이는가 보다했다.

"술 이름이 예쁘죠? 천사의 눈물이란 술은 주로 여자들이 많이 마시는 술인데 맛이 달콤하면서 향이 좋아요. 그런데 조금 비싸긴 해요. 남자들은 주로 시큼한 맛이 나는 블랙워터란 술을 많이 마시던데요. 값도 싸고 굉장히 독해서 금방 취해요."

"술의 이름도 다양하구나. 알기도 많이 알고. 정말 술꾼인가 보네? 레인은 무슨 돈이 있어서 술집에 자주 오는거야 그게 궁금한데?"

"헤헤헤 제가 무슨 돈이 있어요? 사주는 친구들이 많아서 자주 오는 거죠. 모두 엉큼한 남자 친구들이지만 그래도 울적할 땐 그런 친구들이 최고예요. 기분전환도 하고 실컷 울고 나면 왠지 속이 후련해지고 나쁜 기억들도 잊혀 져요."

"허 남자 친구들? 그 친구들이란 게 전부 상단의 남자 친구들을 말하는 겐가?"

"네 저 남자 친구들 많아요. 상단에요. 그래도 신세한탄 받아줄 친구들이 있어서 살아갈 용기가 나는 것 같아요."

"음 어째 이런. 쯧쯧쯧!"

술을 마시고 신세 한탄을 한다. 상상이 잘 안 되지만 두고 보면 알겠지 불쌍한 아이 레인 한창 부모님 밑에서 보살핌 받으며 살아갈 나이에 노예로 팔렸으니 오죽하랴! 그래도 다행인 것이 상단이라는 특수 조직에 들어 왔으니 다행이지 그것도 아니었으면 늙은 변태들에게 팔려서 성 노예로 일생을 보낼 수도 있었잖은가.

한창 무언가를 해야 할 나이에 술 맛을 알아서 술집을 전전하면 곤란 할 텐데 하긴 노예이니, 자유가 없잖은가?

"그런데 스승님 왜 상단 사람들 모두가 스승님이라 부르는 가요?"

"응 아-뭐 자기들 부르기 편한 데로 부르는 것이지 무슨 이유가 있는 건 아냐 왜 그게 궁금한가?"

"단주님도 그렇게 부르시고 그리고 상당히 공손하게 대하시고요. 제게도 공손히 잘 모시라고 당부를 하시던데요."

"몇 가지 도와준 일이 있지 그래서 그럴 거야."

"피 자세히 얘기해 주심 안 되나요? 뭐 저도 이래 봬도 알만한 건 다 안다고요. 한 때는 그린왕국에서 손가락 안에 드는 미녀 소리도 들었는걸요."

"아 그랬어? 처음 봤을 때 상당히 예쁜 아가씨가 왜 목욕시중이나 할까 하고 이상하게 생각했었지 그런 아픈 추억이 있는 줄 몰랐구나."

"그 자식 마르크가 저를 눈독 들여서 첩으로 삼으려고 영지전을 걸어온 거라고요. 악마 같은 작자가 다 늙은 게 여자 보는 눈은 있어 가지고, 불쌍한 아빠는 그 자식 등쌀에 병이 나셔서 고생 하시다가 결국은 흑흑- 이런 얘기해서 죄송해요 스승님!"

"지금은 절망적일지 몰라도 그래도 복수를 하려면 악착같이 참고 살아야지 손 이리 줘봐! 어디 검술이라도 익힐 수 있나 보자."

"검술요? 여자인 제가 검술을 익힐 수 있을까요?"

어디보자 그런 데로 괜찮은 몸이고, 마나에 상당히 민감하군. 검술보다 마법이 체질인데 천족이 아니면 전수가 불가능하니 안되지.

"어때요? 저도 검술을 익힐 수 있나요?"

"응 좋은 몸을 가졌군. 여자도 검술의 대가들이 많지 제국의 볼리아는 대륙에서 최고라더군. 소드 마스터이고 여인인데 말이야."

"아 그건 저도 알지만 그분은 나이가 굉장히 많다고 들었는데요."

"그래 소드 마스터가 되면 수명이 늘어나서 오래 살지 보통 사람들 보다 두세 배는 오래 살 걸 아마도."

"와! 검술을 익혀도 수명이 늘어난다고요? 좋겠다."

술과 음식이 들어오고 심부름 하는 아이인지 조그만 여자아이가 따라 들어와서는 술잔에 술을 따라준다. 열 살이나 되었을까? 어린 소녀인데 눈이 크다란 귀여운 얼굴이다.

"아가야 너는 나가도 된다. 여긴 내가 있어서 심부름 시킬게 없어 다른 술꾼에게 가봐."

레인이 대놓고 쫓아내려 해도 꿈쩍도 않는 아이 아마도 심부름 해주고 팁으로 돈을 버는 모양이다.

"너는 심부름 해주고 돈을 버는 모양이구나. 몇 살이니?"

"네 13살이에요. 난이라고 불러주세요. 이 집에서 일한지 5년이 넘는다고요. 그런데 무조건 쫓아내려고 하면 저 섭섭해서 다음에 오면 욕할 거예요. 언니는 그동안 여러 번 봤는데 울보 아가씨라고 소문난 그 언니 맞죠?"

"호 아주 귀엽고 똑똑한데 그래 5년이나 여기서 일했다면 술꾼들이 하는 얘기 웬만큼은 다 알겠네?"

"넵 저 이래봬도 파랑새에서 일어나는 모든 일들 뿐 아니라 아트랄 시에서 꼬마 정보통 소리를 들을 정도예요."

"야! 꼬맹아! 너 필요 없다고 하는데 뭔 말이 그리 많아 이 언니에게 볼기짝을 맞아봐야 나갈래?"

"피 울보언니 주제에 나보고 꼬맹이라고요? 어디 볼기짝 한번 때려 봐요. 누가 가만히 있을 줄 알고 씨."

"어-쭈! 조그만 한 것이 까불어? 어디 맛 좀 볼래?"

"레인아 그냥 둬라 내가 물어볼 얘기도 있으니."

"그 봐요 울보언니 언니보다 내가 더 필요한 사람들이 얼마나 많은데 메-롱이다. 씨 히힛!"

"너 나중에 봐 조그만 한 것이 이 언니를 놀려!"

천사의 눈물은 일종의 브랜디 종류인 모양이다. 과일로 담은 과일 주인데 달콤하면서 톡 쏘는 맛이 그윽한 향과 함께 입을 즐겁게 한다. 아마도 그래서 여자들이 선호하나 보다. 맛은 좋지만 도수가 상당한 고급술이다. 한잔을 마셔보니 목으로 넘어가는 순간 찌르르르 하고 화끈한 느낌이 목을 통해서 온 몸으로 퍼져나간다. 40도가 넘는 독주인 셈인데 레인은 물마시듯이 마신다. 한두 번 마셔본 솜씨가 아닌 듯. 아마도 남자 친구들이 레인을 술로 어떻게 해보려고 자주 데리고 오는 모양이다. 금방 한 병이 바닥나고 다시 가져온 술도 홀짝 홀짝 잘도 마신다.

"레인아 술만 그렇게 마시지 말고 고기도 먹어가면서 천천히 마시거라 뭐가 그렇게 급해?"

"스승님 전 오늘 안 취해요. 걱정 마세요. 이런 거 10병정도 마셔 야 좀 취기가 올라온다고요."

"뭐? 10병이나? 얘가 완전 술통이네 이제 보니까 하하하!"

"맞아요. 울보언니 술통 맞아요. 지난번에도 같이 온 아저씨가 울보 언니 취하게 만들려다가 술값이 모자라서 생-쇼를 벌였다니 까요."

"뭐? 나를 취하게 만들려고 했다고? 그 트롤 사촌 같은 새끼가? 날 취하게 해서 뭘 어쩌려고?"

"킥킥킥! 울보언니 울게 만들어서 업고 쉼터 가는 것이 그 아 저씨 목적이걸랑요. 그것도 모르는 바보야! 언니는 완전 늑대들 이 노리는 먹잇감 1호야! 피! 그것도 모르고 엘-롱이다. 씨!"

"뭐? 뭐- 뭐- 뭐-얏! 먹잇감 1호? 누가 그래 누가? 야! 꼬맹이 누가 그랬어? 내 이 자식들을 아-작을 내어 버릴까 부다. 야! 눈 탱아 너 좀 있다 나 좀 보자 알았나?"

"흥 누가 보잔 다고 겁낼 줄 알아? 메롱이다. 헤헷."

"크 핫-핫-핫-핫! 하하하 그만 해라 레인아 고기나 먹어가면서 술을 마시라니깐 말을 안 듣네. 푸 하하하 핫!"

대략 어떤 내용인지 감이 잡히자 웃음이 절로 나온다. 아마도 레인이 친구라고 하는 놈들이 모두 레인을 술 취하게 해서 쉼터 로 데려가서 레인을 어찌 해보려고 시도하다가 제 풀에 나가 떨 어졌나 보다. 벌써 3병째 마시고 있는데 아직 냉랭한 것이 얼굴 에 표도 안 난다. 레인의 체질이 술을 웬만큼 마셔도 취하지 않 는 특수 체질인가 보다. 이제부터 알아볼 일들이 많은데 시간을 지체하다 보면 10병이 아니라 그 이상 마실 것 같아 빨리 본론으로 들어가야 레인이 취하기전에 필요한 정보 수집을 할 수 있을 것 같다.

"난이라고 했지? 그래 여기 자주 오는 손님 중에 왕궁의 기사들도 있나?"

"네 많아요. 그중에 몇몇은 매일 오다시피 하는 걸요. 아마 오늘도 올걸요?"

"그래? 그럼 그 사람들 얘기 자주 들어 봤겠네, 주로 어떤 얘기 하냐?"

"몬스터 토벌에 대한 얘기를 많이 하고요. 또 귀족들 얘기도 많이 해요. 왜 그런 것이 궁금한가요?"

"아 나는 산에서만 살다가 내려와서 세상일들이 궁금한 것이 많아 난이가 아는 세상 이야기를 한번 해봐 그러면 심부름 값 톡톡히 줄 테니까."

"정말요? 돈부터 먼저 주시면 안 될까요?"

"야 꼬맹이 그런 게 어디에 있냐? 너 돈부터 받아서 튈려고 그러지? 너 지난번에도 이 언니가 데려온 아저씨한테서 삥땅치고 튀었지? 그 아저씨한테 걸리면 너 볼기짝 퉁퉁 붓도록 패준데 조심해!"

"키킥! 그 키 큰 맹꽁이 아저씨? 하나도 안 무서워 그리고 나 달아나면 붙잡을 수 있는 사람 아무도 없어 언니 보다 3배는 빠를걸."

"맹꽁이라고 그랬지 그 오빠가 얼마나 잘 생겼는데 꼬맹이 그 오빠한테 이를 거야. 너 아주 간이 부었구나. 그 오빠 싸움도 잘 하는 거 알지? 일러 줄 거야. 너 혼날 줄 알아."

"히힛 그 아저씨 울보언니 보다 나를 더 예뻐하는데 일러봐 일러봐 누가 겁난데? 어림도 없어 그 아저씨 오면 언니 남자 친구들 무지하게 많다고 가르쳐 줘야지 다시는 울보 언니한테 술 사주지 말라고 해야-징 메롱!"

"꺅! 요 쥐똥 만 한 게 진짜 맞고 싶어? 때려 줄까 보다-씨!"

"헤 헹 내가 쥐똥 만하면 언니는 자고새 꽁지만 하겠네, 쥐똥이나 자고새 꽁지나 비슷할 걸 히히-힛!"

아무리 꼬마라 해도 레인은 난이의 적수가 못된다. 가만히 두면 둘의 실랑이가 끝이 없겠다.

"험험 그쯤 해둬라 레인아. 너 실력으로는 난이에게 백전백패다. 허허 난아 그래 몬스터 토벌얘기나 들어보자. 그리고 왕국의 귀족들 얘기도 듣고 싶구나."

분해서 씩씩거리는 레인을 다독여 놓고 왕국의 뒷골목에서 오고가는 여러 가지 얘기를 듣는 건 기분 좋은 일이다. 특히 천사의 눈물은 지구의 그 어떤 술보다 맛과 향이 좋다. 안주도 자고새 고기를 손가락 마디만큼씩 잘라서 볶은 것이 별미다. 아트랄 시 인근의 촌락들이 몬스터의 집단 공격으로 피해가 크고 또 아트랄 시내까지 쳐들어오는 트롤들의 무리 때문에 근래에는 토벌군을 근위대에서도 차출하여 동원하는 일이 다반사라 한다. 그만큼 사상자들이 많이 발생을 하자 국왕조차도 토벌군을 증원하여 지난해 보다 훨씬 넓고 깊은 산속까지 철저히 토벌하라는 엄명을 내렸단다. 그리고 누구든지 몬스터를 사냥해서 가져오면 그 종별로 금액을 정해놓고 포상을 한단다. 트롤은 마리당 5냥, 오크는 10냥 오우거는 금30냥 이런 식으로 그래서 용병들이 돈을 벌기 위해 눈에 불을 켜고 몬스터 사냥에 열을 올리고 있단다.

"난아! 트롤이란 것이 덩치가 얼마만 하냐? 그 돼지들하고 비슷하냐?"

"네? 산에서만 사셨다면서 트롤도 몰라요?"

"어 그래 난 트롤은 한 번도 못 봤구나."

"에잉! 저도 사실 직접 본적은 없어요. 얘기로만 들었지요. 독침을 나무대롱에 넣어서 훅 불어서 날린 데요. 트롤은 작게 생겼데요. 오크보다 1/5정도 크기래요. 그런데 상처를 입어도 금방 치료가 되어서 다시 덤빈답니다. 목이 잘리지 않으면 안 죽기 때문에 그래서 무섭다고 해요."

"아 그런 몬스터도 있구나."

독침을 불어서 날린다. 그것도 대롱을 만들어서 사용한다면 상당히 두뇌가 발달한 몬스터라는 것. 그것들이 집단으로 행동을 한다니 얼마나 치명적일까? 난이의 얘기는 끝이 없다. 가끔 오우거와충돌을 하면 병사와 기사들이 수십 명씩 죽는단다. 오우거를 상대할 수 있는 기사는 왕국에 몇 명 뿐 이라는 얘기다. 그리고 귀족들의 얘기가 이어질 때 쯤 에는 천사의 눈물이 10병을 넘어가고 있다. 술은 레인 혼자서 마시고 있을 뿐, 무라카는 가끔 한 잔씩 마시기는 해도 한잔을 두세 번씩 나누어 마셔야 잔이 비는데 반해서 레인은 시종일관 원 샷이다. 10개가 빈병이면 9개는 레인이 마신 것이다. 이제 한 병만 더 마시면 레인은 취할 것이다.

"아저씨는 술을 별로 좋아하지 않는가 봐요. 다른 술도 있는데 남자들이 좋아하는 술로요. 그걸로 한 병 가져올까요?"

"그건 레인이 가져오고 난이 너는 귀족들 얘기나 해봐! 그래서 레 몬 후작이라는 그 사람은 왕국에서 권력이 가장 세다면서 병력도 많고 그런데 얼마 전에 갑자기 죽었다면서 누가 죽인건가?"

"스승님 제가 술을 가져오라고요? 아-잉 꼬맹이 시키시지 저더러 술심부름을 시키시면 아-잉! 미워 미워요. 스승님 히힝"

"야! 레인아 난이는 지금 나와 얘기중이잖아. 너 화장실도 안 가냐? 술을 그렇게 마시고도? 화장실 갈 때가 된 거 같은데."

"어-맛! 어떻게 아셨어요? 안 그래도 막 화장실 가려던 참이란 말이에요."

"그것 봐! 그러니 화장실 갔다 오면서 술 가지고 오면 되지."

"네 알았어요. 금방 다녀오겠습니다."

레인이 밖으로 나가자 난이가 종알거린다.

"와! 저 언니 진짜 술통 인가봐? 10병을 마시고도 걸음걸이 하나 흔들리지 않다니, 그기에 다가 발음도 생생해. 이제 보니 전에 와서 술 취한 척 한 것 모두 연극이었나 보다. 그러니까 남자친구들이 아무도 자빠뜨리지 못했다고 요즘 레인 자빠뜨리기 내기에 이기는 사람에게 상금 100냥이 걸려 있는데. 히히힛!"

"뭐? 자빠뜨려? 난이 너 그게 무슨 뜻인지나 알고 말하는 거야?"

"그럼요 당연히 알죠. 남자가 여자를 술을 잔뜩 먹여서 취하면 업고 쉼터에 가서 침대에 자빠뜨리는 것 아닌가요? 뭐 그딴 걸 왜 하려고 비싼 술을 사주는지 몰라. 남자들은 정말 웃기는 바보들이야."

컥 요 녀석이 진짜로 아는 줄 알았더니 다행이군. 후후 그런데 술 가지러 간 레인이 깜깜 무소식이다. 화장실에서 엎어지지는 않을 텐데 말이다.

"난아 울보 언니가 어디 있는지 데려와라. 아무래도 무슨 일이 생겼나보다."

"네 잠시 만요."

레인을 찾아 나갔던 난이가 헐레벌떡 뛰어 들어온다. 골목 밖에서 시비가 붙었단다. 남자들 여럿이 레인을 에워싸고서 폭력을 휘두를 기세란다. 그럼 그렇지, 번개같이 움직여서 나와 보니, 우루루 몰려있는 사람들 가운데 인상 사납게 생긴 덩치가 막 레인의 뺨을 때리는 순간이다.

"이런 쌍-년이 좀 귀엽게 봐줬더니 앙탈이야. 뭐 이런 계집이 다 있어. 쌍!"

머리채를 잡고 뺨을 때리니 꼼짝을 못하고 그대로 맞는다.

"꺅! 살려줘!! 도와줘요."

그 순간 그림자 하나가 레인의 등 뒤에 나타나더니 머리채를 잡은 덩치의 오른 팔목을 잡았다. 우두둑! 뭔가 부스러지는 소리가 들리는 것 같기도 한데?

"어이 약한 여자를 패면 쓰냐? 얼마나 못난 놈이면 남자 다섯 명이 여자 하나를 에워싸고 납치를 하려고 그러는가?"

덩치가 입만 짝짝 벌리면서 아무소리도 못한다. 얼굴이 사색이 되어가고 있다. 에워싼 나머지 네 명이 두목의 얼굴만 쳐다보는데.

"어때? 여자를 칠 때는 힘을 좀 쓰더니 이거 완전 팔 병신 아냐? 어이 너희 네 명 이놈이 너희들 대장 아닌가? 원래 벙어리에 팔 병신이냐? 데리고 가거라. 그 팔로 여자를 어떻게 팼냐?"

그때야 심상치 않음을 눈치 챈 네 놈이 품속에서 대도를 끄집어내어 무라카에게 집중적으로 찔러온다. 허허 그걸 기다렸지 이놈들아! 눈에 보이지도 않는 속도로 덩치를 돌려서 부하들의 대도에 밀어 넣자 피가 분수같이 공중으로 튀어 오른다.

"크-악!"

수십 명이 보는 가운데 부하들이 두목의 몸통에 칼을 네 자루나 박아 넣은 살인 사건이 발생한 것이다. 덩치는 즉사하고 네 명의 건달들은 현장에서 바로 왕궁의 기사들에 의해서 체포되었다.

무라카와 난이 그리고 레인은 피해자겸 사건의 참고인으로 왕궁 정문 옆 사무실에 들리게 되었다. 주변에 있었던 일반 시민들도 목격자로 젊은이들 10명이 같이 와서는 하나같이 증언을 하니 분명한 현행범이 된 것이다. 장시간의 조사로 사건은 종결이 되었다.

부녀자 납치를 하려던 5명이 갑자기 자신들의 두목을 칼로 급습해서 현장에서 즉사 시켰다는 내용이 사건의 전모였다. 그런데 진짜 중요한 일은 조사가 끝난 직후에 벌어진다. 치안 담당귀족인 홀스 백작이 무라카를 자세히 살펴보더니, 대뜸 신분을 묻는다.

조금 뻣뻣하게 보였든가? 평민이 고개를 뻣뻣이 세우고 있으니 건방져 보여서 그랬을까? 아니면 생김새가 너무 튀니까 확인을 하려는 것일까? 어쨌든 기분 나쁜 표정으로 턱짓을 하면서 묻는다.

"어이 당신 신분이 뭐요?"

"나 말이요? 용병이요. 신분 패 여기 있소."

깍듯한 존대를 해도 뭣한데 하오체를 쓰는 건방진 놈이 감히! 속으로 잔뜩 화를 참고 신분 패를 받아든 홀스 백작 갑자기 패를 든손이 떨리기 시작한다. 표정이 노랗게 변하면서 말이다.

"헉! 이거 죄송합니다. 전설의 초특급 용병이신 줄 모르고. 덜덜"

대륙전체에 한명? 아니면 두 명?이라는 S급 용병인 것을 건방을 떨고 인상을 찌푸린 것은 자신이었던 것을 말이다.

"몰라봐서 죄송합니다. 혹시 묵고 계신 곳을 알려주시면 조사 결과를 통지해 드리겠습니다."

"아 그래요? 난 켈리포 상단에 묵고 있소이다. 이놈들이 하는 행동들이 거침이 없고 많은 사람들이 보고 있는데도 여자를 납치하려는 것을 보면 분명 한 두 번 그런 짓을 저지른 놈들이 아닌 것 같더군. 주변의 사람들이 속삭이는 얘기로는 예쁜 여자들만 보면 미행을 해서 납치, 강간, 매매 등을 일삼는다고 그러던데 어째 왕국의 치안을 담당하는 백작께서는 모르고 있는 것 같소이다? 서슴없이 우리 아이를 납치하는 장소에서 일어난 칼부림인데도 크게 신경을 쓰지 않는 것도 누군가 귀족 중에도 이놈들 조직을 알면서도 아니 좀 더 솔직히 얘기 하겠소. 그래도 되겠소?"

"네 그리 하시지요. 경청 하겠습니다."

"내 입장에서 보니까. 분명 고위귀족 중에 이놈들의 뒤를 봐주는 자가 있을 것이오. 그리고 근래에 실종자들이 많아진 것을 백작도 알고 있으리라 믿소. 그런데도 심도 있는 수사를 하는 낌새가 전혀 없소이다. 아니 수사를 못하도록 고위층에서 누가 막고 있겠지요. 틀림없이 실종된 여인들은 노예로 둔갑해서 귀족들의 성 노리개로 상납되고 있을 것이요. 아마 백작도 최근에 집안에 노예들이 늘어난 것을 알고도 모르는 척 하고 있겠죠. 우리아이가 납치 될 뻔해서 하는 이야기가 절대로 아니요. 백성들이 마음 놓고 살 수 있도록 노력해야 할 귀족들이 계집 취향에 빠져서 도저히 있을 수 없는 파렴치한 일들이 벌어지고 있는데도 나 몰라라 하고 있으니, 나라꼴이 완전히 개판이 되는 것은 물론이고 선량한 백성들이 희생을 당하고 있는 거요. 내 입장에서는 끝까지 모두 파헤쳐서 관련자들을 모두 죽이고 싶은데 말이요. 백작께서 철저히 조사해 보시기 바라오. 그리고 그 결과를 켈리포 상단을 통하여 제국에 있을 내게 알려주시면 고맙겠소이다. 아니면 내가 아트랄 시에서 한 달 정도 조사를 해볼 용의도 있소이다. 물론 제국에서 볼리나 공작이 눈이 빠져라 기다리겠지만 뭐 좀 늦게 간다고 화를 내거나 하진 못할 테니까. 어떻소? 백작! 양아치들의 뒤를 봐주는 귀족이 누구인지 찾아낼 자신이 있소?"

"헉! 그럼요. 속속들이 조사해서 반드시 잡아내겠습니다. 그리고 빠른 시일 내에 상단을 통해서 결과를 보고 드리지요."

"다시 한 번 강조하지만 나는 성격이 좀 특이한 사람이요. 한 번 의구심이 생기면 잠을 잘 못자는 사람이요. 그래서 말인데 비록 용병이긴 해도 한때 왓슨 볼리나의 검술을 지도한 나란 말이요. 마음만 먹으면 왕국 하나쯤은 하룻밤이 새기 전에 대륙에서 지워버릴 수도 있는 나요. 그러니 확실히 부녀자 납치, 강간, 및 인신매매를 하는 조직은 완전히 일망타진해서 한명도 남김없이 처형하고, 그리고 그 조직을 이용해서 나이어린 아이들까지 급간하기를 좋아하는 극악무도한 귀족들은 잡아서 굴비처럼 엮어서 제국으로 보내주시오. 내가 켈리포 상단 본부를 임시 거점으로 삼고 기다리고 있을 테니 말이오. 그럼 좋은 결과 기다리겠소. 홀스백작! 그럼."

"네 넵! 빠른 시일 내로 보고 드리지요. 안녕히 가십시오."

파랑새 술집으로 돌아오니 벌써 새벽이 다가오고 있다.

술값10냥과 난이의 얘기 값 1냥을 주고 상단으로 향한다. 뒤를 졸졸 따라오는 레인은 연신 고개를 갸우뚱 거린다. 궁금해서 못 견디겠다는 표정이다.

"저 스승님 궁금한 것이 있는데요?"

"레인아 내가 뭐하는 사람인지 그것이 궁금한 것이지? 그것보다 레인 너 옆구리는 괜찮아? 아까 보니까 제대로 차인 것 같던데 아가씨 옆구리를 그렇게 심하게 맞으면 상당히 위험한데 시집가서 아이 낳는데 지장이 있을 수도 있다는 뜻이야."

"억 그리고 보니 옆구리와 배가 따끔 거리네. 혹시 저 시집도 못 가는 것 아닌가요? 애기도 낳지 못하면 어쩌지? 흑흑흑!"

이런 울보가 드디어 울음은 터뜨리는가? 그러면 곤란한데 험험

"뚝! 누가 시집을 못 간다 했니? 혹시 모르니까 배가 심하게 아픈지 어떤지 확인 차 얘기 한거야. 너 걸어가는데 지장이 없다면 별일 아닌가 보다. 뚝해 뚝!"

"헹 뚝! 저 뚝 잘하죠?"

그 다음날부터 아트락 시의 치안담당 부서는 전체 병력이 비상이 걸려서 만 오천여명의 범죄 조직이 검거되고, 왕실 근위대의 더 왈츠 백작이 볼베키 왕국의 부녀자 납치 강간 및 인신매매 조직의 숨은 우두머리로 밝혀졌다. 어마어마한 범죄조직의 소탕작전이 시행된 것이다. 그리고 한 달 후에 만 오천여명의 범죄조직원들은 형장의 이슬로 사라졌다. 더 왈츠 백작은 모든 재산이 몰수되고 직위조차 최하급 천민으로 직하되고, 두 팔과 발목에 쇠사슬을 감고 왕국을 출발하여 제국으로 이송되었다. 30여명의 기사들로 구성된 이송 병력이 철통같은 감시를 펼치면서 호송되는 이 행렬에는 제일선두에 한명의 기사가 커다란 깃발을 들고 있는데 내용은 이러했다.

제목 : 몬스터 보다 못한 범죄를 저지른 죄인 후송
죄목 : 부녀자 납치 강간 및 인신매매 조직의 두목 '더 왈츠'이
범죄자는 볼베키 왕국의 왕실 근위대 부단장으로 백작의 작위에 있었던 자로서 그 권력을 악용해 왕국 내외의 예쁜 소녀들과 부인들

을 납치하여 강간하고 또 성노예가 필요한 귀족들에게 돈을 받고 팔아넘기는 등 파렴치한 범죄를 저지른 일만 오천 여명의 부하들을 이끈 자임.

피해자 : 조사 결과 현재까지 밝혀진 수만 3,259 명임.

현재도 조사가 진행 중이며 이 사건에 조금이라도 연루된 모든 자들은 모두 처형되었고, 지금도 성 노예를 사서 개인 소장하고 있는 귀족들은 조사를 하고 있으며 연루 여부가 밝혀지면 신분 및 직위를 박탈하고 모든 재산을 왕국으로 압수하고 처형 할 것임.

볼베키 왕국의 국왕 샤샤 볼베키 인

도시지역을 지날 때는 죄인을 걷게 하고 산악지대나 평야 등 사람이 없는 곳을 지날 때는 쇠창살로 만든 이동식 감방에 넣어서 제국을 향하여 가고 있다. 도시지역을 통과 할 때는 수많은 사람들이 돌을 던져 생명이 위태로운 지경이 되면 철장에 집어넣는다. 발 없는 말이 천리를 가듯이 소문은 삽시간에 대륙 전체에 퍼져나가 모르는 사람이 없을 정도로 확산 되었다. 사불급설 (駟不及舌)이라 했던가. 사람의 입으로 나오는 말은 네 마리 말이 끄는 마차보다 더 빨라서 순식간에 전 대륙으로 퍼져 나가는 것이다.

그린 왕국

이제 다시 상단의 대 이동이 시작 되었다. 볼베키 왕국에서 필요한 물건들을 매입하고 또 재미있게 보낸 날들을 소중한 추억으로 남기면서 발걸음도 가볍게 여정이 시작된다. 322명의 제자들과 또 한명의 아가씨가 추가되어 323명으로 구성된 긴 행렬이 왕국마다 필요한 물품들을 처리하고 또 새로운 지역 특산물들을 매입해서 이제 남서쪽으로 이어진 긴 관도위로 보무도 당당하게 이동이 시작된 것이다. 늦은 봄 아니 초여름 같은 더운 날씨에 가끔씩 불어주는 바람이 반가운 듯 말의 갈퀴를 휘졌고 지나간다.

"레인아! 너는 그린 왕국으로 가는 길을 잘 알겠구나."

"네? 몰라요 전혀 정신없이 마차에 태워져서 왔는데 어떻게 알아요? 그땐 제정신이 아니었어요."

"어쨌든 너의 고향이 있는 곳이지 않느냐? 기분이 어때?"

"네 좋아요. 스승님 저 조금이라도 빨리 가보고 싶어요."

"음 그래? 위드야 너 레인한테서 좀 떨어져라. 어째 요즘 안젤리나 보다 레인을 더 좋아하는 것 같아?"

"헤헤헤 사부님 레인 누나는 저하고 처지가 비슷하잖아요. 고아인데 다가 사부님 제자이기도 하고요."

"그래그래 오냐 너희들이 친하게 지내면 나야 좋지 그래 친 누나처럼 잘 따르고 그리고 위드야 틈나는 데로 레인에게 기초훈련부터 시켜라. 3기 제자이니 너 봐주기 없기다."

"넵 알았습니다. 더 혹독하게 시켜야죠. 그래야 레인 누나도 자신을 지킬 수 있게 되거든요."

"그렇지 바로 그거야 위드가 많이 컸 구나. 어른 같은 말을 다 하고 벌써 시근(識見)이 났나보다. 그래 허허허"

"시근 요? 그건 어떤 뜻이죠?"

"철이 들었다는 말이지, 분별력이 생겼다는 좋은 말이야."

그때 레인이 끼어든다. 요건 여우 정도가 아니라 꼬리가 아홉 개 달린 백여우다. 구미호 정도 될까? 하여간 남자를 수십 명을 갖고 노는 정도이니 딱 구미호다. 모르는 척 은근슬쩍 속는 척 하면서 오히려 이용해 먹는 대단한 고수 구미호다. 상단 행렬의 왼쪽으로는 카라쿨 강이 굽이굽이 돌아 흘러가고 있고, 오른쪽 방향 저 뒤로는 바벨 산맥이 길게 이어져 있다. 모든 식물이 한창 성장기에 들어선 계절이라서 넓은 평야지대도 점차 초록색으로 바뀌어 가는 계절이다. 곤궁했던 겨울이 지나고 역동하는 봄이 찾아온 것이다. 신록은 푸르게 변해가고 이제 위드의 얼굴에도 청춘의 꽃이 한 두 개씩 돋아나는 것이 보인다. 그리고 위드의 턱에는 어느새 솜털이 사라지고 검은 털이 돋아나고 있다. 그런데 저 멀리 산과 평야가 맞닿은 곳에 회색안개 같은 것이 움직이는 것이 보인다. 현재 상단에서 저곳까지는 꽤 먼 거리이긴 하지만 무라카의 눈에는 그 움직임이 대대적인 동물들의 집단 이동하는 모습이라는 것이 뚜렷이 보인다. 산에 불이나자 무리를 지어 탈출을 하고 있는지 평야지대로 내려오는 것인지도 모르는 것이다. 그래서 먼지가 마치 연기처럼 피어오르고 있는 모습이다. 좀 더 시간이 흐르자 그 모습이 점점 가까워지자 그것이 몬스터들의 대 이동임을 알게 되었다. 그 이동 방향이 공교롭게도 상단 행렬이 나아가는 방향이다. 대략 한 시간 후에는 상단과 부딪치리라. 어쩌면 더 빠른 시간에 충돌 할지도 모르겠다. 말보다 더 빨리 달리는 몬스터 들이다 보니 피할 수 있는 시간과 방법이 없다.

"덤프 단장 빨리 나에게로 오시오."

"넵"

후다닥 말을 돌려 다가오는 덤프단장.

"단장! 만약에 수천마리의 몬스터들과 부닥치면 어떻게 하는 것이 우리의 희생을 줄일 수 있을까?"

"스승님! 갑자기 왜? 몬스터가 지금 이쪽으로 오고 있습니까?"

"그래 저길 봐 먼지가 피어오르는 것이 보이나?"

"어디요? 저 쪽요? 아니 제눈에는 아무것도 안 보이는데요."

"그래? 단장 이번에는 마차를 외곽으로 은폐 엄폐물이 될 수 있도록 배치하고 인원을 마차의 안쪽에 위치시키고, 궁수들을 저쪽 방향의 마차 지붕에 배치시켜 서둘러 시간이 없다."

"넵 알겠습니다."

후다닥 말에서 뛰어내린 덤프가 큰소리로 명령을 내리자. 일사분란한 움직임으로 원형 방어진을 짜는 일행들. 그리고 용병들은 마차 바로 뒤에 바짝 붙어서 제1방어선을 구축한다. 궁수들은 마차 지붕위로 집결시켜 대비한다. 저것이 트롤인가 보군. 트롤은 독침을 날린다고 했지? 이제 제법 가까워진 몬스터 무리들이 엄청난 속도로 달려오는 것이 무엇에 쫓겨서 저렇게 높은 속도로 달아나는 것일까?

"단장 트롤의 독침은 사거리가 어느 정도야?"

"네? 트롤입니까? 독침 사거리는 20미러 정도입니다."

"그래? 그럼 궁수들 화살 장전! 그리고 방향은 저쪽 먼지 일어나는 것 보이나?"

"네 보입니다. 엄청 넓은 범위인데요."

"그래 좀 많네. 숫자가 그래도 겁먹지 말고 정신 똑바로 차렷! 200M정도 접근하면 연사로 자유사격 지시하고."

이거 아무래도 마법을 사용해야 할 것 같다. 수천 아니 어쩌면 수 만 마리가 되는지도 모를 정도로 엄청난 수이다. 큰 희생이 발생할 수도 있는 위기 상황인 것이다. 눈치 못 채게 원거리 광역 마법으로 한방 먹여야 하겠다. 의지를 집중해서 심언으로 마법을 날린다. '파이어 레인 그레-잇 그라운드' 갑자기 주변의 허공으로 몰려드는 마나의 회오리 그리고 하늘위에서 쏟아져 내리는 불의 비! 몬스터가 달려오는 지역을 신기루처럼 보이는 불이 소나기처럼 쏟아져 내리기 시작한다. 방금 전까지 구름 한 점 없었던 하늘이 안개가 낀 듯 흐릿한 가운데 불줄기들이 화살처럼 쏟아지기 시작 하는데, 그 범위가 딱 몬스터들의 움직임으로 일어나는 흙먼지 위로만 쏟아지고 있다. 그것도 눈으로 확인이 안 될 정도의 광범위 한 지역으로 말이다. 매캐한 연기가 피어오르고 고기타는 냄새가 넓은 평야지대로 퍼져나간다. 무라카는 뻗치고 있던 손을 슬그머니 내렸다. 그러자 불비가 서서히 걷히면서 자욱한 연기만 피어오른다. 지독한 냄새와 함께.

'퓨-루루루 슈-숭! 파-라라라 지글지글!'

불비가 휩쓸어 버린 평야지대는 그야말로 연옥 같은 광경이다. 괴성이 여기저기서 들리더니, 그것도 곧 잠잠 해졌다. 아무리 뛰어 난 재생력을 가진들 무엇 하나 불비에 맞아 한번 붙은 불은 꺼지지 않는데 다시 말해서 인화물이 전소되기 전에는 꺼지지 않는 고위 마법의 불이니 남아 있을 것이 있겠는가? 아! 참담한 광경이다. 그 짧은 순간에 움직이는 것은 아무것도 없고 심지어 땅위의 식물들까지 모두 다 타버린 재로 변해있다. 아직도 푸지-직 거리면서 타고 있는 것들도 있다.

"어허 좀 심했나?"

"털썩! 털썩! 털썩!"

이상한 소리에 고개를 돌려 바라보니 이거 원 상단의 모든 인원들이 무릎을 꿇고 얼굴들은 사색이 되어 온 몸을 부들부들 떨고 있다

"저저 저 사부님! 사부님! 천인이십니까?"

그래도 위드는 가장 가깝게 사부를 접하고 정이 들어서 아버지 같은 생각으로 모신분이니 겁은 먹었어도 할 말은 한다.

"음-그래 언젠가는 알게 되겠지 그래 맞다. 내가 천족의 후예다."

"쿵! 쿵! 쿵!"

"엥? 뭐하는 게야? 이놈들아 머리 깨진다. 야! 위드야! 그만해. 이놈의 자식 왜 이마를 그만 하지 못해?"

"미천한 인간들이 천인을 뵙습니다."

"이런 야! 이놈들아 나 지금 처음 보는 거야? 벌써 1년도 넘게 같이 생활해 놓고선 모두 안 일어나? 당장 일어난다. 누가 천인의 제자들을 무릎 꿇게 한단 말인가! 안되지 황제라도 안 된다. 그러니 당장 일어 나거라."

"마나를 실어서 천둥소리처럼 말하자 벌떡 벌떡 일어선다. 그

리고 눈치를 살피고 있다. 모두들 어쩔 줄 몰라 하는 눈치다.

"자 잘 들어라 너희들이 누구냐?"

대답이 없다. 모두 숨죽이고 가만히 있다.

"이놈들 너희들이 누구냐?"

다시 한 번 소리치자. 움찔 놀라서 몸을 떨더니,

"스승님의 제자들입니다."

"그래 맞아 그런데 왜 갑자기 무릎을 꿇는 거냐? 내가 천인의 후예이니 너희들은 천인의 제자들이다. 앞으로 함부로 무릎 꿇지 마라. 알았느냐!"

"네 넷! 알겠습니다."

"이 세상이 천인의 것이냐?"

"아 아닙니다. 그-그 저?"

"그래 이 세상은 너희 모두의 것이다. 너희가 세상의 주인이다. 그래서 사람은 평등하다 하는 것이다."

"넵 사부님!" "넵 스승님!"

"너희들은 용감하고 착하고, 이쁜 나의 제자들이다. 긍지를 가지고 있어라. 그래서 천인의 제자들답게 수련도 열심히 해서 좀 더 강해 지거라. 이상이다."

"와! 스승님 만세! 만세! 만세!"

실로 처참한 광경이다. 반경 2㎢ 정도의 넓은 평야 지대는 쌔까맣게 타버려서 땅 거죽조차 그 색이 검게 변해버렸다. 범위공격권내에는 개미새끼 한 마리도 살아 있는 생명체가 없다.

그렇게 전멸 소진시켜버린 그 땅위에 숙영지를 편성하고 쉬기로 했다.

(큰 실수를 했군. 광역 범위마법은 처음 시도해 본 것이라. 그

범위가 어느 정도이고, 어느 정도 위력인지를 몰랐던 것이 실수다. 급박한 상황이라 무조건 공격한 것이 이 정도였을 줄이야.)

좌정을 하고 명상 중인데 천막 앞에서 서성이는 기척에 깨어난다. 구미호가 천막 앞에 와서는 들어올까 말까 망설이고 있는 것이다. 가만히 두면 얼마나 더 서성거릴지.

"레인이냐? 왜 그곳에서 그러고 있느냐? 들어오너라."

"네 스승님 저 들어가도 되나요?"

"오냐 들어오느라 무슨 일이 있는 것이냐?"

고개를 숙이고 들어와서도 우물쭈물 망설인다.

"어허 들어왔으면 용건이 뭔지 말을 해야지 너 언제부터 그렇게 얌전했니? 말괄량이는 말괄량이답게 원래하던 대로 해야지 원!"

"넵 그런데 말괄량이는 무슨 뜻이에요?"

"하하하 말괄량이? 그딴 것 별 뜻 없다. 그냥 명랑하고 잘 울고 잘 웃기도 하는 그런 솔직한 계집아이를 그렇게 부르지, 괜히 얌전 한척 하는 것 보다 훨씬 좋지, 너에게는 어울리지도 않는 게야. 꼬리가 아홉 개 되는 여우가 너에게 어울리지 말이야. 흠흠"

"꼬리가 아홉 개? 제가요?"

"쇠? 그럼 10개 해줄까?"

"히힝 싫어요. 저 꼬리 없어요. 하나도요."

"하하핫! 그냥 말이 그렇다는 것이지 진짜로 꼬리가 있으면 시집도 못 가게?"

"스승님 가끔 이상한 말씀을 하셔요. 헷갈려서 무슨 뜻인지 모르는 처음 들어보는 그런 말 말이에요."

"그래 뭐 그건 그렇고 무슨 심각한 일이라도 있는 거냐?"

"그냥요 스승님 씻을 물도 떠다드리고 그리고 발도 씻겨드리고 싶은데 그러면 또 야단치실 거죠?"

"엥? 그런 건 안 해도 된다. 그럴 시간 있으면 수련이나 더 열심히 해라. 아 여시한테 가서 차나 한잔 가져오너라."

"예? 여시는 또 뭐예요? 누구? 안젤리나 아가씨가 여시 인가요?"

"여시나 여우나 같은 말이야. 험 험"

"그럼 아가씨도 여우? 키키킥!"

"어? 너 요상하게 웃는다? 그 웃음 꼭 여시가 꼬리 손질하면서 캑캑 거리는 것 같다."

"헤헤헤 아가씨 놀려줘야지 여시님, 여시님 스승님이 차 달래요 해봐야지 키키킥!"

"야야 너 그러면 차가 아니라 접시 설거지한 꾸-정 물 줄지도 몰라 하지마라 알았지?"

"호호호호 여시여시 여우여우 히히힛!"

이 세상엔 여우라는 종이 없으니 아이들이 그게 무슨 뜻인지 뭘 빗대어서 하는 얘기 인지를 전혀 모른다. 이거 제대로 그 뜻을 설명을 해줘야겠는데 설명한다고 그 뜻이 정확하게 전달이 될까?

비교부지면(非校不知) 비지불행(非知不行)이라. 가르침이 없다면 알지 못하고, 알지 못하면 행하지 못한다는 옛 선조들의 말이 떠오른다. 문화가 완전히 다르니 도덕관이나 윤리관도 전혀 다르고 언어 역시 그 표현의 차이가 심할 뿐 아니라 사람들의 성정도 판이하게 다르다. 직선적이고 예스 노우가 명확하다. 레인이 가져온 차를 마시면서 그 동안의 여러 가지 일들을 생각하고 있는데 레인이 조심스럽게 묻는다.

"스승님 그린왕국에 가시면 칼마르크 백작만 죽이시고 다른 사람들은 죽이지 마세요."

아-하! 요놈이 그것이 걱정이 되었던 모양이군. 그 많은 트롤들을 한 번에 전멸시켜 버렸으니 사람인들 다를 게 뭐가 있겠나? 싶어서 걱정이 된 게야.

"어떻게 알았어? 내 마음을 벌써 알고 있었나 보네 역시 구미호는 눈치가 빨라서 뭔가 다르다는 건가?"

"헤헤헤 스승님 그런데 구미호는 또 뭔데요?"

"꼬리가 아홉 개 달린 여우가 구미호라고 알려 줬었는데?"

"꼬리가 아홉 개는 구미호라 호호호"

"레인아 여우라는 건 말이야. 동방의 어느 대륙에 가면 사는 조그마하고 예쁜 짐승인데 말이야. 털도 부드럽고 꼬리가 길어서 보기에도 상당히 예쁘지. 그런데 이 여우는 꽤가 많아서 먹이도 잘 숨겨두고 몰래 혼자 먹길 좋아하고, 동작도 빠르고 눈치도 무지하게 빠른 동물이야. 맛있는 것 있으면 딱 숨겨두고는 시치미를 떼고는 없는 척 하는 거야. 그리고 혼자서만 몰래먹지. 또 알면서도 모르는 척도 잘하고 얌-채 짓을 잘해요. 그래서 여우는 새끼를 낳아도 아무도 모르게 새끼들을 숨겨놓고 키우거든 몇 마리를 낳는지, 새끼를 낳았는지 조차도 몰라. 그래서 새끼가 어느 정도 자라서 어른이 다 되어 가면 그때서야 모두 데리고 나타나서는 한번 내 새끼들 봐봐 얼마나 이쁜지! 내 귀여운 새끼들이 일곱 마리?하고 깜짝 놀라게 하는 거야. 깜찍하고 귀엽고, 예쁘고, 작고, 동작도 빠르고, 눈치도 빠르고, 깜쪽 같이 속이기도 잘하는 사람을 여우에 비유해서 여우같은 계집애, 또는 여시 같은 계집애라는 비유를 하는 거야. 그 보다 더 심하면 꼬리가 아홉 개 달린 구미호라고 놀리는 거란다. 이제 무슨 뜻인지 알겠어?"

"아 그렇게 나쁜 말이 아니잖아요. 그럼. 일종의 칭찬하는 말이네요."

"그렇지 그래도 듣는 사람에 따라선 싫어하는 사람도 있지."

"한 가지 확실하게 배웠어요. 여우 여시 구미호 히히힛 아가씨한테 써먹어야지 그리고 나중에 설명해줘야-징 키킥 재미있겠다."

"그거 안젤리나 양한테 써 먹으면 너 혼날지도 몰라."

"히힛 아가씨는 아직 뜻은 모르잖아요. 모를 때 실컨 놀려줘야징 그리고 나중에 설명해주면 가관이겠다. 키키킥!"

"너 그러다 짤린다. 상단에서 쫓겨나면 어쩌려고 그래?"

"히히힛! 쫓아내면 스승님한테 오면 되지요. 뭐 죽을 때까지 스승님 곁에서 스승님 발이나 씻겨 드리고, 그리고 목욕도 시켜 드리고 또 헤-헹 몰라몰라, 스승님 시중이나 들어드리면서 평생 모시지요 뭐!"

억 이거 완전 내 색시 하겠다는 말이잖아 햐 요놈 봐라 이거 진짜 구미호 맞네. 은근이 빗대어서 말하는 수법도 고단수 구미호야 이거 조심 해야겠군. 잘못하면 코 꿰이겠어. 큭-크크 큭!

"스승님!"

"웅?"

"뭘 그렇게 혼자서 히쭉히쭉 웃으시는 거예요?"

"내가? 언제? 험험"

"에-헹! 방금 그러셨잖아요."

"내가? 그랬나? 글쎄?"

"아 스승님도 여우되시려나 보다 속마음을 감추시는 거 보니까용."

"뭐? 야 레인아! 여우는 여자라야 자격이 있어. 남자는 초판부터 아예 여우 자격이 없어. 무조건 탈락이야. 암"

"엥? 그건 또 왜요?"

"그건 음 내가 그렇게 정하는 거야. 남자는 여우 없다. 절대로!"

"호호호홋! 우와 스승님 완전 엉터리시다!"

"푸-하하하핫! 그래 으아 말 된다. 하하하하하"

"히히히힛 정말 웃기신다. 오호호호홋"

"저-뭐가 그렇게 재미있으신가요? 웃음소리가 온 동네 다 들리는 듯하네요."

"아-어서 오너라 이제 여우가 둘이로구나. 하하하"

"히히힛! 맞아요. 여우하나 여시하나 호호호호"

안젤리나의 눈이 똥그래졌다. 무슨 뜻 인지 모르니 소외감은 당연히 느낀다. 저 둘은 서로 통하는데 자신만 동질감에서 떨어져 나온 외톨이 인듯 그렇게 위화감이 조성되는 것이다. 그것은 견딜 수 없는 상처처럼 크게 작용한다.

"힘험 안젤리나는 여우가 뭔지 모르지?"

"네 스승님!"

"무슨 뜻인지 가르쳐 주랴?"

"넷!"

"아 안 돼요. 스승님 이게 얼마짜린데 그냥 가르쳐줘요?"

"뭐? 그걸 돈으로 계산 하냐?"

"그럼요 아가씨는 상단의 소가주이신데 상인으로서 당연히 대가를 받고 알려 줘야죠."

"응 그거 말이 되는데 큼, 그러면 레인 네가 대가를 적당히 받고 설명해 주려무나."

"넵 그렇게 하겠습니다. 스승님!"

그렇게 해서 레인은 어마어마한 대가를 받고 여우가 무엇인지를 안젤리나에게 설명해 줬단다. 그리고 다음날 이상한 표정의 안젤리나를 불러서 물어 봤더니 글쎄? 얼마나 억울하게 당했으면 울면서 하는 말이 가관이다

"스승님! 글쎄 그 구미호가 말이에요. 에-잇! 억울해서 말이 잘 안 나오네 아-글쎄! 구미호한테 완전히 당했다고요. 어떤 대가를 원했나 하면요. 원래 레인은 노예였는데 레인을 비싼 값을 치르고 사온 이유가 비서 겸 개인 노예로 데리고 다니면서 상인으로 키울 생각으로 사 왔는데 그 노예 증서를 스승님께 넘기라는 거예요. 그것이 대가로 조금 모자라지만 그러면 설명을 해 주겠다고 해서 그래서 그렇게 하기로 했거든요. 그래서 으흑흑흑흑!"

"그래서 노예문서를 구미호에게 줬다?"

"넹 으-흐흑흑!"

"푸 하하하하핫! 푸하하하하하 아이고 배야! 배꼽 빠지겠네. 으하하하핫 푸 하하하하하!"

배가 아프도록 실컷 웃었다.

그린 왕국은 넓은 평야지대가 대부분인 왕국이다. 즉 농사를 지을 수 있는 땅이 95%나 된다. 그래서 오래전부터 농업이 주류를 이루는 부자 왕국인 것이다. 지리적 위치가 적도에 가까운 북

반구 지역이라서 식물들이 잘 자라는 아열대 기후이니, 더욱 농사가 잘되고 부족함이 없는 부자나라로 소문이 난 곳이다. 왕국의 국민들 성격 또한 온유하고 느긋해서 남의 것을 탐낼 필요가 전혀 없는 국민성을 가지게 된 것일지도 모른다. 그러니 당연히 인접 왕국들이 그린 왕국을 탐을 내는 것은 그런 사실 때문인데, 자립심이 약한 그린왕국은 언제나 마젤란 제국에 조공을 상납하고 그 대가로 외부의 침략으로부터 보호를 받아 온 것이다. 그러다 보니 자국 내의 병력이 수적으로도 적지만 훈련도 잘 안 되어 있는 상태인 것은 당연지사인 것이다. 한마디로 약소국인 셈인데 외세의 끊임없는 침략을 받아 오면서도 어째서 강병 육성을 하지 않는지는 그 국민성에 기인한 이유가 가장 큰 이유일 것이다. 돈이 많으면 당연히 병력을 많이 육성 하든지 아니면 용병을 많이 활용하든지 하는 것이 정답일 텐데 그런 쪽으로는 중신이나 국왕의 능력이 미치지 못하나 보다. 산맥으로 부터도 먼 지역이라 몬스터의 공격도 일체 없다보니 차라리 제국에 붙어서 그 힘으로 농사나 잘 짓는 것이 왕국을 이롭게 하는 것이라 결론지어진 것인지도 모른다. 이제 상단은 볼베키 왕국으로부터 사들인 생필품을 그린왕국에서 처리하고 다시 그린왕국의 각종 식량들을 사들여서 제국으로 운송하는 일만 남아있다. 이 왕국에서는 전혀 위험요소가 없으므로 상행위만 끝이 나면 바로 제국으로 돌아가게 될 것이다. 모두는 무라카의 천신 같은 신위를 본 뒤로는 온 정성을 다하여 섬김은 물론이고, 스스로들 대단한 각오로 수련에 임하고 있다. 며칠 후면 그린왕국의 수도에 입성할 위치까지 오게 된 상단 일행은 숙영지를 편성하고 각 조별로 수련을 준비한다. 무라카는 레인을 불러놓고 마르크 영지의 위치를 확인 한다.

"레인아 마르크 영지가 지금 여기서 어느 정도 거리에 있나?"

"네 약 100리 정도 되요. 가시려고요?"

"그래 밤이 되기 전에 그곳에 도착해서 정탐도 좀하고 지리도 익히고 해야지 너도 같이 갈래?"

"그래도 된다면 저도 따라 가고 싶어요. 그리고 제눈으로 그 악마 같은 놈이 죽는걸 보고 싶어요."

"음 그래 그럴 테지. 그런데 말을 타고 가기도 그렇고, 말로 이동을 하다 보면 남의 눈에 잘 띄게 되거든. 그 점이 마음에 걸리네."

"말을 타고서 호수까지 가서요. 호수 구경하는 여행객으로 있다가 어두워지면 성에 잠입하면 되잖아요."

"그게 좋겠군. 너도 말을 탈줄 알지?"

"그럼요 저의 유일한 취미가 말을 타고 호숫가에 놀러 다니는 것이었어요. 넓은 들판을 신나게 달리면 속이 다 후련해지거든요 아주 꼬맹이 때부터 매일 해오던 일인걸요."

"그렇다면 곧바로 출발한다. 너 복장부터 바꿔 입고 나와라 남 장으로 변장해서 나오너라."

"네 금방 준비해서 나올게요."

위드에게만 잠시 다녀올 곳이 있다고 얘기하고 출발한다. 아직 해가 지기엔 두 시간 정도의 시간이 있다. 충분히 어두워지기 전에 '다크' 호수에 도착 할 수 있으리라. 레인의 승마술이 상당한 경지에 있어 무라카가 따라가는 형국이다. 귀족의 딸로 태어나 어렸을 때부터 즐겨온 취미라 하니 오죽하랴. 정말 넓은 들이다. 그 끝이 보이지 않는 곡창지대다. 농수로도 잘 정리가 되어 있어서 말을 타고 달리니 바둑판 위를 달리는 기분이다. 이 땅위에서 식량이란 것이 얼마나 중요하겠는가? 무기보다 훨씬 더 중요한 것이다. 전쟁도 사람이 하는 것인데 사람이 굶고는 어찌 싸움을 할 수 있을까? 그런 중요한 곡식이 생산되는 거대한 곡창 왕국이다 보니 주변 왕국들이 눈에 불을 키고 그린왕국을 노렸을 테지. 머리가 뛰어난 외교관만 있었어도 주변 왕국들을 구슬러서 연합을 했더라면 아마 제국도 충분히 상대 할 수 있었으리라. 제국에서는 그런 것을 방지하기 위해서 상당히 머리를 굴렸을 것으로 추정된다. 마젤란 제국은 국토의 2/3가넘는 지역이 각 왕국들과의 접경지대이다. 그런데도 에워싸고 있는 왕국들이 오히려 위성 국가라도 되는 양 제국의 눈치나 살피고 있는 신세로 만든 것은 제국에 얼마나 뛰어난 책략가가 있는지 궁금해지게 하는 것이다. 농경지들보다 조금 고지대에 있는 다크 호수는 그 모습이 아름다워서 관광지로도 이름이 알려진 호수이다. 오늘도 많은 사람들이 호수에 배를 띄우고 광광을 즐기는 모습들이 평화롭다. 대다수가 쌍쌍으로 작은 놀이 배를 타고 낚시를 하거나 술판을 벌이고 있다. 레인도 시선이 수면위에 떠있는 놀이 배에서 떨어 질줄 모른다. 꼬맹이일 때부터 보아온 광경일 터이다. 호숫가 언덕에 말을 놓아두고 주변을 둘러보니 동쪽으로 길게 이어진 농로의 끝에 성이 보인다. 마르크 성인 모양이다. 칼 마르크 백작이 저 곳에 있겠지. 성의 내부구조를 알면 시간이 절약 될 터인데? 레인에게 성 내부 구조에 대해서 설명을 듣고 보니 그 동안에 내부공사를 새로 하지는 않았을 터. 호수가 가깝고 풍광이 좋은 이 곳에 영주가 기거 할 확률이 높다.

　"레인아 밥이나 일찍 먹어두자. 그렇게 표정 관리를 못하냐?

표티가 팍팍 난다. 그것도 예쁜 얼굴을 찌푸리고 있으니, 보는 내가 안타깝네. 웃어 임마! 좀 있으면 너의 소원 하나가 확 풀리잖아. 안 그래?"

"네 스승님 옛날 생각이 나서요. 힝-저 잘 할게요. 구미호가 이 정도 연극도 못하겠어요. 헤헤헤"

"그렇지 그렇게 웃어라. 지금은 남자역이니까 좀 호탕하게 웃어야 되지. 허허"

"참 깜빡했네, 하하하하!"

"지난날 생각이 많이 나지?"

"네 여기 참 자주 왔어요. 아빠한테 꾸중을 들어도 오고, 왜 그렇게 여기가 좋았던지. 오늘도 와보니 그래도 마음이 좀 시원해지는 기분이에요."

"그래 가까운 식당으로 가자. 네 얼굴 아는 사람 없는 곳이면 더 좋고."

"저기 보이는 저 집요. 음식 맛이 별로라서 갔었던 적이 없는 집이예요."

방갓을 쿡 눌러쓰고 앞장선다. 뒤에서 보니 꼭 연약한 청년 같은 모습이다. 걸음걸이가 순 엉터리지만.

"혹여 아는 사람 있더라도 안면 몰수 할 수 있지?"

"네 걱정 마세요. 그 정도는 구미호에게는 별것도 아닌걸요."

"이젠 노예 문서도 없애 버렸으니 이일 끝나면 평범하게 살면 되느니라. 앞으로 좋은 남자 만나서 인생을 즐기면서 살도록 해라."

"네 스승님 잘 생각해보고 결정할 겁니다."

해가 지고 어둠이 내리자. 호수위의 배들도 몇 척만이 불을 밝히고 밤 뱃놀이를 하나보다. 다들 돌아가고 조용해진 호수위에 떠오른 두 개의 달그림자만이 물결에 일렁인다.

"넌 여기 있을 거냐?"

"네 따라 가봤자 짐만 될 텐데 여기까지 따라 온 것 만해도 감사합니다. 여기서 기다릴게요. 스승님!"

"그래 오래 걸리지 않을 거야. 최대한 빨리 처리하고 오도록 하마 그럼"

말이 끝났을 때 무라카는 이미 그곳에서 사라지고 없다. 허공으로 점프를 한 무라카는 200미터의 공중에서 두 번의 점프로 마르크 성의 상공에 도달해 있다. 레인이 설명한 시설이 그대로 구분이 되고 꼭 와봤던 곳 같은 느낌이 든다. 영주가 있을법한 건물 지붕 위로 이동한 무라카는 곧장 창문을 통해 내부로 들어선다. 아무런 소리도 기척도 없이 유령처럼 움직인다. 말 그대로 무흔 신법이 10성에 오르자 공기의 저항조차도 느끼지 않는 경지가 된 것이다. 기를 퍼트려서 살펴보니 건물 내에는 단 한명이 있다. 바로 우측 방이다. 소리 없이 우측 방으로 들어서니 침대에는 어린 소녀가 잠들어 있다. 밖으로 나가려는데 아이가 일어나 말똥말똥한 눈으로 쳐다본다.

"어? 아빠가 아니네. 아저씨 누구야?"

"응 아빠 친구야. 방을 잘 몰라서 잘못 들어 왔네. 계속 자 난 너의 아빠 방으로 갈 테니까."

"아빠 방 찾는 거야?"

눈이 커다란 애가 귀엽게 생겼다.

"응 그래 "

"아빠 방은 여러 개 인데 오늘은 어디서 주무시는지 모르겠네.

아 맞다 미라언니는 알거야. 내가 알아서 올게. 아저씨는 여기 있어."

쬐끄만 한 게 자다가 금방 일어난 것 같지 않게 부지런도 하지 쪼르르 달려 나간다. 꼬맹이 뒤를 조금 떨어져서 따라가니 한 층 아래로 내려간다. 그리고 방안으로 쏙 사라진다.

"언니, 언니 미라언니 아빠 어느 방에 계셔?"

"앗! 아가씨 이 밤중에 여기는 왜?"

"어 아저씨 따라왔네. 미라언니 아저씨한테 아빠 방 가르쳐 줘. 아-흠! 졸린다. 난 다시 자러갈게. 아저씨 안녕 언니도 안녕!"

꼬맹이가 참 귀엽다. 그러나 할 일은 해야 하니, 미라라는 시녀는 벌써 눈치를 알아챘는지 벌벌 떨고 있다.

"미라라고? 이름이 예쁘네. 그래 영주가 있는 방이 어디지?"

"네 넵! 저 저기 왼쪽으로 두 번째 방 ---쿵!"

기절해 버렸다. 아이가 겁이 많은가보다. 아니면 평상시 영주가 교육을 단단히 시켰다는 의미이고, 왼쪽 두 번째 방 앞에서 기척 을 숨기고 안의 상황을 살펴보니, 역시 잠자는 방에도 기사를 두 명이나 배치를 시키고 잔다. 그 만큼 죄의식을 가지고 사는 욕심꾸러기 영주인 것이다.

"그러니까 노예로 팔았던 그 레인이라는 아이를 볼베키 왕국에서 봤다는 것이냐?"

"네 영주님 그곳 왕실에 근무하는 친구가 있습니다. 그 친구한테서 연락이 왔습니다. 찾고 있는 레인이라는 아이가 파랑새의 집이이라는 술집에 자주 다니는 것을 확인 했답니다. 켈리포 상단의 지점에 근무하는 것으로 확인 되었고요. 어떻게 할까요? 아무도 모르게 잡아올까요?"

"물론 그럴 수 있으면 그것이 가장 좋은 방법인데 그 아이가 어떻게 켈리포 상단에 들어갔을까? 분명히 노예로 문서를 작성해서 매매상에 팔았다면 멀리 북쪽으로 팔려갔을 텐데 말이야."

"그건 잡아서 직접 심문해 보면 알 수 있죠. 그리고 그 어미는 행방이 묘연합니다. 아마도 북쪽으로 팔려 간 듯싶습니다."

"그럼 한시라도 빨리 움직여서 그 아이를 데려오너라. 그 아이는 아마 알고 있을 것이다. 우리가 어떻게 영지전을 허락 받았는지 말이다. 그 비밀이 소문이라도 나면 그것으로 끝장이야."

도대체 무슨 얘기인지 지금의 얘기로는 부당한 방법으로 영지전을 벌여서 영지를 빼앗았다는 것 외에는 다른 정보가 없다. 남들의 눈이 무서우니 일단 노예로 팔아놓고 뒤이어 처리를 해서 입을 막겠다는 그런 말인 듯하다. 좌우간에 부당한 영지전이라는 것만 밝히면 되겠군. 그렇다면 죽이는 것보다는 이놈을 잡아서 실토하게 하는 것이 원상복구는 안되더라도 작위는 승계할 수 있으리라. 소리 나지 않게 방안으로 들어섬과 동시에 좌우의 기사를 기절시키고 다가가니 놀라서 입을 벌리고 눈만 껌뻑이고 있다.

"당신이 칼 마르크 백작인가?"

"댁은 뉘신데 야밤에 성주 방을 침입한거요?"

"그건 알 필요 없고 레인이라는 아이를 찾는 이유가 뭔가 노예로 팔았으면 그것으로 끝이지, 또 다시 추격하는 이유가 궁금하군."

그 순간 백작의 맞은편에 앉아있던 녀석이 롱 소드를 뽑아 들고 일어선다. 아마도 공격을 하려는 모양인데 후후! 눈에 보이지도 않는 공기 방울 같은 작은 기포가 녀석의 이마를 관통해서 뒤쪽의 벽까지 뚫고 사라진다. "쿵!" 소리를 내며 앞으로 쓰러지기까지 1초도 안 되는 순간에 기사 단장이 절명한 것이다. 공격하는 것을 보지도 못했는데 말이다. 그리고 3미터나 떨어진 곳에 서있는데 언제?

"조용히 얘기하지 셋을 세는 동안 그 이유를 말하지 않으면 너도 마찬가지 살아있을 하등의 이유가 없다. 하나, 둘"

"잠깐만요. 잠깐!"

"그래 얘기해봐."

"그러니까 그 그게 이미 끝이 난 영지전 일지라도 그 직계가 부당한 영지전이었다는 근거를 제시하면 다시 원상복구가 되고 저는 물론이고 저의 영지는 다 죽습니다. 제발 살려 주십시오."

풀썩 털썩 쿵! 이마를 찧는 모습이 가관이다. 이런 놈이 백작이라고? 지나가던 개가 웃을 일이다. 아니 그린 왕국 자체가 의심스럽다. 왕국으로 있어야할 이유가 아니 존재자체가 지극히 불편한 생각이 든다. 어떻게 이따위 사단이 있는 줄도 모르는 놈들이 왕궁에 앉아서 배불리 처먹으면서 살 수 있는지 지극히 부적절한 국가라는 선입견이 든다. 싹 없애 버릴까?

"그래서 그 모녀를 찾아서 죽이겠다. 네 놈이 살기 위해서? 햐 이런 거지같은 자식이 어떻게 세상에 태어났는지 너희 가계는 오늘부로 영원히 이 땅에서 사라질 것이다. 그리고 그린 왕국 자체를 없애 버리고 싶다만, 도대체 어떻게 사기를 쳤기에 속았는지 너의 왕에게 직접 문초를 해보고 결정하도록 하지."

"캑! 제발---!!"

"남을 죽이고 자기는 살고 싶다? 어이 그 기 두 기사 놈들 깨어난 줄 다 아니까. 이리로 와라."

"헉 네 넵!" 후다닥 달려온 두 놈이 납작 엎드린다.

"지금 즉시 영지내의 모든 인원을 영주전 앞에 집결 시켜라. 그리고 단장 놈은 저기 뒈졌으니까 부단장 불러와! 이 영주새끼는 즉시 체포해서 압송 준비하고, 그리고 부당한 영지전을 부추긴 기사나 귀족은 지금즉시 체포하여 모두 한곳에 모아라. 나의 이 명령을 한 시간 내에 수행치 못하면 오늘 이 영지내의 모든 사람들을 모두 죽일 것이다. 나는 하늘에서 온 천군 사령관이다. 알겠나?"

"히-익! 천군 사령관! 네-네 넵! 즉시 바로 시행 하겠습니다."

5분도 안 걸려서 부단장이 기사들을 대동하고 달려와 넙죽 엎어진다. 그리고 성주의 마누라와 아들 둘 그리고 막내 꼬맹이까지 벌벌 떨면서 들어온다.

부단장은 성주 마르크를 꽁꽁 묶어서 무릎을 꿇리고 대기시키고 온 성안이 모두 불을 밝히고 '와글와글' 병사들이 성주실 앞 광장에 몰려나온다.

"아버지가 나쁜 일을 저질렀는데 그 내용을 아는 자는 누군가?"

"------?"

"칼 마르크!"

"넵!"

"너의 입으로 지금부터 부당한 영지전을 벌이게 된 동기부터 시작해서 지금까지의 모든 일을 모든 병사들까지 늘을 수 있세 큰소리로 얘기한다. 아니 잠깐만 내가 레인을 데리고 오면 그때부터 얘기한다. 지금 레인은 다크 호숫가에 있는데 내가 데려오마!"

그 순간 모두가 똑똑히 보고 있는 가운데 사라져 버린 무라카 그리고 몇 초 후 공중에서 레인을 안고 천천히 내려온다. 마치 공기를 타고 내려오는 듯 서서히 미끄러지듯이. 모든 병사들뿐이 아니고 칼 마르크가 보건데 날아다니는 천신이 분명해 보인다.

바지를 타고 내리는 누런 물이 줄줄 흐르는 것도 모르고, 정신이 외출 하려는 순간!

"칼 마르크! 지금부터 큰소리로 얘기한다. 시작하라!"

마르크의 얘기가 시작되자 숨도 쉬지 않는 듯 조용해진다. 그리고 길고 사악한 얘기가 끝났을 때 레인은 얼마나 억울했는지 기절해버린다. 레인을 품에 안고 무라카는 모든 사람을 둘러보고 그리고 부단장을 바라보자.

"죽여주십시오, 저는 꿈에도 몰랐습니다. 그런 음모로 치러진 영지전 이라면 절대로 목숨을 걸고 싸우지도 않았을 것입니다."

"그래 부단장은 이 음모에 가담한 자들을 모두 체포 했는가?"

"넵 지금 진행 중입니다. 즉시 모두 체포해서 대령 하겠습니다."

"서두르도록 내가 잔인해지지 않도록 내가 화가 나면 이 영지는 단 몇 초면 녹아 없어지리라."

"네-넵 천군 사령관님이시여 잠시만 너그러이 시간을 주십시오. 반드시 모두 잡아 대령 하겠나이다."

부단장이 번개같이 설치기 시작하자 삽시간에 일은 착착 진행되었고 깨어난 레인은 의외로 침착하다. 그린 왕국으로 이송된 죄인들은 단 한사람도 살아남지 못했다. 그리고 온 왕국을 떠들썩하게 한 이 부당한 영지전의 사건은 일단락되었다. 레인은 백작의 위가 승계되어 '그린'이라는 성도 하사받아서 그린 레인 백작이 되었다.

나의 사랑 나의 딸 '볼리아'

　마젤란 제국의 절대 권력자중 한사람인 왓슨 볼리아 공작은 구중심처에서 깊은 상념에 빠져있다. 그녀가 앉아 있는 탁자위에는 지구의 M60 기관총을 닮은 무기가 한 자루 놓여있다. 사실 이 무기는 명칭이 '레이져 샷-건'이다. 천족들의 전사들이 개인화기로 지급받아 등록된 무기인 것이다. 사거리가 1㎞에 달하며 파괴력이 아주 뛰어나서 그 어떤 금속도 그대로 분해 시켜버리고 사라지게 하는 무기인 것이다. 소리도 없고 속도는 광속이다. 그렇다고 지구의 무기처럼 탄이 발사되는 것이 아니라 빛이 발사되는 것이다. 볼리아는 아직도 생생히 기억하고 있다. 바로 어제의 일이었던 것처럼 자신의 아빠가 이것으로 수천마리 아니 수만 마리의 몬스터들과 싸우던 모습을 흔적도 없이 사라져가던 수많은 몬스터들. 단지 겨냥하고 당기기만 하면 소리도 없이 먼지가 되어 사라지는 광경들 그러나 그 일이 있은 것은 자그마치 600년 전의 일이다. 지금 볼리아의 나이는 603세이다. 아빠의 등에 업혀 있었던 그때는 3살 이였었다. 꿈이라면 지독한 악몽이다. 3살 된 꼬마를 등에 업고 정신없이 싸우던 아빠! 볼리아는 엄마라는 존재는 모른다. 누구인지 어떻게 되었는지 조차도 모른다. 그리고 아이가 태어나려면 엄마가 반드시 있어야 한다는 것을 알게 된 것은 몸이 다 자라고 난 후의 일이었다. 다만 아빠에 대한 기억은 생생하다. 은발머리를 허리까지 내려오도록 기른 잘생긴 아빠의 얼굴! 항상 따뜻한 미소를 지으며 볼리아를 품에서 한시도 떼어 놓지 않던 아빠! 항상 무슨 일이 생기면 볼리아 부터 챙기고, 그리고 등에 업고, 띠로 바짝 동여 메고는 몬스터 사냥에도 나섰고 또 왕국간의 전쟁에도 참여해서 수많은 공을 세우신 분이란 것을 기억하고 있다. 뛰어난 검술로 칼을 휘두를 때마다 적들은 두 동강이 나서 죽어 갔으며 피투성이가 되어서도 지칠 줄 모르고 몇 일간을 쉬지도 않고 자지도 않으면서 싸운 적도 있다. 볼리아가 등에서 자고 깨어나도 싸움은 계속 되었던 것이다.

"아빠 배고파요."하면 그 소란한 전장의 한 가운데에서도 어떻게 알아듣는지 "그래 우리 예쁜 볼리아가 배고플 때 되었지. 잠깐만 참아라 저 놈들만 처리하고 밥 먹으러 가자." "응 아빠" 그렇게 항상 같이 있을 것 같던 아빠가 하루는 이것 '레이져-샷건'을 집안의 비밀 장소에 숨겨 두시고는 "잠깐 누굴 만나고 올 테니 볼리아는 자고 있어라 알았지?" "네 아빠 빨리 오셔야 해요. 볼리아는 아빠 품에서 아빠 심장소라를 들어야 잠을 잘 수 있어요."

"그래그래 금방 다녀오마. 소리어서 듀오라는 사람을 만나고 올 텐데 오래 걸리지 않을 거야. 푹 자고 있어 예쁜 볼리아. 쪽!"

아빠는 내 이마에 뽀뽀를 해주시고 나가신 후 영영 돌아오지 않았다. 아빠의 빛나는 검도 함께 사라진 것이다. 볼리아는 그 후 소리어스 듀오라는 아저씨 집에서 자랐다. 17살이 되었을 때 소리어서 듀오의 목을 단칼에 베어버리고 그때부터 혼자 살게 되었다.

소리어스 듀오는 볼리아의 너무도 아름다운 미색에 눈이 뒤집혀 친구의 딸임에도 처녀로 자랄 날을 기다리면서 키워온 것이다. 그러던 어느 날 자신의 방으로 불러 강간 하려다가 단칼에 목이 달아난 것이다. 볼리아는 그때까지 검을 잡아 본 적이 없었지만 화급한 상황에서 검에 손이 닿자마자 놀라운 빠르기로 망설임 없이 검을 휘둘러서 목을 쳐버린 것이다. 어릴 때 아빠의 등에서 보았던 검의 동작들이 마음 깊은 곳에 잠재되어 있었다는 것을 일깨우는 일대 사건이 그러한 결과를 낳게 되면서 그때부터 볼리아는 자신을 지키기 위해서는 검술을 익혀둘 필요성을 느끼고 검술에 빠져들었고, 아빠의 그 빛나는 검을 잡고 멋진 동작들을 펼치시든 기억들을 하나하나 떠올리면서 검술을 익히게 되었고 소드 마스터가 된 것이었다. 아빠가 남긴 유품인 '레이져-샷건' 한 자루. 어떻게 작동되는지는 몰라도 다만 아빠의 유일한 유품이기에 아무도 모르게 그 긴 세월동안 소중이 숨겨온 것이다. 그 누구의 눈에도 띄지 않게 그렇게 그런 가운데 제국의 공작이 되었고 제국의 수많은 청년들이 청혼해 왔으나 소리어스 듀오의 그 더러운 행동으로 인한 상처로 '남자혐오증'에 심하게 빠져있는 볼리아는 그 누구의 청혼도 단호하게 거절하고 독신으로 살아온 것이다. 기나긴 세월동안 혼자 나름의 검술을 익히고 그 뛰어난 감각과 신체기능으로 인해서 자연적으로 그 누구도 따를 수 없는 입지전적인검의 달인의 경지에 오른 것이다. 볼리아는 단순한 소드 마스터가 아니다. 오러를 다룰 줄 알고 소드 마스터라 불리기 시작한 것이30세도되기 전이였으니 더 이상 말을 하면 무얼 할까?

지금은 바벨산맥의 한 지류인 이곳 요크산 골짜기에 아담한 장원을 지어 놓고 하녀들 몇 명과 기사들 몇 명들이 공작을 모시고 있다. 세월이 600년이라는 긴 시간을 흘러 지금에 이르렀어도 변함없는 것은 볼리아의 외모와 볼륨감 있는 몸이다. 30대의 활짝 핀 여인의 몸매를 그대로 간직한 볼리아는 신체기능이 변함없이 시간이 정지해 버린 것처럼 그대로인 것이다. 마젤란 소리어스 쿠빌라이 황제도 볼리아 에게는 고양이 앞의 생쥐 같은 신세일 뿐이다. 아쉬울 때 마다 황궁에서 사신을 보내어 도와 달라고 요청을 하면 간혹 한번 씩 세상에 나아가서 문제의 근원들을 제거해 주고는 다시 이곳으로 돌아와 버리는 것이다. 황제도 꼼짝 못하는 것은 선대의 전선대로 부터도 쭉 공작으로 있었으며 선대 황제로부터 전해지는 반드시 지켜야 하는 불문율이 있는데 그 첫째가 볼리아 공작을 잘 보필 하라는 것이고 반기를 들다가는 제국이라도 바람 앞의 등잔불처럼 위태로울 수 있음을 누누이 강조하고 있고 그 계율을 어기면 즉시 죽을 수 있음을 명심하라는 황제대대로 비밀리에 전해지는 계율인 것이다. 사람이 어떻게 수 백 년 동안 변함없이 살 수 있을까? 그 사실 하나만으로도 불가사의한 일이거늘 그래서 오히려 두려운 존재로 인식되어 볼리아 공작은 황제조차도 그녀 앞에선 무릎을 꿇는 존재인 것이다. 이백년마다 주기적으로 발생하는 몬스터와의 전쟁이 일어 날 때마다 전 대륙이 연합하여 연합군을 형성하고 항상 총사령관은 볼리아 공작이 되어야만 큰 희생 없이 몬스터 토벌이 성공하게 되는 것이다. 그러면서도 볼리아 공작의 비밀이 지켜지는 것은 황제의 엄명 때문인 것이다.

볼리아는 오늘도 "레이져-샷건'을 테이블 위에 올려놓고 분해도 해보고 깨끗이 먼지하나 없게 닦아서 결합을 해서 올려놓고 들여다보고 있는 것이다. 아빠의 유일한 유품이며 무기인 이것이 볼리아의 가장 소중한 추억인 것이다. 그리운 아빠! 또 다른 빛나는 검과 함께 사라져 버린 아빠! 보고파요 아빠! 아빠의 품에 안겨 쿵쿵 거리는 심장 소리를 들으며 잠들었던 어린 시절이 바로 어제의 일처럼 선명한데 지금도 매일 잠에서 깨어나면 그 심장 소리가 환청으로 들리는 것 같은데 아빠 살아계시죠? 어떤 피치 못할 사정 때문에 못 오시는 거죠? 수도 없이 독백해온 기나긴 세월! 아! 보고파요 아빠 언젠가는 돌아오실 거죠?

지난 수백 년 동안 제국의 황제와 귀족들이 볼리아를 암살하려고 3회에 걸쳐 치밀한 계획 하에 획책을 시도했지만 성공하지 못했다. 한번은 고위귀족인 공작이 시도 했고, 두 번은 역대 황제가 시도 했었다. 그러나 그들은 아무도 천수를 누리지 못하고 죽었다. 볼리아에 의해서 황제였던 자들도 그 즉시 목이 잘려 어린 후손에게 황위를 물려 줘야만 했던 대 사건이 두 번이나 있었다. 그리고 200년 전에는 같은 공작이 암살을 사주 했다가 그 혈족은 깡그리 씨를 말렸으며 그 성씨 역시 지상에서 영원히 사라졌다.

제국의 기록에서 조차 완전히 지워져야 했던 것이다. 그 인원이 수만 명이나 되었으니, 가만히 두면 관대 하지만 누군가 자신에게 도전 하면 잔인하게 응징함으로써 '바젤란 대륙'의 전설이 된 것이다. 그 후 누가 감히 다시 그런 마음을 품을 수 있겠는가?

요크 산 일대를 중심으로 3개의 도시가 있다. 그 도시를 중심으로 광활한 지역을 570년 전에 소리어스 리오 쿠빌라이 1세로

부터 공작 작위와 함께 하사받은 볼리아의 영토이다. 그때 쿠빌라이 1세는 공왕의 위를 하사 하였으나 극구 사양했다. 공왕이 되면 귀찮은 일이 한두 가지가 아니다. 일국의 왕국과 같은 위가 되므로 제국에서 떨어져 나온 왕국이 되는 것이다. 그렇게 되면 일단 정계를 떠날 수 없게 되고 외부의 침략도 발생 할 수 있는 소지가 있음으로 일일이 다 참견해야 하는 번거로움을 피할 수 없게 되는 것이다. 그것이 볼리아가 가장 싫어하는 일인 것이다. 그냥 조용히 삶을 즐기면서 관조하는 그런 일상을 좋아하는 볼리아는 지금처럼 아빠를 그리워하면서 지난 추억을 되새겨 보는 습관이 생긴 것이다. 그리고 영지의 일도 똑똑한 중신들에게 맡겨놓고 거의 간섭을 하지 않는다. 그래야 세상일에 엮이지 않을 것이기 때문이다. 가끔씩 바벨 산맥으로부터 유입되는 몬스터들의 수가 많아져서 불가피한 경우는 영지에 내려가서 진두지휘를 할 때도 있지만 그런 일은 세대를 뛰어넘는 세월이 흐른 후이기 때문에 영지 민들이나 부하 병사들과 기사들은 거의 대다수가 영주의 얼굴도 모르는 것이 정상이다. 어떨 땐 한 세기가 지나는 동안 한 번도 영지에 내려가지 않은 적도 있었으니, 얼굴을 모를 수밖에 없는 것이다. 그리고 지극히 중요한 일이나 위험한일이 아니면 될 수 있는 한 영주를 찾는 일은 거의 없다. 그런데 그 아주 드문 일이 오늘 일어났다. 800㎞가 넘는 산악지대를 깊숙이 들어와야 볼리아 별장에 올 수 있는데, 그 먼 길을 말을 타고 달려온 기사는 중후한 중년의 연륜이 묻어나는 얼굴을 한 영지의 기사 단장인 '세누리안' 경이다. 세누리안 경은 어릴 때 볼리아가 거두어 가르친 제자이다. 급히 연락 할 일이 생기니까. 스승님의 근황도 궁금하고 또 자신에겐 어머니와 같은 스승님의 존안도 뵙고 싶어 스스로 자청해서 달려온 것이다. 정문에서 경계근무 중이던 기사는 세누리안 경인 것을 알아보고는 반갑게 인사한다.

"충성! 먼 길 오시느라 수고 하셨습니다. 단장님!"

"오 그래 고생이 많구나. 별일 없지? 공작님께선 안녕하시고?"

"넵 단장님 별일이야 있지만, 아니 산에 사는 작은 짐승들 말입니다. 공작님은 항상 변함없으십니다. 안으로 들어가시죠?"

"그래 자네는 근무하고 있게 나 혼자 들어 갈 테니, 스승님도 뵙고 싶고 허허허"

상념에 잠겨 있던 볼리아는 벌써 누가 왔는지 느끼고는 밖으로 나온다. 현관 앞에서 눈이 마주친 두 사람! 털썩 무릎을 꿇는 세누리안.

"스승님! 건강하신지요? 오랜만에 스승님의 존안을 뵙게 되어 정말 기쁩니다."

"오! 세누리안 단장 어떻게 이 먼 곳까지 왔는가? 아니 어서 들어가자. 제이야 차를 준비 하거라. 배도 고플 텐데 음식도 서둘러 준비하고."

"네 공작님 지금 준비하고 있어요."

"자 어서 일어나게 그리고 안으로 들어와 호 호 나이가 들어도 나만 보면 그러네. 마치 어린애처럼 구는구나. 호호호 반가워 세누리안 이젠 어엿한 장년이 되었구나. 장하다. 세누리안."

눈물이 글썽글썽한 장년이 삼십대 조반의 여인에게 미치 오랜만에 뵙는 어머니를 대하는 표정이다. 그리고 자신도 모르게 어리광이 나오는 것을.

"예 스승님! 사실 제겐 어머님 같이 느껴지는 걸요. 제자가 겉 모습만 좀 늙어서 그렇지 스승님 앞에선 아직 어린애인걸요. 하하하."

"그래 나도 그런 마음은 변한 것이 없어. 코흘리개 세누리안으로 만 보이는 걸. 이젠 덩치가 커져서 안아주고 업어 주지는 못해도 말이야. 호호호"

"하하하 스승님 이젠 제자가 업어 드려야 하는데 스승님이 너무 젊으셔서 그게 불가능 할 것 같군요."

"여기 차랑 과일 말린 것 가져 왔어요. 건 과일이 아주 달아요. 드시면서 얘기 나누세요."

"자 차 한잔 마셔봐. 모두 산에서 나는 것들이라 저 아래 세상에선 보기 힘든 것들이지."

"네 향이 참 좋습니다. 아-참! 급한 일을 먼저 전해 드려야 하는데, 다름이 아니라 며칠 전에 볼베키 왕국으로부터 한 죄수가 제국으로 이송되어 왔는데 혹시 공작님께서 지시하신 일이 아닌가 해서 확인 해 보라는 황제 폐하의 명이 있었습니다."

"볼베키 왕국? 죄수? 무슨 말이냐? 나는 지난세월 동안 밖으로 나간 적이 없는데?"

"네 그거야 모두가 아는 사실인데요. 그런데 참 이상한 소문이 전 대륙에 퍼지고 있고, 더-왈츠 백작 이였다는 그 죄수는 소녀들을 납치하고, 강간 및 인신매매까지 저지른 무리의 수장 이였답니다. 그 범죄 조직을 일망타진해서 만 오천 명이나 되는 범죄자들을 모두 참형시키고, 그 조직을 지휘한 자를 잡아서 제국의 볼리아 공작님께 인계하고 모든 사건의 진상을 상세히 보고 드리라고 하였답니다."

"오~그래? 그것참 그럼 볼베키 왕이 직접 조사하고 잡아 들였다는 뜻인데 누가 그렇게 하도록 했다던가?"

"네 그것이 은발의 잘생긴 남자가 켈리포 상단과 같이 움직인 모양인데 말입니다. 그??"

"잠깐! 은발의 잘생긴 남자? 나이가 어느 정도로 보이는지 아는가? 혹시?"

깜짝 놀라는 볼리아 공작을 보고 무언가 심상치 않는 일이 있구나 생각된 세누리안은 눈을 크게 뜬 채 멍하니 스승의 얼굴만 바라본다. 너무도 아름다운 얼굴이다. 잔주름 하나 없이 뽀얀 얼굴에 하늘빛을 띤 파란 눈! 그 눈을 바라보면 마치 하늘을 쳐다보는 듯하다. 그리고 길게 자라있는 은빛 머리칼 윤기가 차르르 흐르는 듯한 부드러운 머릿결.

"뭘 그렇게 자세히 봐! 내 얼굴에 뭐 묻었어?"

"아뇨 스승님 아직도 한 가지도 변하지 않은 그 모습 그대로인 것이 신기해서요. 제가 꼬맹이 일 때 그때 스승님께 안겨서 올려다보던 그때 그 모습이나 지금이나 변함없으신 것이 그리고 너무나 아름다우신 모습에 그만 죄송합니다. 방금 뭘 물어보신 건지요?"

"호호호 그래 이 스승을 그렇게 띄워주니 고맙구나. 그 사람 그 남자 말이야. 은발의 잘생긴 그 남자의 나이가 어느 정도인지 아느냐?"

"네 보기엔 30대 초반으로 보인답니다. 그리고 스승님을 알고 있는 듯이 말을 했고 자신이 스승님께 검술을 하사 했다고 말했답니다."

"뭐?" '우당탕!!' 갑자기 일어서는 바람에 테이블위에 마시다가 남아있는 찻잔이 넘어져 차가 쏟아져 내린 줄도 모르고 심각한 표정으로 깊은 생각에 빠지는 볼리아 공작!

"음 이거 내가 수도에 가봐야 되겠군. 뭔가 모를 아! 가슴이 왜 이렇게 두근거리지? 어 이상하네? 갑자기 눈물이 왜? 이게 뭐야 헉! 이것이 눈물이 흑!"

"스승님 괜찮으신가요? 스승님! 스승님!"

"어 그래 괜찮다. 괜찮아 그런데 아주 오래전의 일이 생각나는군! 아! 그 분이 맞는다면 나는 다시 한 번 세상에 나아갈 훌륭한 이유가 생기는구나! 호호호호!"

큰 소리로 웃고 있지만 볼리아의 두 눈에는 그 하늘 빛 같은 두 눈엔 가득한 눈물이 넘쳐서 볼을 타고 아래로 굴러 떨어지고 있다. (아빠? 아빠! 살아 계셨군요. 아빠보고 싶어요. 아~사랑하는 아빠 저의 귀에 그렇게 쿵쿵 큰소리로 울리던 심장소리가 아직도 생생한데, 아무리 세월이 흘렀어도 시간이 아무리 지나도 전 아빠를 단번에 알아 볼 수 있어요. 어떤 사정으로 돌아오지 못했는지 모르지만 아빠 지금이라도 돌아 올 수만 있다면 제겐 그 무엇도 그 어떠한 일보다도 더 소중한 일이랍니다. 아빠!)

"저 스승님! 스승님?"

"응? 그래 깊이 생각 할 것이 있어서 그래 단장 얘기해봐."

"혹 그분이 스승님의 스승님이 맞는지요?"

"스승님이 아니라 아~! 아직은 확답을 못하지 일단 만나 뵙고 그리고 어 내가 왜 이리 허둥대나? 호오~! 그래 일단 수도로 가야겠군! 단장 내일 아침에 떠날 수 있도록 준비해. 알았지?"

"넵 스승님 분부대로 하겠습니다."

평소엔 엄청나게 냉정하시고 찬바람이 부는 것 같은 분위기의 스승이 왜 저렇게 허둥대시는 건지 의아한 생각이 들지만 그걸 어떻게 여쭤 볼 수도 없는 상황이라 세누리안은 거실 밖으로 나와서 우선 시녀 제이를 찾았다. 그리고 스승님이 내일 아침 제국으로 떠날 수 있게 준비를 하라는 지시를 하고 건물 밖으로 나와 산장경계 중인 기사들을 모두 불러 모아 내일 공작님께서 먼 길을 떠나시게 된 것을 알리고 최소 잔류 인원으로 기사1명과 시녀 한명만 남고 모두 영지까지 일단 공작님 호위에 전념 하도록 지시한다. 영지에 도착 후 다시 산장으로 복귀해서 본연의 임무를 수행하도록. 안심 할 수 없는 것이 여기는 외지고 언제 몬스터들이 공격을 해올지 모르므로 여러 가지 신경을 써야 할 부분들이 많은 것이다. 남겨진 자는 일단 영지에서 추가 인원이 올 때까지 긴장해서 산장을 잘 지키도록 명령하고 쉬기로 했다.

그렇게 하루가 저물어 가고 있는 시간 켈리포 상단 일행은 아직도 제국까지는 긴 여정이 남아 있으므로 볼베키 왕국을 떠나 그린 왕국을 향해 천천히 이동을 하고 있었다.

한편 그린 왕국의 마르크 백작 영지의 음모로 인해 치러진 부당한 영지전 사건으로 왕국뿐만 아니라 인접한 왕국으로도 삽시간에 소문이 퍼져 나갔다. 그린왕국 왕궁에서는 심각한 귀족회의가 연일 개최되고 있고 왕국 전체에서 일어났던 영지 전들에 대한 재조사가 이루어져야 한다는 주장이 거세어지자. 밀턴 후레이크 후작이 이끄는 귀족파의 일부는 강력하게 반대의견을 내어 부딪히는 형국이 되어가고 있다. 왕국전체의 안위조차 확답 할 수 없는 입장의 약소국으로서 국력을 분리시키는 일에 시간과 돈을 낭비 할 수 없다는 주장인 것이다. 양쪽 다 맞는 말이지만 우선 급한 것은 그것보다 이번 사건의 전말을 파헤친 켈리포 상단의 한 인물에 대해서도 신경을 집중할 필요성을 느낀다는 국왕 그린 슈 오르카의 한마디에 모든 귀족들의 시선이 집중된다.

"짐의 생각은 회의의 논의 방향을 잠깐조율해서 이번 사건을 해결 한 켈리포 상단의 인물을 만나보고 싶군. 그리고 그분과 그린레인백작과의 관계가 어떻게 되는지도 파악을 해야 된다고 강조하고 싶고 또 제국으로 이번 사건이 흘러들어가서 소문이 난다면 짐의 왕국이 상당히 난처해 질 것이오. 그래서 케리포 상단의 대표자에게 주의 사항들도 약속을 받고 싶은 심정이오. 짐의 생각에 경들의 의견도 가감 없이 논의해 주기를 바라는 바이요."

"전하 한 말씀 올려도 되겠는지요."

"오 밀턴 후작 그래 어서 말씀해 보시오."

"우선 전하의 근위대 단장을 상단 지점에 보내어서 마르크 영지 사건을 조사한 분의신변을 확보하는 것이 급선무라 생각되옵고 귀족들의 회의는 그 후에 이루어져도 늦지 않다고 사료되옵니다. 그러하오니 전하께서 윤허 해 주신다면 신이 근위대 단장과 상단에 다녀올까 하옵니다."

"그렇지 그래 그것이 제일 급한 일이라 짐도 그렇게 생각하고 있었소. 밀턴 후작 후작께서 직접 움직이신다니 든든하고말고요. 그렇게 하시오. 그리고 회의는 잠시 정회를 하고 오후에 다시 토의토록 하십시다. 어험"

그린왕국에 때 아닌 비상회의가 소집되고 먼 지방의 귀족들은 참석치 못하나 수도에 가까운 모든 귀족들이 참석한 대 회의는 그렇게 잠시 정회 속에 한낮이 흘러가고 있었다. 어떻게 하던지 상단의 지점에서 의문의 인물과 접촉하여 사건 내막 및 그린레인과의 관계를 파악하고 제국으로 흘러 들어갈 좋지 못한 정보를 차단하는 것이 급선무인 것이다. 왕명으로 급파된 밀턴 후레이크 후작과 근위 기사단장 찰스 에이미는 왕궁의 마차를 타고 켈리포 상단 그린지점으로 향하고 있다.

"찰스경 무엇보다 중요한 사안은 우리 그린왕국의 수치스러운 사건이 제국에 알려지지 않게 입막음을 하는 것이 최우선으로 중요한 사안이네. 전하께서 거듭 강조 하셨으니 무슨 일이 있어도 상단 내 모든 이들에게 이점을 강조해야 한다네. 명심하게"

"네 후작각하 안 그래도 제국의 국정간섭이 날로 심해지는 이때 또 다시 빌미를 줘서는 안 되지요. 일단 상단에서 그 인물을 만나보고 우선은 잘 타일러서 약속을 받아내는 것이 좋을 듯합니다."

"그래그래 그리고 그린레인 백작은 연락이 되었는가?"

"네 그렇지요 무엇보다 당사자를 불러서 자초지종을 들어 보는 것이 가장 정확 할 것 같아서 아침 일찍 기사를 파견 하였습니다. 저녁때쯤 왕궁으로 도착 할 것입니다."

"잘 하셨어. 이런 기회에 레인 백작도 잘 다독여서 귀족 파에 큰일을 할 수 있도록 조치해야겠지 흠."

"네 이를 말씀입니까? 좋은 기회이지요. 꼭 그렇게 될 것입니다. 후작각하!"

"음 참으로 안타까운 일이야. 왕국 내에서 가장 미인 소리를 듣던 아이가 패전으로 인해 부모를 잃고 노예로 팔려서 타국까지 끌려갔으니, 얼마나 고생이 심했을고? 그리고 레인 백작의 어머님도 노예로 팔려서 갔다던데 그 문제도 하루 빨리 해결 되어야 할 거야. 음 아무래도 앞으로 당분간은 영지전을 금해야 할 것 같군.

지금 주변국들의 몬스터 토벌 작전도 여느 해처럼 순조롭지 않다던데 우선은 국력을 견고히 하고 군사력을 좀 더 키워야 할 필요성이 있을 것이야."

"네 후작님의 선견지명이 그 누구도 따르지 못할 것이로군요."

마차는 상단의 정문을 통과해 중앙 건물 앞에서 멈추었다. 그린왕궁의 깃발이 꽂혀 있으니 단번에 알아본 것이다.

건물에서 우르르 쏟아져 나온 여우와 지점장을 위시한 여러 명이 후작을 정중히 영접한다.

"상단의 안젤리나가 후작님을 뵙니다."

"오! 그래요. 상단의 소주이신 아가씨께서 지점에 계셨군요. 반갑습니다."

"뵙게 되어 영광입니다. 후작님!"

"급한 일이 있어 전하의 명으로 이렇게 불쑥 상단에 와서 미안하오. 다름이 아니라"

"예 후작님 급하시더라도 일단 안으로 드신 후에 말씀 하시지요. 자 이쪽으로 오세요."

"흠흠 어 흠! 내가 너무 급한 나머지 허허허"

지점의 넓은 회의실로 안내된 후작은 새삼 상단의 재력이 한눈에 보이는 듯 고개를 주억거린다. 왕궁의 회의실보다 더 넓고 더 잘 꾸며져 있지 않은가.

"음 역시 켈리포 상단의 재력은 대단하군 그래."

"아이고 무슨 그런 말씀을요. 잠깐 차를 드시고 계시면 스승님을 모셔 오겠습니다. 그럼 잠시만."

"아-아! 소주님 잠깐 스승님이라니 어느 분을 말씀하시는 건가요?"

"아-네 마르크 영지일로 오신 것이 맞으시지요?"

"네 그렇소만!"

"그 일을 해결 하신분이 저희 스승님 이십니다. 마침 수련 중이신데 금방 모셔오도록 하지요."

"네 그래주시면 감사하겠습니다."

잠시 후 회의실 문이 열리고 은발에 빛나는 파란 눈의 소유자 무라카가 부드러운 표정과 걸음으로 회의장 테이블로 다가와 상석 의자에 조용히 앉는다. 그러나 갑자기 무시무시한 포스가 흘러나와 강력한 위압감을 품어낸다. 회의장 전체를 깊은 물속처럼 침잠하게 하고 후작과 근위단장은 온몸이 덜덜 떨리면서 숨도 제대로 못 쉬는 지경에 이른다. 후작은 안간힘으로 떨리는 몸과 다리를 버티며 시선을 들어 무라카의 눈과 시선을 맞춘다. 빛나는 태양을 직시하면 이럴까? 눈이 부시어서 잠깐도 마주 볼 수 없는 강력한 시선! 30대 초반으로 밖에 생각되지 않는 외모에 저렇게 강력한 눈빛이라니.

"누가 왕명을 받고 온 후작인가?"

"이런 무엄 컥!"

"그대가 왕명을 받고 온 후작인 모양이군."

"네 넵 제 제가 밀턴 후레이크 후작입니다."

딘번에 반말을 해도 반박할 엄두도 못 낸다. 근위기사 단장 찰스에이미가 한 번에 제압되어 온몸이 굳어서 꼼짝도 못하는 신세가 되어 있다. 옹통 얼굴에서 빗물 같은 땀이 흘러내리고 눈은 완전히 동공이 풀려서 의지를 상실한 듯 보인다.

"왕국의 치부를 덜어달라고 왔는가?"

귀신이 곡할 노릇이다. 이미 왜 왔는지를 꿰뚫어 보고 있는 상대. 도저히 그 어떤 말도 할 수 있는 여유를 주지 않는 단호함.

"왕에게 가서전해라. 내가 곧 찾아 가겠노라고, 왕국을 다스려야할 중차대한 임무를 부여 받았음에도 이를 소홀이하여 아무런 잘못도 없는 착한 한 가족을 핍박한 죄를 징치할 것이다. 그리고 억지로 권력으로 눌러서 입막음 하려는 그런 얄팍한 수법이나 생각하는 귀족들 모두도 마찬가지 지금 돌아가는 즉시 귀족들도 모두 근신하고 기다리라 일러라. 분명히 강조하거니와 잔머리는 절대 굴리지 않는 것이 좋을 것이다. 어쩌면 이번이 마지막 경고가 될지도 모른다. 내가 마음만 먹는다면 그린왕국이 이 세상에서 사라지는 것은 하룻밤도 안 걸린다. 알아들었는가?"

"네-넵! 알겠나이다. 그대로 전하겠나이다. 헉헉헉!"

시선을 돌려 기사 단장을 바라본 무라카는 야릇한 미소를 지으며 일어선다. 그때서야 꼼짝 못하고 오줌까지 지린 기사단장의 몸이 움직일 수 있게 되었다. 그런데 '쿵!' 요란한 소리를 내면서 나무 기둥이 넘어지듯이 큰 소리가 들린다. 이마를 테이블에 박치기 하면서 엎어지는 소리다. 기사 단장은 한참 전부터 기절해 있었던 것이다. 돌아오는 마차 안에서 기사단장의 냄새나는 하의를 갈아입힌 후작은 아직도 후들거리는 몸과 팔다리 그리고 온 몸을 적신 땀으로 인해 자신의 몰골도 말이 아님을 깨닫는다. 도대체 어찌 인간이 세상에 그런 인간은 없어 그렇다면 무어란 말인가? 혹시 600년 전에 알려진 천인? 헉 이런 죽을죄를 헉헉 이거 큰일이다. 자칫 왕국이 멸망 할 수도 있는, 아! 어찌 이제야 그 생각이 나는 걸까? 빨리 알려야 해 국왕께 빨리 알려서 모든 귀족과 국왕이 함께 죄를 빌어야 할 것이다. '석고대죄'를 올려도 용서를 받을 수 있다고 장담 못한다. 천인이라면 무조건 용서를 빌어야 한다. 아니면 왕국이 하룻밤도 못 넘기고 사라지리라.

여우는 얼이 빠져 버렸다. 빈껍데기만 남은 허수아비처럼 멍하니 앞만 보고 앉아있다. 완전히 너무 놀라서 정신줄이 끊겨 버린 것이다. 스승님이 저렇게 화를 내는 모습은 처음이다. 자상하고 늘 웃으시며 웃기시는 방법도 여러 가지 잘 아시는 스승님이 완전히 딴사람인양 싸늘한 눈빛과 주변이 얼어버린 듯한 분위기 그건 아무것도 아니다. 익스퍼드 최상급이라는 그린왕국의 기사단장이 오줌까지 지리고 기절해 버렸다. 눈빛 한번 마주친 것뿐인데.

"여우야! 왜 그렇게 얼이 빠졌나?"

"억! 캑 휴-넵! 스승님 너무 무서워요. 너무 무서워서 흑흑흑"

"이젠 괜찮다. 어서 차나 한잔 가지고 오너라."

"네 넵 스승님!"

"벌써 구미호가 보고 싶구나. 흠! 며칠 되지도 않았는데 말이야."

여우는 번개같이 움직여 차를 대령한다.

"여우도 한잔 하거라."

"네 스승님"

차를 홀짝거리더니 이젠 좀 나아졌는지 여우의 표정이 여우답게 변한다. 눈 꼬리가 아래로 살짝 쳐지면서 콧등에 땀방울이 송글송글 맺히면 여우의 신진대사가 원할 하다는 뜻이다.

"저 스승니-임!"

"응 왜?"

"아까는 왜 그렇게 무섭게 하셨어요. 저도 속곳이 다 졌었다고-용."

"하하하 그래 어디 한번 보자. 너 거짓말 하는지 어찌 알아? 확인을 해 봐야 알지 컴"

"어머머멋! 쳇 스승님 엉큼하셔 구미호 되려나 보다 힝! 어떻게 숙녀의 속옷을 보자 그러시는지 그건 성희롱 이라고-욧!"

"엉? 그게 그렇게 되나? 증손녀 보다 더 어린아인데 기저귀 바꿔줄 때 다 본걸 뭘 그렇게 앙탈이얏!"

"어머 어머머멋 나몰라 나 몰라-잉 언제, 언제 기저귀 갈아 줬다고 그런 말 하시는 거에-욧! 어 맛 부-끄 부끄러워 용."

"허허허 그래야 여우답지, 잔뜩 겁먹은 얼굴은 영 아니야. 지금이 예쁘지. 하하하하"

"몰라-용 힝 스승님 미워-욧!"

얼굴이 빨개져서 두 손으로 얼굴을 가리고 달아나 버렸다. 쩝 그 참 놀릴수록 재미있단 말씀이야. 어째 저렇게 예쁠꼬. 귀엽기도 하고 손자며느리 했으면 딱 인데 말이다,

해가 서산으로 기울고 있다. 그 시각 그린 왕궁은 완전히 난리가 났다. 전쟁터를 방불케 하는 대 소동이 일어났다. 국왕을 비롯한 모든 귀족들이 지금 평상복을 벗고 흰옷으로 갈아입고서 왕궁 앞마당에 흰 개미들처럼 엎어져 있다. 죽지 않으려고 발악을 하는 이 모습이 길거리의 백성들의 눈에 띄었다. 무슨 일인지 궁금해진 군중들이 알아본 결과 천인이 진노했단다. 그린 왕국이 사라질 위기에 놓였단다. 소문이 나자 수도 이즈베이란의 모든 길거리에 쏟아져 나온 모든 백성들이 흰옷을 갈아입고 길거리마다 엎어져 있다. 그린 왕국의 모든 백성들이 이 소문을 듣는 것은 삽시간이다. 마침 국왕의 호출로 다시 말을 타고 상경 길에 오른 구미호 그린레인도 오는 길에 이 소식을 접한다. 마음이 급

해진 레인은 단 한 순간이라도 빨리 수도에 도착해서 스승님을 뵈어야겠는데 빨리 가서 왕국을 용서해 달라고 빌어야지. 내가 아니면 안돼! 철썩 철썩! 채찍질을 열심히 하며 달려온다. 이제 저 멀리 이즈베리안 수도가 보이기 시작한다. 그런데 보이는 것마다 흰 물결이다. 수도 인근의 주민들이 꾸역꾸역 수도로 몰려가고 있는 것이다. 천 년 전부터 전해지는 전설을 '천인이 다시 세상에 나오면 모든 악한 자들은 불에 타 죽을 것이며, 자칫 천인이 진노하면 왕국도 하루아침에 사라진다'는 것을! 무라카는 서산마루에 해가 걸리자. 여우를 데리고 말위에 올라 천천히 왕궁으로 나아가기 시작한다. 이미 온 도시가 흰색의 물결로 뒤덮이고 온 왕국이 초상집처럼 되었다는 얘기를 듣고 있었다. 그런데도 시간을 끈 것은 요놈들 이참에 귀족들을 혼내기 위해서다. 지 목숨만 중하고 이웃아이들 목숨은 안 챙기는 괘씸한 놈들, 이기주의의 표본인 자식들 지배만 부르면 그만인 놈들, 뱃속에 욕심만 가득 찬 놈들! 벌레도 그렇지 않거늘 벌레보다 못한 놈들 황제라도 잘못하면 목을 비틀어 버릴 참인데 조그만 왕국에서 지 백성들 하나 못 챙기는 놈을 그냥 둘까보냐? 음 맘을 독하게 먹어야지, 이놈들이 다시는 그딴 마음을 못 먹도록 아주 단단히 혼을 내야지 몇 번을 속으로 다짐을 하면서 가는데 사람의 물결이 앞을 막아서 왕궁까지 가려면 밤중이 될 지경이다. 이 얼마나 순박한 민초들이냐? 아마 천 년 전의 스승 구루로아님도 이런 민초들을 위해서 그렇게 지독하게 했으리라. 냉혹하고 잔인하게 아! 참 어렵다. 이런 민초들을 보면 마음이 한없이 약해지는 것을 어찌할고 엥? 그래도 안 돼. 이놈들! 왕과 귀족들은 혼이 좀 나야 돼!

한편 제국에 도착한 볼리아는 500여명의 제3군단 중에서 가려 뽑아 특훈을 시켜서 키운 호위(근위대 소속)대 들을 대동하고 황궁에 안착했다. 우선 병력을 공작 기사단 전용 건물에서 잠시 휴식을 취하게 하고는 황궁으로 향한다. 워크 세누리안 기사단장만 대동한 채 볼리아는 전 전대 황제로부터 하사받은 롱소드를 옆구리에 꽂고 보무도 당당하게 황궁의 정문으로 다가 가는데 황실 근위대 단장과 부단장 외 여러 장군들이 일제히 검을 뽑아 칼끝을 하늘로 향하게 하고 부동자세로 최고의 군례를 올린다.

"충성! 제국 역사상 가장 위대하신 왓슨 볼리아 공작님을 뵙게 되어 무한한 영광입니다."

"충성!!" "충성!!!"

우렁찬 군례 구호소리가 황궁을 떠나가라 울려 퍼진다. 몇 년 만인가? 이런 군례를 받아본지가? 적어도 100년은 더 된 것 같다.

"호오 내가 오는 줄 어떻게 알고 다들 이렇게 모이신 건가요? 여러 제장들을 보니 반갑고 든든한 제국의 앞날을 보는듯하여 기쁩니다."

"쉬-어!"

황실 근위대 대장의 구호가 떨어지자 모두가 한 동작 같은 숙달된 동작으로 착검 한다. 역시 제국이라 이건가?

"존엄하신 황제의 명으로 모두가 일선에서 잠시 물러나 이렇게 모이게 되었습니다. 그리고 존경하는 공작님을 뵙게 되는 영광까지 누리게 되어 일생에 최고의 영광입니다."

"호호호 그래요. 다들 평안 하시죠? 다들 건강한 모습 보니 한편으로는 든든한 마음입니다."

"넵 공작님 황제께서 기다리고 계십니다. 어서 안으로 드시지요."

"그래요. 무척이나 오랜만의 발걸음이라서 감회가 새롭군요. 다들 들어갑시다. 황제께서 기다리시게 해서야 그건 불충이죠. 호호"

황실 대형 회의실로 들어서자 이미 많은 귀족들이 모여 있고 중앙의 태사의 보료 위에는 듬성듬성한 백발 몇 올만 머리에 남은 늙은 황제가 무거운 몸을 일으켜 계단 아래로 내려오는 게 아닌가? 눈에는 눈물이 가득하고 앙상한 뼈뿐인 손을 앞으로 내어밀며 비틀 걸음으로 내려오는 황제의 표정은 어미닭을 찾는 병아리 같은 모습이다. 당당한 모습으로 황제 앞에 다다른 볼리아는 눈물이 가득한 황제의 얼굴을 바라보다가 왼쪽 무릎을 꿇고 오른쪽 무릎위에 양손을 올린 기사도의 자세로 인사를 올린다.

"신 볼리아가 마젤란 소리어스 리오 쿠빌라이 황제님을 뵙습니다. 건강하신 모습을 뵈니 마음이 평안해지는군요. 폐하 오래오래 건강하시길 진심으로 기원합니다."

황제는 동작이 느리지만 자신이 먼저 무릎을 꿇어야 하는데 하는 일념으로 태사의에서 급히 내려 왔건만, 볼리아가 먼저 예를 올리자 송구스러워 하며 공작 앞에 느릿느릿 양쪽 무릎을 꿇고 고개를 숙인다. 그 모습을 본 모든 귀족들은 깜짝 놀란 모습이다. 세상에 황제가 어린아이처럼 어쩔 줄 몰라하며 어미 앞의 병아리처럼 무릎을 꿇고 고개를 숙이다니!

"흑흑 볼리아님 오랜 만이지요. 그동안 얼마나 보고 싶었는지 짐이 살아생전에 다시 한 번 볼리아 님을 볼 수 있다면 여한이 없을 거라고 말을 얘기를 많이 했지요. 흑흑 이렇게 뵙게 되니 이제 이 늙은이는 한 가지 소원은 이루었다오. 흑흑흑 볼리아님 어서 일어나셔야 저도 일어나지요. 헉"

황제를 바라보는 볼리아의 눈도 파란색에서 조금 붉어진 듯

한 빛깔이다. 서슴없이 일어선 볼리아는 황제를 부축해서 일으킨다. 그리고 손을 내밀어 황제의 눈물을 닦아준다. 애환이 어린 표정의 볼리아 공작! 현 황제가 7세의 어린나이로 황위를 물려받았을 때 그때 안아서 태사의에 앉혀드린 후 이번이 두 번째의 만남인 것이다. 어언 140년 전의 일이다. 그때 겁 많고 울보였던 황제가 지금은 늙은 울보가 아닌가? 황제의 볼에 흐르는 눈물을 닦아드리고 황제를 부축해서 천천히 계단을 올라 140년 전처럼 황제를 태사의에 앉힌다. 그리고 황제와 눈을 맞추고 방그레 웃어 준 후에 뒤로 돌아서는 볼리아의 눈에도 이슬방울이 맺힌 듯하다. 세월 무상이라 벌써 140년 가까이 세월이 흐른 것이다. 그 어리던 아이가 이제는 언제 죽을지 모르는 늙은이가 되어 그동안 제국을 다스리느라 말라비틀어진 쭈글쭈글한 손을 잡아오니 자신이 앉혀준 황제의 자리가 저 아이에겐 연옥 같은 자리였는지도 모르지 않은가!

그렇게 겁 많고 착하기만 하든 그리고 총기가 가득하던 눈이 이젠 동태눈처럼 변하도록 평생을 바쳐서 유지해온 제국! 연옥 같은 나날들을 보내면서 날 얼마나 원망 했을까? 여러 가지 생각을 하면서 자신의 자리에 앉은 볼리아 공작! 그리고 시선을 들어 넓은 공간속에 수많은 눈동자들이 자신을 바라보고 있는 것을 둘러보면서 서서히 입가에 미소가 피어오른다. 환한 빛이 비치는 듯 아름다운 미소가 모두의 시선을 더욱 견고히 붙잡는다.

"그동안 다사다망 했던 제국의 여러 가지 대소사들을 현명하게 잘 이끌어 주신 황제 폐하의 높은 은혜에 감사를 드립니다. 그리고 여기 모이신 많은 귀족 제위 여러분들께도 한없는 박수를 보낸답니다. 아마도 귀족 분들은 모두가 저를 처음 보게 되는 줄

압니다. 오랜 세월을 세속을 떠나다시피 깊은 산속에서 살아오다 보니 이렇게 세상 밖으로 나온 것이 140년 정도 된 것 같군요. 그때 어린 황제께서 보위에 오르시는 것을 뵌 지가 엊그제 같은데 많은 세월이 흘렀네요. 참으로 감회가 깊습니다. 그러나 무엇보다 안심하고 산중 생활을 할 수 있었던 것도 다 모두 현명하신 황제폐하의 제국경영 능력을 믿었기 때문이고 폐하의 은덕으로 저는 편안하게 살아온 듯합니다. 오늘제가 이렇게 온 것은 황제 폐하를 알현하는 것이 그 첫째이고 두 번째는 저의 개인적인 일이 하나있어서 나오게 되었습니다. 여러 귀족 제위 여러분들께 이 자리를 빌어서 당부 드리고 싶은 것은 절대적으로 도덕적으로나 윤리적으로나 나쁜 일을 하지 마십시오. 이것은 제국뿐만 아니라 대륙의 모든 왕국도 포함되는 사항입니다. 사회에 패악을 끼치는 일은 절대 금합니다. 왜냐하면 천 년 전의 그분께서 다시 오신 듯합니다. 천 년 전의 그분이 누구신지는 여러분들도 다 아시리라 믿습니다. 그 분이 진노 하시면 제국이라도 하루아침에 사라질 수 있습니다. 이점을 명심하시기 바랍니다. 그리고 존경하고 사랑하시는 폐하 건강하시고 오래오래 제국 민들의 평화와 행복을 지켜 주셔야 합니다. 간곡히 부탁드리오니 꼭 건강하시길 진정으로 빕니다. 저는 그분을 만나러 가야 하기 때문에 더 이상 여기에 머물 수 없습니다. 이점 양해해주시고 용서하시기 바랍니다. 여러분의 건성을 빕니다. 꾸뻑!"

정중히 인사를 올린 볼리아는 다시 한 번 황제의 곁으로 다가가 황제의 머리를 다정히 품에 안고 등을 쓰다듬어 드리고는 일어섰다. 어쩌면 이것이 세상에 보이는 볼리아의 마지막 모습이 될지도 모르는 것이다. 볼리아 공작은 천천히 걸어서 황궁 대 회의장을 벗어났다. 밖에서 기다리는 근위대기사들과 수많은 병사들을 둘러보면서 천천히 궁을 벗어나고 있는 것이다. 잠깐의 휴식을 취한 공작가 근위대가 대형을 유지하며 볼리아가 마차에 오를 때까지 주변 경계를 철저히 하며 이동하기 시작했다. 그린 왕국을 향해 가는 것이다. 이미 소문을 들었고 또 한 번 그린 왕궁에서 커다란 사회악적인 부적절한 사건을 해결하고 왕궁부근의 켈리포 상단 지점에 계시다는 연락을 받은 것이다.

이미 제국의 정보대원들은 대륙의 각 왕국마다 다 장악하다시피 활동하고 있는 상태이니 그 정도 정보 수집은 쉬운 것이다. 왓슨 볼리아 공작이 떠난 황실 대회의장은 금세 어수선한 분위기 일색이 되었다.

"제국도 하루아침에 사라지게 만들 수 있는 분이 누구죠?"

구석 자리의 한 젊은 귀족이 큰소리로 옆의 귀족에게 질문을 하자. 그동안 조용하던 대 회의장이 금방 씨끌벅적 해 지면서 소란스럽게 변한다.

"글쎄 천 년 전의 일을 아는 사람이 누구 없는가?"

여기저기서 웅성거리는 가운데 황제는 아직도 흐르는 눈물을 주체하지 못하고 있다. 시녀가 연신 손수건으로 황제의 용안을 닦아드리지만 얼이 빠져버린 표정의 황제는 아직도 볼리아가 옛날처럼 다정스럽게 자신의 머리를 안아주고 등을 토닥여준 그 여운을 즐기면서 깊은 추억에 빠져있다. 볼리아의 모습은 140년 전이나 지금이나 변한 것이 하나도 없었다. 황제는 어머니 같은 볼리아를 그동안 얼마나 그리워했었던가. 어렸을 때 7살의 꼬마였을 때 보위에서 울고 있는 자신을 나무라며 속삭이던 볼리아의 목소리 그 말을 단 한순간도 잊지 않으려고 얼마나 노력하며 살아 왔던가?

　[폐하 폐하께서는 영민하시고 지혜로우시니, 앞으로 제국을 잘 다스릴 수 있을 겁니다. 단지 한 가지 신이 염려되는 것은 폐하의 심성이 너무 여리고 착해서 그것이 염려됩니다. 폐하께선 독해지셔야 합니다. 그래야 제국의 수천만 백성을 지켜 줄 수 있고, 그 백성들을 평화롭고 행복하게 할 수 있는 것입니다. 제가 무슨 뜻으로 이런 말씀을 드리는지 영민하신 폐하께서는 아시리라 믿습니다.]

　그 후 쿠빌라이는 단 한 번도 울어 본적이 없다. 그리고 웃어 본적도 별로 없었든 인생인 것 같다. 그렇게 강철 같은 마음으로 140여 선상을 제국을 통치해 왔다. 언젠가는 어머님 같은 볼리아가 자신을 칭찬해 줄 것이라 믿으면서 말이다. 정말 그 어떤 칭찬보다 따뜻한 칭찬을 받았다. 아-이제는 여한이 없다. 자식들도 다 늙은이가 되었으니, 손자들 중에 똑똑하고 심성이 착한 아이를 골라 보위를 물려주고 이제는 정말 좀 쉬어야겠다.

　옆에서 눈물을 닦아드리는 시녀는 이 무섭고 당돌하고 철심으로 무장한 황제가 이런 면도 있다는 것을 처음으로 알았다. 어떻게 이렇게 오래도록 부끄러워하지도 않고 울 수 있는지 그것도 다 늙은 퇴물이 말이다. 시녀의 눈에는 불가사의한 광경을 두 번이나 한끼번에 본 것이다. 오늘 여기서 또 한 가지 모습은 볼리아의 모습이다. 보기엔 자기보다 7~8살 더 많을 정도의 여자가 마치 145세의 황제를 어린아이처럼 다루지 않던가. 그 볼륨감 있는 가슴에 서슴없이 꼭 끌어안고 마치 젖먹이 아이에게 젖을 물리는 모습이라고 할까 그렇게 꼭 품에 안고는 등을 토닥여 주던 모습! 그것을 보고 시녀는 놀라서 턱이 빠질 뻔 했다. 그기에

다가 황제는 당연하다는 듯이 품속에 안기어 행복해 하던 모습. 어쩌면 두 분 다 미친 사람들이 아닐까 하는 생각도 든다.

　무라카는 천천히 말을 몰아 엎드려 있는 사람들이 다치지 않게 조심조심 전진하고 있다. 뒤를 따르고 있는 여우도 여간 집중을 하지 않으면 사람들이 다칠 수 있다는 생각에 훌쩍 말에서 뛰어 내렸다.

　"저 스승님 말은 여기에다 두고 그냥 걸어서 가는 게 좋을 것 같아요."

　"응 그래그래 그게 좋겠다. 이거 어디 발붙일 곳이 이렇게 불안해 서야 나-참!"

　결국 둘은 말을 놓아두고 천천히 걸어서 왕궁 쪽으로 이동 할 수밖에 없다. 참 많이도 모여 들었다. 그래도 왕이 민심은 잃지 않았군. 시야가 좁아서 수도 밖에서 무슨 일이 일어나는지 몰라서 그렇지 말이야. 그 점을 잘 교육 시켜야 할 듯싶다. 도저히 걸어서는 밤에나 도착 할 수 있을라나? 어쩔 수 없이 또 마법의 힘을 빌려야 금방 왕궁에 도착하지. 그리고 필요한 교육을 시키고 바로 제국으로 가야해. 이미 소문이 다 퍼졌을 텐데 이렇게 꾸물대다가 알 수 없는 적들이 준비를 하고 함정을 파고 기다린다면 곤란해지지 물론 당하지는 않겠지만 불확실한 미래를 그 누가 짐작이나 할 수 있으랴?

　"여우야 이리 온 내 가까이오너라 어서."

　"네? 힉! 어-맛 언제?"

　그때 왕궁의 내전에 도착한 그린레인은 뜨-악! 입이 찢어질 것 같다. 이게 무슨? 온 마당에 살이 피둥피둥한 엉덩이들이 솟아있고 모조리 고개를 쳐 박은 모습이 장관이다. 왕과 그리고 중신들도 요소요소에 같은 모습이다. 웬만해선 눈도 깜박이지 않을 구미호가 입이 벌어져 침이 흘러나와도 모를 정도로 놀라고 있다. 눈치라면 100단인 구미호 대충 감은 오는데 정확한 정보가 없는 상황!

"저 스승님은요? 스승님께선 아직 이신건가?"

혼잣말처럼 조그만 소리로 중얼 거렸는데 어떻게 알아들었는지 앞쪽에 엎드려있던 국왕이 고개를 번쩍 들고 바라보니 엊그제 백작 위를 내려준 예쁘고 귀여운 미녀 백작이 아닌가. 그런데 갑자기 부르려고 하니 이름이 생각이 안 난다. 에라이 이 돌 머리! 그냥 손짓으로 옆으로 오라고 하니 눈치가 백단인 그린레인이 쪼르르 생쥐처럼 엎드린 귀족들을 잘도 피해서 국왕 옆으로 이동해 왔다.

"그래 왔구먼!"

국왕은 계속 이름이 떠오르지 않자 옆에 엎드린 후작을 발로 툭툭 찬다.

"넵 전하! 아! 그린레인 백작이 왔구나. 휴!"

"오! 그래 그린레인 백작! 잘 왔어 그런데 지금 죽느냐 사느냐의 기로에 서있어 짐의 모든 백성들이 말이야. 백작의 스승이신 그분이 천인이시라는 걸 왜? 우리에게 알려주지 않았지? 짐이 참 인덕이 부족함을 한탄해야 할 것 같아 그분 천인님이 우리 왕국을 싹 없애버리신다고 컥!"

그때 시선이 하늘로 향해 있는 사람은 국왕과 후작 뿐 이였다. 공교롭게도 그 순간 허공의 한 곳에 남녀 한 쌍이 갑자기 툭 튀어나온 듯이 나타난 것이다. 여우를 품에 안고 점프해온 무라카인 것이다. 그리고 서서히 지상으로 내려오기 시작했다. 그 모습을 보는 국왕과 후작은 벌어진 입에서 침이 줄줄 새는 줄도 모르고 눈동자가 공포에 절어서 동공이 점점 커지다가 결국 후작은 꼴까닥 기절해 버렸다. 황궁 바로 바깥쪽의 수많은 백성들도 우연히 고개를 든 누군가의 소리를 듣고 하늘을 날아서 내려오는 두 사람을 보고는 입을 헤 벌리고 침을 흘리다가 후다닥 고개를 땅바닥에 고개를 박듯이 푹 숙인다. 국왕은 자신도 꼴까닥하고 싶은데 그러면 백승들이 다 없어 질까봐 이빨을 꽉 깨물고 정신 줄을 다 잡는다. '스-슥' 땅으로 내려선 무라카는 아직도 눈을 꼭 감고 키스 해주기를 기다리는 (여우혼자 착각임) 여우의 뺨을 살짝 때려주고는 모조리 엎드려 있는 국왕과 귀족들을 빙 둘러 본다. 심호흡을 하면서 독해지기 위해 자기 암시를 걸고 있는 무라카! 표정 관리부터 일단 잘하고 상당히 근엄한 목소리로 호통을 친다.

"잔머리를 굴린 결과가 이것인가? 국왕!"

"덜덜덜덜 넵 천인이시여! 제발 이 아둔한 왕으로 인한 사단이 오니 너그러운 마음으로 용서해 주옵소서! 헉헉 제발 백성들만이라도 선처를 해 주옵소서. 저 하나만 처벌하시고 우리 백성들은 살려 주옵소서. 흑흑흑"

(요 인간이 그래도 의리는 있네. 백성들 챙기는 것 보니깐 아녀 독해 져야 돼. 독해져야 다른 희생을 줄일 수 있어.)

"국왕 네놈은 왕궁 속에 쳐 박혀서 멀리 있는 영지에서는 무슨 일이 일어나는지도 모르지? 그리고 간신들의 달콤한 얘기는 귀에 속 속 들어오고 충신들의 쓴 소리는 안 들리지? 그렇지?"

"흑흑 잘못했습니다. 제가 그런 생각을 안 해 본 것은 아닌데 확인을 못했습니다. 천인님 말씀 들어보니 제 잘못을 알겠습니다. 그러니 저만 죽이시고 백성들은 살려 주시옵소서 이렇게 빌겠습니다. 제발 모든 죄 값은 제가 다 가지고 가겠습니다. 선처를 부탁하옵니다."

가만히 보니 국왕의 눈은 이미 죽음을 각오한 눈이다. 꽤 괜찮은 국왕이지 않은가? 이 정도 국왕이 있을까? 아마 100명중에 한 둘 정도 밖에 없으리라.

"국왕 그대 이름은 무언가?"

"넵! '그린 슈 오르카'라 불립니다."

다시 한 번 무라카는 냉정한 눈으로 국왕을 굽어보고 여러 귀족들을 휘휘 둘러본다. 그리고 마음을 굳힌 듯 무표정한 얼굴로 막 입을 열려는 순간, 옆에서 무언가가 톡 튀어나와서는 무라카의 품속으로 뛰어 들어온다. 전장 이였으면 실수로 단번에 베어 버릴 수도 있는 상황인데 덥석 안고 보니 '그린레인' 구미호다.

"우-앙! 스승님! 스승니~임! 으-앙 앙 아-앙 앙 앙 으 앙 앙 앙!!!"

완전히 분위기 다 깨져 버렸다. 인제 막 극적인 분위기를 만들어서 국왕을 혼 좀 내고 그리고 교육을 좀 시키고 끝내려는 속셈인데, 이건 뭐!! 구미호의 울보작전에 KO! 당한 것은 무라카다. 삐삐! 완전실패! 완전 실패 작전! 삐삐삣!!!

"어 너 구미호 아니냐? 네가 여기 어떻게? 너도 벌 받으러 온 거냐?"

"으-앙 몰라요-오-옹! 스승 니-이-임! 보고 싶어서 왔지, 제가 왜 벌 받-아-야-되-용? 저는 피해만 입었는데-에-용!"

"오냐오냐 그래그래 알았다. 알았어-요-요-요."

요 여시 기집 애가 다 된밥에 코 빠트려 버렸다. 엥! 퐁당 소리가 들리는 듯도 하다. 몇 일간 머리에 쥐나도록 대구 빡 굴려서 짜낸 작전인데 여시가 꼬리 한번 흔드는 걸로 완패다. 푸 하하하하

"어-흠! 큼큼."

여시를 가슴에 안고 등을 토닥여 주면서 영~! 천인 무라카 체면이 말이 아니다. 애기 달래려고 그린왕국에 온 것인가?

"어이-국왕!"

"네 넵 천인님~!"

"당신 말이야 왕궁에만 처 박혀 있지 말고 현장을 뛰어 다니면서 직접 눈으로 확인 하란 말이야. 그래야 제대로 정치를 한다는 소리를 듣지. 에-잉! 그리고 그 뭐-시-기야 영지전 같은 것 붙이지 말고 알았어?"

"네 넵 명심하겠습니다."

"현장 감각을 살려야지 남의 얘기만 듣고 아 그게 맞나보다 하면 말이야. 부하들이 국왕 속여먹는 것이 재미있어서 자꾸 거짓말만 하게 된단 말이야. 알아들어?"

"네 넵 각 골 명심 하겠습니다. 쿵!쿵!"

"아-그 이마 깨져 그것은 왜 하능 겨? 그리고 한 가지 더 요기 귀족들 중에 말이야. 귀족파니, 국왕파니, 하며 편 가르기 하는 놈이 있는데 알고 있나?"

"네? 그건 모르겠는데요?"

"지금 간이 쥐똥만 해서 기절한 녀석이 그놈이야. 이 손톱만한 나라에 편 가르기나 하고 서로 내가 잘 났소 하는 놈들은 모조

리 내게 알려줘 저기 멀리 스키라산에 있어도 그런 소리 다 들리니까. 그런 놈들은 그 집 식구들까지 몽땅 이 행성 밖으로 날려 버릴 테니깐 말이다 알았지?"

"네 넵 감사합니다. 이렇게 용서해 주시고, 많은 가르침 내려 주셔서 감사하옵나이다."

넙죽 엎드려 절은 잘한다. 그래도 꽤 괜찮은 국왕이여 허허허

"그게 다 이 여시 때문이야. 이 콩알 만 한 것 때문이야."

레인의 볼이 무라카의 집게손가락에 엿 늘어지듯이 늘어진다.

"아 아 아-파-여! 에? 스승 임 아-아-잉 힝!"

그렇게 그린왕국의 영지전 사건은 막을 내렸다. 역시 꼬리가 아홉 개는 아무나 될 수 없는 것이다. 구미호의 위력을 증명한 셈이다.

켈리포 상단의 그린지점은 늦은 시간인데도 아직 불이 꺼진 방이 없을 정도로 모두들 열심히 수련에 임하고 있다. 오늘은 울보백작구미호까지 따라와서는 검술을 확실히 배워둘 필요성을 설파하고 떡하니 스승님의 숙소에 붙어 버렸다. 이젠 절대로 떨어지지 않겠다는 의지를 불태우는 여시 레인백작! 잃어버린 영지까지 찾아주고 작위까지 받고, 레인은 평생을 스승님 종으로 따라다니면서 검법 수련을 하겠단다. 영지는 어쩌누? 불쌍한 영지민들은? 영주도 없는 빈껍데기들만 남아서 무얼 어떻게 할지 나 원 참!

"레인아 이제 백작위도 받았고 얼굴도 예쁘고 그리고 또 뭐냐? 아 나이도차서 시집도 가야하고 하니깐 검술 같은 것 안 해도 되잖아. 그러니 영지에 가서 불쌍한 영지 민들이나 잘 돌보고 계

층도 없고 계급도 없는 평등한 영지 한번 만들어 보거라. 응?"

"넵 스승님! 그러자면 우선 제가 힘이 있어야 되잖아요. 그래서 저는 각오를 새롭게 했습니다. 당분간은 영지는 집사에게 맡겨두고 저는 스승님의 이쁜 제자로서 열심히 수련을 하여 최소 소드 마스터는 되어서 영지를 정말 계층이 없는 평등한 레인 영지로 만들겠습니다. 스승님 어때요? 제 계획이?"

"엥? 소드 마스터씩이나? 그러면 여시야 너 150살에 시집가려고? 그러는 게야?"

"에 그렇게나 오래 걸려요? 위드 사형은 곧 된다면서요?"

"그야 하기 나름이지 빠르면 5년 보통은 50년, 좀 늦으면 100년 정도 걸린단다."

"히힛! 그건 스승님 자질을 얘기 하시는 것 같은데 제가 자질이 그렇게 부족 할까봐서 지금 겁주시는 거죠?"

"하이고 요 여시한테는 정말 못 당 하겠네 그래 그렇다고 치자 그런데 넌 여시 즉 여자잖니? 여자가 육체적으로 남자보다 세나 약하나?"

"그야 당연히 약하죠."

"그 봐! 그러니 더 오래 걸린다고 봐야 될 것 같은데, 안 그래?"

"그래도 그만큼 노력을 더 하면 되잖아요. 노력을 배가 시키면 시간은 짧아진다."

얘가 아무래도 물러날 생각이 전혀 없는 모양이다. 이것 참 방법이 없을까? 방법이 영주가 영지를 비우면 그리고 엉뚱한 나라로 돌아다니면 분명 문제가 생길 텐데 말이야.

"위드야 백작 누나 좀 치워라. 사부 인제 좀 쉬어야겠다."

"사부님 백작누나 인제는 제 말 안 들어요. 오히려 제가 누나 꼬붕 되라고 그러는데요."

"뭐 꼬붕 그건 언제 또 배웠어?"

"사부님 꼬붕이 무슨 뜻 입니까?"

"꼬붕이에 따까리지, 졸졸 따라 다니는 강아지처럼 억!"

"따까리? 강아지? 이것도 설명 좀 해 주십시오."

"함 졸립다. 둘 다 나가라."

"네 사부님 적어놨다가 내일 다시 질문 드릴께요. 안녕히 주무세요. 꾸뻑"

"어-웅? 야 너 여시야 너는 안 나가나?"

"네 헤헤 저는 스승님 꼬붕으로서 항상 옆에 꼭 붙어서 졸졸 따라다니는 강아지처럼 그렇게 할 거예요."

"뭐? 내가 아무리 나이가 634살 노인이라도 그렇지 여자가 옆에 있으면 안 된다. 그것도 잠도 같이 자면 남들이 뭐라고 하겠누?"

"네? 634살이라고요? 스승님이요? 에-공! 이제는 하다하다 안 되니까 거짓말도 하시는 거예요?"

"음 거짓말 아닌데 흠 그럼 울보 여시야 너 '불 여시'로 별명을 격상 시켜야 되겠다."

"불 여시는 더 강력한 건가 보네요. 느낌이 확 강력하게 오는 거 보니까요. 헤헤헤 저 스승님 옆에서 얌전히 잘게요."

"오냐오냐 니 맘대로 해라. 휴 에고 너 구미호 때문에 내가 팍팍 늙겠다. 에고"

"호호호 저 스승님 어깨도 주물러드리고 등도 긁어드리고, 그리고 목욕 하실 때 등도 밀어 드리고, 팔다리 아프시면 주물러드"

리고, 또 머리칼도 묶어 드리고요, 밥도 챙겨드리고, 빨래도 해드리면 좋은데, 스승님은 와이번 가죽 옷만 입으시니 빨래는 안 해도 되고 아-또 있다. 손톱 발톱 깎아드리고, 수염도 깎아 드릴께요. 저잘 할 수 있어요. 암 모든 것 다 노예 하면서 배웠으니까요. 지금다리 주물러 드릴까요?"

"멍!(이건 정신이 약간 몽롱한 상태를 뜻함) 레인아 그럼 정말 나랑 같이 살겠다는 것 아니냐? 젊고 잘생긴 남자들 얼마나 많은데, 너 뭐 잘못 생각 하는 것 같다."

"저는 평생 스승님 종으로 살기로 각오했어요. 오늘이 아니라 노예시절 부터요. 스승님 저 아무것도 바라지 않을게요. 그리고 검술이나 빨리 익혀서 스승님께 짐이 되지 않도록 노력 할게요."

"정말 단단히 각오를 한 게로구나. 영주가 영지를 비우고 그러면 안 된다는 국법 같은 것 분명 있을 텐데 내일 왕궁에 가서 알아봐야겠다."

"헤헤헤 그런 국법 있으면 저 영주 안 하면 되지요."

"뭐? 이거 야단났네, 야단났어. 휴!"

"저 스승님 옆에서 잘께요. 안녕히 주무세요."

"그래그래 피곤 할 텐데 자거라."

어쩔 수 없이 명상이나 해야지. 내일부터 침대를 하나 더 들여 놔야겠군. 그렇게 밤은 깊어 가는데~

한편 제국을 떠난 볼리아 공작은 말이 지칠 때까지 강행군을 멈추지 않는다. 마치 적에게 쫓길 때처럼 말들이 거품을 뿜어야 잠시 멈추고 휴식을 취하는 그야말로 최고의 강행군을 계속하고 있다. 무엇이 그녀의 마음을 조급하게 하는 것일까? 500명의 호위기사와 병사들은 궁금해서 미칠 지경이다. 뭔가 대단히 급한 그리고 중요한 일이 있지 않고는 저렇게 서두를 수 없는 것이다.

단지 공작의 그 심정을 알고 있는 세누리안 단장은 묵묵히 부하들을 통솔하여 따르고 있을 뿐이다. 도저히 말들이 더 이상은 견디지 못할 그러한 상황이 되어야 숙영지를 편성하고 말 들을 잘 돌보라는 지시와 명령을 내린다. 그러한 나날이 반복되는 가운데 제국과 그린 왕국의 접경지역에 도착했다. 그린 왕국의 국경 경비대에서는 비상이 걸리고 담당지역 영주성으로 초특급 연락병이 파병되어 제국의 공작일행이 국경을 통과하기 위해서 당도한 사실을 알린다. 그것도 대륙의 전설로 불리는 왓슨 볼리아 공작인 것이다. 그런 분이 호위 기사 500명과 함께 갑자기 나타났으니 얼마나 놀랐을까? 당연한 것이다. 그러나 아무리 급해도 나라간의 예의는 준수해야하므로 절차가 마무리 되도록 기다리는 수밖에는 없다. 수백 년의 동맹이고 우방국이지만 군사를 500명이나 대동한 것은 적법한 절차를 밟아야 함은 물론이다. 그렇게 해서 한 달은 족히 걸리는 거리를 20일 만에 주파하여 그린왕국의 수도 마즈메니안 시가 보이는 곳에 도착했다. 이제 내일이면 그린왕국의 수도에 입성하게 되는 것이다. 마나를 아직 잘 못 다루는 하급 기사들은 지금 말과 함께 쓰러지기 일보 직전인 상황인 것이다.

"야영지를 편성하고 모든 장비를 점검하라. 특히 말에게 충분한 먹이와 휴식 그리고 가능하면 물로 목욕도 시켜라. 이상! 휴식한다."

한편 제국에서는 황제의 특명으로 금주령이 내려지고 저녁 10

시 이후는 통행 금지령까지 내려졌다. 제국이 생긴 이후 처음 있는 일이라 모두들 의아한 심정이지만 제국의 그 어떤 귀족도 이 명을 어길 시는 가혹한 처벌을 받게 될 것임을 강조한 공문이 제국 방방 곳곳에 방으로 붙여졌다. 그리고 각 영지마다 순찰을 강화하고 산악 지대의 오지까지도 모든 내용이 전달되어지니 온 국민이 자중 할 수밖에 없는 것이다. 왜? 이러한 조치를 했을까? 하는 의문은 곧 풀렸다. 알게 모르게 한 소문이 전 제국으로 퍼진 것이다.

그 소문은 점차 살이 붙어서 눈덩이처럼 부풀려서 제국뿐만 아니라 대륙의 전 왕국들까지 알려지는데 내용은 천년동안 전해 오던 전설이 실현되고 있다는 것이다.

[세상이 혼탁해지고 사람들이 강팍해지며 악한 일들이 자주 발생하고, 기이한 몬스터들이 설치기 시작할 때 그때 다시 천인이 세상에 나타나 그 위기를 구할 것이다. 이때에는 모든 사람들이 자중하고 정의롭게 생활을 해야 한다.]

이러한 내용이 전설인데 이미 천인이 나타났다는 것이다. 천인이 지극히 싫어하는 일이 방탕한 사람과 나태한 사람 거짓부렁을 잘 하는 사람 죄를 아무렇지 않게 범하는 사람들 이런 것들이 눈에 띄면 먼지가 되어 사라진다는 것이다. 또 사람의 탈을 쓰고서 사람이 못할 짓을 하는 자들이나 왕국, 또는 제국도 마찬가지 잘못하면 아무리 막강한 국력을 가진 제국이라도 하루아침에 사라질 수 있다는 것이다. 그래서 모든 사람들은 자중하고 술을 마시고 밤늦게 돌아다니지 말 것이며, 술이 취해서 흥청거리지 말라는 것이다.

얼마 전에 제국에서 귀족들이 모두모여 위대한 소드 마스터인 왓슨 볼리아 공작을 140년 만에 뵙게 되었는데, 볼리아 공작의 입에서 '천 년 전의 그분이 오셨다'고 말했다는 것이다. 그런데 천 년 전의 그분이 누군지 아는 사람이 없어 설왕설래 하고 있는데 상념에 잠겨 있던 황제가 귀족들을 바라보다가 하신 말씀.

"선대 황제께서 단 한 가지를 명심 또 명심 하라고 하는 황제에게 만 전해지는 극비 사항이 있지. 그것이 바로 천 년 전에 12개의 왕국이 한 달 만에 사라지고, 어마어마한 몬스터들 수백만 마리가 각 왕국뿐만 아니라 대륙 곳곳에서 피바람을 일으켰는데, 단 한사람에 의해서 그 모든 몬스터들이 전멸한 사건이 있었다. 아니 그분은 인간일 수가 없다고, 인간이 어찌 혼자서 방탕한 왕국을 한 달 만에 12개를 세상에서 사라지게 할 수 있으며, 수백만 마리의 몬스터를 전멸 시킬 수 있겠느냐고 그분은 천인이라고 부른다고, 몸은 인간이었으나 그 능력은 신에 가까워서 천인이라고 밖에 부를 수 없었다고, 그래서 천인이 다시 나타나면 모든 것에 우선해서 그분의 마음에 들지 않는 일은 삼가라고 전해지고 있단다. 이것은 극비 사항인 만큼 반드시 지켜져야 한다."

황제의 길지 않는 얘기를 들은 귀족들은 삽시간에 표정들이 굳어지면서 그들 스스로 황제에게 특명을 내려 달라고 요청했다는 것이다. 이 소문이 사실이던 아니던 조심해서 나쁠 것이 없다는 생각에 제국의 주변국들도 제국에서 내려진 특명처럼 모든 국민들이 자중하도록 하고 치안을 강화하며 모든 영지전을 금하며 야간에는 외출을 삼가라는 식의 방을 붙여 시행하고 있는 것이다.

곤경에 빠진 무라카는 실로 어처구니없는 구미호에게 편안한 침대를 통째로 빼앗기고 방 한쪽 구석에 앉아 명상에 들어있다. 창조마법의 이론들이 하나 둘씩 풀어지면서 익히기는 해도 절대 사용은 하지 말라 하시던 스승님의 심정이 어떠했는지 지금 이 순간 무라카는 확실히 깨닫게 된 것이다. 창조 마법의 비밀을 껍질 벗기듯이 하나 둘 그 원리들이 들어나고 있지만 이건 차라리 모르는 것이 좋은 것이라고 결론을 내렸다. 책을 덮듯이 머릿속의 생각을 덮어버리고 벌떡 일어선다. 현실에 돌아와 보니 이 또한 얼마나 난처한가 조그마한 계집에 하나가 대 무라카를 이렇게 곤란하게 만들다니 어쩔 수 없이 레인이 차 던진 이불을 '불여시' 몸 위에 덮어주고 밖으로 나간다. 밤이슬이라도 맞아볼까 하고서 시간은 자정을 지나 새벽이 되어가고 있는데, 늙은 무라카는 할 일 없이 정말 할 일 없이 빈둥빈둥 기웃기웃 거리면서 상단 정문 쪽으로 걸어간다.

이 작태는 누가 봤으면 (실재 보고 있는 사람이 있음) 진짜, 진짜할 일도 없는 한량이 잠도 안자고, 남의 집 담 너머를 기웃기웃 무엇을 훔칠까? 아니면 뭐 재미있는 일 없나? 하고 찾아다니는 바람난 홀아비로 보일 것이다. 그런데 사실 경계 근무 중인 병사들은 감히 그런 생각 일체를 하지 않을 것이다. 그런데 병사들이 아닌 여우가 위대한 스승 방에 들어간 후 소식이 없는 구미호 때문에 살금살금 스승님 방으로 가던 중 빈둥거리는 스승을 발견한 것이다.

(어? 이상 하네 구미호를 안고 주무 실 줄 알았는데, 아니면 구미호를 쫓아내실 줄 알았는데 스승님이 쫓겨나셨다? 고 앙큼한 것이 품속을 파고드니 아무리 위대한 스승님이라 해도 대책이

없어서 쫓겨 나신게 분명해. 아함! 일단은 안심이다. 같이 한 침대에서 자지 않는 것 만해도 안심이야. 그런데 졸린다.) 여우는 졸린 눈으로 불쌍한 스승의 뒷모습을 바라보다가 살금살금 자신의 방으로 들어가 버린다. 그렇게 불쌍한 마음만 늙은 무라카의 밤은 서서히 새벽으로 달려가고 있었다.

(아무래도 구미호를 빡세게 굴려야겠다. 너무너무 힘이 들어서 스스로 포기 하도록 만들어야지 자기 영지로 돌아가지. 이게 어디 찰싹 달라붙어서는 떨어질 생각을 안 하니 아이고 머리야.)

이 궁리 저 궁리를 하며 혼잣말로 중얼거리는데 이 또한 가관이다. 마치 자기 앞에 누가 있는 것처럼 궁시렁 되는 게 젊은 양반이 머리가 살짝 잘못된 것 같은 모습이 아닌가. 그 정도로 지금 스트레스를 받고 있다는 것이 정답이겠지. 날이 밝아오면 자연히 해결될 일을 지금 무라카는 미리 걱정하고 있는 것이다. 그렇게 중얼거리며 자신의 방으로 와보니 문 앞에 나와서 울고 있는 여자애 아니 울고 있는 구미호가 있는 게 아닌가?

"어? 여시야 너 왜? 우는 거야? 오밤중에 다 큰 기집 애가 문 앞에 서서 우는 거야? 이런 너 이불에 쉬 한거야? 그래서 우는 거지? 창피해서?"

"히-잉! 앙앙! 무서워서 나왔단 말이에요. 무서운 꿈을 꾸어서 깼는데 스승님도 없고 뭐 예-옹! 혼자만 두고서 밤에 어디로 가셨던 거예요? 잉잉 희-껵. 훌쩍훌쩍!"

이건 마치 5살짜리 어린애와 하나도 다르지 않는 뭐랄까 진짜 코흘리개 계집아이가 아닌가? 덩치만 커다란 어린애 이런 아이를 왜 여자로 봤던가? 이 아이가 문제인 것이 아니라 무라카 자신이 문제인 것이다. 자신의 마음이 문제인 것이 맞다. 허허 이런 주책바가지 이 아이는 말 그대로 순수한 아이인 것이다. 졸지에 부모를 한꺼번에 잃은 외로운 아이. 휴 무라카여 아직도 자신을 믿지 못하고 흔들리는 한 약한 인간일 뿐인가? 우주를 여행하고 우주 생성의 비밀까지 들여다본 오만함은 어디가고 여기 빈껍데기를 덮어쓴 형편없는 늙은이만이 있는가? 자신도 콘트롤 못하면서 창조 마법의방을 엿 보았는가? 통제라! 무라카는 서슴없이 아이를 쓸어안고 방으로 들어온다. 그리고 등을 토닥이며 달래준다.

"그렇게 무서운 꿈꾸었어? 어이쿠 내가 그새를 못 참고 밖에 나갔더니 쯔쯧 이젠 스승이 왔으니 안심하고 자거라."

"네 훌쩍훌쩍!"

"자자 이제는 울음도 뚝, 한숨도 뚝 알았지?"

"네 뚝. 딸꾹 힉 딸꾹!"

"자장자장 우리여시 잘도 잔다. 우리여시."

토닥! 토닥! 토닥! 팔베게를 해주니 금방 잠이 들어서 쌔끈쌔끈 잘도 잔다. 그래 나도 좀 자둬야지 이놈을 내일부터 빡세게 가르치려면 말이다.

제법 사나운 바람이 부는 아침이다. 도시의 골목골목을 휘돌아 거침없이 평야로 달려 나아가는 시원한 바람! 바람과 바람이 부딪혀서 회오리도 만들고 흙먼지도 날려 올리면서 달린다. 농촌의 바람이나 도시의 바람이나 평야의 바람이나 산골짜기의 바람이나, 모두가 휘돌고 몰아치며 가고 싶은 방향으로 달려가는 바람인 것은 꼭 같다. 순식간에 아침 이슬들을 말려버리며, 모양도 색깔도 없는 바람은 그 대상에 의해서 존재하며, 느껴지며, 움직이는 것이다. 그 바람 속에서 시작된 레인의 검법훈련은 단 한순간의 휴식도 없이 계속 이어진다. 기초 체력 훈련을 이수하지 못한 유일한 제자인 레인(물론그때 마르크 영지 사건으로 중단됨)은 1주야동안 확실한 체력 훈련을 받고나야 심법 교육에 입문할 수 있으므로 위드가 스승의 비밀스런 특명을 받고 잔인하게 시행되고 있는 것이다. 울보 여시 누나가 아닌 체력훈련 교관과 피교육자의 입장으로서 확실한 선을 쫙 그어놓고 혹독히 훈련을 실시하는 것이다. 레인은 위드가 그 정도로 훈련을 시킨다는 것을 경험해 봤기 때문에, 불만 없이 악착같이 곧 죽더라도 유감없이 진짜로 죽어가고 있는 것이다. 여자로서 소화하기 어려운 것들만 골라서 시키니 오죽하랴. 무라카가 봐도 좀 심하군, 할 정도이니 다른 사람이 볼 때에는 잡는군 잡아 이 정도이고, 같은 여자들이 봤을 때에는 저러다가 진짜 죽이는 것 아냐? 의심이 들 정도의 맹훈련이다.

　"위드야 휴식도 시키면서 하거라. 그러다 누나 죽는다."

　"스승님 저 이정도 가지고 안 죽어요. 헥 헥!"

　말하다가 진짜 기절해 버렸다. 아니 탈진해서 혜-까닥 정신 줄을 놓아 버렸다. (이-크! 안 되겠다 저 녀석 진짜 울보누나 죽이겠다)번개 같이 달려간 무라카가 아이를 안고 사무실로 달려간다. 사무실에서도 다 보고 있었던 모양인지 여우가 물수건을 들고 달려 나온다. 그 뒤를 시녀가 물통을 들고서 쫓아온다. 사무실 긴 의자위에 아이를 눕히고 단전에 마나를 흘려 넣자 호흡이 정산으로 돌아온다. 심장은 빨리 뛰는데 무호흡이 조금만 지속되어도 제일먼저 뇌 속의 뉴런이 망가진다. 즉 신경세포가 급속도로 망가져서 쇼크사 하게 되는 것이다. 2,000억 개가 넘는 뉴런이 각종 정보를 받아 들여서 전기신호 체계에 의해 분석되고, 전달하는 역할을 하는데 이 시스템이 이상이 오면 저능아 또는 식물인간이 되는 것이다. 그 만큼 뇌는 항상 신선한 산소가 필요한 만큼 공급이 되어야 하는 것이다. 항상 말이다. 엄청난 신체 활동으로 심장의 압박이 올라가 있는 상태에서 호흡이 정지되는 상태는 아주 위험한 상태인 것이다. 다행이 구미호는 금방 눈을 뜨고 울음보부터 터뜨린다.

"으앙! 헥헥헥 우-왕! 캑캑 흑흑 큭."

"아이고 우리 여시가 또 우네 또 울어 뚝해. 뚝! 이제 괜찮아 알았지? 뚝!"

"히끅 뚝 히끅 히끅! 뚝."

"그래 뚝해야 예쁘지! 자 물마시고 그대로 좀 쉬어."

"저 인제 괜찮아요. 다시 시작 할래요. 위드야 누나 다시 체력 단련 시켜줘 나 빨리 강해져야 해!"

"누나 나도 힘들어 우리 좀 쉬었다 해요. 사부님 울보누나 좀 말려줘요."

"크음! 그래라 레인아 교관이 하는 말도 잘 들어야지 몸에 이상이 안 생기는 거야. 적당히 쉬어 가면서 하거라. 고집 부리면 엉덩이 불나도록 때려 줄 테다. 엥? 왜 또 그런 눈으로 흘겨보는 겨? 하늘같은 스승의 말을 안 듣는 제자는 이 세상에 없어. 알았어?"

"네이 스승님 저 말 잘 들을게요. 그러니 볼기짝은 때리지 마세요 네?"

"아-하하하하 그래야 착한 아이지 암!"

이건 뭐 스승과 제자 사이가 맞는지 아니면 조손관계인지 영 헷갈리게 하는 원맨쇼의 한 장면 같다. 레인이 최근에 머리에 정신적 쇼크를 많이 받아서 머리에 이상이 생긴 것은 아닌지 똑똑하고 표독스럽기까지 하던 아이가 완전히 코흘리개 꼬맹이 수준으로 지능이 떨어져 버린 듯이 말하고 행동하는 것이 걱정이 된다.

"어디보자 우리 여시 몸은 괜찮은지 진단을 자세히 해봐야 되겠구나. 이리 오너라. 가까이 앉아라. 어디"

오른손은 곡지혈을 잡고 왼손을 백회에 대고 마나를 몸속으로 흘려 넣어서 머릿속도 샅샅이 살펴본다. 모든 것이 정상인데 심장 박동이 좀 빠르다. 애가 인제 사춘기가 된 것인가? 스물 둘에 웬 사춘기? 어쩌면 육체적으로는 성숙해졌지만 정신적으로 성장이 늦어질 수도 있는 것 아닌가? 그것이 정답인 것 같다. 이 아이가 더 이상 정신적인 스트레스를 받지 않도록 신경을 써서 보살펴야 되겠군. 아마도 자기 혼자 영지에 남겨져서 또 외로움과 두려움에 처하는 일이 발생할까봐 두려움이 극도로 크진 것일 것이다. 그래서 찰싹 붙어서 떨어지지 않으려고 하는 게로군. 불쌍한 녀석. 그런 마음을 몰라주고 무조건 떼어내려고 만 했으니, 바로 반사적으로 행동패튼이 확 바뀌어 버린 것이리라. 일단은 안심시키고 인정받는 제자가 되었다고 스스로 믿을 때까지 안심하도록 해줘야 되겠군.

"레인아 오늘부터 '천조심법'을 가르쳐줄 테니 기초 체력훈련은 그만해도 되겠다. 알았지?"

"네? 그래도 되요? 이이 좋아라! 호호호 스승님 간사해요. 스승님이 역시 최고다. 아 하하하하 스승님 저 너무너무 기뻐요."

"오냐오냐 가서 땀도 좀 씻고 휴식을 취하거라. 오후부터 심법을 가르칠 테니까."

"네 넵 알았어요. 너무너무 기뻐요. 레인은 스승님을 너무너무 사랑해요. 그리고 존경해요."

허허허 녀석 우선은 안정과 평화를 주고 그리고 스스로 어느 정도만족감을 느낄 수 있도록 성취감을 확연히 깨닫게 이끌어 주는 것이 무엇보다 중요할 것이다. 상단의 여우가 부러운 눈으로 레인을 쳐다본다. 저 눈빛은 어 위험! 질투의 시선이 아닌가? 여자들이 문제로다.

그 순간! 무라카는 숨이 멎을 것 같은 진동이 온 몸에 느껴진다. 무엇인가? 잃어버렸던 소중한 것이 돌아오는 것 같은 느낌! 심장이 터질 것 같이 요동을 친다. 왜 이러지? 스스로 충분히 제어 할 수 있는 신체 기능들 그리고 근래에 많은 시간을 통해서 본 진정한 자아(自我)에의 성찰과 명상을 통하여 많은 깨달음을 얻었다고 생각하고 있는데 이런 감정이 아직도 잔재하고 있다니, 분명히 내면 깊숙이 잠자고 있던 초자아(超自我)의 깨어남을 몸이 감지하는 듯한 느낌이다. 저 쪽으로 무언가 다가오는데 가슴은 덜컹거리고 온 몸의 신경세포가 빳빳하게 일어서서 날카로운 칼날처럼 예민해지고 긴장감이 최고조로 고조 되어가는 것이 이런 현상은? 그때 왕궁 쪽에서부터 수백기의 군마가 상단으로 다가오고 있는 것이 보인다.

뽀얀 먼지를 일으키면서 질서 정연하게 달려오는 군마의 대열! 왕궁에서 기사단들이 오는 것인가? 무슨 일이지? 그때 그 행렬의 선두로 달려오는 여인이 탄 백마 그리고 그 뒤를 같은 속도로 호위하듯 따라오는 건장한 체격의 중년인이 점점 빠른 속도로 상단정문으로 질풍처럼 달려오더니 날렵한 동작으로 고속으로 달리는 말 위에서 관성을 이용해서 튕겨지듯이 공중제비를 돌면서 착지하는 여검사! 긴 검을 왼쪽 허리에 차고, 헝클어진 은빛 머리를 두 손으로 쓸어 올리면서 단정히 끈으로 묶는 동작 하나

하나가 너무나 우아하고 아름다워 모든 사람들의 시선이 그 여인의 동작을 손놀림 하나하나를 주시하고 있다. 쿵! 쿵! 심장소리가 자신의 귀에 들릴 정도로 점점 고조되는 무라카는 어떻게 하든 심장을 진정시켜 보고자 깊은 호흡을 길게 주변의 마나를 빨아드리며 시선을 들어 여인을 바라본다. 아! 이럴 수가! 긴 은발에 하늘을 닮은 두 눈! 그리고 오똑한 코! 언뜻 봐도 자신의 판박이처럼 아니 쌍둥이가 더 어울리는 말일 것이다. 쿵!쿵!쿵! 이제는 심장이 북소리처럼 울린다. 저 여인! 하늘에서 번개가 내려 꽂혀 온 몸을 관통하는 듯이 놀라운 탄성이 절로 터진다. 아~! 분명 무라카와 같은 피! 같은 혈족이다. 지금의 내가 아닌 육백년 전의 진짜 무라카와 말이다.

그래서 몸이 자연적으로 반응하는 것이다. 큰 감동과 함께 떨리면서 그래서 심장이 지금 터질 듯이 뛰고 있는 것이다. 서로시선이 마주치자 여인 역시 온몸을 부르르 떨더니, 두 눈이 찢어질 듯이 크게 확장되면서 이슬방울같이 반짝이는 눈물이 온 얼굴로 줄줄 흘러내린다.

"아빠? 아빠 맞죠? 저 볼리아에요. 아빠! 아 살아계셨군요. 그럴 줄 알았어요. 꼭 살아 계시리라 믿고 있었어요. 어-흑 흑 흑"

땅위를 미끄러지듯 달려와 무라카의 가슴으로 온 몸을 던지는 여인 볼리아 공작! 순간 무라카의 두 눈에서도 알 수 없는 물줄기가 뺨을 타고 흘러내린다. 그랬었군. 무라카에게 딸이 있었어. 자세한 건 모르겠지만 600여 년 전 토막 난 채 죽어 버렸지만 구루로아에게 발견된 아들 무라카 그에게 딸이 있었던 것이다. 그 딸이 제국의 공작 볼리아 인 것이다.

"오 내 딸 볼리아?"

품에 안겨 가슴이 흠뻑 젖도록 울고 있는 여인 30대 초반정도로 보이는 이 여인이 볼리아? 일 줄이야.

오! 나의 딸 꽉 끌어안고 등을 문질러주고 그리고 고개를 한손으로 받쳐 올려서 자세히 들여다본다. 어느 것 하나 아름답지 않는 곳이 없는 얼굴이다. 조용히 딸의 이마에 입술을 대었다가 뗀다.

"나의 아기 볼리아! 이렇게 아름다운 모습으로 자랐구나. 자우선 안으로 가서 그동안의 일들을 얘기 하자꾸나."

제국의 전설인 볼리아 공작이 일개 왕국의 상단 지점에 들이 닥쳤으니, 왕국의 왕궁엔 비상이 걸리고 국왕과 중신들은 우왕좌왕난리 법석이고 왕궁으로 들린 것이 아니라 상단으로 가버렸으니, 이 또한 심상치 않는 일인지라 왕궁 근위기사단 일부를 차출하여 왕국에서 유일한 외교담당 밀턴 슈 오르카 후작을 수장으로 하여 상단으로 급파한다. 이미 상단 외곽은 볼리아 호위 기사단이 철통같은 방어진을 형성해 인원 통제를 하고 있는 중이다.

한편 무라카는 볼리아의 손을 꼭 잡고 자신의 방으로 인도한다. 600년 만에 아빠의 품에 안긴 볼리아는 3살 때 본 아빠의 모습이 하나도 변하지 않은 것에 안도하며 기쁨의 눈물을 하염없이 흘린 다. 오죽하랴! 지금의 심정이 금방 다녀올 듯이 어린 딸을 재워 놓고 나간 아빠가 영영 소식이 끊어져 버렸으니, 그리고 자라면서 아무에게도 의존하지 않고 스스로의 힘을 갈고 닦아온 그 독립심이 얼마나 단단했을까? 딸의 입장이 되어 여러 가지 경황들을 생각 할수록 무라카는 진정으로 어떤 얘기부터 해야 할지 막막하다. 그러나 자신의 방에 도착하여 문을 연 순간 어이없는 방안의 상황에 오는 동안 생각한 모든 고민들이 한순간에 다 뒷전으로 달아나 버렸다. 침대 위에는 반라의 여시가 큰

대자로 누워서 코골이까지 해 가면서 잠에 빠져 있고 방바닥 여기저기엔 아무렇게나 레인이 벗어 던져 놓은 옷들이 나 뒹굴고 있지 않은가? 이 무슨 해괴한 장면이란 말인가? 하긴 오전의 체력훈련이 좀 과하긴 했지만 아가씨가 큰대자로 뻗어서 낮잠이라니 그기에 다가 완전 젖 가리개 하나에 팬티 한 장이 몸을 가린 형겊의 전부인데 손바닥 보다 작은 팬티는 억 무라카는 시선을 돌려서 벽만 바라본다.

"험험 이 아이는 나의 제자인데 아직 어려서~ 큼! 볼리아야 사무실로가자."

"-----?"

"제 이불 좀 덮어주고 나오너라. 오전 훈련이 제 딴에는 힘에 부쳤나 보다. 쯧 쯧!"

"네 아빠! 호 참! 이쁘게도 자네요. 호호"

그렇게 일단 위기를 모면하고 볼리아를 데리고 여우의 사무실로 간다.

"할아버지가 나를 발견 했을 때는 내가 사지가 다 잘리고 이미 싸늘하게 죽어 있었단다. 그래서 급히 함선으로 옮겨 재생기에 넣어 600년간이나 치료한 결과 다시 부활한 것이란다. 그런데 모든 것이 전에 비해서 좋아지긴 했는데 단 한 가지 나는 과거를 잃어버렸단다. 과거의 기억이 하나도 없단다. 그래도 너를 보는 순간 볼리아 너만은 알아보겠더구나. 심장이 터질 듯이 요동을 치고 온 마음이 네가 오고 있는 방향으로 뻗치더구나. 그리고 아주 소중한 것이 있었는데 그 잃어버린 소중한 것이 내게로 오고 있다는 느낌이 들더구나. 정말 너를 보게 되어 기쁘구나. 그 당시 너는 몇 살 이였었지?"

"아~할아버지도 계세요? 그 얘긴 처음 하시네요. 그 당시 저는 3살 때였어요. 지금도 생생히 기억 하는데요 바로 어제 일처럼 요. 아빠는 항상 저를 품속에 품고 재워주셨어요. 그래서 아빠의 심장 뛰는 소리를 자장가삼아 잤죠. 그리고 언제나 아빠의 심장 소리를 생각하면서 악착같이 살아왔어요. 아빠는 또 전쟁터에서 도 항상 저를 업고 싸우셨어요. 저를 아빠의 몸에서 한시도 떼어 놓지 않았지요. 그런데 아빠가 떠나신 그날 밤 잠시 누굴 만나고 오신다고 나가셨어요. 아! '소리어스 듀오' 라는 사람을 만나러 나가셨어요. 그리고는 소식이 끊어 졌어요."

"소리어스 듀오? 그렇다면 황제들의 핏줄이란 것인데 음 전혀 모르겠어. 정말 기억이 싹 지워져 버렸어. 어쩔 수 없는 과거사 이지만 3살짜리 딸을 두고서 컥! 음 고생이 많았겠구나. 누군가? 돌봐준 사람이?"

"바로 그 소리어스 듀오라는 사람이 저를 17세가 될 때까지 보살펴 줬어요. 그러나 제 손에 죽었죠. 어쩌면 그 사람의 음모 에 아빠가 그 지경이 된 건지도 모르죠."

"왜? 왜 죽였지? 설마 너를?"

"네 아빠의 생각이 맞아요. 어느 날 밤에 저를 겁탈 하려다가 목이 잘렸죠. 그때부터 제가 본격적으로 검술을 익히기 시작했 죠. 사람이란 것이 그렇게 무서운 존재란 것을 깨닫고 제 스스로 자신을 지키기 위해서 피나는 노력을 한 것이죠. 참 아빠! 저~"

[아빠가 몬스터를 사냥 할 때 사용하시던 무기가 있어요. 지금 도 제가 아무도 모르게 지난 600년간 그 누구에게도 발각 되지 않고 보관해 왔어요.]

(그래 어떻게 생긴 것인데? 대략 설명 할 수 있니?)

[그러지 마시고 직접 가셔서 봐야 할 거예요. 굉장히 위력적인 무기인데 아빠만 사용할 수 있나 봐요. 제가 아무리 만져도 전혀 반응이 없어요. 아빠가 몬스터 토벌하실 때 등에 업혀서 본건데요. 아무 소리도 나지 않는데 아빠 전면에 노출된 수많은 몬스터들이 먼지가 되는 그런 무기예요. 아빠는 그때 보니까 양손으로 들고 손가락으로 조종 하시는 거 같았어요.]

전음과 심어로 질문과 답변을 하다 보니 주변의 사람들이 왜 갑자기 얘기가 끊어지고 시선만 맞추고 있는지 의아해서 두 사람을 멀뚱히 쳐다보고 있다. 여우가 다시 찻잔을 채우고 다소곳이 자리에 앉는다. 전설의 공작 옆에.

(그래 그게 뭔지 짐작은 하지만 직접 봐야 확답을 할 수가 있겠구나. 먼길 오너라 너도 피곤할 테니 충분한 휴식을 하고 너의 영지로 가자꾸나.)

[네 아빠 아빠의 모습이 하나도 변하지 않아서 기뻐요. 밤에는 아빠 품에서 자고 싶어요.]

(그럼 나도 사랑하는 내 딸을 안고 잘 거야.)

"아빠 그런데 할아버지는 어떤 분이시죠?"

"그래 할아버지 얘기를 너 어렸을 때는 한마디도 하지 않았던 모양이구나. 미안하구나. 할아버지 함자는 '구루 로아 세바스찬' 님이시고, 사실은 굉장히 길지만 이렇게만 알고 있어도 된단다. 스키라산의 함선에서만 생활하셨고 내가 세상에 나아가 사람들을 돕기도 하고, 징치도 하는 동안에도 쭉 함선에서만 계셨지, 내가 다시 의식이 돌아 왔을 때 당신이 가지고 계셨던 모든 것을 나에게 물려 주셨단다. (1,500년 동안 이곳 행성에서 사셨어) 그 후에 우주의 저 멀리 다른 행성으로 여행을 떠나셨단다. 지금은 나에게 연락도 없으시고 당신께선 아무런 장애도 없는 삶을 살고 계신단다. 그리고 무한한 자유를 누릴 수 있는 능력을 가지고 계신단다. 그래서 우주 저 멀리 다른 종족들이 살고 있는 지구라는 행성이 있는 것을 아시고 그 곳으로 가셨어. 아마 돌아오시지 않을 거야. 그곳은 이곳과 달라서 자유롭고 사람들 간의 계층도 없고, 계급도 없는 세상이란다. 그 만큼 혜택을 더 많이 누릴 수 있는 능력제의 세상이지 그곳의 수많은 사람들은 모두 평화와 행복을 누리며 평등하게 살아간단다. 그곳이 좋아서 돌아오시지 않을 거야."

"아~! 그런 행성이 있다고요? 우주라 우주라는 말도 오늘 처음 들어봐요. 앞으로 그런 것을 가르쳐줘요 아빠."

"그럼 당연하지 내 예쁜 딸에게 우리 천인의 공주님께 가르쳐 드려야지. 하하하 그리고 너의 이름은 이 순간부터 '구루 볼리아 세바스찬'이다. 당연히 천인 황제의 딸로서 이 세상의 그 누구의 지시나 간섭도 받을 필요가 없다. 그리고 제국의 황제에게도 무릎을 꿇지 마라. 알겠지? 나의 사랑 나의 딸 구루 볼리아 세바스찬이여!"

"넵 아빠 그럼 천군의 사령관이 아빠의 지시를 받네요."

"그래 오늘은 피곤 할 테니 푹 쉬고, 호위 기사들도 충분한 휴식을 취하게 하자."

"이얍! 아빠 저 너무 행복해요. 이젠 절대로 절 떠나지 않을 거죠?"

"그럼 내생명보다 더 소중한 내 딸 곁을 왜 떠나겠니? 그 동안 너무 미안했구나. 앞으로는 널 절대 혼자 있게 하지 않으마! 이것은 이 아빠가 내 딸 볼리아와 하는 처음이자 마지막 약속일거야. 절대적으로 세상이 다 없어져도 이 약속은 없어지지 않고 영원하리라!"

"네 저도 이젠 아빠 품에서 절대 떨어지지 않기로 맹세합니다. 호호호"

시간 가는 줄 모르고 두 부녀는 계속 이야기를 하고 있는데 그 내용을 듣고 있는 사람들은 도무지 이해가 안 되는 부분들이 너무나 많아서 머릿속에 차곡차곡 쌓아 뒀다가 스승님께 질문하기로 다짐한다. 그러나 그런 일은 엄청난 시간이 흐르고 난 뒤에나 가능해 질까? 숨겨진 무기의 비밀이 볼리아에 의해서 쉽게 풀리게 되었다는 것에 일단 안도하며 이런 저런 얘기를 하고 있을 때 사무실의 문이 벌컥 열리면서 구미호가 달려 들어온다.

"아 스승님 여기 계셨네요. 호호호 난 또 저 혼자 두고 어디로 숨어 신 줄 알았잖아 용~히힝!"

사람들이 있거나 말거나 이 어릿광대 같은 불여시는 무라카 옆에 비집고 들어온다. 그것도 볼리아 코앞에서 말이다. 빈 의자를 하나들고 무라카 옆에 찰싹 붙어 앉는다. 그 모습을 눈여겨 바라보던 볼리아가 웃으면서 한마디 한다.

"아-귀엽게 코골이를 하면서 자던 그 귀염둥이 아가씨로군요. 이제 실컷 자고 나온 건가요?"

"어머 누구신지~? 아 스승님이랑 너무 닮았다. 혹시 쌍둥이 동생이신가요?"

"호호호 어머나 얘기도 참 귀엽게 하시네. 내가 아빠 딸이니 닮을 수밖에 없지요. 앞으로 잘 부탁드려요. 우리 아빠 잘 좀 챙겨 주시고요. 전 구루 볼리아 세바스찬이라 해요."

"캑! 스승님이 아빠라고요? 그러면 딸? 그리고 볼리아 세바스찬? 어디서 많이 들어본 이름인데 우와! 그 제국의 전설의 소드 마스터와 이름이 똑 같네?"

"호호호 제가 그 볼리아에요."

"힉 저 저는 그린레인이라 합니다. 스승님의 귀염둥이 막내 제자이고요."

"오! 이제 보니 그린레인 백작 이셨군요. 이렇게 만나서 반가워요. 앞으로 잘 부탁해요."

"저야말로 공작님을 뵙게 되어 영광입니다. 제 꿈이 스승님께 검술을 열심히 배워서 공작님처럼 소드 마스터가 되는 겁니다. 공작님이 저의 우상이십니다."

이럴 때 보면 상당히 어른스러운데 평상시 하는 행동이나 말은 완전히 7~8세의 어린아이 같은 그린 레인을 구미호라 부르는 이유가 정말 어울리는 아가씨이다. 그때 밖이 소란스러워 지더니 왕국의 후작 일행이 들어온다. 얼마나 황급히 달려 왔는지 허둥대는 것을 보니, 바로 알아 챌 수 있을 정도이다. 문에 들어서자마자 털썩! 털썩! 무릎을 꿇고 아뢴다.

"위대하신 천인께 그린왕국의 밀턴 후작이 인사 올립니다."

"인사 올립니다."

"아 밀턴 후작 일어나세요. 그런 예의는 너무 과하여 내가 별로 좋아하지 않습니다. 자 일어나서 의자에 앉아서 급하게 오신 용무를 들어봅시다."

후작과 기사단장이 일어나서 의자로 다가오다가 볼리아 공작께도 인사를 올린다. 볼리아는 고개를 끄덕여 인사를 받고 앉으란 손짓을 하자 둘은 서로의 얼굴을 바라보다가 의자에 조심스럽게 앉는다.

"그래 무슨 급한 용무이시기에 이렇게 달려오신 건지요?"

"네 다름이 아니옵고 제국의 공작님께서 이렇게 갑자기 사전 통보도 없이 왕국으로 오셨다는 보고를 받은 국왕께서 어쩐 일인지 알아보고 오라는 명을 내리셨습니다. 그래서 결례인줄은 아오나 이렇게 찾아뵙게 되었습니다."

"아~ 그래요. 결례는 우리 측에서 저질렀군요. 국왕께 잘 좀 말씀해 주세요. 저는 아빠를 만나러 온 것입니다. 지극히 사적인 일이지요. 그래서 우방국인 그린 왕국에 통보도 못하고 급히 오게 된 것입니다."

"아빠라시면?"

후작은 순간적으로 떠오르는 생각이 있다. 제국의 전설인 볼리아 공작의 실제 나이를 아는 사람은 없다. 세간에 떠도는 소문으로는 천살이상인 것으로 회자되고 있다는 헉 그런데 아빠라면 천인이 볼리아 공작의 아버지? 너무 놀라서 눈이 찢어질 지경이다.

"그래요 밀턴 후작 이분이 저의 아빠 되세요. 멀리 떠나 계시다가 다시 세상에 내려 오신거지요. 그리고 후작님이 국왕께 보고 드릴 때 우리에게는 신경 쓰지 않아도 된다고 말씀 드리세요. 몇 일간 쉬었다가 기사들이 피로가 좀 풀리면 조용히 제국으로 돌아갈 것입니다. 그러니 신경 쓰실 필요 없고요. 아참 여기 그린레인 백작이 아빠의 막내 제자인데 당분간은 아빠와 저와 동행을 하게 되었습니다. 그렇게 아시고 영지 관리도 대신 좀 신경 써 주셨으면 합니다. 부탁드립니다."

"네네 잘 알겠습니다. 그렇게 하도록 하지요. 그린왕국은 제국의 공작님과 호위기사단이 방문해 주신 것을 영광스럽게 생각합니다. 아무쪼록 왕국에 계시는 동안 평안하시길 빌겠습니다.

그리고 저-천인께서도 제국으로 함께 가시는지요?"

"네 그래요. 당분간 제국의 저의영지에 제가 모실 겁니다. 암요 당연히 제가 모셔야지요. 그럼."

어서 가보란 듯 손짓하자. 후작과 기사단장이 뒷걸음으로 물러 났다. 천인의 딸이 제국의 볼리아 공작이다. 라는 소문은 일행이 그린 왕국을 출발하지도 않은 상황에서 먼저 퍼져 나갔다. 삽시 간에 제국으로 대륙으로 그렇게 퍼져 나갔다.

그리고 무라카의 방에서 떨어질 생각이 전혀 없던 구미호는 그날 부로 당장 쫓겨나 여우의 방으로 가서 여우와 여시가 때 아니게 동거를 하게 되었다. 볼리아는 그토록 그리워하던 아빠의 품에서 아빠의 심장소리를 들으면서 자게 되었다.

충분한 휴식을 하고난 볼리아의 호위 기사단은 켈리포 상단과 같이 출발을 했다. 수많은 왕국의 국민들이 거리를 메우고 떠나 는 천인을 배웅한다. 그린왕국의 수도 마즈메니안의 모든 백성들 이 거리마다 빼곡이 채우고 있는 가운데 800명이 넘는 수의 행 렬이 천천히 도시를 가로 지르기 시작하자 행렬의 선두에 마차 를 타고 있는 무라카와 볼리아는 마차 창밖으로 손을 흔들면서 나아가고 그 뒤를 500명의 호위 기사들이 따르고, 그다음이 상 단의 323명의 제자들이 따르고 있다.

30여일의 기나긴 여정 끝에 드디어 제국의 영토로 진입한 일 행들은 이제 상단과 제자들과도 헤어져야 하는 지역에 모였다. 여우는 눈물을 글썽이면서 아쉬워한다. 자신도 따라붙고 싶지만, 모든 여건이 안 되니 차후를 기약한다. 321명의 제자들 중에 덤 프단장과 레온부단장 그리고 울프펙 용병대장은 따로 불러서 앞 으로의 수련은 자신과의 싸움이니 끈기를 가지고 수련하면 곧 좋은 결과가 나타날 것이라 덕담을 해준다. 그리고 다른 제자들을 잘 보살피라는 명령을 끝으로 위드와 구미호만 대동하고 볼리아 영지를 향하여 달려 나간다. 이제 마차는 모두 상단에 넘기고 말을 타고 달리는 여정인 것이다. 그린 레인도 이제 마나호흡에 익숙해져서 쉬이 지치는 일은 없을 것이다. 단지 스승님을 볼리아에게 빼앗겨 버려서 그것이 조금 구미호의 입이 나오게 만든 원인이 된 것이다.

요즘은 '혼자서도 악몽 꿀 새도 없이 잘 자요'이다.

볼리아는 나날이 행복하다. 기쁘지 않은 날이 없고 눈에 보이는 모든 것이 아름답지 않은 것이 없다. 다만 아빠의 그 듬직한 등에 업힐 수 없다는 것이 좀 아쉽지만 말이다. 아빠는 볼리아의 마나 상태와 마나로드도 새롭게 개척해주고 마나 활용법에 대한 여러 가지 방법들을 가르쳐 주면서 이동한다. 예를 들자면 오른팔로만 고속도로처럼 반질반질 닦여져 있는 마나로드를 왼쪽 팔로도 똑같이 뚫어주고 그리고 다리로도 각 혈 들을 모두 뚫고 단전에 축적하는 방법도 새롭게 배운다. 자신이 알고 있는 것이 얼마나 무지 한 것인지 비로소 깨달은 것이다. 오로지 검을 잘 사용하는 것이 검술인줄 알았는데 아빠의 검학을 배우자 완전히 새로운 세계를 발견한 듯해서 그래서 더욱 즐거워진다. 또 구태여 검에서 길게 뽑아 오리던 오러 블레이드도 얼마나 마나소진을 재촉하는 비효율적인 방법 이였는지 깨닫는 순간 검법이 한 단계 더 발전한 것이다. 마나를 아주 과학적으로 단전에 축척 시키는 법, 그리고 온 몸의 요소요소를 자극해 신체기능을 강화시키는 법 또한 신체의 모든 부분을 효율적으로 사용해서 이동속도도 전에 비해 훨씬 빠르면서도 오랜 시간 마나를 지속적으로 사용 하는 법 등등 아! 이것이 소드 마스터와 그랜드마스터의 차이인 것이다. 그랜드마스터에 입문 했다고 나 할까. 초급 그랜드마스터라고 할까. 볼리아는 하나의 깨달음으로 경지가 일취월장을 한 것이다. 위드의 경우도 이제 1년이 조금 넘은 시간동안의 수련으로 엄청날 정도의 발전을 이룩했고 불 여시 레인은 요즈음 몰아 일체가 되어 피곤하지도 않고 하루하루가 언제 지나가는지도 모른 채 검술 수련에 푹 빠져 있다. '일신우일신'처럼 날마다 달라지는 것이 눈에 띌 정도로 그렇게 발전하는 것이다. 가끔 한 번씩 스승님의 점검과 질문 그리고 설명을 통해서 레인은 여자라는 신체적 약점을 극복하고 남자 같은 근력과 끈기를 발휘하고 있는 것이다. 그런 모습을 보는 무라카는 대견해 한다. 모든 약점들을 극복해 나가는 그 정신력에 칭찬을 아끼지 않는다. 스승님의 칭찬이 레인에게는 보약이 되어 더욱 노력하고 더욱 매진하게 되는 것이다. 짐이 되지 않겠다는 자립심이 자신도 모르게 강해져 가는 것이다. 두 제자의 빠른 성장을 바라보는 스승의 마음이 이렇게 기쁘다는 걸 알게 된 무라카는 하나라도 더 가르침을 주고자 애쓰는 자신의 마음을 들여다 보고 놀란다. '가르치면서 배운다'는 말의 뜻을 되새겨 보면서 바벨 산맥의 거대한 모습이 서서히 가까워져 오는 어느 날 드디어 볼리아 영지의 영토 안으로 들어온 것이다. 아스라이 보이는 병풍같이 둘러쳐져 있는 바벨 산맥의 겹겹이 솟아있는 봉우리들이 구름 속에 반쯤 가려져서 정상이 보이는 날은 연중에 며칠뿐이라는 얘기를 하는 볼리아를 바라보며 최고봉의 높이가 얼마냐고 물어보자 12,000 미터가 넘는단다. 그러니까 정확한 높이는 모른다는 얘기다. 수학이나 과학이 아직 체계를 갖추지 못한 이곳은 대다수가 대충 짐작을 그 근거로 삼나보다. 고도를 측정하려면 삼각법도 있지만 지금은 항공사진의 시대인 지구를 생각하면 이곳은 아직 미개인들이 사는 행성인 정도이다. 그리고 저 높은 봉우리에는 생명체가 살 수 있을까? 온도가 상당히 낮을 텐데 저곳을 올라본 사람은 아마 없었을 테고 앞으로도 오랜 세월 동안 없겠지. 조류들도 수 십 만년 동안을 얼어붙은 땅에서는 생존이 불가능 하리라. 과연 저위에는 생명체가 있을까? 있다가 정답일 것이다. 생명체는 그 어떤 열악한 조건에서도 살아남을 수 있다. 심지어는 수천도의 화산에서도 살아가는 생명체가 있거늘 영하 수 십도는 아마 좋은 환경일지도 모른다. 언젠가 시간이 나면 저곳을 한번 탐사해 보리라.

볼리아 세바스찬 공작령

볼리아 영지의 영주성이 위치한 도시 볼리아 세바스찬 시는 대륙에 있는 그 어느 도시보다 고도가 높은 지대에 위치하고 있다. 해발 이천 미터가 넘는 산맥의 지류 중에 분지가 있어 그 분지에 형성 된 도시인 것이다. 산맥 속에는 호수가 있는 곳도 있고 이처럼 분지가 있는 곳도 있지만 이처럼 타원형으로 넓은 분지는 처음이고 그 원형의 지름이 수백 키로는 될 것으로 보인다. 그리고 만년설이 녹아내려서 흐르는 콩강은 도시 외곽을 휘돌아 흐르는데 그 경관이 뛰어나 도시 전체를 아름답게 감싸는 긴 팔과 같은 모양이다. 모든 문명은 강이 필수적이다 생명의 근원인 물이 이렇게 가까이 있다는 것은 그 만큼 앞으로 문화의 꽃이 피어날 가능성이 높다는 뜻이다. '볼리아 세바스찬 시' 물론 세바스찬 이란 말은 무라카에 의해서 추가된 말이다. 이곳 바벨산맥이 수원이 되어 흐르는 콩강은 수 만리를 흘러 캔트 왕국을 끝으로 바다로 흘러든다. 그 장경은 실로 멀고도 먼 거리일 것이다. 각 지역에 따라서 다른 이름으로 불리겠지만 말이다. 그런데 분지의 특징이 어디로 강이 유입되는지 또 어느 곳으로 흘려 나가는지가 사람의 눈으로는 분간하기가 어렵다.

인공위성으로 공중에서 본다면 금방 알 수 있지만 말이다. 지금은 좋은 탐구 목록에 추가 시켜두고 차후에 한번 둘러보리라. 아무런 공해도 없는 자연 그대로의 특수 청정지역인 이곳은 그야말로 생명의 보고인 셈이다. 강물은 얼마나 맑고 깨끗할까? 상상만으로도 즐겁다. 비록 그 속에 사는 생명체는 무섭지만 말이다. 이곳도 전기메기나 전기뱀장어 등 다양한 괴물들이 살고 있으리라. 초강력 강기막을 두르고 들어간다면 얼마든지 놈들을 구경 할 수도 있다.

그리고 사냥도 가능하고 허허허 언제 꼭 강 속을 살펴봐야지. 이 신선한 공기 그리고 빼어난 경치 딸은 정말 나의 보석이군. 이렇게 좋은 곳이 영토라니 말이다. 아마도 산맥으로 유입되는 몬스터들을 최 일선에서 방어하도록 이곳을 영지로 내렸으리라. 그리고 병력들도 분명 최강의 군사력을 갖추고 있을 것이고 말이다.

제국 최고의 무력부대는 이곳에 집중되어 있다고 봐도 무방하리라.

어리석은 황제여 이곳이 바로 사람들이 살기에 최적의 여건을 갖춘 천혜의 땅임을 안다면 분해했겠지 소리어스 듀오 카빌라이는 말이지 그 당시는 이곳이 몬스터들로 인해서 사람들이 피하는 곳 중의 하나였을 테니까.

영주성에 도착하니 성안의 병사들이 우렁차게 인사한다.
"충성! 볼리아 영주님을 환영합니다. 공작님 만세! 만세! 만세!"
아 이런 맛에 영주 하나보다.

볼리아 공작령은 제국의 남서쪽에 위치한 곳으로 바벨산맥과 제국의 수도로 연결되는 고리 역할을 하는 아주 중요한 위치에 있다.

즉 몬스터들로부터 제국을 방호하는 관문인 셈이다. 그러다 보니 자연적으로 군사력이 집중적으로 결집되어 있고 병력들도 가장 뛰어난 전투력을 갖추게 된 것이다. 그래서 기사의 수만 30,000명 수준이고 병사들은 250,000명 수준으로 제국의 전체 군사력의 반 이상이 이곳에 집결되어 있다고 보면 정답이다. 제국의 실세가 된 이유가 이러한 지리적인 여건 때문이기도 한 것이다. 제국을 집어삼키려고 마음만 먹으면, 바로 그 순간이 제국의 황족이 사라지는 그런 실권을 가진 자가 바로 구루 볼리아 세바스찬 인 것이다. 그러니 역대 황제들이 볼리아에게 기대지 않고는 존재 할 수가 없는 바꾸어 말하면 제국의 실제 주인을 볼리아 공작인 것이 정답이다. 두 번이나 황제의 목을 치고도 그 자리에 앉지는 않는 것을 보아도 정권에 대한 욕심이 전혀 없다고 보아야 할 것이다.

1,2,3군단으로 명명되는 볼리아 영지군은 세 개의 도시에 각 십만에 가까운 군단 병력을 주둔시키고 도시 치안 및 몬스터로부터 주민을 방호하는 임무를 수행하고 있는 것이다. 그러나 직접 관리는 오래전에 손을 떼고 각 군단장 외에 행정에 밝은 사람들을 선발해서 도시마다 직무 대행을 시키고 있는 것이다. 공작령은 일종의 작은 제국인 셈이다. 자치령인 것이다. 제1도시지역은 제1군단장 세 누리안 경이 제2군단은 울트라경이 제3군단은 마리오경이 각각 임명되어 있고, 이들은 모두 볼리아의 제자들로 직접 검술을 하사한 직계 제자들이라 그 충성심이야 두말하면 잔소리가 될 정도이니 볼리아가 얼마나 머리가 뛰어난 여자인지는 그 오랜 세월이 증명하는 것이다. 긴 세월동안 어느 누

구도 반감을 가진 제장이 없었으며 내부적으로 문제가 된 적이 또한 한 번도 없었으니, 500년이 넘는 세월 동안 수차례 세대가 바뀌어도 그것은 불변 이였다. 대를 이어서 충성을 하는 장군들과 기사들 그리고 병사들은 공작의 얼굴을 한번 이라도 볼 수 있다면 그것은 출세 한 것이고 자손대대로 가문의 영광으로 구전될 정도인 것이다. 너무나 아름다워서 눈알이 흘러내릴 정도라는 소문이 퍼져있는 것이다. 각 군단장들은 모두 익스퍼드 상급 수준이고, 그 중에 가장 뛰어난 이는 역시 세누리안 경으로 꼬맹이 때부터 볼리아가 데려와 품속에 안고 키운 제자로서 언젠가는 소드 마스터에 오를 가능성이 가장 많은 자이기도 하다.

이러한 제자들이 있으니 모든 일을 일임하고 편하게 은거 생활을 영위해온 것이다. 지금까지는 말이다. 그러나 이제는 진짜 모든 것으로부터 자유로운 삶을 위해 내려놓고 사랑하는 아빠와 함께 여생을 즐기는 것도 나쁘지 않으리라.

제1군단장 실에 들어가니 2,3군단장들도 함께 기다리고 있다. 너무도 공손하게 볼리아를 맞이하는 모습을 보고 무라카는 속도 모르고, 군기를 확실히 다져놓은 줄로만 생각한다. 순서대로 간단간단한 보고가 있고 바로 곧 사적인 얘기들이 오고간다. 옆에서 듣고 있자니 질투가 날 정도로 세 놈다 (무라카 혼자생각) 엄마를 오랜 만에 만난 막내아들들처럼 어리광을 부리는 것이 아닌가? 이런? 고얀! 놈들이 모두 장년들인데 말이다. 볼리아도 그렇지 다 늙어가는 녀석들을 머리도 쓰다듬어 주고, 손도 잡아주고, 에잉 내가 참아야징 쳇! 곧 제장들을 독려해주고, 몬스터 토벌은 특별히 신경을 써서 희생자들이 발생되지 않도록 조심하라는 당부를 끝으로 공식적인 업무는 끝이 났다.

요크 산의 산장으로 오면서 볼리아는 3명의 제자들에 대한 얘기를 아빠한테 해준다. 어린 꼬맹이들을 데려와서 먹이고 입히고 가르쳐서 이젠 모두 장군들이 되어 있다고, 그리고 대다수가 고아 출신들이라 볼리아를 어머니 같이 여긴다고 엥? 그래서 쓰다듬어 주기도한 것이구만. 긴 여행에서 이제야 돌아온 볼리아는 꿈꾸는 듯한 몽롱한 시선으로 아빠를 바라본다.

(아빠를 만난 후 틈만 나면 아빠 얼굴 '바라보기'시선 고정 후 미소 띤 표정으로 꼼작도 않음)

행복해 한다. 그런 볼리아의 뺨을 슬슬 쓰다듬거나 만지작거리는 버릇이 생겼다. 이것은 저절로 자동으로 움직이는 것이다.

"참 깜박 했네 아빠 잠깐만요. 저 그거 가지고 올게요."

"그래 그것이 가장 중요한 과업인 걸 나도 깜박 했네. 어서 가지고 오렴."

볼리아가 책장의 책들 중에 한권을 뽑자 책장이 회전 하면서 지하로 연결된 계단이 나타난다. 잠시 후 볼리아가 들고 온 물건은 역시 예상한 대로 레이져 총이다. 지구의 엠60보다 더 단조롭고 작은 것이 잡아보니 훨 씬 가볍다. 한눈에 보기에도 함선의 재질과 같은 생명이 있는 '혼합 광식물'인 것이다. 무라카의 손이 닿자 바로 반응이 나타난다. 생명이 돌아온 듯 조준 격자 눈끔에 희미한 조명이 들어오고 개머리판은 물결이 일렁인다.

"오 그래 주인을 알아보는구나."

"우와! 신기하네, 그 오랫동안 잠을 잔건가?"

"아마 나의 '디엔에이'에 반응하는 것 일거야."

"디엔에이? 아빠 그게 모예요?"

"웅 사람마다 조금 씩 다르지 '생체원자그림'이라 할까? 볼리아는 과학을 모르니, 설명해도 이해하기 힘들 거야. 이 기계에 기억을 시키면 주인 외에는 절대 작동을 않는 잠금장치야."

"우와! 그런 것도 있어요?"

"그래 아가야! 이제 더 놀라운 것도 찾아야해 하늘을 날라 다니는 기계인데 셔틀이라고 하지. 분명 샷 건이 있으면 셔틀도 부근에 있었을 가능성이 있는데."

"엥? 하늘을 날라 다니는 기계? 어머머 그것 정말 멋진 것 아닌 가요? 사람이 타고 다니나요?"

"웅 이방 보다는 좀 크게 생긴 거야. 함선은 이제 가보면 알겠지만 웬만한 도시 보다도 훨씬 더 크지. 그것이 우주를 날아서 다니는 것이란다. 우리의 선조들은 뛰어난 과학의 힘으로 너와 나처럼 오랜 시간을 살 수 있게 한 것뿐이 아니라 우주공간을 마음대로 날라서 다닐 수 있게 한 것이지. 그래서 천족은 위대한 종족 이란다. 함선에 가서 교육을 받으면 알겠지만 기계가 말도 하고 모든 일을 사람 대신에 척척 처리 한단다."

"아~꿈같은 얘기에요. 어떻게 그런 세상이 아빠 전 너무 무식해서 어쩌죠? 힝! 나만 바보 같잖아 잉잉 으앙!"

"어? 아가야 그런 게 어딨어? 왜 예쁜 내 애기가 바본데? 이런?"

'쓰담! 쓰담! 쓰담!' 머리 쓰다듬는 몸짓. (소리)

"흐-응 아빠? 그런 거 배우는데 오래 걸려요?"

"아니 하루나 이틀 정도면 된다. 영상으로 배우니까 쉽지, 공식을 배우고 다시 그런 기계를 만드는 것은 어렵겠지만 말이야."

"아 다행이다. 휴우 괜히 걱정 했네 헤헤헤"

"어이쿠 요 귀여운 것 그게 걱정되어서 운거야?"

"넹! 아빠. 아빠 얘기가 이해도 안 되고 너무 어려워서요. 헤헤"

"허허허 지금은 그리 생각 할 수도 있겠네. 아무 걱정 말아 복잡한 것은 기계가 다 알아서 계산해주고, 답도 알려주고 치료도 해주고 다 해 모두다."

"어머머 진짜 편리하겠어요. 그-죠?"

"그래 저 높은 하늘에서 볼리아랑 그렇게 행복 하게 살자. 그렇게 하려면 셔틀도 찾아야 하고, 또 잔여 천족들을 찾아서 회유를 하든 아니면 처리를 해야 해. 그것이 할아버지가 내게 남긴 마지막 명령이야. 나는 네가 있는 줄 꿈에도 몰랐단다. 네가 있어 이 아빠는 행복하단다. 힘도 나고 말이야. 막막하던 일들이 서서히 풀리는 기분이야. 휴~! 감사합니다."

"아빠 누구에게 하시는 얘기예요? 감사하다는?"

"응 할아버지께 드리는 말씀이지 우주 어딘가에서 보고 계실거야."

"응 진짜? 할아버지 아빠를 보내주셔서 고마워요. 그리고 감사해용. 한 번도 못 뵈어서 죄송해요. 흑흑흑 으앙! 아아아앙!"

"이리 온 내 아가야 울지마 뚝! 네가 울면 나도 슬퍼져-음"

"흑흑 아빠 죄송해요. 할아버지가 보고파서! 히-끅!"

토닥토닥, 볼리아를 안고서 등을 토닥인다. 녀석아 난 얼마나 스승님이 보고픈지 넌 모를 거야.

"아빠 사랑해요. 이제는 아빠랑 저랑 둘 뿐인 거지요? 천족 말이에요."

"글쎄 그걸 알아내야 하는 것도 과제란다. 앞으로 바쁘다는 걸 명심해 사람들의 일은 그들에게 맡기고, 우리의 일을 해야 할 때란다."

"넵 알겠습니다. 천군 사령관님! 척"

"척 부사령관! 앞으로 잘 부탁한다."

"네 아빠 저 잠시 나가서 경계병들 독려하고 떠날 준비도 할게 요."

"아가야 아직은 아니다. 천천히 추리도 해보고 내 제자 아이들 도 좀 더 수련을 시켜주고 에 그리고 너와 오붓한 생활도 좀 더 하면서 깊이 생각해서 계획을 짜야지."

"엥? 그럼 아직 시간이 있는 거네요. 아이 좋아라. 히히힛!"

"어? 너 이상하게 웃는다. 수상해. 흐흐흐흐"

"힉! 아빠도 수상하게 웃으신다. 헤헤헤"

볼리아가 밖으로 나가고 무라카는 '레이져 샷건'을 이리 저리 살펴본다. R-1의 얘기로는 이 샷 건에 뭔가를 남겼을 텐데. 아 무리 분해를 해보고 살펴봐도 어떤 단서도 없다. DNA를 인식 하는 것 외엔 말이다. 배낭에 넣어보니 크게 표시도 안 나고 딱 맞다. 상단 여우에게 받은 5,000냥과 와이번 가죽 옷 한 벌 그리 고 '샷-건' 이제 셔틀을 찾으면 모든 무기회수는 완료된다. 볼리 아가 얼마나 현명한 아이인지 두말 할 나위가 없다. 그 오랜 세 월동안 이것을 숨겨 왔다니 일단 레인이나 한번 볼까? 위드 녀석 은 보나마나 오늘도 열심히 수련하겠지. 밖으로 나오니 제이가 차를 가지고 오는 것괴 마주친다.

"제이야 내 제자들 어디 있는지 아니?"

"네 저기 건물 뒤에 있는 수련장에서 새벽부터 계속 대련 중이 에요. 무슨 괴물들을 제자로 두셨나요?"

"뭐? 괴물? 하하하하 하긴 괴물들이지. 허허허 차는 되었다. 나도 수련장에 있을 테니 내 딸 볼리아가 혹여 찾으면 알려다오. 큼"

"넵"

수련장에 가니 레인은 땀범벅이 되어 있고, 위드도 가쁜 호흡인 것을 보니 레인이 어지간히 떼를 써서 휴식도 없이 계속 대련을 한 모양이다.

"애들아 좀 쉬어 가면서 해야지 그렇게 무리하면 탈난단다."

"앗! 스승니~임 히힝! 보고 싶은 스승 니이임! 잉잉 으앙!"

아직도 힘이 남았나보다, 쩝싸게 달려와 안긴다. 허허 녀석. 토닥토닥!

"누나 그렇게 안기면 사부님 옷 다 버리잖아."

"억! 헤헤헷 제가 빨아 드릴게요. 히히힛!"

"응 닦으면 되지 하하하 어디보자 우리 구미호가 이제 마나가 얼마인지 보자. 그기 앉아라. 위드야 호법 서도록!"

"넵 사부님!"

가만히 마나를 흘려 넣어서 두루 돌려본다. 마나양이 제법이다. 이 아이는 마나 친화력이 엄청나게 높아서 벌써 40년 치를 집적하고 있다. 위드가 50년 치에 아직 못 미치는데 말이다. 그러니 얼마나 빠른가? 그 속도가 과히 상상을 초월한다. 그러니 위드가 호흡을 거칠게 할 만한 것이다. 악착같이 달려들었을 것이고 이제는 위드로서도 대련을 상대해 주기가 만만찮을 테니까 말이다.

위드는 임독양맥이 타동 되어있고 레인은 아직 뚫어주지 않아서 백회혈이 막힌 상태이다. 이 차이 외엔 10년 치 정도의 차이이니, 대련을 잘못 유도하면 크게 다칠 수도 있는 상대인 것이다.

안 되겠군. 앞으로는 대련을 못하게 하고 대신 몬스터 사냥을 데리고 다녀야 되겠군. 이 녀석도 양맥을 타동 시켜주자. 더 늦으면 고통만 배가되니.

"여시야. 너 이제 백회혈을 타동 시켜 줄 테니 아파도 비명 절대 안 됨. 그리고 기절도 안 됨. 또 말도 안 됨. 알았지?"

"넹! 스승님 죽어도 참을게요. 헤헤헷!"

"자. 그럼 시작한다. 자세를 바로하고 정신을 집중 할 것!'

(앞으로 대 주천 순서도 종전과는 다르다. 기억해 놓도록.)

협착에 장심을 데고 레인의 마나를 도인한다. 백회를 뚫고 들어가니 움찔거린다. 그뿐이다. 성공인데 마나의 속도가 상당하다. 녀석은 그만큼 마나와의 소통이 원할 하다는 뜻이다. 마나의 압축 정도도 그렇고 아주 정심하고 깨끗한 마나이다. 심성이 착하니 그럴 수밖에 일부러 상당량의 마나를 남겨두고 슬그머니 손을 뗀다.

녀석은 무아의 단계로 들어서있다. 대주천이 이루어지고 있는 것이다.

(위드야! 누나가 깰 때까지 호법을 잘 서고, 내가 나가면서 주의를 줘 둘 테니 그리 알고 수고해라.)

방으로 돌아오니 볼리아가 기다리고 있다.

"아가야. 어릴 때 말이다. '샷-건' 외에는 없었니? 잘 생각해봐."

"빛나는 칼이랑 이것 외에는 없었어요. 아빠!"

"음! 그것참? 도저히 알 수가 없네. 네가 요만 했겠지? 그러니 가슴에 이렇게 꼭 안고 다니던가 아니면 등에 업고서 싸운다."

업고 어디 한번 업어보자.

"아가야 업혀봐! 옛날처럼 말이야. 옳지! 어이쿠 덩치가 커버렸으니 그때하곤 느낌이 많이 다르지?"

"헤헤헤 아빠 저는 그때나 지금이나 똑 같아요. 아이 좋아 아빠 등은 정말 듬직해 히힛!"

"녀석 엉덩이가 이렇게 커졌는데 뭐가 똑 같아? 허허허"

"어머 아빠 제 엉덩이 만지니 기분이이상해용 좋아요. 만져줘-용."

"웅? 하하 녀석 아빠가 만지는데 뭐가? 엥? 이 녀석 아직 처녀?"

"넹 아빠 저 아직 처녀예요. 아빠 오시면 아빠에게 시집가려고 기다린 거예요."

"캑! 야 이 녀석아 누가 아빠랑 결혼한데? 그런 것은 없어 허허"

"힝! 없으면 만들면 되지요. 뭐!"

"하이고! 요 녀석! 아빠를 놀리면 못써요. 허허허"

"아빠 진짜 못 하는 거예요? 그러면 진짜 억울한데 볼리아는요."

"허-그렇단다. 부녀간에는 아무리 사랑해도 남녀 간의 애정 하고는 다르단다. 아가야. 아빠가 널 사랑하는 것은 그런 것이란다."

"엥 그래도 전 포기 안할래요. 전 어떤 남자도 사랑할 수 없어요. 그 듀오 개자식 때문에 남자들 보면 한동안 혐오감에 엄청 시달렸어요. 눈에 보이는 쪽쪽 죽이고 싶었어요. 그러다가 검에 몰입해서 좀 나아 졌었지만 그래도 여태껏 남자는 다 싫었어요. 그런데 아빠는 아니에요. 아빠는 얼굴만 봐도 제 가슴이 마구마구 뛰어요. 그리고 아빠 손끝만 닿아도 온몸이 찌릿찌릿 해요. 지금은 너무 좋아서 아래가 다 젖었어요. 아빠 힝! 계속 엉덩이 만져줘요. 네?"

"오냐 그래 만지는 것 정도야 얼마든지 해주지만 우리 아기가 불행하게 살아온 걸 생각하니, 이 아빠가 마음이 아프구나. 그 개 같은 '소리어스 듀오' 그 자식 지금 있다면 천 갈래 만 갈래로 찢어버리고 싶구나. 음!"

"아~!아빠 저 내려주세요. 더 이상은 하아~ 저 옷 좀 갈아입고 올게요. 엥 부끄러워요. 아빠 사랑해요."

"오냐오냐 나도 사랑해 볼리아! 나의공주!"

잠시 후에 볼리아가 다시 방으로 들어온다. 그때 무라카는 깊은 생각에 빠져 있다. 분명히 무언가 단서가 있을 텐데 무엇을 놓치고 있을까? 그때는 이집도 아니요. 이곳도 아니다. 분명 어떤 장소는 아니란? 아이에게 무슨 단서를 남길 확률이 크다. 보석보다 훨씬 더 소중한 아이? 음! 그래 그럴 수도?

"억! 아가야 언제 왔어? 그렇게 바짝 얼굴을 디밀고 코 다친다. 허허허"

"아빠 뭘 그렇게 깊이 생각 하세요?"

"웅. 단서 단서를 찾은 것 같기도 한데, 어디보자 아가 내 무릎에 앉아봐! 그래 웃옷을 벗어 볼래?"

"네 아빠 몽땅 다 벗어야 해요?"

"웅! 네 등에 아빠가 어렸을 때 뭘 새긴 적 없니? 잘 기억해봐!"

"응? 아빠! 제가 자고나니까 등이 따끔거리고 아팠던 기억이 있어요. 그때 아빠가 그랬어요. 하루만 지나면 괜찮으니까 조금만 참아라. 그러시면서 등을 쓰담쓰담 해주셨거든요. 그것이 무슨? 혹시 제가 잠들었을 때 뭔가 제등에 새긴 건가요?"

"휴-찾았다. 그거야 그때 내게 가장 소중한 것은 볼리아 너 밖에 없었잖아. 그거야 지금도 마찬 가지지만 말이야. 허허허 옷을 벗어봐라. 어디보자. 아이고! 예쁜 것 세상에서 제일 예쁠 거야. 그렇지? 어? 아무것도~ 엥?"

"아빠! 왜 그래요?"

"-----?"

"그것 참! 아가야. 술이 있겠지? 독한 것으로 말이야."

"네 있어요. 그런데 제등에 아무것도 없어요?"

"아직은 몰라. 술을 마시면 나타 날려나?"

"아빠 이상하셔? 갑자기 웬 술을?"

"어이구 예쁘구나. 그런데 그냥 나가면 까무라-칠 사람들 많을 텐데"

"앗! 어-맛! 히히힛 제가 정신이, 아빠도 이상하시고 이젠 나까지 히히힛!"

"자! 내 애기! 이술 쭉 다 마셔 이참에 나도 한잔 할까? 커-억 독하네, 우와! 아가야 그 술 무지 독 엥! 다 마셔 버렸네. 허허"

"후아! 아빠 왜? 저보고 술을 으아! 돈다. 세상이 히히힛!"

"자 아가야 이제 옷 벗고 아빠 무릎에 앉아봐 이리 온 어? 넘어질라. 에-쿠 바지는 안 벗어도 되는데, 옳지! 그렇지 보인다. 역시 허허허 내 예상이 맞았구나."

"아빠 사랑해요. 아빠 저 만져 줘요. 힝!"

"웅 그래 쓰담 해 줄게 잠깐 등에 그림 자세히 보게 가만히 있어봐."

"넷? 그림요? 제 등에요."

"그래 이 방법을 아는 사람은 없지. 천재가 아니곤 모르지 음 그런데 산은 산인데, 이렇게 높은 산이 어디 있지? 아가야 요크산이 12,000M이라고 했지?"

"-------"

"응? 아가야?"

이런? 볼리아가 아빠 품이 편해서 그런 건지 아니면 그렇게 독한 술을 잔에 가득 부어 줬더니 취해서? 잠이 들어 버렸다. 허허허 70도는 충분히 될 것 같은 술이니. 14,700미터라 바벨 산이 그 정도 되리라. 셔틀을 타고 대륙에서 제일 높은 산에 착륙해서 셔틀을 숨겨 뒀으리라. 틀림없이 바벨산일 것이고 산의 명칭도 표시하지 않은 것도 보안을 위한 한 방편 이었을 것이고, 사람의 접근이 불가능 한곳을 찾다보니 그곳 밖에 없었던 모양이다. 아이를 조용히 안고 침대에 눕힌다. 녀석 이렇게 예쁜 사람이 과연 있을까? 상의만 벗으면 되는 것을 술을 마시고는 그냥 홀라당 다 벗어 버렸다. 하긴 아빠 앞에서 그러면 어때? 이불을 덮어주니 깊이 잠든 듯 숨소리가 고르다. 자 이제 정리를 해두고 그곳으로 가는 일이 가장 최우선 과제이다. 30분 쯤 지나자 볼리아가 깨어난다.

"아빠? 저 잠들었어요? 힝!"

"어 그래 술이 너무 독해서 말이야. 하하하"

"아빠 찾았어요? 그것 말이에요."

"응 찾았어. 그런데 너무 높은 산에 있어. 14,700미터나 되는 곳이니 고생 좀 하게 생겼어."

"우와! 14,700 미러 면 바벨 산이네요, 요크산은 12,000인데."

"그렇지? 바벨 산이 맞아. 그런데 산 이름은 안 써놨더라. 높이만 표시되어 있고, 그곳에 커다란 바위가 7개 있는 모양이다."

"네 저랑 같이 갈 거죠? 아빠!"

"그럼 이제는 한시도 안 떼 놓을 거야. 이리 온."

"어머 옷을 홀랑 벗었어요. 제가요?"

"허허 그러면 뭐 어때서 아빠뿐인데."

"헤헤헤 그래도 부끄러워요. 히히힛!"

"여기서 바벨 산까지 두 달은 걸리겠지?"

"네 아빠 그런데 아빠는 며칠 안 걸릴 텐데요."

"그래 10일 정도면 갈 수 있어 너 업고 말이야."

"우와 신나겠다. 아빠 등에서 산위를 휙휙 날아서 가면 얏-호!"

"그동안에 아이들하고 기사들 잘 교육 시켜놓고 그리고 갔다 오자. 알았지? 그리고 아까 그 술말이야. 그 정도 술은 못 만들 텐데 어디서?"

"아빠 그 술 사람이 만든 술 아니에요. 요크 산에 있는 제 친구 탕이 만든 거예요."

"탕?"

"네 성성이 인데 말도 하고 검술도 꽤 해요."

"그래? 우랑우탕을 말하는 것이로군."

"어 아빠 그걸 알아요?"

"허허허 조금 알지 덩치도 크고 온몸에 털이 꽉 나서 힘이 쎈 녀석들이지. 그럼 후아주인데 아주 귀한 술이로구나."

"아빠는 역시 모르는 게 없어요. 귀여운 볼리아 에게도 많이 가르쳐 주세용."

"그럼, 그럼! 쓰담쓰담 자 내 애기 옷 입자. 누가 오면 안 돼. 그런데 옷이 이거 무슨 가죽이냐?"

"네 오우거 가죽인데요. 질겨서 좋아요."

"그러네 질긴 것은 맞네. 색이 바래서 그렇지. 어디 내 것을 입어 봐 조금 커도 접어서 입으면 되지."

"우와! 아빠 이건 와이번 그것도 래드 와이번 가죽이네요.?"

"그래 맞아 래드 와이번 가죽 내가 잡아서 신발도 만들었지.

어? 딱 되었네. 그 정도는 맞는 거야. 허허허 네가 입으니 색도 좋고, 예쁘네. 그것은 이제 네 꺼다. 그 탕인가 한 테 가보자 그 놈들 숫자가 꽤 많을 텐데?"

"네 아빠 많아요. 탕이 대장인데 한 2,000마리 정도 될거에요. 못가본지 꽤 되었네, 전에는 대련하러 자주 갔는데."

"탕이랑 대련을 했다고?"

"네 대련 상대로 딱 좋아요. 몸집이 크고 그래도 동작도 빠르고 힘도 좋아요. 결국은 나한테 자꾸 맞기만 하니까 안 하려고 하더라고요. 요크산 중턱 쯤 에는요. 과일나무도 많고 산 짐승들도 많아요. 그리고 목욕 할 곳도 있어요. 물도 맑고 좋아요."

"그래? 가보자 사냥도 하고 말이야."

"네 아빠 배낭에 샷-건 그거 들어가나요?"

"응 딱 들어가 돈은 위드에게 주고 가야 되겠네. 이놈 울보 누나랑 수련 하느라 정신없는데 어린나이에 참 대단하지. 인제 17세인가? 그런데 곧 소드 마스터 될 거야. 지금도 일반 마스터는 위드에게 상대도 안 될 것이야."

"네? 그 정도예요? 그 꼬마 말이죠. 우와 대단하네 하긴 아빠가 가르쳤으니 당연하지만 그래도 17세에 그 정도면 지금 대륙에서 위드를 이길 검사는 없다는 거네요. 제가 대련을 하면 어때요? 아빠?"

"응 너도 지금 상태로는 그 아이를 따라잡을 수가 없어. 속도를 말이야. 물론 힘이야 네가 조금 앞서 있지만. 그래시 볼리아 야 너는 아빠에게 경공을 빨리 익혀야 해 내가 가르쳐 줄 테니 알았지?"

"억! 정말 그 꼬마가 그 정도예요? 으악! 약 올라 난 혼자서

600년간이나 노심초사 익힌 검술인데 에-힝! 아빠는 신이예요? 그 짧은 기간에 그런 괴물을 만들어 내는? 힉! 무서워 아빠!"

"너도 곧 그랜드 마스터가 된다. 곧 말이다. 한 가지만 깨달으면 그리 된다. 걱정 말아라. 알았지?"

"네 정말요? 아이 좋아! 역시 아빠는 신에 가까운가봐. 히히힛"

"오냐오냐 그래 자 녀석들 잠깐보고 가자고 위드야 누나랑 이리로 오너라."

"넵 사부님 지금 가요"

"오 또 대련을 한 것이냐?"

"네 사부님! 그런데 누나가 실력이 갑자기 높아져서 안 다치게 하느라 혼났어요. 어떻게 하루 만에 그렇게 실력이 확 올라요?"

"하하하 내가 어제 그 얘길 한다는 것이 깜박 했네. 이제 너희 둘은 대련은 그만두고 실전을 익혀야 할 때이다. 그래서 이곳 요코 산에 몬스터가 많이 있다하니 내일부터는 둘이서 몬스터 사냥과 산에서 직접 경공을 숙달 시켜라. 위드야 누나 잘 돌보고누나의 경신공부나 보법 공부를 많이 도와 주거라. 너희 둘이면 이젠 암습이 아니면 대륙에서 너희 둘을 상대할 자는 드물다.

명심하고, 적의 기습에 대한 대응책 그리고 숲이나 물에서의 전투와 경공을 특히 몸의 자연적인 반응이 일어나도록 반복 숙달을 해야 한다. 나는 볼리아와 무척 급한 일이 있단다. 이 행성의 중요한 일이므로 얼마간은 너희를 돌볼 수 없단다. 산에서 오우거를 1:1로 마음대로 잡을 수 있게 되면 너희 둘은 레인 영지로 가서 그곳 주민들을 보살피고 있거라. 사부가 일이 끝나는 대로 그곳으로 가마. 위드야 너는 나의 수제자이다. 그 누구도 너를 능가하지 못한다. 그러니 누나 잘 챙기고 둘이 꼭 붙어 있거

라. 레인아 너도 잘 들었지? 비록 위드가 나이는 어려도 너의 사형이다. 사형에게 대든다던가 하면 안 된다. 너도 이제부터는 나를 사부라 불러도 좋다. 질문 있으면 하고 끝내자.”

“사부님 그럼 언제쯤 레인 영지로 오시나요?”

“글쎄다. 빨라도 6개월, 늦어지면 1년쯤 걸릴 거다.”

“으앙! 싸부님 나는 어떻게 해요? 싸부님 보고 싶으면 힝 으앙!”

“레인아 너는 빨리 영지에 가서 영주로서 임무도 수행을 해야지 이제 너는 사형인 위드의 실력에 바짝 뒤따르고 있으니 더욱 검술에 매진하면 곧 사형과 함께 절정에 오르게 된단다. 지금은 다른 생각하지 말고 검법에 매달리고 경공에 매 달려야지. 이 사부만 그리워하면 안 된다. 알았지? 절정에 오르면 사부가 업어주마. 하하하하 6개월 동안은 몬스터를 처치하면서 실전 감각을 익히도록 너무 무리하지는 말고 울보 구미호야 사형 말 잘 듣고 알았지?”

그렇게 두 부녀는 산행에 나섰다. 결실의 계절이 다가오는 때인지라 아마도 산엔 과실이 익어가고 있으리라. 그리고 산에서 사냥해서 구워먹는 고기는 더 맛이 좋으리라. 산을 타는 두 개의 그림자 소리도 없이 바람처럼 빠르게 흐르는 부녀의 신속한 경공은 그림자로 불리기에 모자람이 없는 움직임이다. 볼리아는 아직 마나익 제한 때문에 오랜 시간을 무제한으로 달리지는 못한다. 현경의 단계는 아직 마나의 제한이 많은 단계인 것이다.

“아빠 여기서 조금만 더 가면 제법 큰 웅덩이가 있어요. 폭포수에 패인 바위 웅덩이인데 경치도 좋고 물이 깨끗해요. 그기서 목욕해요. 네?”

“응 담소를 말하는 것이군. 그래 좋지. 그런데 너 경신공부가 많이 발전했는데? 빨리 체득 하는군. 피는 못 속여 허허허"

"원래 마나양이 많았잖아요. 몸 안에요. 600년이나 모인 것인데요. 헤헤헤"

"그렇지 천족이 그냥 천족이냐? 수장인 구루집안 혈통인데."

"저기에요. 폭포수 소리 들리죠?"

"경치가 좋구나. 정말 뛰어난 곳이군 그래."

5m정도의 높이에서 떨어지는 폭포 그리고 움푹 패인 소는 바위가 오랜 세월동안 패여서 원형으로 이루어져 있는데 방하나 크기 정도이다. 물이 완전히 투명해서 바닥이 다 보인다. 가죽옷을 벗어두고 풍덩 뛰어 들어가니 물이 얼음처럼 차다. 볼리아도 옷을 벗어두고 다이빙으로 입수한다. 뽀얀 피부가 둘이 쌍둥이처럼 똑같다. 백설같이 흰 피부 그리고 군살하나 없이 잘 발달된 아름다운 몸매 검으로 다져진 몸이니 오죽하랴.

"아빠 여기 보기보다 깊죠?"

"그래 보여도 한길이 넘는다."

"한 길요? 그건 또 무슨 뜻이죠?"

"아 사람의 키 높이를 한길이라 하지, 이런 담소의 깊이를 나타낼 때 사용하는 말이야."

"담소는요?"

"물이 담기듯이 생긴 연못을 그렇게 불러 그릇에 물 담긴 것 생각하면 이해되지?"

"와! 호호호 아빠 그런 말은 전 처음 들어요. 헤헤헤"

"이제 자주 써 먹으렴. 그럼 잊어버리지 않는단다."

"아 오늘 많이 배우네요. 안 잊어야지. 헤헤"

"물이 굉장히 찬데 괜찮은 거냐?"

"에이 아빠 저 이래봬도 그랜드 마스터 입문 했어요. 아빠도 참"

"어 그렇지 참! 그래도 내 눈에는 마냥 꼬맹이 같이 보이는데."

"음 사실 아빠 앞에선 마냥 꼬맹이고 싶어요."

"그래도 이런 빵빵한 꼬맹이가 작은 꼬맹이보다 더 좋구나. 허허"

"피 저는 안 좋아요. 등에 업힐 수도 없고요."

"업어주랴? 크다고 못 업기야 하려고 하하하"

"호호호 그래도 이렇게 젖통이 커서 불편 할 텐데요."

"응 그런가 어디 한번 업혀봐"

"네 업어줘요. 아 참 좋다. 아빠 등은 언제나 듬직해요."

"그래 너무 오랜 세월을 너를 챙기지 못했으니 참 아빠가 자격이 형편없는 아빠다 그치?"

"이젠 좋은 아빠에요. 볼리아는 행복해요. 아빠가 계셔서요. 헤헤"

"아빠 저쪽은 얕아요. 저기로 가요. 등 씻겨 드릴게요."

"그러자. 내목을 잡아 간다."

바닥이 얕아서 가슴께 오는 곳이 있어서 몸씻어주기가 편하다. 이곳 행성은 그냥 물로만 씻을 수 있어도 상당히 관리를 잘하는 편에 속한다. 물을 길어다가 씻어야 하니 그것이 손이 많이 가는 일이다 보니 평민들이나 노예들은 시간이 그 일에도 많이 소요 되는 것이다. 그리고 부녀가 같이 목욕을 하는 정도는 보통 있는 일이기에 그다지 흠이 아니다. 또 노예들은 주인이 성이 달라도 같이 목간통에서 시중을 드는 일이 다반사이니 지구의 도덕관과 는 좀 차이가 있는 곳이다. 특히 신이나 같은 대우를 받는 천족 의 경우는 세사의 그 어떤 척도로도 측량할 수 없는 매우 진화 된 종족이라서 법 제도 등의 규제가 거의 없는 그야말로 자유로 운 관념을 가진 뛰어난 사람들인 것이다. 기록에 보면 그 생활들이 자유롭고 슬기롭지만 방탕하지는 않은 것으로 무라카는 영상을 통해 공부했다. 뇌 활용도가 높다보니, 삶의 질이 높아지는 것은 당연한 것이다. 딸이 씻겨주니 정말 기분이 좋다.

"아빠는 속옷은 안 입나요?"

"속옷? 빨래하기 귀찮아서 안 입어도 아무런 지장 없는데 뭐?"

"아 와이번 가죽이라서 찢어질 염려는 전혀 없네요."

"그렇지? 화살도 무용인데, 검으로도 오러 아니면 끄떡없어."

"그거 대단한 옷이에요. 와이번 가죽은 옷 만들기 어려울 텐데요?"

"그렇지 심줄로 깁어야 하니 그게 어렵지 그래서 만년 옷인 거야."

"우와 와이번 심줄로 깁어서 옷을 만들었어요?"

"그래 내신발도 그렇게 만든 거야."

"호 아빠 그것 굉장히 비싼 옷이네요."

"그렇지 돈으로 따진다면 그렇지. 다음에 와이번 보이면 잡아서 옷이랑 네 신발도 만들어 줄게."

"와이번을 혼자 어떻게 잡아요?"

"혼자 잡지 여럿이 잡나?"

"아빠 그럼 아빠가 잡은 것으로 만든 옷이에요?"

"그래 그것도 래드 와이번 수컷 이였는데 엄청 큰 놈 이였지 놈이 배가 고파서 그랬는지 아니면 새끼 땜에 그랬는지 황야에서 이동 중이였는데 놈이 공격을 해오기에 잡았지 딱 한방으로 말이야."

"우와! 아빠 실력은 어느 정도예요? 검술만 말이에요?"

"글쎄다. 내가 나 자신의 실력을 말할 수 있나? 강 환으로 공격이 가능하고 나무 위를 밟으며 음속만큼 빠르게 달릴 수 있고, 뭐 그 정도야."

"강환? 그게 뭐예요?"

"아참 넌 이제 그랜드 마스터 초급정도이니, 방법을 잘 모르겠구나. 내가 가르쳐 주지 천천히 배워도 된다. 이 세상에는 그런 강자가 없으니."

"지금 한번 보여 줘 봐요. 아빠 배우기는 천천히 해도요."

"그래 잘 봐라!"

"아니 검도 없이요? 와! 우와!"

"이것이 검 강이야. 검이 없어도 강을 발현 하는 거야. 즉 심검이라는 거야. 그리고 이것이 강 환이야. 이렇게 여러 개로 나눌 수 있고, 이것은 마나의 응집체 인데 폭발도 하지만 더 어려운 것은 소리도 나지 않게, 그리고 보이지도 않게 이렇게 공격하면 눈에 보이지 않으니, 절대 피하지 못하지. 속도가 빛의 속도에 가까우니 그 누가 감히 피할 수 있겠어? 이것이 최고의 단계야. 이건 뭐든지 다 관통 한단다. 못 뚫을 것이 없지. 어떤 바위던지, 금속이라도 다 뚫고 지나간단다."

"우와! 아빠는 무적이다. 난 언제 그것을 만들 수 있나요?"

"그렇게 어려운 것 아니다. 깨달음만 얻으면 쉬운 것이다. 명상을 통해서 스스로 깨달아야 한단다."

"아! 이해가 되요. 처음 소드 마스터가 될 때 그때처럼 말이죠?"

"그렇지 그거랑 비슷해 한번 경험했으니 다음은 쉽지."

"저도 아빠만큼은 아니라도 그런 것 할 수 있게 수련 할 게요"

"그래그래 자 인제 아빠가 씻겨줄게 어디보자 등 이리 대라."

"아빠 아직 다 안 씻겨 드렸는데요."

"그긴 내가 씻을 테니 되었다. 남자만 있는 그건 아무리 내 딸이라도 안 돼 자기가 씻어야지. 허허허"

"호호호 남자 꺼 그거 참 이상하게 생겼어요. 호호 그래서 아빠 거라도 자세히 보고 싶었는데 힝!"

"뭐? 요런 앙큼? 허허허 네가 나이가 얼만데 그걸 자세히 못봤다고?"

"아빠 진짜 저 그거 처음 봐요. 아빠"

"엥? 그럼 남자 경험도 없고?"

"네 그 자식 소리어스 듀오 그놈 단칼에 죽인이후 남자라면 완전 접근 금지였어요."

"어허 어찌? 이런 일이 이렇게 아름다운 아이에게 쯧쯧쯧 그놈을 에-휴 언제 적 얘길 하는 거야? 자그마치 590년 전 얘기잖아."

"아아 어-맛! 아빠가 만지는데도 이상해져요."

"아 가슴 씻겨주니 그래? 아이고 이 불쌍한 노처녀! 에-공 이렇게 예쁜 내 딸이 아직도 숫처녀라니 쩝 세상에 남자들 다 죽었나?"

"-----"

"아가야!"

"네?"

"너 이제 아빠도 만났고 했으니 어디 좋은 남자 골라 줄 테니 어떠냐? 시집도 가보고 아이도 낳아 봐야지 안 그래?"

"아빠랑 결혼해요. 그럼 할게요."

"뭐? 그건 안 돼! 아빠랑은 결혼 못하지 그런 경우는 없거든."

"그럼 싫어요. 그냥 아빠랑 딱 붙어서 살래요."

"음!"

"전 아빠 옆에만 있으면 돼요. 그딴 것 안 해봐도 되요. 하나도 그런 것 하고 싶지 않아요."

"끙! 알았다. 더 이상 그런 얘기 하지 않을게 에공 불쌍한 내 아기!"

"헤헤헤 아빠 품에서 그냥 꼬맹이로 살래요. 그래도 되죠?"

"오냐 그럼그럼 되고 안 되고가 어디 있어? 내게는 제일 소중한 것이 바로 너인데."

"아이 좋아라 역시 볼리아에게는 아빠가 최고예요."

"허허 녀석 엉덩이 이쪽으로 해봐 이제 엉덩이 씻겨 줄게"

"네"

"허허 녀석 참 이쁘기도 하지 그래 이제 다 되었다. 배고프지? 과일이나 따러 가자."

"네 아참 과일 많은 곳에 가면 내 친구들 많아요. 제 대련 상대도 있고요. 헤헤 빨리 가요."

"그래 그 탕이라는 그 친구 말이지?"

"네 가보면 알아요."

"그래 가자."

성성이 우랑 탕!

좀 더 깊은 골짜기로 달려서 편백 송 같은 나무숲을 지나자 이번에는 활엽수들이 군집을 이룬 숲이 나타났다. 그리고 잠시 후 엄청난 무리의 원숭이 아니 원숭이보다는 덩치가 고릴라를 능가 하는 회색빛 털로 뒤 덥힌 덩치가 큰 우랑우탕들이 수백 마리가 아니 수천? 마리가 숲을 뒤덮고 있다. 자세히 보니 우랑우탕 하고도 다른 것이 귀가 뾰족하고 크다. 덩치는 지구의 고릴라 수준이다. 특이한 동작은 나무에서 나무로 이동을 하는 모습인데 손과 발이 똑같은 역할을 한다. 둘 다 손이라고 보면 되겠다. 나뭇가지를 잡고 덤블링으로 다른가지를 잡으면서 이동하는데 그 속도가 엄청나게 빠르다. 큰 덩치인데도 가속도까지 붙으니 나무 가지 바로 아래로 굴러가는 듯한 모습이다. 팔과 다리의 근육이 그래서 잘 발달되어 있다. "우랑 탕!" 큰소리로 볼리아가 소리치자. 무리 중에 몸집이 유난히 큰 한 놈이 공중제비를 돌듯이 우리 앞에 내려선다. 가까이서 보니 덩치가 지구의 고릴라 보다 더 크다. 신장이 2.5m는 되어 보인다. 그리고 팔과 다리의 근육이 꿈틀 거리는 것이 신체적으로 상당한 수련을 거친 것이 보인다.

"우랑 탕 잘 지냈어? 여기 우리 아빠야. 나의 아버지! 무지무지 무서운 분이야. 아빠 얘가 아까 말한 친구예요. 그리고 재들 모두가 제 친구들이죠. 히히힛"

"오 그래? 이름이 우랑 탕인 모양이구나. 반갑다 우랑 탕!"

"네 아빠 이 녀석이 제 대련 상대에요. 그래서 검술 수련을 할 수 있었고요."

"탕도 반갑다 크러렁"

이 녀석 말도 할 줄 안다. 도대체 이곳의 유인원의 뇌가 용량이 인간과 거의 비슷한가 보다. 그러니 언어가 가능할 것 아닌가?

"아빠 이 녀석은 나이가 300살은 넘었을 거예요. 그래서 말을 해요. 제가 가르쳤거든요. 다른 녀석들은 말을 못해요 알아듣기는 해도요"

"다 말을 알아듣는다고?"

"네 아빠 기다려 봐요. 얘들아 과일 좀 따와라 배고프다, 맛있는 것으로 그리고 술도 좀 가지고 와 우리아빠께서 오셨거든 그 독하고 맛있는 후아주 오래된 걸로 가져와!"

"허허 이 녀석들 술도 여러 가지로 담그나봐?"

"네 아빠 후아주는 독해서 마시면 후아 소리가 절로 나와요. 그래서 후아주라 하나 봐요."

"우랑 탕 이놈이 대장인가 보구나."

"네 나이도 제일 많고 힘도 제일 쎄요. 검술도 만만찮아요. 제가 가르쳤는데, 처음엔 엄청 두들겨 맞더니 차차 나아져서 근래에는 오러를 안 쓰면 거의 이길 수 없는 수준 이예요."

"하하하 그 정도씩이나 놀랍군!"

그때 우랑탕이 자신의 가슴을 탕탕 치면서 우쭐거린다.

"나 검술 잘한다. 너 나랑 대련하자."

"어 우랑 탕 너 그러다 엄청 후회 할 걸 우리아빠 나보다 훨씬 강 하단 말이야. 훨~씬!"

"그래도 우랑 탕 대련한다. 대련해서 많이 패 주겠다 기다려"

"녀석 단단히 벼르는데 후후 내가 밉나보다. 이쁜 볼리아를 내게 빼앗겼다고 생각하나 보다. 후후"

목검 두 자루를 들고 왔다. 우랑탕의 표정이 자신만만하다. 크고 긴 목검이 탕 자신의 것인 듯. 작은 목검을 훌쩍 던져주고 그 큰 목검을 들고 허공에 휘휘 휘두른다. 척 보기에도 상당히 수련한 듯 목검이 닳아서 표면이 옻칠을 한 것처럼 까맣게 반질거린다. 목검을 받아서 손에 잡고서 쳐다보니 탕의 두 눈이 분노의 빛으로 이글거린다. 녀석 질투심은 있어 가지곤 오늘 너 임자 제대로 만났다.

"자 간다."

"그래 오너라. 어디 우랑 탕 실력 한번 볼까?"

마나를 사용치 않고 한번 붙어 볼까? 녀석의 실력이 어느 정도일까? 궁금하다 몹시도 큰 고릴라 보다 더 큰 덩치가 스피드 또한 무척 빠르다. 그러니 볼리아의 대련 상대가 되었겠지.

'딱' 한 대 '딱딱' 두 대 퍼퍽퍽 '캑'

"야 우랑탕 이제 여섯 대야 어서일어나 난 아직 몸도 안 풀렸는데 '우다다다 딱! 쿵!' 또 한방 우다다닥 쿵 또 한 대 우다다닥 쿵! 우다다닥 쿵 우다닥 쿵 우다닥 쿵 우다닥 쿵 벌써 우랑탕이 넘어진 것이 열 번은 넘은 듯 그래도 곧 일어나 공격 해온다. 그래봐야 그게 그거지 타격의 강도를 쪼금씩 올려서 우다다닥 쿵! 한참 있으니 또 일어난다.

"아 안 돼! 아빠 좀 살살해요. 저러다 저 녀석 또 몇 일간 아파서 쩔쩔 맬 텐데."

"응 그래 이 녀석 보기보다 뚝심이 대단한데 끈기도 있고, 근성이 있구만 근성이."

얘기하는 순간에도 계속 얻어터지면서도 계속 일어나서 달려든다.

"빠각-쿵!"

이번엔 소리가 좀 다르다. 제법 세게 한방 팼더니 한참을 엎어져서 못 일어난다. 기절한 것인가? 좀 심했나? 허허허 녀석 기절했다. 조금 있으니 나무 위가 소란해 지더니 과일과 술을 들고 나타난 녀석들이 나무 아래로 내려온다. 커다란 나무열매 껍데기에 담아온 술의 향기가 주변 일대를 황홀하게 한다. 정말 향기롭다. 무슨 과일로 담근 술이기에 저런 냄새일까? 술 향기에 벌떡 일어나는 우랑탕이다. 녀석 겁먹은 표정으로 슬금슬금 무라카의 눈치를 살피며 다가온다.

"에-공 우랑탕 많이 아프지? 그러게 자꾸 달려들어서는 그래서 더 많이 맞은 거야! 우랑탕 너 말이야. 바보같이 앞으론 그렇게 하지마. 우리 아빠는 오러도 하나도 사용하지도 않고 널 많이 봐주신거야. 알았어?"

"우랑탕 다시는 아빠에게 도전 안한다. 많이 아프다."

"호호호 그래 그래야지 우랑탕 잘 생각했다."

"허허허 녀석 그래도 실력이 대단해 볼리아가 잘 가르쳤군 그래 허허"

녀석은 멋쩍은지 손으로 머리를 긁적거리며 눈치를 본다. 아무리 지능이 뛰어나도 하는 행동은 꼭 우랑우탕이다. 이러한 유인원들도 오랜 세월을 살 수 있으니 언어도 구사할 수 있는가보다.

그러나 가르치는 사람이 없다보면 그대로 사람을 적으로 돌리고 싸우려고 달려들지도 모른다. 몬스터와 무엇이 다른가? 그렇게 후아주를 마셔보니 정말 독하지만 그 맛과 향은 지구의 어떤 술도 흉내조차도 내지 못 할 정도이다. 과일의 종류도 다양하다. 바나나와 닮은 것도 있고, 키위와 비슷한 것도 있고 포도와 머루의 사촌쯤 되는 것도 있으며 사과나 배를 닮은 것도 있지만 당도는 엄청나게 차이가 난다. 당도가 너무 높아서 얼마 못 먹을 정도이다. 이곳의 기후가 만들어낸 걸작이리라. 후아주는 지상 최고의 명주이고, 과일들은 수천 년을 자라온 고산목 들의 선물인 것이다. 귀한 선물을 먹고 마시면서 탕과 대화를 해보니, 이 지역 일대는 먹 거리도 많고 지역의 기온과 기후도 크게 변화가 없단다. 1년 내내 큰 변화 없는 기온과 기후로 풍족하게 살고 있고, 다만 가끔씩 쳐 들어오는 대형 몬스터로 인해서 큰 희생을 치르는 때가 있는데 그런 때는 이들 무리가 숨는 동굴이 있단다. 모두 동굴 안으로 피해 버리고 동굴 입구를 막아서 견딘단다. 그래서 그 동굴 깊숙한 곳에는 각종 과일과 술을 담아두고 저장한다는 얘기다. 평상시 저쪽 서쪽 끝에는 악마들이 사는 산이 있어서 그쪽은 절대로 가지 않는 금지구역이 있다는 얘기도 해줬다. 이곳에서 어느 정도의 거리냐는 질문에 해가 뜨고 지고를 열 번을 얘기한다. 10일 동안을 달려야 할 거리라면 사람보다 5배 이상 빠른 이들을 생각할 때 50일 정도거리의 서쪽에 알 수 없는 대형 몬스터들이 살고 있는 것 같다. 우랑우탕들이 주는 술 두통과 과일 다수를 가지고 악마가 살고 있다는 방향으로 길을 잡았다. 이제 얼마 후면 밤이 되고 산속에서 야숙을 해야 하는 상황이지만 볼리아는 마냥 즐겁다. 숙면은 취할 수 없더라도 가면은 취해두는 것이 가장 바람직하다. 우선 오늘은 나무위에서 휴식을 취할 수밖에 없는 상황이다. 후아주와 과일을 볼리아의 베낭과 무라카의 베낭에 챙겨 넣었지만 이 정도로는 며칠 견디지 못한다. 애초에 긴 여정을 위한 준비가 된 것이 아니라 간단한 나들이 정도의 준비로 출발을 한 것이 조금 걱정이다.

　비상식량은 그때그때 현장 조달을 해서 비축 할 수 있을 때 챙기면서 가야 한다. 태양이 기울자 적당한 높이의 나무에 넝쿨로 가지와 가지를 엮어서 연결하니 해먹처럼 훌륭한 침대가 된다. 가죽 코트를 꺼내어 펼치니 아주 그럴듯한 움막이 되었다.

　"어떠냐? 분위기 좋고 경치도 좋고 이쁜 아가씨도 있는데 노래를 한번 불러볼까?"

　"노래요? 네 좋아요. 와 아빠! 노래 한번 해봐요."

　"그래 좋아 사랑의 힘! 이라는 노래인데 하도 오래전에 불러본 것이라서 가사를 다 기억하는지 모르겠네 잘 들어봐.

　　　서로를 안은 채 아침을 맞이하던 연인의 속삭임은
　　　천둥처럼 내 귓가에 맴도네요.
　　　당신의 눈을 바라보는 이 순간
　　　난 당신의 몸을 붙들고,
　　　당신의 숨결을 느낍니다.
　　　당신의 목소리는 따뜻하고 감미롭죠.
　　　결코 져버릴 수 없는 사랑이죠.
　　　난 당신의 여자이고
　　　당신은 나의 남자이기에~♪

　　　당신이 내게 다가올 때마다.

난 내가 할 수 있는 모든 것을 하겠어요.
제가 당신에게서 멀어졌다고 느낄 때
또한 세상으로부터 소외 되었다고 느낄 때
결국 내가 찾은 답은
당신과 함께 하여야 한다는 것이죠.
제가 어디 있는지 찾을 필요 없어요.
난 항상 당신 곁에 있으니까요.♩♪♪

당신이 내게 다가올 때마다
난 내가 할 수 있는 모든 것을 하겠어요.
우리는 한 번도 경험해보지 못한 곳으로 가고 있어요.
가끔 전 두려워요.
하지만 전 사랑의 힘을 배울 준비가 되어 있어요.♪

당신의 심장이 뛰는 소리로
전 그걸 알 수 있어요.
어느새 사랑이 지속될 수 없다는 불안함도
저 멀리 사라져 버려요.
난 당신의 여자이고
당신은 나의 남자이기에.♪♪

당신이 내게 다가올 때마다
난 내가 할 수 있는 모든 것을 하겠어요.
우리는 한 번도 경험해 보지 못한 곳을 향해 가고 있어요.
전 가끔 무서워요.
하지만 전 사랑의 힘을 배울 준비가 되어 있어요.
사랑의 힘을, 사랑의 힘을,♪

전 가끔 두려워요. 떨려요.♪

하지만 전 사랑의 힘을 배울 준비가 되어 있어요.♪

"------"

"어? 아가야? 뭐해? 울어? 엥!"

"아빠 흑흑 훌쩍 훌쩍 힝! 아빵 으앙앙앙앙!"

쓰담쓰담 톡톡 쓰담쓰담 톡톡

"이힝! 흐흐흑 훌쩍 훌쩍 희끅 희끅!"

"울지마! 울지 마라 아가야 네가 울면 아빠마음도 슬퍼진단다."

곡조를 붙여서 노래로 들려주자 울음이 거친다. 휴~ 괜히 노래를?

"내 노래가 슬프게 들렸어?"

"아빠 꼭 그 노래가 제 신세 같아서 희끅! 희끅!"

"이리 온 아가야 귀여운 내 아가야. 자장자장 내 아기야. 잘도 잔다. 앞뜰과 뒷동산에 새들이 슬피 울어도 내아기는 새록새록 잘도 잔다. 자장자장 내 아기야. 엄마가 없어도 잘 자란 내 아기야.♪ ♪ ♪ 귀여운 내아기는 아빠의 넓은 품에서 방긋방긋 웃으며 잘도 잔다. 창밖에 비바람이 험하게 불어와도 조그만 내아기는 잘도 잔다.♪ 자장자장 우리아기 내 아기는 잘도 잔다.♪ 내 귀여운 아기는 잘~~도 ~~잔~~다♪♪ ♪♪."

정말 잠이 들었다. 나도 모르게 자장가를 불러 줬더니, 마법사의 심언력이 작용을 한 모양이다. 방긋방긋 웃으면서 잔다. 녀석 얼마나 그리웠으면 이젠 영원히 딱 붙어서 떨어지지만 않아도 행복하다고 했을까? 엄마의 정도 모르고 아마 젖도 먹어보지도 못했을 것이다. 아주 갓난아기 때부터 아빠의 등에서, 품에서, 잠도 자고 걷지도 서지도 못하는 상태에서 ＤＮＡ조정으로 말은 할 수 있었을 것이고 아빠의 얼굴만 바라보면서 자랐으리라. 그것도 3살이 될 때 까지만! 그리고 아빠의 소식은 끊어져 버리고 3살이면 지구에서는 똥오줌도 못 가리는 나이인데, 아빠의 무기도 숨겨놓고, 그리고 그때부터 세상과의 싸움을 600년 동안이나 해왔다면, 그것을 견딜 수 있는 생명체가 과연 있기나 할까? 너무나 대단한 아이가 아닌가?

친딸이 아니지만 이 얼마나 사람의 마음을 감동시키는 아이인가?

사랑하지 않을 수 없는 아이인 것이다.

그것도 600살이 넘은 아이 말이다.

동쪽이 밝아오고 있다. 무릎을 베고 잠이든 아이 때문에 무라카는 자세를 흩뜨리지 않고, 그 자세 그대로 명상을 하며 날을 밝힌다.

그렇게 명랑한 아이를 슬픈 노래로 울린(사실은 슬픈 노래가 아님) 죄 때문에 괜히 양심이 떨려서 라기보다는 그렇게 불편하지도 않고 또 자지 않아도 아무런 지장이 없는 육체를 가졌으므로 정에 대해서 새삼 깊은 통찰을 해본 소중한 밤 이였다.

뿌옇게 밝아오는 동녘 하늘을 바라보면서 오늘부터는 아이에게 슬픈 것은 일체 삼가야겠다는 다짐을 한다.

일단은 악마가 도대체 어떤 것들인지 한번 확인을 해보고 될 수 있으면 모조리 섬멸을 해버리고 바벨산으로 곧장 달려가면 되는 것이다. 방향이 묘하게도 같은 일직선으로 맞아 떨어지니 속도가 안 나와도 한 달이면 충분히 도착 할 수 있으니 이제부터는 여유롭게 충분히 고려할 것은 고려하면서 전진 할 것이다.

아이가 잠꼬대를 하면서 뒤챈다. 팔을 들어 뭔가를 찾는 듯이! 손을 잡아주자 안심이 된 것일까? 다시 조용해진다.

'아빠 사랑해요. 아빠 사랑해요.' '응 그래 나도 사랑해 볼리아 내아기 사랑해.' 그러자 다시 조용하다. 살짝 방향을 틀어서 누우면서 꼭 안아주자 꼼지락 거리면서 가슴으로 파고든다. 반쯤은 깨어난 상태인 것이다. 안정이 되도록 꼭 끌어 안아주자 다시 숨소리가 고요 해진다. 아직 한 시간은 충분히 잘 수 있는 여유가 있다.

등을 설설 문지르면서 팔베개를 해주자. 얼굴에 미소가 피어난다. 행복한 꿈을 꾸어라. 아가야 행복한 꿈을 꾸어라. 심언이 당장 효력을 발생시켜 볼리아가 어릴 때 아빠의 품에서 가장 행복했던 순간으로 기억이 전이되어 행복한 꿈속으로 빠져든다. 얼굴이 활짝 꽃처럼 피어나며 천상의미소를 뿜는다. 무라카는 그미소의 위력에 자연스럽게 행복한 차쿠라를 온 누리에 퍼트린다. 40m가 넘는 나무가 황금빛에 휩싸인다. 지나든 몬스터가 있었다면 아마도 고개를 숙이며 소리 나지 않게 조심스럽게 지나갔으리라.

"어? 아빠! 일어나요. 아빠 잠꾸러기네요."
"응? 어 깼냐? 나의 공주? 배고프냐?"
"이뇨. 그런데 저 정말 예쁜 꿈꾸있어요."
"아 그랬어? 어떤 꿈인데 예쁜 꿈이라고 할까? 궁금하네?"
"헤헤헤 조금 더 있다가 얘기해드릴게요."
"응 그래 알았어. 기대 되네?"
주섬주섬 가죽코트도 배낭 속으로 그리고 광선검이 제자리 있는지 확인하고, 배낭에서 과일 두 개를 꺼내어서 빨갛고 예쁜 것을 볼리아에게 주고 키위를 닮은 놈은 자신의 입속으로 쏙! 그리고 일어선다.

"공주님 업히세요."

"어? 아빠 왜요?"

"괜히 업어주고 싶어서 허허허"

"아이 좋아라. 히히힛"

업고 단단히 넝쿨로 묶는다. 엉덩이 밑으로 한줄 그리고 등 뒤로 한줄 그렇게 그리고 하룻밤 잘 자고 가는 나무주위를 날카롭게 살펴본다. 이상무! 출발 이-닷!

바람보다도 몇 배는 빠르게, 움직임은 물이 흐르는 듯이, 바람 위에 올라선 새의 깃 틀처럼 가볍게, 나무에서 나무로 가장 위로 솟아 있는 작은 가지의 끝을 밟는지 스치는지? 그렇게 날라 간다. 주변의 풍광이 뒤로 밀려나는 것이 눈으로 보기 힘이 들 정도이다. 어마어마한 속도다. 세상에 사람이 이런 속도를 낼 수도 있구나. 볼리아는 한참이 지난 후에야 이상함을 발견한다. 어마어마한 속도인데 바람의 저항이 전혀 없다는 점을? 그리고 눈을 들어서 주변을 자세히 보니 보인다. 공기 방울처럼 투명한 막이 아빠와 자신의 둘레를 마치 큰 공처럼 에워싸고 있음을 이게 뭐지?

그러나 지금은 질문을 하기가?

"그게 강기 막 이라는 것이다."

"어? 아빠 달리면서도 얘기해도 힘 안 들어요?"

"뭐 힘들게 뭐가 있어?"

"우와! 아빠는 신이야?"

"아니지 볼리아의 아빠이지. 허허허"

"이런 속도로 계속 가실 거예요?"

"왜? 더 빨리 갈까?"

"히-익! 이보다 더 빨리 갈 수 있어요?"

"그럼 자 위로 뜬다."

"어머머머멋! 이게?"

"왜? 내려 다 보렴 볼만하지?"

"우와 아빠! 이거 진짜로 나는 거죠?"

"저쪽 봉우리 봐! 저기로 간다."

허공을 가로지르니까. 별 속도를 내지 않아도 축지가 되어서 훨씬 단거리로 전진이 된다. 정답이다. 순식간에 봉우리를 수십 개나 넘어서 나아간다. 지상에서 보면 조그만 새가 날아가는 것으로 보일 정도다. 이 속도면 이틀이면 악마가 산다는 곳에 도착하리라.

점점 푸른 숲이 사라지고 눈 덮인 산이 나타나기 시작한다. 요코산을 벗어 난지 오일이나 지난 것이다. 산봉우리에서 봉우리로 건너 날아 온지 2일 째이다. 눈으로 덮인 산의 능선을 넘어서 다음 봉우리로 향해서 날아가는데 능선 위에서 눈덩이를 굴리듯이 쏟아지는 한 무리의 순록들이 보인다. 눈사태가 일어난 광경이다. 속도를 줄이고 주변을 살펴보니 금방 그 무리를 쫓고 있는 회색빛 오우거가 몽둥이를 들고 굉장한 속도로 굴러가듯이 능선 아래로 쏟아지고 있다. 사냥을 나온 오우거는 오랜만이다. 그 움직이는 모습 이 도깨비가 도깨비 방망이를 휘두르면서 춤을 추는 것 같은 모습 이다.

"볼리아야. 보이니? 저기 오우거가 순록을 사냥하네."

"네 보고 있어요. 아빠 배고파요. 순록고기 먹고 싶어요."

"그래 그러자 불고기 실컷 먹어보자 오랜만에 말이야."

공중에 멈추어 있다가 오우거 위로 내려간다. 거리가 오십보 정도로 좁혀질 때 이상한 낌새를 느꼈는지 오우거가 하늘을 올려다본다. 그 순간이 오우거의 마지막 모습이다. '쿵!' 눈이 사방으로 튀어 올라 눈보라를 피워 올리며 오우거의 거체가 눈 덮인 능선에 몸을 뉜다. 순록의 무리는 갑자기 쫓아오던 오우거의 기척이 사라지자 공포에서 벗어나 조금의 여유가 생겼는지 달아나던 발길을 멈춘다. 사슴과의 멍청함이 들어나는 순간이다. 늙은 수놈이 그 긴 뿔을 이리저리 휘돌리며 고개를 들어 오우거가 추격해오던 방향을 살핀다. 그 순간이 놈이 마지막으로 세상을 본 것이 된다. 대장이 쿵 소리를 내며 쓰러지자 다시 생명을 건 질주가 시작된다. 쿠르르 지축을 울리는 요란한 소리를 퍼트리면서 눈발을 피워 올리며 산능선 너머로 사라져간다. 참 어리석은 동물이다. 도망치다가 왜 갑자기 멈추는 걸까? 지구의 노루과 짐승도 저와 같은 패턴이다.

놀라서 고개를 번쩍 드는 행동! 그래서 사냥꾼들이 그 순간을 노려 엽총을 발사한다. 동작을 멈추고 고개를 번쩍 들어 올리니 '나 여기 있소 쏘시오' 하는 거랑 뭐가 다를까? 순록의 시체 옆에 날아 내려서 볼리아를 내려놓는다.

"아가야 엉덩이 아프지?"

"헹 안 아파요. 아빠는 그렇게 마나를 사용해도 끄떡없어요?"

"응 그것이 궁금하더냐?"

"넹 헤헤 이틀을 곧장 날아왔으니 도대체 아빠의 능력이 어느 정도인지 이젠 생각을 안 할래요. 히히힛!"

"너의 할아버지가 아빠를 그렇게 만들었어. 다시는 다치지도 죽지도 말라고, 엥 뵙고 싶네. 씽!"

"어머머머 아빠도 그런 말 할 줄 아시네요?"

"응? 그런 말 이라니?"

"히힛-쌍 소리요. 헤헤헤"

"아-하하하 아빠도 사람인데 그럼 쌍소리도 할 줄 알지 당연히 헐"

"아빠 사랑해요. 저 업고 오시느라 힘드셨죠?"

"응? 아니 업고오니 나도 좋네. 등도 따뜻하고 우리아기 심장소리도 숨소리도 다 들리니까 너무 좋은데 허허허"

"전 옛날로 돌아온 것이 아닌가? 꿈만 같아요, 아빠! 아빠 등이 너무 좋아서요. 헤헤헷" "오냐 자주 업어주마"

사왕이라는 몬스터

순록을 경량화 시켜서 허공에 띄우고 날아 내리는 순간에 보아둔 동굴이 있을 법한 곳으로 이동한다. 역시 경험은 이렇게 쌓여가나 보다 동굴이 있을법한 곳에 진짜 동굴이 있다. 눈썰미가 점점 생기는 것이다. 경험을 통해서 말이다. 아주 아늑한 공간이라 언젠가 짐승이 머물다간 곳일 것이다. 그렇게 넓지는 않지만 이정도면 완전 호텔 급이다. 한쪽에 순록의 시체를 두고도 공간은 충분하다.

빠른 손놀림으로 순록을 일부 해체한다. 어차피 1/5도 못 먹을 것이 분명한데 피 냄새를 사방에 퍼트릴 이유는 없는 것이다. 다리한쪽을 잘라서 불고기 할 부분은 따로 챙겨놓고 훈제용으로도 제법 많은 양을 준비한다. 볼리아가 참을 만큼 참다가 드디어 질문을 한다. 후후

"아빠! 아빠! 그 검요. 그것 제 어릴 때 그 검 맞죠?"

"그래 맞아 왜 짧아서 이상해?"

"네 어디에 갖고 계셨어요? 그리고 부러진 거예요?"

"하하하 아빠 옆구리에 달고 있었는데 그리고 부러진 것 아니다. 이 검은 부러지지 않는다. 자봐! 길게도 되잖아."

"어머머머 오! 신기한 검이다."

"그래 광선검이라는 거야. 검 날이 빛으로 만들어진 것이지 그래 못 베는 것이 없고 절대 부러지지 않지 이렇게 하면 손잡이만 남지 그런 눈으로 보지 말고 곧 너의 것도 지급을 해 주마 당연히 부사령관인데 광선검과 샷-건이 지급되지 암."

"우아 제 것도 있어요? 히힛 아이 좋아라."

"당연히 있지 함선에 가면 말이야. 빨리 셔틀을 찾아서 돌아가야지. 음"

"우와! 과학? 신기하다. 어떻게 저런 검을 만들 수 있을까?"

"함선에 가면 모든 음식도 기계가 다 만든단다. 100만 명이나 먹여 살린 거대한 함선은 그 자체가 살아 있어서 우주를 가로지르면서 여러 행성을 탐사도 하고 또 사람이 살기에 적당한 행성을 찾아서 수많은 사람들을 이주 시키는 그런 일도 했었단다."

"아 아빠 제겐 너무 어려운 얘기예요. 두무지 이해가 안돼요. 헹"

"허허허 어이쿠 내가 성격이 좀 급해서 천천히 하나씩 가르쳐 줘야 하는데. 쩝"

"헹 그래도 들을수록 신기하고 재미도 있어요. 헤헤헤"

"볼리아야 우리천족은 말이다. 이 바나행성 뿐만 아니라 저 하늘에 보이는 수많은 별들 있지? 저 많은 별들을 다 찾아다니면서 사람이나 짐승들이 살아가기에 좋은 그린 행성을 빌건하기 위해서 말이야 그렇게 한 것이 기록에 보면 15,000년 정도 되었단다. 그래서 이곳 바나 행성도 찾고 또 아주아주 먼 곳에 있는 지구도 찾았단다. 그때가 지금으로부터 2,000년 전쯤이었단다. 그래서 볼리아도 낳고 아빠도 낳고, 그래서 네 엄마는 너를 낳다가 돌아가셨지만 그래도 지금 볼리아를 내 곁에 남겨 줬지. 내가 기억은 못해도 어느 정도 추정은 할 수 있지. 음 또 괜히 엉뚱한 얘기를."

"아녜요 아빠 그래서 저는 엄마 얼굴을 전혀 기억 못하나 봐요. 엄마 죄송해요. 제게도 엄마가 있었다는 것이 전 좋아요. 전 어른이 될 때까지 엄마라는 존재를 몰랐어요. 어른이 되고 보니 엄마가 없이 태어나는 아이는 없다는 것을 알았고, 항상 그것이 궁금했어요. 저의 엄마는 누구실까? 살아계실까? 하는 의문이 들더라고요. 히힛 이제는 괜찮아요. 제겐 아빠가 계시니까."

"그래 이제는 땅과 하늘을 동시에 지켜야 하는 것이 천족의 임무이다. 곧 셔틀을 찾아보면 알게 될 거야. 자 맛 좋겠다 아가 이리로 여기 아빠 무릎에 앉아. 자 익히는 족족 바로 바로 먹기다."

"헹! 아빠 이상하시다 어? 어머멋! 손에서 불이?"

"자 이것은 다 익었고 아~해. 아 입 벌려 아가야. 크게 말이야."

"아빠 신 맞지? 힝 나한테 말도 안 해 주공 힝!"

"아가야 아빠는 아빠이지, 무슨 놈의 신 타령을 아 해 아이고 이뻐라! 그래 자 또 굽자. 많이많이 빨리빨리 구워서 우리 예쁜 아기 많이 먹어야지 아빠도 한 개 먹고 냠냠! 맛있네."

"우와 금방 굽히네요. 아빠 손은 안타요?"

"응 그럼 손 떼도 불은 있어 그냥 이렇게 자 볼리아도 고기를 고챙이에 이렇게 걸어놓고 굽자 한꺼번에 많이 구워야지."

마법을 일상에 접목시키는 중요한 순간이다. 구수한 냄새가 동굴 밖으로도 퍼져 나갈 것이다. 그래도 피 냄새 보다는 차라리 구수한 냄새가 낫지 않을까? 오랜만에 배가 빵빵하게 고기로 채우고 훈제도 후딱 해치우고 굴 안의 냄새를 회오리바람을 일으켜서 싹 몰아내자 또 볼리아의 눈이 반짝반짝 거리기 시작한다.

"아가야 인제 잠자리 만들어야지 잠깐 일어나봐."

"아빠 제가 꿈을 꾸고 있는 것 아니죠?"

"응 무슨 말을?? 볼을 이리로 대봐! 쪽!"

"헤헤헤 아빠 나도 뽀뽀해 드릴게요. 쪽쪽 히히힛"

"잠깐 기다려 밖을 한번 살피고 올게"

밖으로 나오니 별반 움직임의 낌새가 전혀 없다. 그래도 안전 제일주의이니 동굴 앞을 무시무시한 환상 마법을 펼쳐두고, 알람 마법도 걸어두고 돌아온다. 역시 아이는 불안 했는지 입구에 나와서 쭈-뼛 거리고 있다. 손을 꼭 잡아주자 방그레 웃는다. 녀석!

"자 이젠 안심해도 된다. 그 어떤 무엇도 동굴을 못 들어오게 해놨지. 자러 가자 아가야 아빠가 안아줄게."

"아빠 히힛 좋아요."

바나행성력 63억 3,812년 어느 날 '요코'산과 '바벨'산의 중간지점 한 동굴에서 깨어난 두 부녀는 열심히 순록 고기로 배를 채우고 배낭을 메고 일어선다. 이제부터 악마를 처치하는 일을 시작하려는 것이다. 충분한 양을 훈제로 만들어서 두 배낭에 빵빵하게 넣어서 동굴을 나선다. 입구로 앞서 나가던 아빠가 오른손을 든다.

정지 신호다. 기를 서서히 밖으로 피뜨리자 동굴 앞 산 능선 전체에 몰려든 몬스터들이 있다. 너무 방만 했던가? 이놈들이 몰려오는 것도 모르고 자고 있었다니 그런데 생김새가 괴상하다. 그래서 기척도 없이 다가올 수 있었는가? 뱀이다. 그런데 길이가 10m정도이고 34마리나 된다. 냉혈 파충류의 몬스터인 것이다. 고산 지대의 눈에서만 산다는 그 뱀들이다. 그리고 보니 제일 멀리 뒤쪽에 있는 한 놈은 다른 놈들보다 한배 반은 더 크다. 15~16m 정도다. 이야 이거 완전 대박이다. 이놈들의 가죽 아니 껍데기는 악어가죽은 잽도 안 될 정도일 것이다. 그런데 흠집 없이 잡을 방법이 없잖아 대가리만 공격해야 된다는 말이다.

(볼리아 무지하게 큰 뱀들이 34마리나 지금 밖에 몰려와 있다. 제일 큰 놈은 16미러나 된다. 가죽이 아주 질겨서 검도 안 들어 갈거야. 그러니 너는 여기에 있는 것이)

[싫어요! 저 업고 나가요. 저 혼자 두지 말아요. 아빠!]

(응 미안 알았어. 화내지마! 내 애기 업자.)

볼리아를 등에 업고 단단히 동여 멘다. 순록의 가죽을 얇고 길게 벗겨서 그것을 끈으로 사용하니 좋다. 동굴을 빠져 나오면서 순록의 남은 시체를 공중으로 던지자 서로 먹으려고 한곳으로 쏠린다. 이것이 그나마 한 가지 방법인 것이다. 그래야 한 놈씩 가죽 상하지 않게 잡을 테니까. 입을 벌리는 놈은 차례대로 입천장을 관통해서 두개골을 뚫는다. 이것이 정답이다. 공중으로 몸을 띄우니까. 아가리를 벌리고 대가리를 꼿꼿이 든다. 멋진 포즈! 34개의 강 환이 지금 출발 준비를 마치고 있는데 저 포즈가 딱 맞아 떨어지는 포즈다. 33개가 발사되고 하나가 남았는데 돌아보니 대장 놈이 미끄러지며 도망중이다. 기어봐야 지렁이다. 슉! 놈의 대가리에 박혀드는 마지막 강환! 놈의 대가리를 관통하고도 땅속으로 10m는 뚫고 들어 간듯하다. 작업은 끝났다. 고맙게도 찾아와줘서 시간을 절약 한 것이다. 이것들이 악마들인 것이다. 눈이 내려서 요크 산 쪽으로도 덮여야 이놈들이 우랑탕이 있는 곳까지 갈 수 있는 것이다. 순록 보다 10배는 더 맛있는 파충류의 고기를 엄청나게 많이 잡았다. 자 이제 어떻게 처리를 할까나?

껍질을 벗겨서 눈 위에 늘어놓는 것 까지만 작업하는데 반나절이나 걸렸다. 온 산 봉우리 하나가 뱀 껍질로 가득하다. 34마리나 되니 오죽하랴. 볼리아는 신이 나서 조잘조잘 거리면서 따라 다니지만 뱀 대가리 붙잡는 것도 징그럽다고 안하는 얄미운 귀염둥이다.

어쨌든 작업을 끝내고나니 배가 고프다. 자 파충류의 고기는 얼마나 맛이 있을지 이번에는 볼리아의 요리시험을 치룰 차례이다.

"아가야 이것 굽는 것은 할 수 있지?"

"넵 제가 한 요리 하지요. 헤헤헤 아빠 맛있게 구워드리죠."

"좋았어! 내 딸이 혹시나 요리맹탕 인줄알고 심히 걱정 했었는데 아니라니 안심이구나."

"히히힛! 죄송요. 아빠가 워낙 잘하시니까 제가 양보를 한 것이지요. 헤헤헷!"

"아 그랬어? 허허 이걸 많이 구워서 비상식량으로 대체하자."

"넵 알았어요. 나무나 모아줘요 아빠!"

"오냐 그래 그거야 당연히 내 몫이지"

오늘도 여기서 쉬기로 했다. 뱀 껍질이 어느 정도 건조가 되어야 동굴 속에 넣어둬도 변질이 안 될 거니까 말이다. 뱀 껍질을 가지고 실험을 해보니 역시 방탄 효과가 뛰어나다. 이것을 상단에 넘기면 상당한 금액이 될 것이다.

악마퇴치 작전이 끝나고 5일 후 두 부녀는 '바벨'산의 8부 능선을 오르고 있다. 희박한 공기 강력한 냉기류와 극한의 온도는 섭씨 영하 40~50도 정도일 것이다. 아예 피부를 노출시킬 수가 없을 지경이다. 수 만년을 얼어붙어서 발붙일 곳이 없는 빙산이다.

이곳은 눈이 아니라 그대로 시야에 보이는 것은 빙벽이나 아니면 얼음 산 뿐이다. 현재 고도 14,000m를 통과 했다고 봤을 때 아직700m를 더 올라야 한다. 워낙 저온이라서 플라이 마법으로 날기도 어려운 상황이다. 잠시 몸을 좀 안정을 취하고 그런 후에 다시 날아올라야 할 것 같다. 산소도 너무 희박하다. 둘 다 워낙 특수 체질이라 견디는 것이지 보통 사람이라면 벌써 동태 되었을 것이다. (아가야 괜찮니? 나는 등이 따뜻해서 좋다만.)

[아빠 말하지 마세요. 잘못함 동상 걸려요. 저 괜찮아요.]

(이건 말하는 것 아니다. 생각하는 거지 하하하)

[엥? 정말요? 저는 말해야 되는데요.]

(이-크! 그렇구나. 미안 나만 말할게 넌 듣기만 해.)

볼리아를 업고 그 위에 가죽 코트를 덮어씌우고 뱀의 심줄로 꽁꽁 동여 메어서 지금 두 부녀는 한 몸이나 마찬가지 상태이다. 그리고 무라카는 보보마다 주변의 화기들을 끌어당겨서 몸 주변을 강기로 휩싸고 움직이는 것이다. 그렇게 하지 않으면 5분 이상은 무리다. 다시 몸을 공중으로 띄워서 정상을 향해서 날아오른다. 사람의 몸으로는 도저히 오르지 못할 최악의 산이다. 아니 빙벽이다. 이런 곳을 당시의 무라카는 어떻게 올랐을까가 아니다. 내려갔을 테니 말이다. 착륙을 한 것이지 오르지는 않았기에 가능 했으리라.

길고 가는 호흡으로 충분한 양의 산소를 허파 속에 채운다. 아무리 천천히 들이마셔도 기관지를 통해서 들어오는 공기는 너무 차가워서 자칫 허파꽈리가 얼어버릴 수도 있는 위험한 상태이다. 올라갈수록 더욱 심하다. 강기막이 그나마 보온 역할을 많이 한다. 9부 능선을 돌파하고 정상이 보여야 하는데 보이지 않는다.

백야이다. 하얀 어둠! 이것은 안개하고도 다르다. 안개는 공력이 높은 사람은 투시가 가능한데 이것은 '빙개' 라고나 해야 할까? 얼어버린 안개? 시야가 2m 정도? 반사각이 있어서 더욱 난감하다. 기를 읽는다. 방법은 이것뿐이다. 다행이 직접 보는 것과 별반 다르지 않으니 천만 다행이다. 그런데 접근을 가로막는 무리가 있다. 이 고산지대에 말이다!! 놀랄 노자이다. 한 두 개가 아니다. 아니 사람인가? 덩치가 사람보다는 훨씬 크다. 키가 2.5m 정도이니 사람이 아니다. 30명 아니 32명이다. 아니 마리인가? 그런데 원형으로 막고 있지 다른 행동은 취하지 않는다. 적의를 보인다던가하는 그런 행동은 일체 없다. 눈으로 볼 수 없는 상황이라 참 곤란하다.

광선검의 환한 빛이면 좀 보이려나? 그런 생각에 광선검을 뽑아들었다. 그리고 눈을 들어 앞을 보니 역시다. 시계가 5m정도로 늘어난다. 더 놀라운 것은 앞을 가로 막았던 무리들이 눈 바닥에 무릎을 꿇는다. 모두 말이다.

"꾸이 구구륵 딜라라 이뿌!"

"무어라 말을 건네면서 고개를 숙이는데 보아하니 진짜 무라카가 이들을 시켜 셔틀을 보호하게 해둔 모양이다. 대를 이어서 전설처럼 전해 졌겠지. 설인들이다. 신장이 2.5~3m는 족히 되겠다.

(고맙구나. 오랫동안을 비밀을 지켜줘서 정말 고맙구나.)

모두가 들을 수 있게 심어를 들려주고 그중에서 리드로 보이는 자에게 다가가서 그의 머리를 쓰다듬어 주고 어깨를 토닥여 주자 고개를 푹 숙인다.

(그것을 꺼낼 수 있도록 입구를 열어 주겠나?)

"끄떡 끄떡! 꾸르르 딕 픽-스 마르나라락!!"

모두가 일어서서 커다란 바위를 옮긴다. 집체만한 얼음 덩어리 바위를 별로 힘도 안 쓰는 것 같은데 쉽게 옮긴다. 역시 타고난 신력의 소유자들이다. 그 덩치에 그 힘! 열린 계단식의 돌들을 밟고 내려가자 셔틀이 있다. 600년간이나 주인을 기다리고 있는 것이다.

다가서자 자동으로 시계방향으로 물결무늬가 움직이면서 입구가 열린다. 탑승을 하자. 의자식의 조종메인좌석이 앉기 편하도록 이리저리 움직이면서 공간을 만들어준다. 볼리아를 묶었던 끈을 풀자 놀란 듯 볼리아가 두리번거린다.

"사령관님! 탑승을 환영합니다. 폰 프린스의 R-2입니다."

"R-2 반갑다. 오랫동안 기다렸었지?"

"넵 사령관님! 사적인 질문은 드리지 않겠습니다. 동승한 아가씨는 누구신가요?"

"나의 딸 볼리아 세바스찬이다. 부사령관으로 등록하기 바란다."

"새로운 부사령관님 환영합니다. 오른팔을 앞으로 내밀어 보십시오. 등록을 위해서 약간의 혈액이 필요합니다. 정말 아름다우시군요. 사령관님을 쏙 빼 닮았습니다. 다 되었습니다. 함선에 가시면 꼭 R-4 천사에게서 전체 진단을 받으시기 바랍니다."

"R-2라고 했나요? 만나서 반가워요."

"넵 부사령관님 영광입니다. 앞으로 말씀을 낮추시기 바랍니다. 사령관님! 자동조종으로 이륙 할까요?"

"그래 R-2 이륙하라. 그리고 함선에 가기 전에 들릴 곳이 있다. 에너지는 충분하지?"

"넵 완충 상태입니다. 착륙 전에 충전 했으니까요. 이륙합니다."

소리도 없이 떠오른다. 과학의 총 집합체인 것이다. '바벨'산

정상 이 눈 아래로 까마득해진다. 이정도 속도면 이건 뭐 마하로 따질 그런 수준이 아니다. 진동도 없고 소음도 없는 가운데 상상을 초월하는 속도까지!

"R-2 영상지도를 보고 싶다."

"넵 사령관님 어느 지점을 띄울까요?"

"우리가 중앙이 되고 주변을 넓게 볼 수 있도록 해라. 이곳으로 착륙해라 싣고 갈 것이 있다."

"명령 수행합니다. 착륙 완료!"

"도어 오픈! 몬스터 가죽을 싣는다. 공간이 충분 할까?"

"사령관님 무기를 싣는 공간이 별도로 있습니다. 그곳에 실으시죠."

"아-그래 좋아! R-2 내가 기억을 못하는 부분이 많다. 조종술도 그렇고 기타 등등 그런 부분들을 그때그때 알려주기 바란다."

"넵 잘 알겠습니다."

스키라 산의 모선으로 돌아오는 것은 잠깐이다. 정말 과학의 대단한 위력이 들어나는 순간이다. 놀라서 줄곧 입을 다물고 있던 볼리아가 모선 격납고를 벗어나자 두리번거리면서 아빠 팔을 꼭 붙잡는다. 무라카가 볼리아를 살며시 끌어안고 이동을 하자 조금 안심이 되는 모양이다. 중앙 통제실로 들어오니 R-1이 호들갑을 떤다. 볼리아를 데리고 R-4 엔젤에게 가서 볼리아를 재생기에 눕히자 천사가 볼리아를 살살 달랜다.

"공주님 반가워요. 꽤 오랜 시간이 흘렀네요. 공주님이 8주째 되었을 때, 왕비님이 사령관님의 안내로 제게 다녀갔어요. 그때 제가 축복을 해드렸지요. 물론 공주님은 기억을 못하시지만 말이에요. 아 매우 건강하시네요. 아직 숫처녀이시고요. 사령관님과 결혼 하시면 아이는 하나 밖에 가질 수 없네요. 좀 더 일찍 결혼을 했어야 했는데 말이죠. 사령관님 서둘러 결혼하세요. 더 늦으면 저로서도 어쩔 수 없어요. 자 다 끝났어요. 공주님 아빠랑 빨리 결혼 하도록 하세요. 604세이시니 올해가 마지막으로 임신이 가능한 해입니다. 그럼!"

"천사 R-4 너 내가 내 딸이랑 결혼하라고? 그거 어느 나라 방식이야?"

"넵 사령관님 당연히 '천국나라'식이죠. 왜 갑자기 맥박수가 빨라지고 호흡이 거칠어집니까? 사령관님 잠깐 제품에 누우세요. 검진을 해봐야 하겠습니다. 저는 천사로서 황제님도 제가 누우라면 제품에 누워야 되는 내규가 있습니다. 아시죠?"

"엥? 그래 알았다. 눕지 누우면 될 것 아냐 쌍?"

"고귀하신 천국의 황제께서 쌍 이라는 말씀은 사용을 금합니다. 잘 아시잖아요. 폐하!"

"알았다 알았어. 에-휴 내가 참아야지 끙!"

"우와! 언제 봐도 폐하의 옥체는 신비롭습니다. 그 사이 또 진화를 하셨습니다. 이젠 저로서도 추측 불가능합니다. 폐하앙축 드리옵니다."

"앙축도 좋고 다 좋은데 짐이 한 질문은 왜 답변을 회피하는가?"

"네? 제가 언제 감히 아니옵니다. 폐하께서 질문하신 요지가 무엇인지요?"

"짐이 사랑하는 짐의 딸과 결혼을 해야 된다는 그런 엉터리 같은 말을 감히 내게 고하지 않았느냐?"

"헉 폐하 고정 하시옵소서. 저는 당연한 말씀을 고한 것 밖에는 없나이다. 그런데 무엇이 폐하의 심기를? 억! 노하게 했는지 다시 되 짚어 봐도 없습니다. 폐하."

"???"

이거 컴퓨터가 거짓말은 못하는데 그럼 천족은 친딸과도 결혼을 한다는 것 아닌가?

"어-흠! 그래 천사여 짐이 잠깐 심기가 불편했다. 그런데 알고 싶구나. 역대에 자신의 친딸과 결혼한 사례가 있다면 알려주기 바란다. 큼."

"저 폐하! 저의 기록에는 친딸과 결혼하지 않은 황제가 몇 분 있을 뿐 나머지는 모두가 97.7778%가 친딸과 결혼을 하여 순수 천족 혈통을 이어온 것으로 기록되어 있사옵니다. 황공하옵니다. 폐하 마음을 좀 가라앉히시고 심호흡을 하시면 폐하의 심언 에너지가 저를 약해지게 하지 않을 것이옵나이다. 폐하 두렵사옵니다. 흑흑!"

"캑! 컥 큼큼 오냐 천사여! 나의 소중한 천사여 그래 잘 알았노라. 너에게 미안 하구나.허허허"

"폐하 옥체 보중하옵소서. 우리 천국의 희망이 폐하에게 있사옵니다. 흑흑흑 로아 황제께서도 떠나시면서 그 점을 걱정하셨습니다."

"오냐 알았다. 이젠 너무 걱정을 말거라. 흠흠"

중앙 통제실로 오는 동안 무라카는 마음이 울적하다. 반면에 볼리 아는 날아갈 듯이 기뻐다. 저절로 콧노래가 흘러나올 정도로 히히히힛! 아빠랑 결혼할 수 있게 된 것이다. 헤헤헷!

"사령관님! 축하드립니다. 셔틀도 회수를 하셨군요. 저 R-1이 사령관님의 능력을 믿고 있었지요. '에너지 에그'를 빨리 우주로 가지고 가셔서 충전을 하시길 간곡히 부탁드립니다. 그리고 하루라도 빨리 배를 우주의 품으로 띄어 올려 주십시오."

"오냐 알았다. R-1 에그만 충전이 되면 우주로 날아오를 수 있다 그 말이지?"

"넵 사령관님! 천년이 지났습니다. 충전은 10일만 걸리면 됩니다."

"알았다. 빨리 로보를 만들어야지 원 내가 사령관이야 심부름 꾼이야. 쌍!"

"어머머머 아빠! 그런 말 쓰지 말라고 했잖아요. 천사가요."

"억 아가야 네가 있는 줄 깜박 했네. 너 참 당장 지금부터 천족의 역사부터 해서 우주학도 교육을 받아라. R-1 부사령관이시다. 공주님이시고 나의 사랑하는 딸 구루 볼리아 세바스찬이다. 기록하고 개인무기도 지급하고 셔틀 조종술도 가르쳐드려라."

"넵 명령 접수완료 바로 시행합니다. 부사령관님 환영합니다. 이쪽 의자에 앉으시고 헬멧부스를 머리에 쓰시기 바랍니다."

"R-1 반가워요. 잘 부탁해요."

볼리아가 교육에 임하는 것을 도와주고 이마에 뽀뽀를 해주고는 무라카는 날라 다니면서 에너지 에그를 모두 폰 프린스에 실었다. 물론 뱀 껍질은 모두 저장고에 쳐 박아 버리고 말이지 왜? 불퉁하게 화가 나는 것일까? 뭐 좀 걸리기만 해봐 다 부숴 버리게 쌍! 자신의 딸과 결혼 하는 법이 세상에 어디 있어? 쌍! 물론 나야 친딸이 아니지만 말이야.

그 날로부터 10일 동안 무라카는 우주 공간의 폰 프린스 안에서 꼼짝도 않고 명상에 빠져 있었다.

이제는 정말 지구가 그리워진다. 벌써 7년이 흘렀나? 아니 8년? 이곳은 1년이 더 길다. 385일이니깐. 하루도 한 시간이나 더 길다. 우주공간에서 내려다보는 바나 행성은 8개의 크고 작은 대륙으로 이루어져 있다. 지난 8년 동안 이행성의 1/8에 해당하는 바젤란 대륙에서 뱅글뱅글 돌고 있었다. 이제는 다른 대륙을 돌아보자.

- 제1부 끝 -